Sedução
ao amanhecer

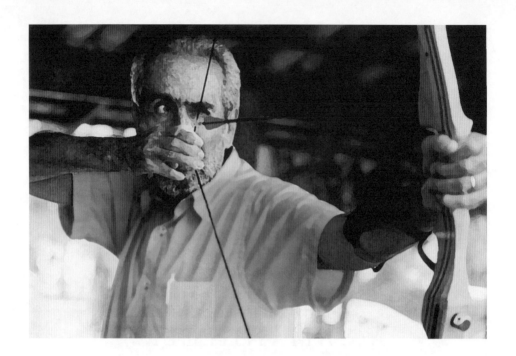

O ARQUEIRO

GERALDO JORDÃO PEREIRA (1938-2008) começou sua carreira aos 17 anos, quando foi trabalhar com seu pai, o célebre editor José Olympio, publicando obras marcantes como *O menino do dedo verde*, de Maurice Druon, e *Minha vida*, de Charles Chaplin.

Em 1976, fundou a Editora Salamandra com o propósito de formar uma nova geração de leitores e acabou criando um dos catálogos infantis mais premiados do Brasil. Em 1992, fugindo de sua linha editorial, lançou *Muitas vidas, muitos mestres*, de Brian Weiss, livro que deu origem à Editora Sextante.

Fã de histórias de suspense, Geraldo descobriu *O Código Da Vinci* antes mesmo de ele ser lançado nos Estados Unidos. A aposta em ficção, que não era o foco da Sextante, foi certeira: o título se transformou em um dos maiores fenômenos editoriais de todos os tempos.

Mas não foi só aos livros que se dedicou. Com seu desejo de ajudar o próximo, Geraldo desenvolveu diversos projetos sociais que se tornaram sua grande paixão.

Com a missão de publicar histórias empolgantes, tornar os livros cada vez mais acessíveis e despertar o amor pela leitura, a Editora Arqueiro é uma homenagem a esta figura extraordinária, capaz de enxergar mais além, mirar nas coisas verdadeiramente importantes e não perder o idealismo e a esperança diante dos desafios e contratempos da vida.

LISA KLEYPAS

Sedução ao amanhecer

~ *Os Hathaways 2* ~

ARQUEIRO

Título original: *Seduce me at Sunrise*
Copyright © 2008 por Lisa Kleypas
Copyright da tradução © 2013 por Editora Arqueiro Ltda.

Todos os direitos reservados. Nenhuma parte deste livro pode ser utilizada ou reproduzida sob quaisquer meios existentes sem autorização por escrito dos editores.

tradução: Débora Isidoro
preparo de originais: Shahira Mahmud
revisão: Ana Grillo, Flávia Midori e Magda Tebet
projeto gráfico e diagramação: Valéria Teixeira
capa: Miriam Lerner
imagem de capa: Ilona Wellmann / Trevillion Images
imagem de quarta capa: Eduard Härkönen / iStockphoto
impressão e acabamento: Associação Religiosa Imprensa da Fé

CIP-BRASIL. CATALOGAÇÃO NA PUBLICAÇÃO
SINDICATO NACIONAL DOS EDITORES DE LIVROS, RJ

K72s   Kleypas, Lisa.
         Sedução ao amanhecer/ Lisa Kleypas [tradução de Débora Isidoro]; São Paulo: Arqueiro, 2013.
         256 p.; 16 x 23 cm

         Tradução de: Seduce me at sunrise
         ISBN 978-85-8041-165-2

         1. Ficção americana. I. Isidoro, Débora. II. Título.

13-2136   CDD 813
                     CDU 821.111(73)-3

Todos os direitos reservados, no Brasil, por
Editora Arqueiro Ltda.
Rua Funchal, 538 – conjuntos 52 e 54
Vila Olímpia – 04551-060 – São Paulo – SP
Tel.: (11) 3868-4492 – Fax: (11) 3862-5818
E-mail: atendimento@editoraarqueiro.com.br
www.editoraarqueiro.com.br

Para Sheila Clover English, uma mulher bonita e bondosa que tem muitos dons e talentos. Agradeço por transformar minhas palavras em pequenos trabalhos de arte em vídeo, e mais ainda por ser uma amiga maravilhosa.

CAPÍTULO 1

Londres, 1848
Inverno

Win sempre achara Kev Merripen lindo, como uma paisagem austera ou um dia de inverno podem ser. Ele era um homem grande, impressionante, intransigente em todos os aspectos. Seus traços marcantes e exóticos combinavam perfeitamente com os olhos muito escuros, nos quais quase não era possível distinguir a íris da pupila. Os cabelos eram grossos e negros como a asa de um corvo; as sobrancelhas, fortes e retas. E a boca larga exibia uma curva constante que Win considerava irresistível.

Merripen. Seu amor, mas nunca seu amante. Conheciam-se desde a infância, quando ele fora acolhido pelos pais dela. Os Hathaways sempre o trataram como se fosse da família, mas Merripen agia como um criado. Um protetor. Um forasteiro.

Ele foi ao quarto de Win e ficou parado na porta, olhando enquanto ela preparava uma valise com alguns objetos pessoais que tirava da primeira gaveta da cômoda. Uma escova de cabelo, grampos, um punhado de lenços que a irmã Poppy havia bordado para ela. Enquanto guardava os objetos na bolsa de couro, Win tinha plena consciência da presença de Merripen. Sabia o que se escondia sob aquela quietude, porque também sentia uma ponta de frustração.

A ideia de deixá-lo partia seu coração. Mas não tinha escolha. Era uma inválida desde que contraíra escarlatina dois anos antes. Era magra, frágil e propensa a desmaios e fadiga. Os pulmões eram fracos, atestavam todos os médicos. Não havia nada a fazer a não ser resignar-se. Uma vida de repouso na cama seguida por uma morte prematura.

Win não podia aceitar esse destino.

Queria ficar bem, desfrutar das coisas como qualquer outra pessoa. Dançar, rir, caminhar pelo campo. Queria a liberdade para amar... se casar... ter a própria família um dia.

Com a saúde em estado tão lamentável, não podia fazer nada disso. Mas tudo estava prestes a mudar. Hoje mesmo partiria para uma clínica francesa onde um médico jovem e dinâmico, Julian Harrow, obtivera resultados impressionantes em casos como o dela. Seus tratamentos eram heterodoxos, controversos, mas Win não se importava com isso. Faria qualquer coisa para se curar. Porque enquanto não estivesse curada, não poderia ter Merripen.

– Não vá – disse ele, tão baixo que Win quase não escutou.

Ela tentava demonstrar calma, apesar do arrepio persistente que percorria sua espinha.

– Por favor, feche a porta – conseguiu dizer. Precisavam de privacidade para a conversa que teriam agora.

Merripen não se moveu. Havia um rubor intenso em seu rosto moreno, e os olhos negros brilhavam com uma ferocidade que não era característica. Neste momento ele se comportava completamente como um cigano, com as emoções à flor da pele, mais do que costumava permitir que acontecesse.

Ela mesma caminhou até a porta, e Merripen afastou-se para o lado, como se qualquer contato físico entre os dois fosse causar um dano fatal.

– Por que não quer que eu vá, Kev? – perguntou ela com doçura.

– Você não estará segura lá.

– Estarei perfeitamente segura – disse ela. – Tenho fé no Dr. Harrow. Os tratamentos que ele propõe me parecem razoáveis, e ele tem tido alto índice de sucesso...

– E o mesmo índice de fracasso. Há médicos melhores aqui em Londres. Devia tentar consultá-los antes.

– Acho que tenho mais chances com o Dr. Harrow. – Win sorriu olhando nos olhos negros e duros de Merripen, compreendendo tudo que ele não conseguia dizer. – Vou voltar para você. Prometo.

Ele fingiu não ter ouvido essas últimas palavras. Cada tentativa que ela fazia para trazer à tona os sentimentos entre eles era sempre recebida com resistência de ferro. Merripen jamais admitiria que gostava dela, sempre a trataria apenas como uma pessoa frágil que precisava de sua proteção. Uma borboleta de asa quebrada.

Enquanto ele seguia em frente e ia atrás de seus objetivos.

Apesar da discrição de Merripen com relação a seus assuntos pessoais, Win tinha certeza de que várias mulheres haviam se entregado a ele e usado seu corpo para o próprio prazer. Um sentimento de desespero e fúria brotou em sua alma quando ela pensou em Merripen se deitando com outra mulher. A força de seu desejo por ele, se revelada, chocaria todos que a conheciam. Provavelmente, chocaria ainda mais Merripen.

Vendo seu rosto inexpressivo, Win pensou: *Muito bem, Kev. Se é isso que você quer, serei impassível. Teremos uma despedida agradável e fria.*

Mais tarde ela sofreria sozinha, sabendo que passaria uma eternidade antes de vê-lo novamente. Mas isso era melhor do que viver assim, sempre juntos, mas separados, com a doença o tempo todo entre eles.

– Bem – disse ela friamente. – Em breve estarei partindo. E não precisa se preocupar, Kev. Leo vai cuidar de mim durante a viagem à França e...

– Seu irmão não é capaz de cuidar nem dele próprio – Merripen a interrompeu em tom ríspido. – Você não vai. Vai ficar aqui, onde posso...

Ele parou, engolindo as palavras.

Mas Win ouvira um sinal de fúria ou angústia na voz profunda.

Isso estava ficando interessante.

O coração dela começou a bater mais depressa.

– Escute... – Ela teve que fazer uma pausa para recuperar o fôlego. – Só há uma coisa capaz de me impedir de partir.

Ele a encarou atento.

– O que é?

Foi preciso um longo momento para que ela encontrasse coragem para falar:

– Diga que me ama. Diga, e eu ficarei.

Os olhos negros dele se arregalaram. O som da inspiração brusca cortou o ar. Ele ficou em silêncio, paralisado.

Uma curiosa mistura de humor e desespero se apoderou de Win enquanto ela esperava pela resposta.

– Eu... gosto de todos de sua família...

– Não. Você sabe que não é isso que estou pedindo. – Win se aproximou e pousou as mãos pálidas no peito dele, sentindo os músculos firmes e torneados. Sentia também a reação que o contato provocava nele. – Por favor – pediu, odiando o tom de desespero na própria voz. – Eu não me incomodaria de morrer amanhã, se pudesse ouvir só uma vez...

– *Não* – resmungou ele, recuando.

Deixando a cautela de lado, Win seguiu adiante e agarrou o tecido da camisa dele.

– Fale. Vamos trazer a verdade à tona, de uma vez...

– Quieta, vai acabar passando mal.

Saber que ele estava certo a enfurecia. Podia sentir a fraqueza de sempre, a tontura que acompanhava a pulsação acelerada e os pulmões sobrecarregados. Detestava seu corpo frágil.

– Amo você – declarou ela com tristeza. – E se eu fosse saudável, nada neste mundo poderia me manter longe de você. Se estivesse bem, eu o levaria para minha cama e demonstraria tanta paixão quanto qualquer mulher seria capaz...

– Não.

A mão dele cobriu a boca de Win como que para silenciá-la, mas se afastou bruscamente ao sentir o calor dos lábios.

– Se eu não tenho medo de admitir, por que você deveria ter?

O prazer de estar perto dele, de tocá-lo, era uma espécie de loucura. Inquieta, ela colou o corpo ao dele. Merripen tentou empurrá-la para longe sem machucá-la, mas Win se agarrava com toda a força que ainda tinha.

– E se este fosse o seu último momento comigo? Não se arrependeria por não me falar o que sente? Não...

Merripen cobriu a boca de Win com a dele, desesperado, numa tentativa de fazê-la calar. Ambos ofegantes, ficaram imóveis, absorvendo a força da sensação. O hálito de Merripen em seu rosto lhe provocava ondas de calor. Os braços dele a envolveram, cercando-a com sua imensa força, segurando-a contra seu corpo rígido. E então tudo se incendiou, e os dois se perderam em um furor de necessidade.

Ela sentia em seu hálito a doçura das maçãs, a nota amarga de café, mas, acima de tudo, sentia a essência de Merripen. Queria mais, desejava-o, e a avidez a fez pressionar o corpo contra o dele. Ele recebeu a oferta inocente com um som baixo, selvagem.

Ela sentiu o toque da língua. Então se abriu para ele, recebendo-o e, ainda hesitante, usando a própria língua para acariciar a dele. Merripen estremeceu ofegante e a abraçou com mais força. Uma nova fraqueza a inundou, os sentidos clamaram pelas mãos dele, pela boca, pelo corpo... pela potência do peso dele sobre ela, dentro dela... Ah, como o queria, queria tanto...

Merripen a beijou com uma fome selvagem, a boca se movendo sobre a dela com uma avidez feroz, lasciva. O corpo dela se deleitava, e ela se movia e o abraçava, desejando-o mais perto.

Através das várias camadas de tecido, Win sentia como Merripen empurrava o quadril contra o dela, o ritmo sutil e tenso. Instintivamente, ela abaixou a mão para tocá-lo, acalmá-lo, e os dedos trêmulos encontraram a rigidez de sua ereção.

Ele gemeu, sufocando o som em sua boca. Num momento ardente, segurou a mão dela e a apertou contra o membro. Win abriu os olhos e sentiu a energia pulsante, o calor e a tensão que pareciam prontos para explodir.

– Kev... a cama... – sussurrou ela, completamente ruborizada. Desejava-o com tanto ardor, havia tanto tempo, e agora enfim ia acontecer. – Leve-me...

Merripen praguejou e a empurrou para longe, virando-se para o lado. Arfava descontroladamente.

Win se aproximou.

– Kev...

– *Fique longe* – disse ele, com um tom de voz que a fez recuar com um salto.

Por pelo menos um minuto, não houve som ou movimento exceto o ruído intenso da respiração ofegante dos dois.

Merripen foi o primeiro a falar. Sua voz tinha o peso da ira e do desgosto, talvez em relação a ela ou a ele mesmo.

– Isso nunca mais vai acontecer.

– Porque tem medo de me machucar?

– Porque não a quero desse jeito.

A indignação foi imediata, e ela riu incrédula.

– Você acabou de reagir. Eu senti.

O rubor se intensificou no rosto dele.

– Teria acontecido com qualquer mulher.

– Você... está tentando me fazer acreditar que não tem nenhum sentimento especial por mim?

– Nada mais que desejo de proteger alguém da sua família.

Ela sabia que era mentira; *sabia*. Mas aquela rejeição fria tornava sua partida um pouco mais fácil.

– Eu... – Era difícil falar. – Quanta nobreza de sua parte. – A tentativa de adotar um tom irônico foi prejudicada pela falta de ar. Malditos pulmões fracos.

– Está agitada demais – disse Merripen, aproximando-se dela. – Precisa descansar...

– Estou *bem* – respondeu Win com firmeza, caminhando até o lavatório e segurando-se nele para não cambalear.

Quando garantiu o equilíbrio, ela despejou um pouco de água em uma toalha limpa e a aplicou sobre as faces avermelhadas. Diante do espelho, recompôs sua habitual expressão serena. De algum jeito, conseguiu fazer a voz soar calma.

– Quero você por inteiro ou não quero nada – disse. – Você sabe o que dizer para me fazer ficar. Se não pretende fazer isso, então saia.

O ar no quarto estava carregado de emoção. Os nervos de Win gritavam protestando contra o silêncio prolongado. Ela olhou para o espelho e só conseguiu ver a forma larga do ombro dele e do braço. E então ele se moveu, e a porta se abriu e fechou.

Win continuou aplicando a compressa fria no rosto, usando-a para conter algumas lágrimas perdidas. Deixando a toalha de lado, ela notou que a mão que havia tocado a parte mais íntima dele ainda guardava aquele contato. Os lábios ainda formigavam depois dos beijos doces e intensos, e o peito sentia a dor do amor desesperado.

– Bem – disse ela para o reflexo corado –, agora você tem a motivação. – E riu trêmula até ter que limpar mais lágrimas.

~

Cam Rohan supervisionava o preparo da carruagem que logo partiria para as docas de Londres e se perguntava se não estava cometendo um erro. Havia prometido à nova esposa que cuidaria da família dela. Porém, menos de dois meses depois de ter se casado com Amelia, mandava uma de suas irmãs para a França.

– Podemos esperar – dissera ele a Amelia na noite anterior, abraçando-a, afagando seus lindos cabelos castanhos enquanto ela chorava um rio em seu peito. – Se quiser manter Win com você por mais algum tempo, podemos mandá-la para a clínica na primavera.

– Não, ela deve ir o mais depressa possível. O Dr. Harrow deixou claro que já perdemos muito tempo. Win terá mais chances de recuperação se começar o tratamento imediatamente.

Cam sorrira ao ouvir o tom pragmático de Amelia. Sua esposa era especialista em esconder as emoções, mantendo uma aparência tão firme que poucas pessoas percebiam o quanto ela era realmente vulnerável. Cam era o único com quem ela baixava a guarda.

– Temos que ser sensatos – acrescentara Amelia.

Cam a afastara do ombro e, com ela deitada de costas, ele olhara para seu rosto pequeno e adorável à luz da lamparina. Os olhos redondos e azuis eram escuros como a noite.

– Sim – concordara. – Mas nem sempre é fácil ser sensato, é?

Ela balançara a cabeça com os olhos cheios de lágrimas.

Cam afagara sua face com a ponta dos dedos.

– Pobre beija-flor – murmurara. – Você enfrentou muitas mudanças nos últimos meses, entre elas o nosso casamento. E agora estou mandando sua irmã para longe.

– Para uma clínica, para que ela fique curada – justificara Amelia. – Sei que é o melhor para ela. É só que... vou sentir saudades. Win é a mais querida e gentil da família. A pacificadora. Vamos acabar nos matando durante a ausência dela. – Ela franzira a testa. – Não diga a ninguém que me viu chorando, ou vou ficar *muito* aborrecida.

– Não, *monisha* – ele a acalmara, abraçando-a enquanto ela chorava. – Todos os seus segredos estão bem guardados comigo. Sabe disso.

Ele havia beijado suas lágrimas e tirado sua camisola devagar. Fizera amor com ela ainda mais lentamente.

– Amorzinho – sussurrara ao senti-la tremer sob seu corpo. – Deixe-me fazer você se sentir melhor...

E, ao se apoderar de seu corpo, ele contou na língua antiga que ela o satisfazia de todas as maneiras, que amava estar dentro dela, que nunca a deixaria. Amelia não havia entendido as palavras estrangeiras, mas o som a excitara, e as mãos dela passearam por suas costas como patas de gato, o quadril subindo para ir ao encontro do dele. Ele a amou e saciou, sentindo-se também satisfeito, até a esposa adormecer.

Durante muito tempo depois, Cam a segurara aninhada contra o peito, a cabeça dela repousando sobre seu ombro. Agora era responsável por Amelia, e por toda a família dela.

Os Hathaways formavam um grupo heterogêneo que incluía quatro irmãs, um irmão e Merripen, que era um cigano como Cam. Ninguém parecia saber muito sobre Merripen, exceto que fora acolhido pela família Hathaway na infância, depois de ter sido ferido e abandonado para morrer em uma perseguição a ciganos.

Não havia como prever de que forma Merripen se comportaria na ausência de Win, mas Cam tinha a sensação de que não seria nada agradável. Não podiam ser mais diferentes, a moça loura, pálida e debilitada e o grande rom. Uma tão refinada e transcendental; o outro moreno, rústico, quase incivilizado. Mas a conexão estava ali, invisível porém inegável.

Quando a carroça foi carregada e a bagagem estava presa com tiras de couro, Cam voltou à suíte do hotel onde a família estava hospedada. Eles se haviam reunido na sala de visitas para as despedidas.

Merripen não estava presente.

Eles lotavam a pequena sala, as irmãs e Leo, o irmão, que iria à França como acompanhante de Win.

– Ei, ei – disse Leo, irritado, dando tapinhas nas costas da caçula Beatrix, que acabara de completar 16 anos. – Não precisa fazer uma cena.

Ela o abraçou com força.

– Você vai estar sozinho, longe de casa. Por que não leva um dos meus animaizinhos para lhe fazer companhia?

– Não, querida. Vou ter que me contentar com a companhia humana que encontrar no navio. – Ele olhou para Poppy, uma beldade de cabelos vermelhos e 19 anos de idade. – Adeus, mana. Aproveite bem sua primeira temporada em Londres. Tente não aceitar o primeiro homem que a pedir em casamento.

Poppy adiantou-se para abraçá-lo.

– Leo, querido – disse, a voz abafada por seu ombro –, procure se comportar bem enquanto estiver na França.

– Ninguém se comporta na França – respondeu Leo. – Por isso todos gostam tanto de lá.

Ele olhou para Amelia. Só então a fachada de autoconfiança começou a ruir. Leo respirou fundo. De todas as irmãs, Amelia era com quem ele discutia mais frequentemente e com mais intensidade. No entanto, ela era, sem dúvida, sua favorita. Haviam passado por muitas coisas juntos, cuidando das irmãs mais novas depois da morte dos pais. Amelia vira Leo, um jovem e promissor arquiteto, transformar-se num farrapo de homem. Herdar um título de visconde não ajudara em nada. De fato, o título e o status recém-adquiridos só haviam acelerado a ruína de Leo. Nem por isso Amelia deixara de lutar por ele, tentar salvá-lo a cada passo do caminho. E isso o aborrecera muito.

Amelia aproximou-se dele e apoiou a cabeça em seu peito.

– Leo – disse ela choramingando. – Se deixar alguma coisa acontecer com Win, matarei você.

Ele afagou seus cabelos com delicadeza.

– Você ameaça me matar há anos e nunca fez nada.

– Estou esperando... o motivo certo.

Sorrindo, Leo afastou a cabeça dela de seu peito e a beijou na testa.

– Eu a trarei de volta sã e salva.

– E quanto a você?

– Também voltarei inteiro.

Amelia alisou a casaca do irmão, os lábios tremendo.

– Então, é melhor abandonar essa vida de bêbado perdulário – disse.

Leo sorriu.

– Mas eu sempre acreditei que cada um deveria cultivar ao máximo seus talentos naturais. – E abaixou a cabeça para ela poder beijar seu rosto. – E você não é a melhor pessoa para falar sobre como se comportar, já que acabou de se casar com um homem que mal conhecia.

– Foi a melhor coisa que fiz – declarou Amelia.

– Considerando que ele está pagando minha viagem à França, suponho que não posso discordar. – Leo estendeu a mão para Cam. Depois de um começo atribulado, os dois passaram a gostar um do outro em pouco tempo. – Adeus, *phral* – disse Leo, usando a palavra cigana que aprendera com Cam e significava "irmão". – Não duvido de que vai fazer um excelente trabalho cuidando da família. Já se livrou de mim, o que é um começo promissor.

– Voltará para uma casa reconstruída e uma propriedade próspera, milorde.

Leo riu baixo.

– Mal posso esperar para ver o que vai conseguir fazer. Sabe, poucos homens como eu confiariam todos os seus negócios a uma dupla de ciganos.

– Não tenho dúvida de que você é o único – respondeu Cam.

Depois de Win se despedir das irmãs, Leo a acomodou na carruagem e sentou-se ao lado dela. Houve um solavanco suave quando os animais começaram a andar, e eles iniciaram a viagem para as docas de Londres.

Leo estudou o perfil de Win. Como sempre, ela demonstrava pouca emoção, o rosto delicado estava sereno e composto. Mas via a pele queimando na porção superior de suas faces claras, e reparou no modo como os dedos apertavam e torciam o lenço bordado sobre suas pernas. Não havia deixado de notar que Merripen não fora se despedir. Leo se perguntava se ele e Win haviam trocado palavras ríspidas.

Suspirando, Leo passou o braço sobre os ombros da irmã magra e frágil. Ela ficou tensa, mas não tentou se afastar. Depois de um momento, levantou o lenço e secou os olhos. Ela estava amedrontada, doente e infeliz.

E ele era tudo o que Win tinha.

Que Deus a ajudasse.

Leo tentou fazer uma piada.

– Não deixou Beatrix convencê-la a trazer um de seus animaizinhos, deixou? Estou avisando, se tiver um furão ou um rato entre suas coisas, ele vai para o mar assim que embarcarmos.

Win balançou a cabeça e assoou o nariz.

– Sabe – prosseguiu Leo em tom casual, ainda com o braço sobre seus ombros –, você é a menos divertida de todas as irmãs. Não sei como acabei a caminho da França com você.

– Acredite – respondeu ela, choramingando –, eu não seria tão enfadonha se tivesse escolha. Quando recuperar a saúde, pretendo me comportar muito mal.

– Bem, isso é algo que vale a pena esperar. – Ele apoiou o rosto em seus cabelos louros e macios.

– Leo – disse ela depois de um momento –, por que se ofereceu para me acompanhar à clínica? Porque também quer se tratar, é isso?

Leo ficou ao mesmo tempo emocionado e irritado com a pergunta inocente. Win, como todos os outros da família, considerava o consumo excessivo de álcool uma doença que poderia ser curada por um período de abstinência e ambiente saudável. Mas beber era só um sintoma de sua verdadeira doença – uma tristeza tão persistente que às vezes ameaçava fazer seu coração parar de bater.

Não havia como superar a perda de Laura. Não existia cura para isso.

– Não – respondeu ele. – Não pretendo me tratar. Quero apenas continuar minha devassidão em um novo cenário. – A piada foi recompensada com uma risada breve. – Win... você e Merripen discutiram? Por isso ele não apareceu para se despedir? – Um silêncio prolongado o fez revirar os olhos. – Se insistir em ficar quieta desse jeito, mana, a viagem vai ser realmente longa.

– Sim, discutimos.

– Sobre o quê? A clínica de Harrow?

– Não exatamente. Isso também, mas... – Win deu de ombros com evidente desconforto. – É muito complicado. Eu levaria uma eternidade para explicar.

– Vamos atravessar o oceano e percorrer metade da França. Acredite, tempo não nos falta.

~

Depois que a carruagem partiu, Cam foi ao estábulo atrás do hotel, um galpão limpo com baias para cavalos, um abrigo para carruagens no piso inferior e acomodações para criados no andar de cima. Como esperava, Merripen escovava os cavalos. O estábulo do hotel era administrado de acordo com um sistema de prestação parcial de serviços, o que significava que uma parte dos cuidados com os cavalos tinha que ser dispensada pelos próprios donos dos animais. No momento Merripen se ocupava do cavalo preto de Cam, um animal de 3 anos chamado Pooka.

Os movimentos de Merripen eram leves, rápidos e metódicos enquanto ele deslizava a escova sobre os pelos brilhantes do cavalo.

Cam o observou por alguns instantes, apreciando sua destreza. A história sobre ciganos serem extremamente bons no trato com cavalos não era uma lenda. Um rom considerava sua montaria um camarada, um animal admirável e de instintos heroicos. E Pooka aceitava a presença de Merripen com uma deferência calma que demonstrava com poucas pessoas.

– O que você quer? – perguntou Merripen sem olhar para ele.

Cam se aproximou devagar para abrir a baia, sorrindo quando Pooka abaixou a cabeça e roçou o focinho em seu peito.

– Não, garoto... não tenho torrões de açúcar.

Ele afagou o pescoço musculoso do animal. As mangas da camisa estavam enroladas até os cotovelos, expondo a tatuagem de um cavalo alado no antebraço. Cam não lembrava quando ele havia feito aquela tatuagem... Devia estar ali desde sempre, por motivos que sua avó jamais explicara.

O símbolo era um corcel que habitava os pesadelos na Irlanda, um cavalo que alternava bondade e maldade, falava com voz humana, voava à noite com suas asas muito abertas e era chamado de *pooka*. De acordo com a lenda, o *pooka* chegava à porta da casa de um humano à meia-noite e o levava para uma cavalgada que o mudaria para sempre.

Cam nunca vira marca semelhante em outra pessoa.

Até conhecer Merripen.

Por alguma ironia do destino, Merripen havia se machucado recentemente em um incêndio. E enquanto seus ferimentos estavam sendo tratados, os Hathaways haviam encontrado a tatuagem em seu ombro.

A descoberta despertara questões das quais Cam ainda não se esquecera.

Ele viu que Merripen olhava para a tatuagem em seu braço.

– O que acha de um cigano com um desenho irlandês? – perguntou Cam.

– Os rons também estão na Irlanda. Não é nada incomum.

– Há algo de incomum nessa tatuagem – falou Cam em tom casual. – Eu nunca tinha visto outra como ela até conhecer você. E como os Hathaways se surpreenderam quando a encontraram, é evidente que você se esforçou muito para mantê-la escondida. Por que, *phral*?

– Não me chame assim.

– Você faz parte da família Hathaway desde que era criança – disse Cam. – E eu entrei na família pelo casamento. Isso nos torna irmãos, não?

Um olhar desdenhoso foi a única resposta.

Cam se divertia de maneira quase perversa sendo simpático com um cigano que evidentemente o desprezava. Entendia muito bem o motivo da hostilidade de Merripen. A adição de um novo homem à tribo familiar, ou *vitsa*, nunca era fácil, e normalmente ele ocuparia um lugar mais baixo na hierarquia. A chegada de Cam e sua posição de chefe da família eram, para Merripen, quase insuportáveis. Não ajudava em nada o fato de Cam ser um *poshram*, um mestiço de mãe cigana e pai irlandês *gadjo*. E para tornar as coisas ainda piores, Cam era rico, o que era vergonhoso aos olhos dos ciganos.

– Por que sempre a manteve escondida? – insistiu Cam.

Merripen interrompeu a escovação e olhou para Cam com uma expressão fria, sombria.

– Fui informado de que era a marca de uma maldição. Disseram que no dia em que eu descobrisse o que o desenho significava e para que servia, eu ou alguém próximo a mim estaria fadado a morrer.

Cam não demonstrou nenhuma reação, mas sentiu um arrepio de desconforto percorrer sua nuca.

– Quem é você, Merripen? – perguntou Cam em voz baixa.

O grande rom voltou ao trabalho.

– Ninguém.

– Você já foi parte de uma tribo. Deve ter tido família.

– Não me lembro de pai nenhum. Minha mãe morreu quando eu nasci.

– A minha também. Fui criado pela minha avó.

A escova parou no meio do movimento. Nenhum dos dois se mexia. O estábulo ficou absolutamente quieto, exceto pela respiração e pelas patas dos cavalos se arrastando no chão.

– Fui criado por um tio. Para ser um *asharibe*.

– Ah! – Cam não demonstrava piedade, mas pensava *pobre coitado*.

Não era à toa que Merripen lutava tão bem. Algumas tribos de ciganos escolhiam seus meninos mais fortes para serem transformados em lutadores de mãos nuas, colocando-os para enfrentar uns aos outros em feiras, bares e reuniões para espectadores fazerem suas apostas. Alguns garotos ficavam desfigurados ou eram mortos. E os que sobreviviam eram lutadores endurecidos, implacáveis e escolhidos como guerreiros da tribo.

– Bem, isso explica seu temperamento doce – disse Cam. – Por isso decidiu ficar com os Hathaways depois de ter sido acolhido por eles? Porque não queria mais viver como um *asharibe*?

– Sim.

– Está mentindo, *phral* – disse Cam, observando-o com atenção. – Você ficou por outra razão.

Pelo rubor de Merripen, Cam percebeu que não estava enganado. Em voz baixa, ele acrescentou:

– Ficou por causa dela.

CAPÍTULO 2

Doze anos antes

Não havia bondade nele. Nenhuma fragilidade. Fora criado para dormir no chão duro, comer comida simples, beber água fria e lutar com outros garotos ao receber essa ordem. Se acaso se recusasse a lutar, era espancado pelo tio, o *rom baro*, o grande homem da tribo. Não havia mãe para pedir por ele, nem pai para interferir nas punições duras do *rom baro*. Ninguém jamais o tocava, exceto em situações de violência. Ele vivia apenas para lutar, roubar e fazer coisas contra os *gadje*.

A maioria dos ciganos não odiava os ingleses pálidos que viviam em casas arrumadas, carregavam relógios de bolso e liam livros diante da lareira. Só não confiava neles. Mas a tribo de Kev desprezava os *gadje*, apenas porque o *rom baro* os desprezava. E quaisquer que fossem as vontades, crenças e inclinações do líder, a tribo as seguia.

Com o tempo, porque a tribo do *rom baro* causava grandes problemas e muita infelicidade sempre que montava acampamento, os *gadje* decidiram bani-los da terra.

Os ingleses chegaram a cavalo, portando armas. Houve tiros, pauladas, ciganos adormecidos atacados em suas camas, mulheres e crianças gritando e chorando. O acampamento havia sido dizimado e todos que estavam nele foram expulsos, as carroças *vardo* foram incendiadas e muitos cavalos foram roubados pelos *gadje*.

Kev tentara lutar contra eles, defender seu grupo familiar, ou *vitsa*, mas fora agredido com uma coronhada na cabeça. Outro homem o ferira nas costas com uma baioneta. A tribo o abandonara à morte. Sozinho à noite, ele ficara semiconsciente caído à margem do rio, ouvindo o som da água escura correndo, sentindo o frio da terra dura e molhada sob o corpo, mal percebendo o sangue que escorria em fios quentes. Havia esperado sem medo pela morte. Não tinha vontade nem motivo para viver.

Mas quando a Noite já se encaminhava para o encontro com sua irmã Manhã, Kev sentiu que alguém o tomava nos braços e o levava para longe em uma carroça pequena e rústica. Um *gadjo* o encontrara e pedira ajuda a um rapaz da região para carregar o rom moribundo.

Era a primeira vez que Kev ficava sob o teto de qualquer coisa que não fosse um *vardo*. Sentia-se dividido entre a curiosidade com relação ao ambiente estranho e a raiva diante da indignidade de ter que morrer em espaço fechado, aos cuidados de um *gadjo*. Mas Kev estava muito fraco, com muita dor, incapaz de erguer um dedo em defesa própria.

O quarto que ele ocupava não era muito maior que a baia de um cavalo e só havia uma cama e uma cadeira, além de almofadas, travesseiros, bordados emoldurados nas paredes e um abajur com cúpula de franja. Se ele não estivesse tão doente, teria enlouquecido no aposento pequeno e cheio.

O *gadjo* que o levara até ali... Hathaway... era um homem alto, magro, com cabelos louro-claros. A atitude gentil e acanhada do *gadjo* despertou a hostilidade de Kev. Por que Hathaway o salvara? O que podia querer de um menino cigano? Kev se recusava a falar com o *gadjo* e não aceitava os remédios. Rejeitava todas as demonstrações de bondade. Não queria dever nada a Hathaway. Não queria ser salvo, não queria viver. Por isso ficava silencioso e sério sempre que o homem trocava o curativo em suas costas.

Kev só falou uma única vez, quando Hathaway perguntou sobre sua tatuagem.

– Para que essa marca?

– É uma maldição – respondeu Kev por entre os dentes. – Não fale sobre ela com ninguém, ou também vai ser amaldiçoado.

– Entendo. – A voz do homem era gentil. – Vou guardar seu segredo. Mas sendo um racionalista, não acredito nessas superstições. Uma maldição só tem poder se você acreditar nela.

Gadjo *estúpido*, Kev pensou. Todos sabiam que negar uma maldição era atrair *muito* azar sobre si mesmo.

A casa era barulhenta, cheia de crianças. Kev podia ouvir as pessoas do outro lado da porta do quarto onde fora deixado. Mas havia mais alguma coisa... uma presença doce e fraca perto dali. Ele a sentia pairar fora do quarto, além do seu alcance. E ansiava por ela, faminto por alívio para a escuridão, a febre e a dor.

Em meio ao vozerio de crianças gritando, rindo, cantando, ele ouvia um murmúrio que o deixava todo arrepiado. Uma voz de menina. Adorável, tranquila. Ele queria que ela se aproximasse. E desejava isso enquanto ficava ali deitado, enquanto os ferimentos cicatrizavam com lentidão torturante. *Venha aqui...*

Mas ela nunca apareceu. Os únicos que entravam no quarto eram Hathaway e sua esposa, uma mulher agradável, mas desconfiada, que olhava para Kev como se ele fosse um animal selvagem que havia sido encontrado no caminho para sua casa civilizada. E ele se comportava dessa forma, rosnando e se agitando sempre que se aproximavam dele. Assim que conseguiu voltar a se mover por conta própria, ele se lavou com a água morna da bacia deixada no quarto. Kev não comia na frente deles, mas esperava até deixarem uma bandeja sobre a cama. Toda a sua força de vontade era dedicada a ficar suficientemente curado para poder escapar.

Uma ou duas vezes as crianças foram espiá-lo, olhando pela fresta da porta entreaberta. Havia duas meninas chamadas Poppy e Beatrix, que riam e gritavam com medo e alegria quando ele grunhia para elas. Havia outra menina, mais velha, Amelia, que o estudava com o mesmo interesse cético demonstrado pela mãe. E havia um menino alto de olhos azuis, Leo, que não parecia ser mais velho que o próprio Kev.

– Quero deixar claro – disse Leo, da porta, com voz baixa – que ninguém pretende lhe fazer mal. Assim que puder ir embora, você é livre para partir. – Ele olhou para o rosto febril e carrancudo de Kev por um instante antes de acrescentar: – Meu pai é um homem bom. Um samaritano. Mas eu não. Então, nem pense em ferir ou insultar um Hathaway, ou vai ter que acertar contas comigo.

Kev o respeitou por isso. O bastante para responder com a cabeça. É claro que, se Kev estivesse bem, poderia ter derrotado o garoto com facilidade, o deixaria no chão sangrando e quebrado. Mas Kev havia começado a aceitar que essa estranha família de fato não desejava prejudicá-lo. E também não queriam nada dele. Apenas ofereciam abrigo e cuidado como se fosse a um cão perdido. E pareciam não esperar nada em troca.

Isso não diminuía o desprezo que Kev sentia por eles e por aquele mundo ridiculamente ameno, confortável. Kev odiava todos eles, quase tanto quanto odiava a si mesmo. Era um lutador, um ladrão, criado na violência e na mentira. Eles não percebiam? Pareciam não ter compreensão do perigo que haviam levado para a própria casa.

Depois de uma semana, a febre de Kev havia cedido e ele se recuperara o suficiente para poder se locomover. Precisava ir embora antes que algo terrível acontecesse, antes que fizesse alguma coisa indevida. Então, Kev acordou cedo certa manhã e se vestiu com dolorosa lentidão com as roupas que ganhara da família, roupas que antes pertenciam a Leo.

Mover-se era doloroso, mas Kev procurava ignorar que sua cabeça latejava e suas costas ardiam. Guardou nos bolsos do casaco uma faca e um garfo que havia tirado da bandeja de comida, uma vela e um pedaço de sabão. A primeira luz da manhã penetrava pela pequena janela sobre a cama. Logo a família estaria acordada. Ele começou a se dirigir à porta, mas se sentiu tonto e caiu sobre a cama. Ofegante, tentou recuperar a força.

Alguém bateu à porta, que em seguida se abriu. Os lábios de Kev se afastaram numa expressão ameaçadora para o visitante.

– Posso entrar? – perguntou uma menina com voz suave.

Kev engoliu o que ia dizer. Todos os sentidos dele ficaram aguçados. Ele fechou os olhos, respirando, esperando.

É você. Está aqui.

Finalmente.

– Está sozinho há muito tempo – disse a menina, já se aproximando dele. – Pensei que poderia querer um pouco de companhia. Sou Winnifred.

Kev sorveu o cheiro e o som da menina. Seu coração disparou. Cautelosamente, ele se deitou de costas ignorando a dor que sentia. Então abriu os olhos.

Ele jamais havia pensado que uma *gadji* poderia se comparar a meninas ciganas. Mas essa era impressionante, uma criatura transcendental, branca como a lua, com cabelos louros platinados e traços que mesclavam ternura e seriedade. Ela parecia calorosa, inocente e doce. Tudo o que ele não era. Todo o seu ser reagia tão intensamente a ela que Kev estendeu a mão e segurou a menina com um gemido abafado.

Ela arfou, mas não resistiu. Kev sabia que não era certo tocá-la. Não sabia como ser gentil. Ele a magoaria sem querer. Mas ela relaxou em seus braços e o encarou com seus profundos olhos azuis.

Por que ela não o temia? Na verdade, ele sentia medo *por* ela, porque sabia o que ele próprio seria capaz de fazer.

Kev não havia percebido que a puxava para mais perto. Tudo que sabia era que agora parte do peso dela repousava sobre o corpo dele em cima da cama, e seus dedos apertavam a pele macia dos braços da menina.

– Solte – disse ela, com doçura.

Kev não queria soltá-la. Nunca. Queria apertá-la contra o peito, destrançar os cabelos sedosos e passar os dedos sobre eles. Queria carregá-la até o fim do mundo.

– Se eu soltar você – respondeu ele em tom severo –, promete que fica?

Os lábios delicados exibiram um sorriso doce, delicioso.

– Menino tolo. É claro que ficarei. Vim para visitá-lo.

Os dedos dele se afrouxaram devagar. Ele esperava vê-la fugir, mas a menina ficou.

– Deite-se – disse ela. – Por que está vestido tão cedo? – Ela arregalou os olhos. – Oh. Não deve partir. Não até estar bem.

Ela não precisava ter se preocupado. Os planos de fuga de Kev deixaram de existir no instante em que a vira. Ele se deitou sobre os travesseiros, observando atentamente enquanto ela ia se sentar na cadeira. A menina usava um vestido rosa. A gola e os punhos eram enfeitados com pequenos babados.

– Qual é o seu nome? – perguntou ela.

Kev odiava falar. *Odiava* conversar com qualquer pessoa. Mas estava disposto a fazer o que fosse preciso para mantê-la ali com ele.

– Merripen.

– Esse é seu primeiro nome?

Ele balançou a cabeça.

Winnifred inclinou a cabeça para um lado.

– Não vai me dizer seu nome?

Não podia. Um rom só podia revelar seu verdadeiro nome a outros rons.

– Diga ao menos a primeira letra – insistiu ela.

Kev a encarou perplexo.

– Não conheço muitos nomes ciganos – disse a menina. – É Luca? Marko? Stefan?

Kev achou que ela estivesse brincando, jogando, tentando provocá-lo. Não sabia como reagir. Normalmente, se alguém tentasse fazer alguma brincadeira com ele, respondia enfiando um murro no nariz do ofensor.

– Um dia você vai me dizer – falou Winnifred com um sorriso contido. Depois fez um movimento como se fosse se levantar da cadeira, e Kev estendeu a mão para segurar o braço dela. A menina ficou surpresa.

– Você disse que ficaria – falou Kev, em tom áspero.

A mão livre da menina segurou a que agarrava seu pulso.

– Eu vou ficar. Relaxe, Merripen. Só vou buscar um pouco de pão e chá para nós. Solte-me. Volto já. – A mão dela era leve e quente quando tocou a dele. – Vou ficar aqui o dia todo, se você quiser.

– Não vão permitir.

– Ah, sim, eles vão. – Ela abriu os dedos dele com delicadeza. – Não seja ansioso. Céus! Pensei que os ciganos fossem alegres.

Ela quase o fez sorrir.

– Tive uma semana ruim – disse ele em tom grave.

A menina ainda estava tentando soltar os dedos dele de seu braço.

– Sim, eu posso perceber. Como se feriu?

– Os *gadje* atacaram minha tribo. E podem vir me procurar aqui. – Ele a olhou com voracidade, mas se obrigou a soltá-la. – Não estou seguro. Tenho que partir.

– Ninguém ousaria levá-lo daqui. Meu pai é um homem muito respeitado no vilarejo. Um acadêmico. – Vendo a expressão cética de Merripen, ela acrescentou: – A pena tem mais poder que a espada.

Era uma expressão típica de um *gadjo*. Não fazia nenhum sentido.

– Os homens que atacaram minha *vitsa* na semana passada não estavam armados com penas.

– Pobrezinho – disse ela, penalizada. – Lamento. Seus ferimentos devem doer muito, depois de toda essa movimentação. Vou buscar um tônico.

Kev nunca havia sido objeto de piedade antes. Não gostava disso. O orgulho o dominou.

– Não vou beber nada. Remédio de *gadjo* não funciona. Se trouxer o tônico, vou simplesmente jogá-lo no...

– Tudo bem, não se agite para não piorar.

Ela caminhou até a porta, e um arrepio de desespero fez o corpo de Kev tremer. Ele tinha certeza de que ela não voltaria mais. E a queria perto, queria muito. Se tivesse forças, teria saltado da cama e a segurado outra vez. Mas isso era impossível.

Assim, ele cravou um olhar contrariado na menina e resmungou:

– Vá, então. Que o diabo a carregue.

Winnifred parou na porta e olhou por cima do ombro com um sorriso intrigante.

– Como você é mal-humorado! Voltarei com pão, chá e um livro, e ficarei pelo tempo que for necessário para ver um sorriso seu.

– Eu nunca sorrio – disse ele.

Para surpresa de Kev, Win retornou. Passou boa parte do dia lendo para ele, uma história enfadonha e cheia de palavras complexas que o deixou sonolento. Mas não havia música, não havia farfalhar de folhas na floresta, não havia canto de pássaros que o agradasse tanto quanto a voz macia de Winnifred. De vez em quando alguém da família surgia na porta do quarto, mas Kev não conseguia mais se irritar com nenhum deles. Sentia-se relaxado pela primeira vez na vida. Não era capaz de odiar ninguém quando estava tão próximo da felicidade.

No dia seguinte os Hathaways o levaram para o principal aposento do chalé, uma sala ocupada por móveis velhos. Todas as superfícies eram cobertas por desenhos, bordados e pilhas de livros. Não era possível se locomover por ali sem tropeçar em alguma coisa.

Enquanto Kev ficava reclinado no sofá, as meninas menores brincavam no tapete próximo dele, tentando ensinar truques para o esquilo de estimação de Beatrix. Leo e o pai jogavam xadrez em um canto da sala. Amelia e a mãe preparavam alguma coisa na cozinha. E Win, sentada perto de Kev, cuidava do cabelo dele.

– Você tem a crina de um animal selvagem – comentou ela, usando os dedos para separar as mechas, que depois penteava com muito cuidado. – Fique quieto. Estou tentando deixá-lo com uma aparência mais civil... ah, pare de fugir. Não pode ter uma cabeça tão sensível!

Kev não se esquivava por causa das mechas embaraçadas ou porque o pente o machucava. O problema era que nunca havia sido tocado por tanto tempo em toda a sua vida. Estava mortificado, assustado... mas, quando olhou em volta, viu que ninguém se importava ou observava o que Win estava fazendo.

Ele se reclinou com os olhos semicerrados. O pente puxava os fios com força e Win murmurava desculpas e massageava os pontos doloridos com a ponta dos dedos. Muito delicada. O tratamento o deixava com a garganta fechada e os olhos ardendo. Profundamente perturbado, perplexo, Kev sufocou o sentimento. Mantinha-se tenso, mas passivo sob o toque suave. Mal conseguia respirar em meio ao prazer que Win lhe proporcionava.

Em seguida um pano envolveu seu pescoço, e ele viu a tesoura.

– Sou muito boa nisso – garantiu Win, empurrando a cabeça dele para a frente e penteando as mechas que cobriam a nuca. – Seu cabelo precisa de um corte. O que tem na sua cabeça daria para estofar um colchão.

– Cuidado, rapaz – disse o Sr. Hathaway, brincalhão. – Lembre o que aconteceu com Sansão.

Kev levantou a cabeça.

– O quê?

Win a empurrou para a frente outra vez.

– O cabelo de Sansão era a origem de sua força – disse ela. – Depois que Dalila o cortou, Sansão ficou fraco e foi capturado pelos filisteus.

– Não leu a Bíblia? – indagou Poppy.

– Não – respondeu Kev, imóvel, enquanto a tesoura aparava cuidadosamente os caracóis sobre seu pescoço.

– Então é pagão?

– Sim.

– É do tipo que come pessoas? – perguntou Beatrix com grande interesse.

Win falou antes que Kev pudesse dar alguma resposta:

– Não, Beatrix. O indivíduo pode ser pagão sem ser canibal.

– Mas os ciganos comem ouriço – insistiu Beatrix. – E isso é tão ruim quanto comer pessoas. Porque os ouriços têm sentimentos, você sabia? – Ela parou ao ver um cacho negro cair no chão. – Oh, que lindo! – exclamou. – Posso ficar com ele, Win?

– Não – respondeu Merripen mal-humorado, ainda com a cabeça inclinada.

– Por que não? – quis saber Beatrix.

– Alguém pode usá-lo para fazer um encantamento de má sorte ou um feitiço de amor.

– Oh, eu não faria isso – respondeu Beatrix com inocência. – Só quero usar os cabelos para forrar um ninho.

– Deixe para lá, querida – interferiu Win com serenidade. – Se isso causa desconforto ao nosso amigo, seus bichinhos vão ter que morar em ninhos feitos com outro material.

A tesoura continuava cortando.

– Todos os ciganos são supersticiosos como você? – perguntou Win a Kev.

– Não. A maioria é ainda mais supersticiosa.

A risada suave da menina acariciou sua orelha, o hálito morno o fez ficar arrepiado.

– O que odiaria mais, Merripen? A má sorte ou o encantamento de amor?

– O encantamento de amor – disse ele sem hesitar.

Por alguma razão, toda a família riu. Merripen olhou carrancudo para todos, mas não viu deboche no humor amistoso.

Kev ficou em silêncio, ouvindo as pessoas conversarem enquanto Win cortava mechas de seus cabelos. Era a conversa mais estranha que ele já havia presenciado, as meninas interagindo livremente com o irmão e o pai. Todos passavam de um assunto ao outro, discutindo ideias que não se aplicavam a eles, situações que não os afetavam. Não havia propósito em nada daquilo, mas eles pareciam se divertir muito.

Kev não sabia que pessoas assim existiam. Não tinha ideia de como haviam sobrevivido por tanto tempo.

~

Os Hathaways eram estranhos, excêntricos e alegres, preocupados com livros, arte e música. Viviam em um chalé dilapidado, mas, em vez de consertar portas e buracos no teto, plantavam roseiras e escreviam poesia. Se a perna de uma cadeira quebrava, eles simplesmente empilhavam livros embaixo dela. As prioridades da família eram um mistério para ele. E Kev ficou ainda mais intrigado quando, depois de seus ferimentos terem cicatrizado, eles o convidaram a preparar um quarto para si mesmo na plataforma sobre o estábulo.

– Pode ficar quanto tempo quiser – disse o Sr. Hathaway. – Porém, sei que um dia vai querer partir para ir procurar sua tribo.

Mas Kev não tinha mais uma tribo. Os rons o deixaram para morrer sozinho. Seu lugar agora era ali.

Kev começou a cuidar das coisas às quais os Hathaways não davam atenção, como reparar os buracos no teto e o rejuntamento entre as pedras da chaminé. Apesar do pavor que tinha de altura, ele trocou toda a cobertura do telhado de sapê. Cuidava do cavalo e da vaca, e também da horta. Até consertava os sapatos da família. Logo a Sra. Hathaway confiava nele o suficiente para mandá-lo ao vilarejo com dinheiro para comprar comida e o que mais necessitassem.

Só houve um momento em que sua presença na casa dos Hathaways pareceu ameaçada. Foi quando o surpreenderam brigando com alguns valentões do vilarejo.

A Sra. Hathaway ficou alarmada ao vê-lo machucado e com o nariz sangrando, e pediu explicações sobre como aquilo havia acontecido.

– Eu o mandei ir buscar uma encomenda com o queijeiro e você volta de mãos vazias e nesse estado – gritou ela. – Que tipo de violência praticou e por quê?

Kev não deu explicações, apenas ouviu muito sério a reprimenda.

– Não vou tolerar brutalidade nesta casa. Se não é capaz de explicar o que aconteceu, pegue suas coisas e vá embora.

Porém, antes que Kev pudesse falar, Win apareceu.

– Não, mãe – interferiu ela, calmamente. – Eu sei o que aconteceu... minha amiga Laura acabou de me contar. O irmão dela estava lá. Merripen defendia nossa família. Dois outros rapazes gritavam insultos contra os Hathaways, e Merripen os espancou por isso.

– Insultos de que natureza? – indagou, perplexa, a Sra. Hathaway.

Kev olhava para o chão com os punhos cerrados.

Win não amenizou a verdade.

– Eles criticavam nossa família porque abrigamos um rom. Alguns moradores do vilarejo não gostaram disso. Temem que Merripen venha a roubá-los, lance maldições contra nosso povo, entre outras tolices. Eles nos culpam por termos acolhido esse homem.

No silêncio que se seguiu, Kev tremia de raiva. E, ao mesmo tempo, sentia-se derrotado. Era um estorvo para a família. Jamais poderia viver entre os *gadje* sem conflito.

– Vou embora – disse ele.

Era a melhor coisa que podia fazer pela família.

– Para onde vai? – perguntou Win com uma nota surpreendente na voz, como se a ideia de vê-lo partir a incomodasse. – Seu lugar é aqui. Não tem outro lugar para onde ir.

– Sou um rom – disse com simplicidade. Ele pertencia a todos os lugares e a lugar nenhum.

– Não vai sair daqui – declarou a Sra. Hathaway, surpreendendo-o. – Não por causa de alguns bandidos do vilarejo. Que lição eu daria a meus filhos se deixasse esse comportamento ignorante e desprezível prevalecer? Não, você fica. É o correto. Mas não deve mais brigar, Merripen. Ignore-os, e eles vão acabar perdendo o interesse em nos provocar.

Um estúpido sentimento de *gadjo*. Ignorar nunca funcionava. A maneira mais rápida de silenciar as provocações de um valentão era surrá-lo até transformá-lo em uma massa sangrenta.

Uma nova voz entrou na conversa.

– Se ele ficar – disse Leo ao entrar na cozinha –, certamente terá que lutar, mãe.

Assim como Kev, Leo estava em péssimas condições físicas, com um olho roxo e um lábio cortado. Leo sorriu com dificuldade ao ouvir as exclamações da mãe e da irmã. Ainda sorrindo, ele olhou para Kev.

– Surrei um ou dois homens que você deixou escapar – disse.

– Oh, querido – murmurou a Sra. Hathaway, pesarosa, segurando a mão do filho e notando que ela sangrava de um corte, provavelmente onde acertara os dentes de alguém. – Estas mãos devem segurar livros. E não lutar.

– Gosto de pensar que sou capaz de fazer as duas coisas – respondeu Leo em tom seco.

A expressão de Leo ficou séria quando ele olhou para Kev.

– Ninguém vai me dizer quem pode ou não morar em nossa casa. Enquanto quiser ficar, Merripen, eu o defenderei como um irmão.

– Não quero criar problemas – murmurou Kev.

– Problema algum – replicou Leo, flexionando a mão com cuidado. – Afinal, alguns princípios merecem ser defendidos.

CAPÍTULO 3

Princípios. Ideais. A dura realidade da antiga vida de Kev não permitia que ele pensasse nessas coisas. Mas a convivência com os Hathaways o modificou, elevando seus pensamentos a considerações que iam além da mera sobrevivência. Com certeza jamais seria um acadêmico ou um cavalheiro. Porém, havia passado anos ouvindo as animadas discussões dos Hathaways sobre Shakespeare, Galileu, a arte flamenga comparada à veneziana, democracia, monarquia, teocracia e todos os assuntos imagináveis. Aprendera a ler e até havia adquirido algum conhecimento de latim e francês. Transformara-se em alguém que sua antiga tribo jamais reconheceria.

Kev nunca pensava no Sr. e na Sra. Hathaway como pais, mas teria feito qualquer coisa por eles. Não desejava criar laços com as pessoas. Para isso seria necessário mais confiança e intimidade do que podia sentir. Mas gostava de todos os Hathaways, até mesmo de Leo. E havia Win, por quem Kev daria a vida.

Kev jamais a desonraria com seu toque, nem ousaria ocupar na vida dela um lugar que não fosse o de protetor. Ela era muito valiosa, muito rara. Quando cresceu e se transformou em mulher, todos os homens do lugar se encantaram com sua beleza.

Forasteiros costumavam ver Win como uma rainha de gelo, contida, inabalável e racional. Mas essas pessoas não conheciam a sagacidade e o calor que se escondiam sob a aparência perfeita. Forasteiros não viram Win ensinando a Poppy os passos de uma quadrilha até as duas caírem no chão rindo. Ou caçando sapos com Beatrix, o avental cheio de anfíbios saltitantes. Nem o tom cômico com que ela lia um romance de Dickens empregando uma coleção de vozes e sons, até a família inteira se render a sua astúcia.

Kev a amava. Não como descreviam os romancistas e poetas. Nada tão domesticado. Amava Win além da terra, do céu ou do inferno. Cada momento longe dela era agonia; cada momento com ela era a paz que jamais conhecera. Cada toque daquelas mãos nele lhe devorava a alma. Kev teria se matado antes de admitir tudo isso a alguém. A verdade estava enterrada fundo em seu coração.

Ele não sabia se Win correspondia ao seu amor. Tudo o que sabia era que não queria que ela o amasse.

~

– Pronto – disse Win, certo dia, depois de terem andado por pântanos secos e sentado para descansar no lugar favorito dos dois. – Está quase conseguindo.

– Quase conseguindo o quê? – perguntou Kev, preguiçoso.

Eles se reclinaram ao lado de um grupo de árvores à margem de um córrego que costumava secar nos meses de verão. A grama era coberta de flores brancas e roxas que espalhavam pelo ar quente e fétido uma fragrância semelhante à de amêndoas.

– Sorrir. – Ela se apoiou sobre os cotovelos e tocou os lábios dele com os dedos.

Kev ficou imóvel.

Uma ave voou de uma árvore próxima estendendo as asas, emitindo um pio longo e agudo ao descer.

Dedicada a seu objetivo, Win puxou os cantos da boca de Kev para cima e tentou segurá-los.

Excitado e se divertindo com a brincadeira, Kev riu e empurrou a mão dela.

– Você devia sorrir com mais frequência – disse Win, ainda olhando para o rosto dele. – Fica muito bonito quando sorri.

Ela era mais fascinante que o sol, com cabelos que lembravam seda clara e lábios cor-de-rosa. No início o olhar de Win parecia ser apenas de curiosidade, mas, ao sustentá-lo, ele percebeu que ela tentava ler seus segredos.

Kev queria puxá-la para a relva e cobrir o corpo dela com o seu. Vivia com os Hathaways havia quatro anos. Agora descobria que era cada vez mais difícil controlar seus sentimentos por Win.

– O que pensa quando olha para mim desse jeito? – perguntou ela em voz baixa.

– Não posso dizer.

– Por que não?

Kev sentiu o sorriso distender seus lábios novamente, dessa vez um pouco inclinado.

– Você ficaria com medo.

– Merripen – falou decidida –, nada do que você faça ou diga vai me amedrontar. – Ela franziu o cenho. – Você *nunca* vai me dizer seu primeiro nome?

– Não.

– Vai, sim. Eu vou fazer você me dizer. – Ela fingiu bater no peito dele com os punhos.

Kev segurou os pulsos finos de Win com as mãos, contendo-a com facilidade. O corpo dele acompanhou o movimento, rolando sobre ela para imobilizá-la. Era errado, mas ele não conseguia se conter. E enquanto a prendia com seu peso, ele sentiu que ela se movia instintivamente para acomodá-lo. Kev já estava quase paralisado pelo prazer primitivo da experiência. Ele esperava que ela resistisse, que lutasse com ele, mas, em vez disso, sentiu que Win se mantinha passiva e a viu sorrir.

Kev se lembrou vagamente de uma das histórias da mitologia grega de que os Hathaways tanto gostavam... sobre Hades, o deus do mundo inferior que sequestrara a donzela Perséfone em um campo florido e a levara para o fundo da terra por uma fenda. Hades iria possuí-la no seu mundo sombrio e privado. Apesar de as filhas de Hathaway reagirem todas com indignação ao destino de Perséfone, Kev se sentira solidário com Hades em particular. A cultura cigana costumava romantizar a ideia do sequestro de uma mulher para fazer dela noiva do sequestrador, chegando a imitar essa atitude em seus rituais de conquista e sedução.

– Não entendo por que comer meia dúzia de sementes de romã deveria ser o bastante para condenar Perséfone a passar parte do ano com Hades – declarara Poppy, ultrajada. – Ninguém a informou sobre as regras. Não foi justo. Tenho certeza de que ela nunca teria tocado em nada, se soubesse o que poderia acontecer.

– E nem foi um lanche muito nutritivo – acrescentara Beatrix, perturbada. – Se eu estivesse lá, teria pedido, pelo menos, um doce ou um folhado com geleia.

– Talvez ela não tenha se sentido tão infeliz por ficar – sugeriu Win com os olhos brilhando. – Afinal, Hades a fez sua rainha. E a história conta que ele possuía "as riquezas da terra".

– Um marido rico – dissera Amelia – não muda o fato de Perséfone ter sido forçada a residir em um local indesejável sem nenhuma vista. Pense nas dificuldades de alugar essa residência durante os meses fora de temporada.

Todos concordavam sobre Hades ser um completo vilão.

Mas Kev entendia exatamente por que o deus do mundo inferior havia roubado Perséfone para ser sua noiva. Queria para si um pouco de sol e calor no subterrâneo triste de sua moradia escura.

– Então, os membros de sua tribo que o abandonaram para morrer... – falou Win, trazendo os pensamentos de Kev de volta ao presente. – *Eles* podem saber seu verdadeiro nome, mas eu não?

– Isso mesmo. – Kev observou a dança de luz e sombras no rosto de Win. Imaginava como seria tocar com os lábios aquela pele onde a luz brincava.

Linhas suaves surgiram entre as sobrancelhas de Win.

– Por quê? Por que não posso saber?

– Porque você é uma *gadji*. – Seu tom era mais terno do que ele pretendia que fosse.

– Sua *gadji*.

Ao penetrar esse território perigoso, Kev sentiu seu coração se contrair dolorosamente. Win não era dele, nem jamais poderia ser. Exceto em seu coração.

Ele se levantou.

– É hora de voltar – disse Kev em tom seco.

Ele estendeu a mão para puxar a dela, pondo Win em pé. Ela não controlou a força do impulso, deixando-se cair contra ele naturalmente. As saias balançavam em torno das pernas, e a forma esguia e curvilínea do corpo delicado pressionou o dele. Com desespero, Kev buscou força, e vontade, para afastá-la.

– Vai tentar encontrá-los, Merripen? – perguntou ela. – Vai me deixar?

Nunca, ele pensou num lampejo de ardente necessidade. Mas, em vez disso, falou:

– Não sei.

– Se você for, eu irei também. E o trarei de volta para casa.

– Duvido que o homem que se casar com você permita isso.

Win sorriu como se o comentário fosse ridículo. Ela se afastou e soltou a mão dele. Os dois caminharam de volta a Hampshire House em silêncio.

– Tobar? – sugeriu ela depois de um momento. – Garridan? Palo?

– Não.

– Rye?

– Não.

– Cooper?... Stanley?...

– Não.

~

Para orgulho de toda a família Hathaway, Leo foi aceito na Academia de Belas-Artes em Paris, onde estudou arte e arquitetura por dois anos. Tão promissor era o talento de Leo que o curso foi pago parcialmente pelo renomado arquiteto londrino Rowland Temple. Leo lhe restituiria o valor trabalhando para ele quando voltasse ao país.

Leo havia amadurecido e se tornado um jovem estável e de boa natureza, de espírito perspicaz e com uma risada fácil. E à luz de seu talento e ambição, havia a promessa de ainda mais realizações. Quando voltou à Inglaterra, Leo se instalou em Londres para cumprir sua obrigação com Temple, mas também ia visitar frequentemente a família em Primrose Place. Além de cortejar uma linda moça de cabelos negros que morava no vilarejo e cujo nome era Laura Dillard.

Durante a ausência de Leo, Kev havia feito o possível para cuidar da família. E o Sr. Hathaway havia tentado mais de uma vez ajudar Kev a planejar um futuro para ele. Essas conversas resultavam em frustração para ambos.

– Você está desperdiçando sua vida – dizia o Sr. Hathaway a Kev com contida irritação.

Kev bufava ao ouvir tal coisa, mas Hathaway persistia.

– Devemos pensar no seu futuro. E, antes de mais nada, saiba que conheço a preferência dos rons por viver no presente. Mas você mudou, Merripen. Foi longe demais para desprezar o que criou raízes em você.

– Quer que eu vá embora? – perguntou Kev em voz baixa.

– Céus, não. De jeito nenhum. Como já disse antes, você pode ficar conosco pelo tempo que quiser. Mas é meu dever adverti-lo de que, ficando aqui, você está sacrificando várias oportunidades de progresso pessoal. Deveria sair, conhecer o mundo, como Leo fez. Você poderia fazer um estágio, aprender um ofício, talvez se alistar no Exército...

– O que eu ganharia com isso?

– Para começar, a capacidade de receber mais que os trocados que posso lhe dar.

– Não preciso de dinheiro.

– Mas, na situação em que está, não tem meios para se casar, comprar um pedaço de terra, ou...

– Não quero me casar. E não posso ter terras. Ninguém pode.

– Aos olhos do governo britânico, Merripen, um homem certamente pode possuir terras, onde terá sua casa.

– A tenda se manterá onde o palácio ruirá – respondeu Kev de um jeito prosaico.

Hathaway riu, irritado.

– Eu preferiria discutir com uma centena de acadêmicos – disse a Kev – a brigar com um cigano. Muito bem, vamos abandonar esse assunto por ora. Mas lembre-se, Merripen... a vida é mais do que seguir seus instintos primitivos. Um homem deve deixar sua marca no mundo.

– Por quê? – perguntou Kev com espanto genuíno.

Mas Hathaway já se afastava para ficar com a esposa no jardim de rosas.

~

Aproximadamente um ano depois de Leo ter voltado de Paris, a tragédia se abateu sobre a família Hathaway. Até então nenhum deles havia conhecido sofrimento, medo ou pesar verdadeiro. Viviam no que parecia ser um círculo familiar protegido por magia. Mas uma noite o Sr. Hathaway se queixou de estranhas e agudas dores no peito, levando sua esposa a deduzir que ele sofria de dispepsia após um jantar particularmente pesado. Ele foi para a cama cedo, quieto e abatido. Não se ouviu mais nada no quarto do casal até o amanhecer, quando a Sra. Hathaway saiu de lá chorando e disse à perplexa família que o pai deles havia morrido.

Esse foi só o começo do infortúnio dos Hathaways. Era como se uma maldição houvesse convertido a mesma medida da antiga felicidade em dor. "Os problemas sempre vêm em trio", Merripen se lembrava de ter ouvido muitas vezes na infância, e para sua amarga infelicidade o ditado se mostrou verdadeiro.

A Sra. Hathaway ficou tão desolada que caiu de cama após o funeral do marido. Tal era a intensidade de sua melancolia que ninguém conseguia convencê-la a beber ou comer. Nenhuma tentativa dos filhos para trazê-la de volta ao normal foi eficiente. Em um espaço de tempo espantosamente curto, ela definhara até restar quase nada.

– É possível morrer de tristeza? – perguntou Leo, taciturno, certa noite, depois de o médico se retirar afirmando que não encontrara nenhuma causa física para o declínio da saúde de sua mãe.

– Ela deveria querer viver por Poppy e Beatrix, pelo menos – opinou Amelia em voz baixa.

Nesse momento, Poppy punha Beatrix na cama em outro aposento.

– Ainda são jovens demais para perder a mãe – prosseguiu Amelia. – Mesmo que eu tivesse que viver muito tempo com o coração partido, eu me forçaria a isso, ainda que fosse só para cuidar delas.

– Mas você tem uma essência de aço – respondeu Win, dando tapinhas nas costas da irmã mais velha. – É sua própria fonte de força. Receio que mamãe sempre tenha extraído a dela de nosso pai.

Win olhou para Merripen com desespero nos olhos azuis.

– Merripen, o que os rons indicam para curar melancolia? Há qualquer coisa, por mais estranha que seja, que possa curá-la? Como seu povo cuidaria disso?

Kev balançou a cabeça, desviando o olhar para a lareira.

– Meu povo a deixaria em paz. Os rons têm medo de sofrimento excessivo.

– Por quê?

– Esse sentimento incita a morte a voltar para assombrar os vivos.

Os quatro ficaram em silêncio, ouvindo o crepitar do fogo.

– Ela quer se juntar ao papai – falou Win depois de um tempo. Seu tom era pensativo. – Onde quer que ele esteja. Ela está com o coração partido. Não queria que fosse assim. Trocaria minha vida, meu coração pelo dela, se essa troca fosse possível. Queria...

Win parou com uma inspiração rápida quando a mão de Kev segurou seu braço.

Ele nem havia percebido que a tocava, mas as palavras dela o provocaram de um jeito irracional.

– Não diga isso – Kev a interrompeu. Ele não estava tão distante de seu passado cigano para ter esquecido o poder que as palavras tinham de provocar o destino.

– Por que não? – sussurrou ela.

Porque ela oferecia algo que não lhe pertencia.

Seu coração é meu, pensou ele com intensidade selvagem. *Pertence a mim.*

E embora não tivesse dito essas palavras em voz alta, de alguma forma Win parecia tê-las ouvido. Seus olhos se arregalaram, escureceram, e um rubor tingiu seu rosto. Ali mesmo, na presença do irmão e da irmã, ela abaixou a cabeça e pressionou a face contra o dorso da mão de Kev.

Kev queria confortá-la, cobri-la de beijos, envolvê-la com sua força. Em vez disso, soltou o braço dela cuidadosamente e olhou apreensivo para Amelia e Leo. Amelia havia retirado algumas toras de lenha do cesto ao lado da lareira e se ocupava de alimentar o fogo. Leo observava Win atentamente.

~

Menos de seis meses depois da morte do marido, a Sra. Hathaway foi sepultada ao seu lado. E, antes que os irmãos pudessem começar a aceitar que haviam ficado órfãos com tão cruel rapidez, a terceira tragédia aconteceu.

~

– Merripen. – Win estava parada na soleira do chalé, hesitando em entrar. Havia uma expressão tão estranha em seu rosto que Kev levantou-se imediatamente.

Ele estava cansado e sujo, porque havia acabado de voltar de um dia inteiro de trabalho na casa de um vizinho, onde construíra um portão e uma cerca em torno do quintal. Para instalar as estacas da cerca, Kev havia cavado buracos no chão congelado pelo inverno que se aproximava. Acabara de se sentar à mesa com Amelia, que tentava remover manchas de um vestido de Poppy usando uma pena embebida em aguarrás. O cheiro da substância química fez arder o nariz de Kev quando ele inspirou profundamente. Pela expressão de Win, ele sabia que havia alguma coisa muito errada.

– Hoje estive com Laura e Leo. Laura adoeceu... Ela disse que a garganta doía, a cabeça também, e nós a levamos para casa imediatamente. A família chamou o médico, que disse que era escarlatina.

– Meu Deus! – Amelia gemeu, empalidecendo.

Os três ficaram em silêncio compartilhando o sentimento de horror.

Não havia febre que queimasse tão violentamente ou se alastrasse tão depressa. Ela provocava uma vermelhidão intensa na pele, criando uma textura áspera e fina que lembrava a de uma lixa de madeira. A febre queimava e se espalhava pelo corpo até destruir todos os órgãos. A doença era contagiosa, transmissível pelo ar e também pelo contato. A única maneira de proteger as outras pessoas era isolar o paciente.

– Ele tem certeza? – perguntou Kev com voz controlada.

– Sim, o médico disse que os sinais são claros. E também...

Win parou de falar quando Kev se aproximou dela.

– *Não*, Merripen! – Win levantou a mão delicada e branca com tamanho desespero e autoridade que o fez parar. – Ninguém deve se aproximar de mim. Leo está na casa de Laura. Não vai sair de lá. Disseram que ele podia ficar e... você deve levar Poppy, Beatrix e Amelia para a casa de nossos primos em Hedgerley. Não vão gostar disso, mas lá elas serão acolhidas e...

– Não vou a lugar nenhum – declarou Amelia com uma atitude calma, apesar de tremer ligeiramente. – Se você contraiu a febre, vai precisar dos meus cuidados.

– Mas se você a contrair...

– Já tive escarlatina quando era criança. Foi fraca, mas isso significa que, provavelmente, estou segura agora.

– E quanto a Leo?

– Receio que ele não tenha tido a doença. E isso pode colocá-lo em risco. – Amelia olhou para Kev. – Merripen, você já...?

– Não sei.

– Então vai ter que se afastar daqui com as crianças até isso tudo acabar. Pode ir buscá-las? Elas saíram para brincar. Vou arrumar as coisas delas.

Kev sentia que era quase impossível abandonar Win se ela estivesse doente. Mas não havia alternativa. Alguém tinha que levar as meninas para um lugar seguro.

Menos de uma hora mais tarde, Kev havia encontrado Beatrix e Poppy, acomodado as duas na carruagem da família, e as levava para a jornada de meio dia para Hedgerley. Quando as deixou aos cuidados dos primos e retornou ao chalé, já passava da meia-noite.

Amelia estava na sala vestindo camisola e robe, com os cabelos descendo pelas costas numa longa trança. Ela sentou-se diante do fogo, os ombros encurvados e caídos.

Amelia ergueu os olhos, surpresa, quando Kev entrou na casa.

– Não devia estar aqui. O perigo...

– Como ela está? – Kev a interrompeu. – Algum sintoma da febre?

– Calafrios. Dores. A temperatura não subiu, até onde pude perceber. Talvez seja um bom sinal. Talvez signifique que o quadro dela não será grave.

– Alguma notícia dos Dillards? E Leo?

Amelia balançou a cabeça.

– Win disse que ele pretendia dormir na sala e que iria ver Laura sempre que permitissem. Não é nada apropriado, mas se Laura... bem, se ela não sobreviver à febre... – A voz de Amelia fraquejou e ela fez uma pausa para conter as lágrimas. – Suponho que, se for o fim, ninguém vai querer privar Laura de seus últimos momentos ao lado do homem que ela ama.

Kev sentou-se perto de Amelia e pensou em amenidades que ouvira os *gadje* dizer uns aos outros. Palavras sobre força, sobre aceitar a vontade do Todo-Poderoso e sobre mundos muito melhores que esse. Mas não conseguia repetir nenhuma delas para Amelia. A dor dela era muito honesta, o amor que ela demonstrava pela família era muito real.

– É demais – sussurrou Amelia depois de um tempo. – Não posso suportar mais uma perda. Tenho muito medo por Win. Temo também por Leo. – Ela massageou a testa. – Estou falando como a pior das covardes, não é?

Kev balançou a cabeça.

– Só um tolo não teria medo.

Isso a fez rir, uma risada breve, seca.

– Então, definitivamente não sou tola.

~

De manhã Win estava corada e febril, movendo as pernas sob as cobertas com inquietação. Kev se aproximou da janela e abriu a cortina, deixando entrar a luz fraca do amanhecer.

Ela despertou quando Kev se aproximou da cama, e seus olhos azuis se abriram no rosto avermelhado.

– Não – protestou Win com voz rouca, tentando recuar e se afastar dele. – Você não devia estar aqui. Não chegue perto de mim. Vai pegar a doença... Por favor, vá embora.

– Quieta – disse Kev, sentando-se na beirada do colchão. Quando Win tentou rolar para longe, ele a segurou e colocou a mão sobre sua testa. Os dedos dele sentiram o pulsar ardente sob a pele frágil, as veias aparentes e a febre alta.

Win tentou empurrá-lo e Kev se assustou ao perceber o quanto ela havia enfraquecido. Rapidamente.

– Não... – Ela soluçou agitada. Lágrimas escorriam de seus olhos. – Por favor, não me toque. Não quero você aqui. Não quero que adoeça. Oh, *por favor*, vá...

Kev a puxou contra o corpo dele, sentindo a chama viva sob a fina camada da camisola, a seda pálida dos cabelos dela os envolvendo. Ele amparou a cabeça dela com uma das mãos, a poderosa e calejada mão de um lutador.

– Se acha que vou sair de perto de você agora – disse ele em voz baixa –, só pode estar maluca. Vou ver você bem novamente, custe o que custar.

– Não vou sobreviver – murmurou Win.

Kev ficou chocado com essas palavras e mais ainda com sua própria reação a elas.

– Eu vou morrer – insistiu ela –, e não levarei você comigo.

Kev a abraçou com mais força, sentindo em seu rosto a respiração ofegante e quente dela. Win se debatia, mas não conseguia se soltar. Ele respirava o ar que Win exalava, enchendo os pulmões com inspirações profundas.

– *Pare* – gritou ela, tentando desesperadamente se afastar de Kev. O esforço intensificou o tom vermelho de seu rosto. – Isso é loucura... Oh, seu miserável teimoso, deixe-me sozinha!

– Nunca. – Kev alisou os cabelos finos e desalinhados de Win, notando as mechas mais escuras por onde as lágrimas haviam escorrido. – Acalme-se – murmurou. – Não se canse. Repouse.

Os movimentos de Win foram perdendo a intensidade ao perceber que era inútil resistir.

– Você é muito forte – disse ela com um fio de voz. Não era um elogio, mas o reconhecimento da derrota. – Muito forte...

– Sim – concordou Kev, secando delicadamente o rosto dela com uma ponta do lençol. – Sou um bruto, e você sempre soube disso, não é?

– Sim – sussurrou ela.

– E vai fazer o que digo. – Ele a amparou contra o peito e a fez beber um pouco de água.

Win bebeu alguns goles com grande dificuldade.

– Não consigo – disse, virando o rosto.

– Mais – insistiu Kev, aproximando a caneca dos lábios dela novamente.

– Deixe-me dormir, por favor...

– Depois que beber mais um pouco.

Kev não desistiu até que ela obedeceu com um gemido. Então, ele a acomodou sobre os travesseiros e a deixou cochilar por alguns minutos, depois voltou trazendo torradas embebidas em um caldo. Ele a forçou a engolir algumas colheradas.

Nesse momento, Amelia, que havia acordado, entrou no quarto. Um olhar surpreso foi sua única reação ao ver Win amparada pelo braço de Kev, que a alimentava.

– Livre-se dele – disse Win, com voz rouca e a cabeça apoiada no ombro de Kev. – Ele está me torturando.

– Bem, sempre soubemos que ele era um demônio – respondeu Amelia em tom razoável, parando ao lado da cama. – Como ousa, Merripen? Entrar no quarto de uma jovem desprevenida e alimentá-la com torrada...

– A vermelhidão começou – disse Kev, notando a aspereza que surgia no pescoço e no rosto de Win.

A pele dela, antes acetinada, agora era arenosa e vermelha. Ele sentiu a mão de Amelia tocar suas costas, agarrando o tecido da camisa como se precisasse de amparo para não cair.

Mas a voz de Amelia era suave e firme.

– Vou preparar uma solução de água e bicarbonato. Isso vai diminuir a aspereza, querida.

Kev sentiu uma profunda admiração por Amelia. Ela enfrentava quaisquer desafios que surgissem em seu caminho. De todas as Hathaways, ela havia se mostrado a mais corajosa até agora. Mas Win teria que ser ainda mais forte e até mais obstinada, se quisesse sobreviver aos próximos dias.

– Enquanto você banha Win com a solução, eu vou buscar o médico – disse ele a Amelia.

Kev não tinha confiança alguma em um médico *gadjo*, mas a consulta daria às irmãs um pouco de paz de espírito. Kev também queria saber como estavam Leo e Laura.

Depois de deixar Win aos cuidados de Amelia, Kev dirigiu-se à casa dos Dillards. A criada que o recebeu na porta disse que Leo não poderia atendê-lo.

– Ele está lá dentro com a Srta. Laura – disse, abalada, enxugando o rosto com um pano. – Ela não reconhece ninguém; está quase inconsciente. O declínio é rápido, senhor.

Kev sentiu a tensão de suas unhas curtas contra a pele endurecida da palma das mãos. Win era mais frágil do que Laura Dillard. Se Laura declinava tão depressa, não parecia possível que Win pudesse sobreviver à mesma febre.

Em seguida ele pensou em Leo, que não era um irmão de sangue, mas, certamente, um irmão de tribo. Leo amava Laura Dillard tão intensamente que não seria capaz de aceitar a morte dela de forma racional, nem de qualquer outra forma. Kev se preocupava com ele.

– Como o Sr. Hathaway está de saúde? – perguntou. – Ele exibiu algum sinal de doença?

– Não, senhor. Acho que não. Não sei.

Mas pela maneira como os olhos lacrimejantes da criada se desviavam dos dele, Kev deduziu que Leo não estava bem. Kev queria tirá-lo da vigília da morte *agora*, colocá-lo na cama e preservar suas forças para os dias que se seguiriam. Mas seria cruel privá-lo das últimas horas com sua amada.

– Quando ela morrer – disse Kev sem rodeios –, mande-o para casa. Mas não o deixe ir sozinho. Peça que alguém o acompanhe até a porta do chalé dos Hathaways. Entendeu?

– Sim, senhor.

Dois dias depois, Leo voltou para casa.

– Laura está morta – disse ele e caiu num delírio de febre e dor.

CAPÍTULO 4

A escarlatina que varrera o vilarejo era de um tipo particularmente virulento e atingia com mais intensidade os muito novos e os mais velhos. Não havia médicos suficientes para atender os enfermos, e ninguém de fora de Primrose Place se atrevia a ir ajudar. Depois de ir ao chalé para examinar os dois pacientes, o médico, exausto, prescrevera cataplasmas de vinagre quente para a garganta. Ele também deixara um tônico contendo tintura de acônito. Aparentemente, o tônico não produzia efeito algum em Win ou Leo.

– Não estamos fazendo o bastante – disse Amelia no quarto dia.

Ela e Kev não dormiam o suficiente, porque se revezavam cuidando dos irmãos enfermos. Amelia entrou na cozinha e encontrou Kev fervendo água para preparar o chá.

– A única coisa que conseguimos até agora foi tornar o declínio mais confortável. Deve haver algo que possamos fazer para interromper a febre. Não vou deixar isso assim. – Amelia estava tensa e trêmula, enfileirando palavra atrás de palavra como se tentasse usá-las para construir uma barreira.

Ela parecia tão vulnerável que Kev tomou-se de compaixão. Ele não se sentia confortável tocando alguém ou sendo tocado por outras pessoas, mas um sentimento fraternal o levou a se aproximar dela.

– Não – disse Amelia, apressada, percebendo que ele se preparava para abraçá-la. Recuando um passo, balançou a cabeça com vigor. – Eu... não sou o tipo de mulher que consegue se apoiar em alguém. Eu desabaria.

Kev a entendia. Para pessoas como ela e como ele próprio, proximidade significava muito.

– O que pode ser feito? – sussurrou Amelia, cruzando os braços.

Kev esfregou os olhos cansados.

– Já ouviu falar em uma planta chamada beladona?

– Não. – Amelia só conhecia ervas usadas na culinária.

– Só desabrocha à noite. Quando o sol aparece, as flores morrem. Havia um *drabengro*, um "homem de venenos", em minha tribo. Às vezes ele me mandava buscar as plantas que eram difíceis de encontrar. Esse homem me disse que a beladona era a erva mais poderosa que ele conhecia. Podia matar um homem, mas também podia trazer de volta alguém que estivesse à beira da morte.

– Você já viu essa erva funcionar?

Kev assentiu, olhando de lado para ela enquanto massageava os músculos tensos da nuca.

– Vi curar febre – murmurou ele. E esperou.

– Consiga um pouco – disse Amelia por fim, com voz trêmula. – Talvez a erva seja fatal. Mas é certo que os dois morrerão sem ela.

~

Kev ferveu a planta, que encontrou em um canto do cemitério do vilarejo, e fez um xarope ralo e escuro.

Amelia ficou ao lado de Kev enquanto ele coava o caldo e o despejava em uma pequena caneca.

– Primeiro Leo – decidiu Amelia, embora sua expressão fosse hesitante. – Ele está pior do que Win.

Os dois se dirigiram à cama de Leo. Era espantosa a velocidade com que um homem podia definhar de escarlatina. Leo estava muito magro e abatido. Seu rosto, que antes era belo, estava irreconhecível, inchado e pálido. Suas últimas palavras coerentes haviam sido ditas no dia anterior, quando ele implorara a Kev para deixá-lo morrer. Logo seu desejo seria atendido. Aparentemente, em poucas horas Leo estaria em coma, se não em minutos.

Amelia foi logo abrir a janela, deixando o ar frio levar o cheiro de vinagre.

Leo gemeu e se mexeu sem forças, incapaz de resistir quando Kev abriu sua boca, pegou uma colher e pingou quatro ou cinco gotas da tintura sobre sua língua seca, fissurada.

Amelia foi se sentar ao lado do irmão, alisando-lhe os cabelos sem vida e beijando sua testa.

– Se isso... tiver um efeito adverso – disse ela, mas Kev sabia que sua pergunta era "se isso for fatal" –, quanto tempo vai demorar?

– De cinco minutos a uma hora. – Kev viu como a mão de Amelia tremia sobre os cabelos de Leo.

Aquela parecia ser a hora mais longa da vida de Kev, enquanto, sentados, eles observavam Leo, que se mexia e resmungava como se estivesse no meio de um pesadelo.

– Pobre menino – murmurou Amelia, passando um pano umedecido com água fria no rosto do irmão.

Quando tiveram certeza de que não havia mais risco de convulsões, Kev pegou a caneca e se levantou.

– Vai dar a erva a Win agora? – perguntou Amelia, ainda olhando para o irmão.

– Sim.

– Precisa de ajuda?

Kev balançou a cabeça.

– Fique com Leo.

Kev foi ao quarto de Win. Ela estava imóvel na cama. Não o reconhecia mais, a mente e o corpo consumidos pela febre alta. Quando ele a ergueu e apoiou a cabeça dela em seu braço, Win se agitou em protesto.

– Win – disse ele com voz suave. – Amor, fique quieta. – Os olhos dela se entreabriram com o som da voz de Kev. – Estou aqui – sussurrou ele. E pegou uma colher para mergulhar na caneca. – Abra a boca, pequena *gadji*. Por mim.

Mas ela se recusava. Virou o rosto, e os lábios se moveram num sussurro mudo.

– O que é isso? – murmurou Kev, deitando-a sobre o travesseiro. – Win, precisa tomar o medicamento.

Ela sussurrou novamente.

Kev compreendeu as palavras balbuciadas e a olhou incrédulo.

– Você toma se eu lhe disser meu nome?

Com grande esforço ela conseguiu produzir saliva suficiente para dizer:

– Sim.

Kev sentiu a garganta apertada, e os cantos de seus olhos ardiam.

– É Kev – conseguiu responder. – Meu nome é Kev.

Ela o deixou introduzir a colher entre seus lábios, e a tintura escura escorreu por sua garganta.

O corpo de Win relaxou junto ao dele. Kev a manteve em seus braços, percebendo que ela estava muito leve e quente como fogo.

Eu vou com você, ele pensou, *seja qual for seu destino.*

Win era a única coisa que já quisera na vida. Não a deixaria partir sem ele.

Kev se inclinou sobre ela e tocou seus lábios secos e quentes com os dele.

Um beijo que ela não poderia sentir e do qual jamais se lembraria.

Ele sentiu o veneno ao prolongar o contato de sua boca com a dela. Quando Kev levantou a cabeça, olhou para a mesa de cabeceira onde havia deixado o restante da mortal beladona. Havia mais que o suficiente para matar um homem saudável.

Era como se a única coisa que impedia o espírito de Win de deixar seu corpo fosse o confinamento nos braços de Kev. Então, ele a amparava e embalava. Por um instante pensou em rezar, mas não conhecia nenhum ser, sobrenatural ou mortal, que ameaçasse tirá-la dele.

O mundo havia se tornado esse quarto silencioso e sombrio, o corpo magro em seus braços, o ar que entrava e saía manso dos pulmões dela. Kev seguia esse ritmo com a própria respiração, com as batidas de seu coração. Reclinado contra a cabeceira da cama, ele mergulhou em um transe tenebroso enquanto esperava pelo destino que seria o mesmo para os dois.

Sem saber quanto tempo havia passado, Kev repousou com ela até ser despertado por um movimento na porta e um brilho de luz.

– Merripen. – A voz de Amelia soava rouca e ela segurava uma vela parada na soleira.

Kev tateou às cegas procurando o rosto de Win, encontrou a face delicada e experimentou uma onda de pânico ao tocar a pele fria. Ele sentiu a pulsação no pescoço de Win.

– A febre de Leo cedeu – declarou Amelia. Kev mal podia ouvi-la com a onda de sangue que lhe subia à cabeça. – Ele vai ficar bem.

Os dedos de Kev encontraram um pulso fraco, mas estável. O coração de Win batia... e essa pulsação sustentava todo o seu universo.

CAPÍTULO 5

Londres, 1849

A entrada de Cam Rohan para a família Hathaway havia estabelecido outro tipo de convivência entre eles. Era intrigante como uma pessoa podia mudar tudo. E era irritante, também.

Mas tudo era irritante para Kev agora. Win fora para a França, e ele não via motivos para ser agradável ou mesmo cordial. A ausência da jovem causava nele a fúria predadora de uma criatura selvagem privada do parceiro. Estava sempre consciente da necessidade que tinha dela, e era insuportável saber que ela estava em algum lugar distante aonde ele não poderia chegar.

Kev havia esquecido como era esse ódio terrível do mundo e de seus ocupantes. Era uma lembrança indesejada de sua infância, quando só conhecia violência e infelicidade. Mas os Hathaways pareciam esperar que ele se comportasse normalmente, que participasse da rotina da família, que fingisse que o mundo continuava girando.

A única coisa que o impedia de enlouquecer era saber o que *ela* queria que ele fizesse. Win desejaria que ele cuidasse das irmãs dela. E que resistisse à vontade de matar o novo cunhado.

Kev mal podia suportar o infeliz.

Todos os outros o adoravam. Cam Rohan encantara Amelia. Na verdade, ele a seduzira, e era por isso que Kev ainda não o perdoara. Mas Amelia estava completamente feliz com o marido, embora ele fosse metade cigano.

Nenhum deles jamais havia conhecido alguém parecido com Rohan, cujas origens eram tão misteriosas quanto as do próprio Kev. Durante a maior parte de sua vida, Rohan havia trabalhado em um clube de jogo para cavalheiros, o Jenner's, e acabara se tornando um faz-tudo e sócio minoritário no negócio altamente lucrativo. Dono de uma fortuna que não parava de crescer, ele fizera investimentos ruins para escapar do supremo constrangimento de ser um cigano rico. Não havia funcionado. O dinheiro continuava se acumulando, cada investimento incauto gerando dividendos miraculosos. Tímido, Rohan havia chamado tudo isso de sua maldição da boa sorte.

Mas a maldição havia se mostrado útil, já que cuidar dos Hathaways era uma decisão cara. Depois de um incêndio, a propriedade da família em

Hampshire, que Leo herdara junto com seu título no ano anterior, estava sendo reconstruída. Poppy precisava de roupas para sua temporada em Londres e Beatrix queria concluir os estudos. Além de tudo isso, havia as despesas médicas de Win na clínica. Como Rohan explicara para Kev, ele estava em condições de fazer muito pelos Hathaways, e essa devia ser razão suficiente para Kev tolerá-lo.

Portanto, Kev o tolerava.

Ou quase.

~

– Bom dia – disse Rohan animado ao entrar na sala de refeições da suíte da família no Rutledge Hotel.

Eles já estavam na metade do café da manhã. Diferentemente do restante deles, Rohan não acordava cedo, porque passara boa parte da vida em um clube de jogo onde havia atividade a noite toda. *Um cigano da cidade*, pensou Kev com desprezo.

De banho tomado e vestido com roupas de *gadjo*, Rohan tinha uma beleza exótica com seus cabelos escuros e longos e um diamante enfeitando uma das orelhas. Era esguio e tinha um jeito descontraído de se movimentar. Antes de sentar-se ao lado de Amelia, ele se inclinou para beijar-lhe a cabeça, uma demonstração aberta de afeto que a fez corar. Há algum tempo Amelia desaprovaria demonstrações de carinho como essa. Agora ela apenas corava e parecia surpresa.

Kev olhou carrancudo para o prato ainda pela metade.

– Ainda está sonolento? – ele ouviu Amelia perguntar a Rohan.

– Nesse ritmo, não vou estar completamente desperto antes do meio-dia.

– Devia tomar um pouco de café.

– Não, obrigado. Não suporto essa coisa.

Beatrix falou:

– Merripen bebe muito café. E *adora*.

– É claro que sim – respondeu Rohan. – É escuro e amargo. – E sorriu quando Kev o encarou com um olhar de advertência. – Como se sente esta manhã, *phral*?

– Não me chame assim. – Kev não erguia a voz, mas havia nela uma nota selvagem que chamou a atenção de todos.

Depois de um momento, Amelia falou com Rohan usando um tom deliberadamente leve.

– Hoje vamos à costureira, Poppy, Beatrix e eu. Creio que só voltaremos para o jantar.

Enquanto Amelia descrevia os vestidos, chapéus e acessórios que seriam necessários, Kev sentiu a mãozinha de Beatrix tocando a dele.

– Está tudo bem – sussurrou Beatrix. – Também sinto falta deles.

Aos 16 anos, a caçula dos Hathaways estava naquela idade vulnerável entre a infância e a vida adulta. Uma malandrinha de natureza doce, tão curiosa quanto os inúmeros animais de estimação que colecionava. Desde o casamento de Amelia com Rohan, Beatrix implorava para voltar à escola e concluir os estudos. Kev suspeitava de que ela havia lido um dos diversos romances cujas heroínas adquiriam refinamento em "escolas para jovens damas". Ele duvidava de que concluir os estudos surtisse resultados positivos para Beatrix, uma jovem de espírito livre.

Ela soltou a mão de Kev e se concentrou novamente na conversa, cujo assunto agora era o mais recente investimento de Rohan.

Para Rohan, havia se tornado uma espécie de jogo encontrar oportunidades de investimento com chances de fracassar. Na última tentativa, ele comprara uma fábrica de borracha à beira da falência. Assim que Cam assumira o comando, porém, a companhia adquirira a patente dos direitos de vulcanização e inventara um produto chamado elástico. E agora as pessoas compravam milhões dessas coisas.

– ... dessa vez o desastre é certo – dizia Cam. – Dois irmãos, ambos ferreiros, inventaram um veículo movido pela força humana. Eles o chamam de velocíclo. Duas rodas montadas em uma estrutura tubular de aço, movida por pedais empurrados pelos pés.

– Só duas rodas? – questionou Poppy, perplexa. – Como é possível subir nisso sem cair?

– O condutor precisa equilibrar o centro do peso sobre as rodas.

– E como é possível manobrar o veículo?

– Mais importante – acrescentou Amelia em tom seco –, como *pará-lo*?

– Jogando o corpo no chão? – sugeriu Poppy.

Cam riu.

– Provavelmente. Vamos produzi-la, é claro. Westcliff diz que nunca viu investimento tão absurdo. O velocíclo parece ser desconfortável como o diabo, e requer equilíbrio muito além das habilidades de um homem comum. Não será acessível, nem prático. Afinal, nenhum homem sensato escolheria pedalar pela rua sobre uma invenção de duas rodas em vez de cavalgar.

– Mas parece ser muito divertido – comentou Beatrix, sonhadora.

– Não é uma invenção que uma garota poderia experimentar – opinou Poppy.

– Por que não?

– As saias ficariam no caminho.

– Por que temos que usar saias? – perguntou Beatrix. – Creio que calças seriam muito mais confortáveis.

Amelia reagiu com uma mistura de espanto e humor.

– Essas observações devem ser mantidas em família, querida. – Ela pegou um copo de água e o levantou na direção de Rohan. – Muito bem, então. Um brinde ao seu primeiro fracasso. – Ela levantou uma sobrancelha. – Espero que não esteja pondo em risco toda a fortuna da família antes de chegarmos à costureira.

Ele riu.

– Não toda a fortuna. Pode comprar com segurança, *monicha*.

Quando todos terminaram o café, as mulheres deixaram a mesa, enquanto Rohan e Kev esperavam em pé educadamente.

Rohan sentou-se de novo e viu Kev começar a se retirar.

– Aonde vai? – perguntou Rohan, preguiçoso. – Visitar seu alfaiate? Discutir os últimos eventos políticos na cafeteria local?

– Se seu objetivo é me irritar – respondeu Kev –, não precisa se esforçar. Você me incomoda simplesmente respirando.

– Desculpe. Vou tentar me abster do hábito, mas me apeguei demais a ele. – Rohan apontou uma cadeira. – Sente-se, Merripen. Temos que discutir algumas coisas.

Kev concordou com um grunhido.

– Você é um homem de poucas palavras, não é? – comentou Rohan.

– Melhor que encher o ar de conversas vazias.

– Concordo. Vou direto ao ponto, então. Enquanto Leo... lorde Ramsay... estiver na Europa, todos os bens dele, os assuntos financeiros e três de suas irmãs foram postos aos cuidados de uma dupla de rons. Não é o que eu chamaria de uma situação ideal. Se Leo estivesse em condições de ficar, eu o teria mantido aqui e enviado Poppy para a França com Win.

Mas Leo não estava em boas condições, como ambos sabiam. Desde a morte de Laura Dillard ele era um homem destruído, um vagabundo. E apesar de estar finalmente aceitando o luto, seu caminho para a cura, tanto física quanto espiritual, não seria breve.

– Você realmente acredita – perguntou Kev com a voz repleta de desdém – que Leo vai se internar como paciente em uma clínica?

47

– Não. Mas ele vai estar perto para acompanhar Win. E o lugar é afastado, uma área remota onde as chances para arrumar problemas são limitadas. Ele se deu bem na França antes, quando estudava arquitetura. Viver lá novamente vai ajudá-lo a lembrar quem ele era.

– Ou – sugeriu Kev em tom sombrio – ele vai desaparecer em Paris e se entregar a bebida e prostitutas.

Rohan deu de ombros.

– O futuro de Leo está nas mãos dele. Estou mais preocupado com o que enfrentamos aqui. Amelia decidiu que Poppy precisa de uma temporada em Londres e que Beatrix vai terminar os estudos. Ao mesmo tempo, a reconstrução da mansão em Hampshire precisa continuar. As ruínas têm que ser removidas e o terreno...

– Sei o que precisa ser feito.

– Então, vai supervisionar o projeto? Vai trabalhar com o arquiteto, os construtores, os carpinteiros, os serralheiros e assim por diante?

Kev o encarou com hostilidade.

– Não vai se livrar de mim. E não vou trabalhar para você, nem responder a você...

– Espere. – Rohan ergueu as mãos para interrompê-lo, e uma coleção de anéis de ouro brilhou intensamente em seus dedos escuros. – Espere. Pelo amor de Deus, não estou tentando me livrar de você. Estou propondo uma parceria. Francamente, a ideia também não me agrada. Mas há muito a ser feito. E temos mais a ganhar trabalhando juntos do que seguindo propósitos distintos.

Kev pegou uma faca de mesa e, com ar distraído, deslizou os dedos pelo lado cego da lâmina e pelo cabo de entalhe complexo.

– Quer que eu vá a Hampshire supervisionar os operários enquanto você fica em Londres com as mulheres?

– Vá e volte quando quiser. Eu irei a Hampshire de vez em quando para dar uma olhada nas coisas. – Rohan olhou para ele com ar astuto. – Nada o prende a Londres, não é?

Kev balançou a cabeça.

– Então, está acertado? – Rohan o pressionou.

Kev odiava admitir, mas o plano não era totalmente desinteressante. Detestava Londres, a sujeira, o barulho e os prédios lotados, a poluição e o vozerio. Sonhava voltar ao campo. E a ideia de reconstruir a mansão, cansar-se com o trabalho duro... isso seria bom para ele. Além do mais, sabia melhor do que ninguém quais eram as necessidades de Ramsay House. Rohan podia conhecer cada rua, praça e beco de Londres, mas nada da vida no campo lhe era familiar. Fazia sentido que Kev se encarregasse de Ramsay House.

– Quero fazer melhorias na terra também – avisou Kev, deixando a faca sobre a mesa. – Há portões e cercas que precisam de reparos. Canais de irrigação e drenagem têm que ser cavados. E os colonos agricultores ainda usam manguais e gancho de colheita por falta de debulhadoras. A propriedade deveria ter a própria padaria para poupar os colonos de irem à cidade comprar o pão. Também...

– Como você decidir – disse Rohan, apressado, demonstrando a típica falta de interesse de um londrino pela agricultura. – Atrair mais colonos vai beneficiar a propriedade, é claro.

– Sei que já contratou um arquiteto e um empreiteiro. Mas, de agora em diante, eles terão que falar comigo quando tiverem dúvidas. Preciso de acesso às contas dos Ramsays. E vou escolher os operários e supervisioná-los sem interferência.

Rohan levantou as sobrancelhas ao ouvir o tom autoritário de Kev.

– Bem, esse é um lado que você não havia mostrado antes, *chal*.

– Concorda com meus termos?

– Sim. – Rohan estendeu a mão. – Podemos selar o acordo?

Kev levantou-se, ignorando a proposta.

– Não é necessário.

Os dentes brancos de Rohan cintilaram em um sorriso.

– Merripen, seria tão terrível assim tentar ser meu amigo?

– Jamais seremos amigos. Na melhor das hipóteses, somos inimigos com um propósito comum.

Rohan continuou sorrindo.

– Suponho que o resultado final seja o mesmo. – Ele esperou até Kev chegar à porta, então disse de maneira casual: – A propósito, vou insistir no assunto das tatuagens. Se existe uma conexão entre nós dois, quero descobrir qual é.

– Vai ter que descobrir sem minha ajuda – disse Kev, determinado.

– Por que não? Não está curioso?

– Nem um pouco.

Os olhos escuros de Rohan estavam cheios de curiosidade.

– Não tem laços com o passado ou com os ciganos, nem sabe por que um desenho incomum foi gravado com tinta em seu braço na infância. O que teme descobrir?

– Você tem uma tatuagem igual também desde a infância – respondeu Kev. – Sabe tanto quanto eu sobre o significado do desenho. Por que o interesse nisso agora?

– Eu... – Distraído, Rohan esfregou o braço por cima da manga da camisa, sobre a área da tatuagem. – Sempre presumi que havia sido um capricho de minha avó. Ela nunca me explicou por que eu tinha a marca, ou o que ela significava.

– Ela sabia?

– Creio que sim. – Rohan esboçou um sorriso. – Ela parecia saber tudo. Era uma poderosa conhecedora de ervas, e acreditava no Biti Foki.

– O povo encantado? – traduziu Kev com uma careta de desdém.

Rohan sorriu.

– Oh, sim. Ela me garantiu que conhecia muitos deles pessoalmente. – O traço de humor desapareceu. – Quando eu tinha uns 10 anos, minha avó me afastou da tribo. Ela disse que eu corria perigo. Meu primo Noah levou-me a Londres e me ajudou a encontrar trabalho no clube de jogo como auxiliar do apontador de apostas. Desde então, nunca mais vi ninguém da minha tribo. – Rohan fez uma pausa e seu rosto ficou sombrio. – Fui banido dos rons sem jamais ter descoberto o porquê. E não tive razão para presumir que a tatuagem tivesse alguma coisa a ver com isso. Até conhecer você. Temos duas coisas em comum, *phral*: somos proscritos e temos a marca de uma criatura irlandesa mítica em nosso corpo. Então creio que descobrir de onde isso veio pode nos ajudar.

~

Nos meses seguintes Kev preparou Ramsay House para a reconstrução. Um inverno moderado chegara ao vilarejo de Stony Cross e arredores, onde ficava a propriedade. A grama estava congelada, e pedras recobertas de gelo cobriam as margens dos rios Avon e Itchen. Flores suaves e viçosas brotavam nos salgueiros, enquanto o corniso projetava seus caules vermelhos interrompendo o cinza da paisagem.

Os operários contratados por John Dashiell, o empreiteiro que reconstruiria a mansão Ramsay, eram aplicados e eficientes. Os primeiros dois meses foram dedicados à limpeza do que restava da casa, à remoção de madeira queimada, pedras e argamassa quebradas. Uma pequena casa de hóspedes na entrada da propriedade foi reparada e mobiliada para a conveniência dos Hathaways.

Quando o solo começasse a degelar em março, a reforma da mansão seria realmente iniciada. Kev tinha certeza de que os operários haviam sido avisados com antecedência de que o projeto era supervisionado por um rom, porque eles não resistiram à sua presença nem à sua autoridade. Dashiell, homem prático e autossuficiente, não mostrava se importar com o fato de seus clientes serem ingleses, ciganos ou qualquer outra coisa, desde que os pagamentos fossem feitos em dia.

Perto do fim de fevereiro, Kev fez a jornada de doze horas de Stony Cross a Londres. Havia recebido notícias de Amelia sobre Beatrix ter desistido de concluir os estudos. Embora Amelia houvesse explicado que tudo estava bem, Kev queria se certificar disso pessoalmente. Dois meses era o maior período de tempo que já passara afastado das irmãs Hathaways, e estava surpreso com tamanha saudade que sentia delas.

Aparentemente, o sentimento era recíproco. Assim que Kev chegou à suíte da família no Rutledge Hotel, Amelia, Poppy e Beatrix se atiraram sobre ele com entusiasmo inusitado. Ele tolerou os gritos e os beijos com indulgência carrancuda, secretamente satisfeito com a acolhida calorosa.

Kev as seguiu até a sala e sentou-se com Amelia no divã bastante estofado, enquanto Cam Rohan e Poppy se acomodavam em cadeiras próximas. Beatrix empoleirou-se em uma banqueta aos pés de Kev. As mulheres pareciam estar bem, Kev pensou... todas bem-vestidas e penteadas, com os cabelos escuros arranjados em cachos presos, exceto Beatrix, que usava tranças.

Amelia parecia especialmente feliz, rindo com facilidade e irradiando um contentamento que só podia derivar de um bom casamento. Poppy se tornava uma beldade de traços finos e cabelos castanhos... uma versão mais vibrante e acessível da perfeição loura de Win. Beatrix, no entanto, estava magra e quieta. Para alguém que não a conhecesse, ela poderia parecer uma menina alegre, normal. Mas Kev viu os sinais sutis de tensão e estresse em seu rosto.

– O que aconteceu na escola? – perguntou ele com a habitual franqueza.

Beatrix desabafou ansiosa:

– Oh, Merripen, foi tudo minha culpa. A escola é horrível. Eu *abomino* aquilo. Fiz uma ou duas amigas, e lamentei deixá-las. Mas não me entendi com os professores. Estava sempre dizendo as coisas erradas na aula, fazendo as perguntas erradas...

– Parece – interferiu Amelia, séria – que o método Hathaway de aprendizado e discussão não foi bem recebido na escola.

– E eu me envolvi em algumas discussões – continuou Beatrix –, porque umas meninas me contaram que os pais as orientaram a não se aproximar de mim, pois temos ciganos em nossa família, e até onde sabiam eu podia ser parcialmente cigana também. Eu disse que não era, mas, se fosse, não teria motivos para me envergonhar, e as chamei de esnobes, e depois disso nós trocamos muitos arranhões e puxões de cabelo.

Kev resmungou um palavrão. Ele olhou para Rohan, que permanecia sério.

A presença deles na família era um problema para as irmãs Hathaways... mas não havia solução para isso.

– E então – continuou Beatrix –, meu problema voltou.

Todos ouviam em silêncio. Kev estendeu a mão e afagou sua cabeça, acompanhando a curva do crânio.

– *Chavi* – murmurou ele, um carinhoso tratamento cigano para menina. Como ele raramente usava a língua antiga, Beatrix o olhou surpresa.

O problema de Beatrix havia surgido pela primeira vez depois da morte do Sr. Hathaway. Recorria de vez em quando, e aparecia em tempos de ansiedade ou estresse. Era uma compulsão para roubar coisas, normalmente objetos pequenos, como tocos de lápis, marcadores de livro ou um talher. Às vezes ela nem se lembrava de ter se apoderado do objeto. Mais tarde sentia intenso remorso, e não media esforços para devolver as coisas que pegara.

Kev tirou a mão da cabeça de Beatrix e a encarou.

– O que você pegou, furãozinho? – perguntou com doçura.

Ela parecia mortificada.

– Fitas de cabelo, pentes, livros... pequenas coisas. E depois tentei devolver tudo, mas não consegui me lembrar de onde havia tirado. Então houve uma tremenda confusão, eu confessei minha culpa e fui convidada a deixar a escola. Agora nunca serei uma Lady.

– Sim, você será – falou Amelia imediatamente. – Vamos contratar uma governanta, o que devíamos ter feito desde o início.

Beatrix a olhou hesitante.

– Acho que não vou querer nenhuma governanta que aceite trabalhar para nossa família.

– Ei, não somos tão maus quanto esses... – começou Amelia.

– Sim, nós somos – Poppy a interrompeu. – Somos estranhos, Amelia. Eu sempre disse isso. Éramos estranhos antes mesmo de você trazer o Sr. Rohan para nossa família. – Lançando um olhar rápido para Cam, ela disse: – Sem nenhuma intenção de ofendê-lo, Sr. Rohan.

Os olhos dele brilharam com humor.

– Não me ofendi.

Poppy olhou para Kev.

– Por mais difícil que seja encontrar uma governanta apropriada, *precisamos* de uma. Eu preciso de ajuda. Minha temporada tem sido um desastre, Merripen.

– Foram só dois meses – respondeu ele. – Como pode ser um desastre?

– Sou uma excluída.

– Impossível.

– Sou *pior* que as excluídas. Nenhum homem se interessa por mim.

Kev olhou com incredulidade para Rohan e Amelia. Uma jovem bonita e inteligente como Poppy deveria estar cercada de pretendentes.

– Qual é o problema com esses *gadje*? – indagou Kev, perplexo.

– São todos idiotas – disse Rohan. – E estão sempre demonstrando isso.

Kev olhou novamente para Poppy e foi direto ao ponto.

– E o motivo é a existência de ciganos na família? Por isso ninguém a procura?

– Bem, isso não ajuda – admitiu Poppy. – Mas o problema maior é que não tenho nenhum traquejo social. Estou sempre cometendo gafes. E sou terrível na arte da conversação. Uma jovem deve passar de um assunto a outro com a leveza de uma borboleta. Não é fácil e não há propósito nisso. Os jovens que se aproximam de mim encontram uma desculpa para escapar depois de cinco minutos. Eles flertam e dizem as coisas mais bobas, e eu não sei como responder.

– De qualquer forma, eu não desejaria nenhum desses rapazes para ela – disse Amelia em tom seco. – Devia vê-los, Merripen. Não deve existir um grupo de pavões mais inúteis.

– Acho que o termo apropriado é um bando de pavões – opinou Poppy. – Não um grupo.

– Chame-os de sapos, então – decidiu Beatrix.

– Uma colônia de pinguins – propôs Amelia.

– Um bando de babuínos – disse Poppy, rindo.

Kev sorriu, mas ainda estava preocupado. Poppy sempre havia sonhado com uma temporada em Londres. Aquilo tudo devia ser uma terrível decepção para ela.

– Foi convidada para os eventos certos? – perguntou ele. – Os bailes... os jantares...

– Bailes e soirées – corrigiu-o Poppy. – Sim, graças à influência de lorde Westcliff e lorde St. Vincent, temos recebido convites. Mas passar pela porta não é o bastante para tornar alguém desejável, Merripen. Só faz com que eu fique a noite inteira sentada enquanto todo mundo dança.

Kev olhou intrigado para Amelia e Rohan.

– O que vão fazer com relação a isso?

– Vamos tirar Poppy da temporada – respondeu Amelia – e dizer a todos que pensamos bem e achamos que ela ainda é jovem demais para frequentar a sociedade.

– Ninguém vai acreditar nisso – manifestou-se Beatrix. – Afinal, Poppy já tem *19* anos.

53

– Não precisa falar como se eu fosse uma bruxa velha cheia de verrugas, Bea – protestou Poppy, indignada.

– ... enquanto isso – continuou Amelia com grande paciência –, vamos encontrar uma governanta que ensine a Poppy e Beatrix como se comportar.

– Ela vai ter que ser boa – disse Beatrix, retirando do bolso um aborrecido porquinho-da-índia preto e branco e aninhando-o perto do queixo. – Temos muito que aprender. Não é verdade, Sr. Mordidas?

~

Mais tarde, Amelia chamou Kev para uma conversa particular. Ela enfiou a mão no bolso do vestido e pegou um pequeno quadrado branco, que entregou a Kev enquanto observava a fisionomia dele.

– Win escreveu outras cartas para a família e é claro que poderá lê-las também. Mas esta foi endereçada somente a você.

Incapaz de falar, Kev pegou o papel selado com cera.

Ele se dirigiu ao quarto que ocupava no hotel, um aposento separado da suíte da família, arranjo providenciado a pedido dele mesmo. Ali, sentado à mesa, rompeu o lacre com cuidado.

Lá estava a caligrafia conhecida de Win, os sinais pequenos e precisos deixados pela pena.

Querido Kev:

Espero que esta carta o encontre com saúde e vigor. Na verdade, não consigo imaginá-lo em outro estado. Todas as manhãs acordo neste lugar, que parece ser outro mundo, e me surpreendo novamente por estar tão longe de minha família. E de você.

A travessia do canal foi difícil, a jornada por terra até a clínica, ainda mais desgastante. Como sabe, não sou uma boa viajante, mas Leo me trouxe até aqui em segurança. Ele agora reside a uma pequena distância da clínica, como hóspede pagante em um pequeno château, *e tem vindo me visitar todos os dias...*

A carta de Win seguia descrevendo a clínica, que era silenciosa e austera. Os pacientes sofriam de uma variedade de doenças, mas, principalmente, de doenças dos pulmões e do sistema respiratório em geral.

Em vez de medicá-los com drogas narcóticas e mantê-los em ambiente fechado, como prescreviam muitos médicos, o Dr. Harrow os colocava em um programa de exercícios, banhos frios, tônicos e dieta simples de abstenção. Obrigar os pacientes ao exercício físico era um tratamento controverso, mas, de acordo com o Dr. Harrow, movimentar-se era o instinto dominante de toda vida animal.

Os pacientes começavam todos os dias com uma caminhada matinal ao ar livre, fizesse chuva ou sol, seguida por uma hora no ginásio para atividades como subir escada ou levantar pesos. Até então Win não conseguia concluir os exercícios sem ficar ofegante, mas já detectava uma pequena melhoria em suas habilidades. Todos na clínica eram levados a praticar a respiração em um novo aparelho chamado espirômetro, que servia para medir o volume de ar inspirado e expirado pelos pulmões.

Havia mais na carta sobre a clínica e os pacientes, coisas que Kev leu rapidamente. Então ele chegou aos últimos parágrafos.

Desde que adoeci tenho tido força para muito pouco além de amar, mas isso tenho feito, e ainda faço, plenamente. Lamento por como o choquei na manhã que parti, mas não me arrependo de ter revelado o que sentia.

Estou correndo atrás de você, e da vida, numa busca desesperada. Meu sonho é que um dia vocês se deixem alcançar. Esse sonho me embala todas as noites. Há muitas coisas que quero lhe dizer, mas ainda não me sinto livre.

Espero um dia estar bem o bastante para chocá-lo novamente, com resultados mais agradáveis.

Envio cem beijos nesta carta. Você deve contá-los com cuidado e não perder nenhum.

Sua,

Winnifred

Kev abriu a folha de papel sobre a mesa e a alisou deslizando os dedos pelas delicadas linhas escritas. Depois leu a carta mais duas vezes.

Ele deixou a mão se fechar sobre o papel, esmagando-o, e o jogou na lareira, onde ardia um fogo moderado.

Então ficou olhando a carta incendiar e queimar, até a brancura do papel escurecer e se transformar em cinzas, até a última palavra de Win ter desaparecido.

CAPÍTULO 6

Londres, 1851
Primavera

Finalmente, Win voltara para casa.

A embarcação de Calais havia atracado, um vapor carregado de produtos de luxo e muitas bolsas com cartas e pacotes a serem distribuídos pelo Correio Real. Era um navio de médio porte com vários aposentos espaçosos para os passageiros, cada um deles revestido com painéis góticos em arco e pintado com um tom brilhante de branco.

Win estava em pé no convés e observava a tripulação ancorando o navio. Só depois de concluída a operação os passageiros poderiam desembarcar.

Houve um tempo em que a agitação que se apoderava dela a deixava sem ar. Mas a Win que voltava a Londres era uma mulher diferente. Tentava imaginar como a família reagiria às mudanças. E, é claro, eles também haviam mudado. Amelia e Cam estavam casados havia dois anos, Poppy e Beatrix agora frequentavam a sociedade.

E Merripen... Mas a mente de Win bloqueava esses pensamentos, excitantes demais para serem concebidos em outro ambiente que não fosse o privado.

Ela olhou em volta, estudando a floresta de mastros do navio, os infinitos hectares do cais e do píer, os imensos depósitos de tabaco, lã, vinho e outros produtos para comércio. Havia movimento em todos os lugares, marinheiros, passageiros, agentes de provisão, estivadores, veículos e animais. Uma profusão de odores tornava o ar mais denso: bodes e cavalos, especiarias, o sal do oceano, piche, putrefação e fungos. E acima de tudo pairava o mau cheiro de fumaça das chaminés e do vapor de carvão, escurecendo a noite que se derramava sobre a cidade.

Win queria estar em Hampshire, onde as pradarias eram verdes com a primavera e onde flores e vegetação desabrochavam abundantes. De acordo com Amelia, a restauração de Ramsay House ainda não estava concluída, mas a mansão já voltara a ser habitável. Aparentemente, o trabalho havia sido feito com rapidez milagrosa sob a supervisão de Merripen.

A prancha de desembarque foi baixada e presa com segurança. Win viu os primeiros passageiros descerem ao cais e reconheceu entre eles a silhueta alta e magra do irmão.

A França havia feito bem aos dois. Win ganhara alguns quilos muito necessários, e Leo havia perdido peso. Ele passava muito tempo ao ar livre, caminhando, pintando, nadando, e o sol deixara em seus cabelos alguns reflexos mais claros e tingira a pele de dourado. Os olhos azuis agora se destacavam no rosto bronzeado.

Win sabia que o irmão nunca mais seria o jovem galante e sem reservas que havia sido antes da morte de Laura Dillard. Mas ele também não era mais o desastre suicida, o que sem dúvida seria um grande alívio para o resto da família.

Em um tempo relativamente curto, Leo subiu de novo pela prancha do navio. Ele se aproximou de Win com um sorriso torto, enterrando com mais firmeza a cartola na cabeça.

– Tem alguém esperando por nós? – perguntou Win, ansiosa.

– Não.

A preocupação desenhou uma ruga na testa dela.

– Não receberam minha carta, então.

Ela e Leo haviam mandado uma mensagem informando que chegariam alguns dias antes do esperado, resultado de uma alteração nos horários da companhia de navegação.

– Sua carta deve ter ficado no fundo de um malote do Correio Real, esquecida em algum lugar – disse Leo. – Não se preocupe, Win. Vamos ao Rutledge Hotel em um veículo de aluguel. Não é longe.

– Mas vai ser um choque para a família se chegarmos antes do esperado.

– Nossa família gosta de ser chocada – disse ele. – Ou está acostumada com isso, pelo menos.

– Também ficarão surpresos quando virem que o Dr. Harrow veio conosco.

– Tenho certeza de que não se importarão com a presença dele – respondeu Leo. Um canto de sua boca se ergueu numa demonstração privada de humor. – Bem... a maioria não vai se incomodar.

~

A noite havia caído quando eles chegaram ao Rutledge Hotel. Leo cuidou da reserva dos quartos e do transporte da bagagem, enquanto Win e o Dr. Harrow esperavam em um canto do espaçoso saguão.

– Vou deixar que se reúnam à família com privacidade – disse Harrow. – Meu criado e eu iremos desfazer as malas em nossos aposentos.

– Podem vir conosco – convidou Win, mas se sentiu aliviada ao vê-lo recusar com um movimento de cabeça.

– Não quero incomodar. Deve ser uma reunião de família.

– Mas nós os veremos de manhã? – perguntou Win.

– Sim. – Ele a olhava com um esboço de sorriso nos lábios.

O Dr. Julian Harrow era um homem elegante, naturalmente charmoso. Tinha cabelos escuros e olhos cinzentos, e o queixo quadrado o tornava atraente o bastante para quase todas as pacientes terem se apaixonado um pouco por ele. Uma das mulheres na clínica havia comentado em tom divertido que o magnetismo pessoal de Harrow não afetava apenas homens, mulheres e crianças, mas também se estendia a armários, cadeiras e até ao peixe dourado no aquário.

– Ele não tem a aparência de um médico – dissera Leo. – Ele é o médico da fantasia de todas as mulheres. Suspeito de que metade de sua clientela seja formada por mulheres apaixonadas que prolongam sua enfermidade simplesmente para continuar sendo atendidas por ele.

– Garanto – falara Win, rindo –, não estou apaixonada, nem me sinto inclinada a prolongar minha enfermidade.

Mas admitia que era difícil não sentir *alguma coisa* por um homem atraente, atencioso, e que a curara de uma condição debilitada. E Win acreditava que Julian sentia algo por ela também. Durante o último ano, em especial, quando Win ficara completamente saudável, Julian havia começado a tratá-la como mais do que uma simples paciente. Eles faziam longas caminhadas pelo cenário romântico da Provença, e ele flertava com ela e a fazia rir. A atenção que ele lhe dedicava era compensadora e contrastava com a frieza com que Merripen a ignorara.

Com o tempo, Win havia aceitado que os sentimentos que nutria por Merripen não eram correspondidos. Tinha até chorado no ombro de Leo. Seu irmão salientou que ela vira pouco do mundo e sabia quase nada dos homens.

– Não acha que é possível que seu apego a Merripen seja resultado da proximidade, mais do que qualquer outra coisa? – perguntara Leo com delicadeza. – Vamos analisar a situação francamente, Win. Você não tem nada em comum com ele. É uma mulher adorável, sensível, literata, e ele é... Merripen. Gosta de cortar lenha para se divertir. E, aparentemente, cabe a mim mencionar a indelicada verdade de que alguns casais são perfeitos no quarto, porém em mais nenhum outro lugar.

O choque provocado pelo comentário havia sido forte o bastante para fazê-la parar de chorar.

– Leo Hathaway, está sugerindo...

– Lorde Ramsay, por favor, obrigado – dissera em tom provocativo.

– *Lorde Ramsay*, está sugerindo que meus sentimentos por Merripen são de natureza carnal?

– Certamente não são intelectuais – respondera Leo, e sorrira quando ela acertara um soco no ombro dele.

Depois de muita reflexão, porém, Win fora forçada a admitir que Leo tinha alguma razão. É claro que Merripen era muito mais inteligente e educado do que sugeria seu irmão. Até onde ela lembrava, Merripen havia desafiado Leo em várias discussões filosóficas e memorizara mais grego e latim do que qualquer pessoa na família, exceto seu pai. Mas Merripen só aprendera essas coisas para se adaptar aos Hathaways, não por ter algum interesse verdadeiro em se educar.

Merripen era um homem da natureza: gostava do contato com a terra e de ter o céu como teto. Nunca seria mais do que meio domesticado. Ele e Win eram tão diferentes quanto um peixe e um pássaro.

Julian segurou a mão dela entre as dele, longas e elegantes. Os dedos dele eram macios e bem cuidados.

– Winnifred – disse ele com gentileza –, agora que estamos longe da clínica, a vida não será tão regrada. Você tem que proteger sua saúde. Certifique-se de repousar à noite, por mais tentador que seja permanecer acordada.

– Sim, doutor – respondeu ela, sorrindo.

Uma onda de afeição invadiu Win quando lembrou a primeira vez que havia conseguido subir a escada de exercício na clínica. Julian estivera atrás dela a cada degrau, murmurando palavras de incentivo em seu ouvido, o peito firme dele apoiando suas costas. *Um pouco mais alto, Winnifred. Não vou deixar você cair.* Ele não fizera o trabalho por Win. Apenas a mantivera segura durante o exercício.

~

– Estou um pouco nervosa – havia admitido Win enquanto Leo a acompanhava à suíte dos Hathaways no segundo andar do hotel.

– Por quê?

– Não sei ao certo. Talvez por todos nós termos mudado.

– O essencial não mudou. – Leo a segurou pelo cotovelo com firmeza. – Você ainda é a menina encantadora que era. E eu ainda sou um patife que aprecia álcool e saias leves.

– Leo – repreendeu-o, olhando séria para o irmão. – Não está planejando recomeçar com tudo isso, está?

– Vou evitar a tentação – respondeu ele –, a menos que ela surja diretamente no meu caminho. – O rapaz parou no meio da escada. – Quer fazer uma pausa?

– De forma alguma. – Win continuou subindo entusiasmada. – Adoro subir escada. Adoro fazer tudo o que não conseguia fazer antes. E de agora em diante vou seguir o lema "A vida deve ser vivida em sua plenitude".

Leo fez uma careta.

– Devia saber que eu disse isso muitas vezes no passado e sempre me meti em confusão.

Win observou o ambiente com deleite. Depois de viver na atmosfera austera da clínica de Harrow por tanto tempo, apreciaria um toque de luxo.

Elegante, moderno e muito confortável, o Rutledge pertencia ao misterioso Harry Rutledge, sobre quem havia tantos rumores que não se sabia com convicção se era britânico ou americano. Apenas que ele vivera por um tempo na América e fora à Inglaterra com o objetivo de construir um hotel que combinasse a opulência da Europa com o melhor das inovações americanas.

O Rutledge fora o primeiro hotel a projetar cada quarto com banheiro interno privativo. E havia regalias como elevadores para enviar a refeição ao quarto, armários embutidos nos cômodos, salas de reunião privativas, átrios com teto de vidro e jardins integrados aos aposentos. O hotel também possuía uma sala de jantar que diziam ser a mais bonita da Inglaterra, com tantos lustres que o teto havia exigido reforço extra durante a construção.

Eles chegaram à porta da suíte dos Hathaways, e Leo bateu com suavidade.

Houve barulho de movimentos no interior. A porta foi aberta por uma criada jovem e de cabelos claros. A desconhecida olhou para os dois, mas se dirigiu a Leo.

– Posso ajudá-lo, senhor? – perguntou ela.

– Queremos ver o Sr. e a Sra. Rohan.

– Lamento, senhor, mas eles já se recolheram.

Era tarde, Win pensou desanimada.

– Vamos também nos recolher e deixá-los descansar – sugeriu a Leo. – Voltamos amanhã de manhã.

Leo olhou para a criada com um leve sorriso e perguntou em voz baixa, mansa:

– Como é seu nome, criança?

A jovem arregalou os olhos e corou.

– Abigail, senhor.

– Abigail – repetiu ele. – Diga à Sra. Rohan que a irmã dela está aqui e deseja vê-la.

– Sim, senhor. – A criada deu uma risadinha e os deixou na porta.

Win olhou de soslaio para o irmão, que a ajudava a tirar o manto.

– Seu jeito com as mulheres sempre me surpreende.

– A maioria delas tem uma atração trágica por canalhas – disse ele, pesaroso. – Eu não devia usar isso contra elas.

Alguém entrou na sala. Ele viu a silhueta familiar de Amelia vestida com um robe azul, acompanhada por Cam Rohan que, descabelado, usava camisa com o colarinho aberto e calça.

Os olhos azuis de Amelia se arregalaram, e ela parou ao ver o irmão e a irmã. Amelia colocou a mão no pescoço.

– São vocês mesmos? – perguntou ela, insegura.

Win esboçou um sorriso, mas era impossível sorrir com os lábios tremendo de emoção. Tentava imaginar como Amelia a via agora, tanto tempo depois da última vez, quando era uma frágil inválida.

– Estou de volta – disse Win, com um ligeiro tremor na voz.

– Oh, Win! Eu sonhei... esperei tanto... – Amelia correu ao encontro da irmã, e elas se abraçaram calorosamente.

Win fechou os olhos e suspirou, sentindo que finalmente estava em casa. *Minha irmã*. Os braços de Amelia a confortavam.

– Você está tão bonita – falou Amelia, recuando para tocar o rosto de Win, molhado de lágrimas. – Tão saudável e forte. Ah, olhe só para isto! Cam, olhe para ela!

– Você parece estar bem – disse Rohan a Win com os olhos brilhando. – Melhor do que nunca, irmãzinha. – Com cuidado, ele a abraçou e beijou sua testa. – Bem-vinda de volta.

– Onde estão Poppy e Beatrix? – perguntou Win sem soltar a mão de Amelia.

– Já foram para a cama, mas vou chamá-las.

– Não, deixe-as dormir – protestou, depressa, Win. – Não vamos ficar muito tempo... estamos exaustos... Mas eu precisava ver você antes de me recolher.

Amelia olhou para Leo, que permanecia parado perto da porta. Win ouviu a inspiração repentina e intensa de Amelia ao perceber as mudanças no rapaz.

– Aí está meu Leo – disse Amelia com voz suave.

Win se surpreendeu ao ver um lampejo de emoção na fisionomia sarcástica de Leo. Era uma espécie de vulnerabilidade infantil, como se ele ficasse constrangido com a alegria que sentia por estarem juntos de novo.

– Agora vai chorar por um motivo diferente – disse ele. – Porque, como você pode ver, eu também voltei.

Ela correu até ele e recebeu um forte abraço.

– Os franceses não quiseram você? – perguntou Amelia com a voz abafada, mantendo o rosto enterrado no peito dele.

– Pelo contrário, eles me adoraram. Mas não tem graça ficar onde se é desejado.

– Isso é péssimo – disse Amelia, levantando-se na ponta dos pés para beijá-lo no rosto. – Porque aqui você é *muito* desejado.

Sorrindo, Leo estendeu a mão para Rohan, que a apertou.

– Estou ansioso para ver as melhorias sobre as quais escreveu. Tive a impressão de que a propriedade prospera.

– Poderá perguntar a Merripen amanhã – respondeu Rohan com tranquilidade. – Ele conhece cada centímetro do lugar e sabe o nome de cada criado e colono. Ele tem muito para contar, por isso esteja prevenido, qualquer conversa sobre o assunto será demorada.

– Amanhã – repetiu Leo, olhando rapidamente para Win. – Ele está em Londres, então?

– Está aqui no Rutledge. Veio à cidade para visitar uma agência de empregos e contratar mais criados.

– Tenho muito que agradecer a Merripen – confessou Leo com sinceridade incomum –, e a você também, Rohan. Por que diabos fez tanto por mim?

– Foi pela família também.

Enquanto os dois homens conversavam, Amelia levou Win para um divã perto da lareira.

– Seu rosto está mais cheio – comentou Amelia, enumerando abertamente as mudanças na irmã. – Seus olhos estão mais brilhantes e sua silhueta ficou esplêndida.

– Não uso mais espartilhos – contou Win, sorrindo. – O Dr. Harrow diz que comprimem os pulmões, forçam a coluna e nos obrigam a uma postura que não é natural, enfraquecendo os músculos das costas.

– Que escândalo! – exclamou Amelia com os olhos brilhantes. – Nada de espartilho, nem mesmo nas ocasiões formais?

– Ele disse que pode ser usado raramente, mas que não devo amarrá-lo apertado.

– O que mais diz o Dr. Harrow? – Amelia se divertia, era evidente. – Alguma coisa sobre meias e cintas?

– Vai poder ouvir tudo diretamente dele – respondeu Win. – Leo e eu trouxemos o Dr. Harrow conosco.

– Ótimo. Ele tem negócios aqui?

– Não que eu saiba.

– Suponho que, como ele é de Londres, deve ter parentes e amigos para encontrar?

– Sim, em parte ele veio por isso, mas... – Win sentiu que corava um pouco. – Julian demonstrou interesse pessoal em passar algum tempo comigo longe do ambiente da clínica.

Amelia entreabriu os lábios revelando surpresa.

– Julian – repetiu ela. – Ele pretende *cortejar* você, Win?

– Não tenho certeza. Não sou experiente nesses assuntos. Mas acho que sim.

– Gosta dele?

Win assentiu sem hesitar.

– Gosto muito.

– Então, tenho certeza de que vou gostar dele também. E estou feliz por ter a oportunidade de agradecer pessoalmente por tudo que ele tem feito.

As duas sorriram, felizes por estarem juntas novamente. Mas depois de um momento Win pensou em Merripen, e seu coração começou a bater muito forte.

– Como ele está, Amelia? – Win finalmente conseguiu sussurrar.

Não era necessário perguntar a quem ela se referia.

– Merripen mudou – respondeu Amelia, cautelosa. – Mudou quase tanto quanto você e Leo. Cam diz que o que ele conseguiu fazer com a propriedade é espantoso. Supervisionar construtores, artesãos e jardineiros requer uma ampla variedade de habilidades, e reparar as terras dos colonos também exige grande capacidade. E Merripen fez tudo isso muito bem. Quando é necessário, ele tira a casaca e se dedica pessoalmente ao trabalho. Ganhou o respeito dos operários, que nunca questionam sua autoridade.

– Não me surpreende, é claro – disse Win, sentindo-se feliz e triste, ao mesmo tempo. – Ele sempre foi um homem muito capaz. Mas quando diz que ele mudou, o que isso significa?

– Ele se tornou muito... duro.

– De coração duro? Teimoso?

– Sim. E distante. Parece não sentir satisfação com o sucesso, e também não exibe nenhum prazer verdadeiro com a vida. Aprendeu muito, sabe usar a autoridade com eficiência e se veste melhor para ajustar-se à nova posição. Mas, estranhamente, ele parece menos civilizado do que nunca. Acho... – fez uma pausa desconfortável. – Sua volta poderá ajudá-lo. Você sempre foi uma boa influência.

Win afastou as mãos e baixou o olhar.

– Duvido. Não acredito que eu tenha alguma influência sobre Merripen. Ele já deixou bem clara sua falta de interesse.

– Falta de interesse? – repetiu Amelia com uma risadinha. – Não, Win, eu não diria isso. De jeito nenhum. Qualquer menção ao seu nome desperta a atenção dele.

– Os sentimentos de um homem devem ser julgados por suas atitudes. – Win suspirou e esfregou os olhos cansados. – No início fiquei magoada por ele ter ignorado minhas cartas. Depois fiquei zangada. Agora me sinto tola, apenas.

– Por quê, querida? – perguntou Amelia com um olhar preocupado.

Por amar e ser desprezada. Por derramar tantas lágrimas por causa de um grande bruto de coração duro.

E por ainda querê-lo, apesar de tudo.

Win balançou a cabeça. A conversa sobre Merripen a deixara agitada e melancólica.

– Estou cansada da viagem, Amelia – disse ela com um meio sorriso. – Você se importaria se eu...

– Não, não, vá imediatamente – disse a irmã, fazendo Win levantar-se do divã e passando um braço protetor em torno dela. – Leo, leve Win para o quarto. Vocês dois estão exaustos. Teremos tempo para conversar amanhã.

– Ah, esse adorável tom de comando – lembrou Leo. – Tinha esperança de que a houvesse livrado do hábito de dar ordens como um sargento, Rohan.

– Eu gosto de todos os hábitos de Amelia – respondeu Rohan sorrindo para a esposa.

– Em que quarto Merripen está? – murmurou Win para Amelia.

– Terceiro andar, número 21 – respondeu Amelia no mesmo tom. – Mas não deve ir procurá-lo esta noite.

– É claro que não – Win sorriu para ela. – A única coisa que pretendo fazer esta noite é ir para a cama o mais depressa possível.

CAPÍTULO 7

Terceiro andar, número 21. Win puxou o capuz do manto sobre a cabeça, escondendo o rosto enquanto percorria o corredor silencioso.

Precisava encontrar Merripen, é claro. Havia ido longe demais. Atravessara quilômetros de terra e mar e, pensando bem, subira o equivalente a mil degraus no ginásio da clínica, tudo para alcançá-lo. Agora que estavam no mesmo *edifício*, não encerraria sua jornada prematuramente.

Os corredores do hotel possuíam vidraças laterais para permitir a entrada de luz durante o dia. Win ouvia acordes musicais em algum lugar do edifício. Devia ser uma festa privada no salão de baile ou um evento na famosa sala de jantar. Harry Rutledge era conhecido como o anfitrião da realeza, porque seu hotel recebia os famosos, poderosos e modernos.

Olhando para os números dourados em cada porta, Win finalmente encontrou o 21. Seu estômago se contraiu e a ansiedade fez seus músculos enrijecerem. Ela sentiu uma fina camada de suor lhe recobrir a testa. Com um pouco de dificuldade, conseguiu tirar as luvas e guardá-las nos bolsos do manto.

Trêmula, bateu na porta com os nós dos dedos. Então esperou imóvel, com a cabeça baixa. O nervosismo a impedia de respirar direito. Por baixo do manto, os braços envolviam seu corpo.

Win não sabia quanto tempo havia passado, mas parecia uma eternidade até que alguém destrancou e abriu a porta.

Antes que pudesse levantar a cabeça, ela ouviu a voz de Merripen. Havia esquecido como aquela voz era forte e sombria, como parecia tocar profundamente nela.

– Não chamei nenhuma mulher esta noite.

As palavras de Kev fizeram Win refletir.

"Esta noite" implicava que havia outras nas quais ele mandava buscar uma mulher. E apesar de ser inexperiente, Win compreendia o que acontecia quando uma mulher era chamada e recebida por um homem em um hotel.

Sua cabeça se encheu de pensamentos. Não tinha o direito de se opor, se Merripen queria uma mulher para servi-lo. Não tinha direitos sobre ele. Não haviam feito promessas um ao outro, nem assumiram compromissos. Ele não lhe devia fidelidade.

Mas Win não podia deixar de imaginar... Quantas mulheres? Quantas noites?

– Não importa – disse ele com rispidez. – Posso usar você. Entre.

A mão grande agarrou um dos ombros de Win, puxando-a para dentro do quarto sem dar a ela chance de protestar.

Posso usar você?

Raiva e consternação tomaram conta de Win. Ela não sabia o que fazer ou dizer. De certa forma, não parecia apropriado simplesmente jogar o capuz para trás e gritar: *Surpresa!*

Merripen a tomava por uma prostituta, e agora o reencontro com que ela sonhara por tanto tempo se transformava em uma farsa.

– Presumo que saiba que sou um cigano – disse ele.

Com o rosto ainda escondido pelo capuz, Win assentiu.

– E isso não a incomoda?

Win negou com um movimento rápido de cabeça.

A risada suave e desprovida de humor não soava típica de Merripen.

– É claro que não a incomoda. Desde que o pagamento seja bom.

Ele se afastou por um momento e foi até a janela fechar as pesadas cortinas de veludo contra as luzes enfumaçadas de Londres. Uma lâmpada era a única fonte de luz na penumbra do quarto.

Win olhou para ele rapidamente. Era Merripen... mas, como Amelia dissera, ele havia mudado. Perdera peso, talvez alguns quilos. Era grande, magro, quase sem nenhuma gordura. O colarinho da camisa estava aberto, revelando o peito bronzeado, sem pelos e a curva do pescoço poderoso. Os ombros e bíceps imensamente volumosos pareceram-lhe, de início, uma ilusão provocada pela penumbra. Bom Deus, como ele estava forte.

Mas nada disso a intrigava ou assustava tanto quanto o rosto dele. Kev ainda era bonito como o diabo, com seus olhos negros e a boca provocante, os ângulos austeros do nariz e do queixo, as maçãs do rosto salientes. Havia linhas novas, porém, sulcos amargos e profundos do nariz até a boca, e o traço de uma ruga constante entre as sobrancelhas grossas. E o que mais a inquietava: havia um toque de crueldade em sua fisionomia. Ele parecia capaz de coisas que *seu* Merripen nunca faria.

Kev, Win pensou com desespero e espanto, *o que aconteceu com você?*

Ele se aproximou dela de novo. Win havia esquecido a fluidez dos movimentos dele, a vitalidade de tirar o fôlego, que parecia carregar o ar de eletricidade. Rapidamente, ela abaixou a cabeça.

Merripen estendeu a mão em sua direção e sentiu que ela se encolhia. E também devia ter notado que ela tremia, porque comentou, com tom impiedoso:

– Você é nova nisso.

Ela conseguiu sussurrar:

– Sim.

– Não vou machucar você. – Merripen a conduziu para uma mesa próxima.

Enquanto ela permanecia em pé e de costas para ele, Kev se aproximou e estendeu as mãos para abrir o manto. O pesado agasalho caiu no chão, revelando os cabelos louros e lisos enfeitados com presilhas. Ela o ouviu prender o fôlego. Houve um instante de imobilidade. Win fechou os olhos quando as mãos de Merripen deslizaram pelos contornos de seu corpo. Agora Win tinha uma silhueta mais cheia, mais curvilínea, forte em lugares onde antes era frágil. Ela não usava espartilho, apesar de uma mulher decente nunca prescindir dele. Só havia uma conclusão que um homem podia tirar disso.

Quando ele se inclinou para colocar o manto de Win na beira da mesa, ela sentiu o corpo musculoso de Kev roçar o dela. O perfume dele, limpo, intenso e másculo, desencadeou uma avalanche de lembranças. Ele tinha cheiro de ar livre, como folhas secas e terra molhada de chuva. Era o cheiro de Merripen.

Win não queria se sentir tão intensamente atraída por ele. Porém, a reação dela era previsível. Alguma coisa nele sempre atravessara a barreira de sua compostura e despertara nela um sentimento autêntico. Essa excitação pura, simples, era ao mesmo tempo terrível e doce. Nenhum homem além dele jamais a atingira dessa maneira.

– Não quer ver meu rosto? – perguntou Win com voz rouca.

A resposta soou fria.

– Não me interessa se é bonita ou feia. – Mas a respiração de Kev acelerou quando as mãos dele a tocaram e desceram pelas costas, obrigando-a a se curvar para a frente. E o que ele disse em seguida pesou sobre ela como veludo negro. – Ponha as mãos sobre a mesa.

Win obedeceu às cegas, tentando entender o súbito ardor das lágrimas nos olhos, a excitação que percorria todo o seu corpo. Kev estava atrás dela. As mãos dele continuavam se movendo pelas costas dela traçando caminhos lentos, relaxantes, e Win queria se arquear como um gato. O toque dele despertava sensações que haviam ficado adormecidas por muito tempo. Aquelas mãos a acalmaram e cuidaram dela enquanto estivera doente; aquelas mãos a puxaram de volta da beira do abismo da morte.

Mas ele não a tocava com amor, e sim com habilidade impessoal. Win compreendia que Kev pretendia tomá-la, usá-la, como ele mesmo dissera. E depois de um ato íntimo com uma completa desconhecida, ele planejava mandá-la embora sem saber quem ela era. O covarde ainda estava ali. Ele nunca se deixaria envolver com alguém?

Agora Merripen segurava e levantava as saias dela. Win sentiu o toque do vento frio no tornozelo, e imaginou como seria se o deixasse seguir em frente.

Excitada e apavorada, ela olhou para as próprias mãos cerradas e disse com voz sufocada:

– É assim que trata as mulheres agora, Kev?

Tudo parou. O mundo se deteve em seu eixo.

Suas saias baixaram e ela foi girada com violência por mãos fortes que a seguravam com determinação dolorosa. Surpreendida, Win se deparou com o rosto sombrio dele.

Merripen se mantinha inexpressivo, exceto pelos olhos arregalados. Quando a encarou, havia um rubor no rosto dele.

– *Win*. – O nome dela foi pronunciado com um tremor na voz.

Ela tentou sorrir, dizer alguma coisa, mas a boca tremia, e lágrimas de contentamento a cegavam. Estar com ele outra vez... era maior do que tudo.

Kev ergueu uma das mãos. A ponta calejada do polegar deslizou pela região úmida sob um dos olhos de Win. A mão segurou o rosto dela com tanta delicadeza que Win fechou os olhos e não resistiu quando ele a puxou para mais perto. Os lábios dele, entreabertos, tocaram sua face seguindo o caminho salgado de uma lágrima. Então a gentileza desapareceu. Com um movimento rápido, voraz, ele a puxou contra o corpo e a apertou contra o peito.

Sua boca encontrou a dela com uma pressão urgente, quente. Ele a saboreava... Win levantou a mão e tocou o rosto de Kev, sentindo com os dedos a aspereza da barba por fazer. Um som rouco brotou do fundo da garganta do cigano, um grunhido másculo de prazer e necessidade. Seus braços a envolviam formando um círculo inquebrável, e ela se sentia grata pelo amparo. Os joelhos ameaçavam ceder.

Merripen ergueu a cabeça e a fitou com os olhos escuros cheios de admiração.

– Como pode estar aqui?

– Voltei antes do previsto. – Win ficou arrepiada quando sentiu o hálito quente dele nos lábios. – Queria ver você. Queria você...

Ele se apoderou da boca de Win novamente, e não havia mais gentileza. Sua língua encontrou a dela numa busca agressiva. As mãos dele seguraram a cabeça de Win, inclinando-a para facilitar o acesso. Ela o abraçou, sentindo sob as mãos os contornos dos músculos rígidos das costas dele.

Merripen gemeu ao sentir que as mãos dela o tocavam. Ele tirou as presilhas dos cabelos de Win, soltou-os e enredou os dedos nas mechas sedosas. Puxando a cabeça dela para trás, encontrou a pele frágil do pescoço e deslizou a boca por ele como se quisesse devorá-la. A fome dele crescia assim como sua pulsação e respiração aceleravam. Então Win sentiu que ele estava perto de perder o controle.

Merripen a levantou com facilidade surpreendente. Ele a levou para a cama e a deitou suavemente sobre o colchão. Os lábios dele, doces e devastadores, foram ao encontro dos dela, cobrindo-a com beijos ardentes e aflitos.

O corpo másculo desceu sobre o dela, imobilizando-a. Win sentiu que ele agarrava a frente de seu vestido, puxando-o com tanta força que poderia rasgar o tecido. O pano grosso resistia ao esforço, mas alguns botões se desprenderam nas costas.

– Espere... espere... – sussurrou ela, temendo que ele rasgasse suas roupas em tiras.

Merripen estava completamente dominado pelo desejo para ouvir alguma coisa.

Quando ele segurou um seio macio através do vestido, o mamilo enrijeceu de maneira quase dolorosa. Ele abaixou a cabeça. Para espanto de Win, ele a mordeu por cima do vestido até capturar o mamilo entre os dentes. Ela deixou escapar um gemido e ergueu o quadril numa resposta instintiva.

Merripen estava sobre ela. O rosto dele brilhava recoberto de suor, as narinas se abriam com a força da respiração. A parte da frente das saias se erguera entre eles. Kev as puxou mais para cima e colocou-se entre as coxas de Win, até ela sentir o membro rígido através das roupas íntimas. Então ela abriu os olhos. E viu o fogo negro dos olhos de Kev. Ele se moveu, deixando-a sentir cada milímetro do que queria pôr dentro dela, e Win gemeu e se abriu para recebê-lo.

Merripen fez um ruído instintivo e roçou o corpo no dela novamente, acariciando-a com intimidade indescritível. Win queria que ele parasse e, ao mesmo tempo, que ele nunca parasse.

– Kev. – A voz dela tremia. – Kev...

Mas a boca de Kev cobriu a dela, penetrando-a profundamente, enquanto o quadril se movia devagar. Trêmula e febril, ela ergueu o corpo contra aquela rigidez exigente. Cada movimento provocava sensações que se espalhavam, que aumentavam o calor.

Win se movia impotente, incapaz de falar com a boca de Kev sobre a dela. O calor aumentava, a fricção deliciosa também. Alguma coisa estava acontecendo, os músculos dela se contraíam, os sentidos se abriam e se preparavam para... o quê? Desmaiaria se ele não parasse. Ela agarrou os ombros fortes dele e o empurrou, mas Kev ignorou a tentativa fraca. Introduzindo a mão sob o corpo dela, Kev agarrou-a por baixo e a fez levantar mais o quadril, puxando-o contra a pressão latejante. Um momento de tensão delicada e estranha, tão intensa que ela gemeu com o desconforto.

De repente Kev se afastou com um tranco, saltou para o outro lado da sala. Apoiando as mãos contra a parede, abaixou a cabeça e arfou, estremecendo como um cão molhado.

Atordoada e trêmula, Win se moveu devagar, ajeitando as roupas. Sentia-se desesperada e dolorosamente vazia, tomada por uma necessidade para a qual não encontrava um nome. Quando terminou de se recompor, ela se levantou da cama com as pernas bambas.

Ela se aproximou de Merripen com cuidado. Era óbvio que ele estava excitado. Dolorosamente excitado. Ela queria tocá-lo novamente. Acima de tudo, queria que ele a abraçasse e dissesse quanto estava feliz por tê-la de volta.

Mas ele falou antes de Win alcançá-lo, e seu tom não era encorajador.

– Se me tocar – disse com voz gutural –, vou arrastar você de volta para aquela cama. E não me responsabilizo pelo que acontecer depois.

Win parou e cruzou as mãos.

Merripen recuperou o fôlego depois de algum tempo. Então a olhou de um jeito que deveria tê-la paralisado.

– Da próxima vez, mande uma mensagem avisando sobre sua chegada.

– Eu mandei. – Win se surpreendeu por conseguir falar. – Deve ter sido extraviada. – E fez uma pausa. – Sua acolhida foi... m-muito mais quente do que eu esperava, considerando como me ignorou nos últimos dois anos.

– Não ignorei você.

Win respondeu com sarcasmo.

– Você me escreveu uma vez em dois anos.

Merripen virou-se e apoiou as costas na parede.

– Você não precisava das minhas cartas.

– Precisava de qualquer pequeno sinal de afeição! E você não me deu nenhum. – Ela o olhou incrédula diante do silêncio dele. – Pelo amor de Deus, Kev, não vai nem dizer que ficou feliz por eu estar bem novamente?

– Estou feliz por você ter se recuperado.

– Então por que está se comportando desse jeito?

– Porque nada mais mudou.

– *Você* mudou – respondeu ela. – Não sei mais quem você é.

– É assim que deve ser.

– Kev – disse ela, perplexa –, por que está se comportando desse jeito? Eu me afastei para cuidar da minha saúde. *De forma alguma*, pode querer me culpar por isso.

– Não culpo você por nada. Mas que diabos pode querer de mim agora?

Quero que me ame, ela sentia vontade de gritar. Win tinha chegado de muito longe, mas havia ali uma distância ainda maior entre eles.

– O que *não* quero, Kev, é me afastar de você.

A fisionomia de Merripen era dura e insensível.

– Não nos afastamos. – Ele pegou o manto e o entregou a ela. – Vista-o. Vou levá-la ao seu quarto.

Win se cobriu com o agasalho, olhando discretamente para Merripen, que irradiava mau humor e poder suprimido enquanto ajeitava a camisa dentro da calça. O X dos suspensórios nas costas ressaltava sua forma física magnífica.

– Não precisa me acompanhar até o quarto – disse ela em voz baixa. – Posso encontrar o caminho sem...

– Você não vai a lugar nenhum deste hotel sozinha. Não é seguro.

– Tem razão – concordou aborrecida. – Odiaria ser atacada por alguém.

O comentário atingiu o alvo. Merripen comprimiu os lábios e olhou para ela com ar ameaçador enquanto vestia o casaco.

Assim, ele a fazia lembrar o menino ressentido e hostil que era quando chegara à casa dos Hathaways.

– Kev – chamou ela em voz baixa –, não podemos retomar nossa amizade?

– Ainda sou seu amigo.

– Nada mais que isso?

– Não.

Win olhou para a cama, para a colcha amarrotada, e uma nova onda de calor a invadiu.

Merripen ficou imóvel ao seguir a direção daquele olhar.

– Isso não deveria ter acontecido – disse ele sem rodeios. – Eu não deveria... – E parou para engolir em seco. – Não tenho... uma mulher há algum tempo. Você estava no lugar errado na hora errada.

Win nunca se sentira tão mortificada.

– Você está dizendo que teria reagido do mesmo jeito com qualquer mulher?

– Sim.

– Não acredito em você!

– Acredite no que quiser. – Merripen caminhou até a porta e a abriu para olhar os dois lados do corredor. – Venha.

– Quero ficar. Preciso conversar com você.

– Não sem companhia. Não a esta hora. – Ele fez uma pausa. – Eu disse para vir aqui.

As últimas palavras foram ditas com uma autoridade tranquila que a irritou. Mas ela obedeceu.

Quando Win se aproximou, Merripen puxou o capuz do manto para esconder o rosto dela. Certificando-se de que não havia ninguém no corredor, ele a puxou para fora do quarto e fechou a porta.

Em silêncio, eles se dirigiram à escada no fim do corredor. Win tinha plena consciência da mão tocando levemente suas costas. Quando chegaram ao degrau mais alto, ele a surpreendeu detendo-a.

– Segure meu braço.

Win percebeu que ele pretendia ajudá-la a descer a escada, como sempre fizera quando ela estava doente. Escadas sempre foram uma grande dificuldade para ela. Toda a família temia que Win desmaiasse enquanto subia ou descia os degraus, podendo, na queda, quebrar o pescoço. Merripen sempre havia preferido carregá-la a deixar que corresse esse risco.

– Não, obrigada – disse ela. – Agora posso descer sozinha.

– Segure meu braço – repetiu ele, tomando a mão dela.

Win puxou a mão, sentindo-se irritada.

– Não quero sua ajuda. Não sou mais uma inválida, embora tenha a impressão de que você preferiria que eu fosse.

Embora não estivesse vendo o rosto dele, ela ouviu a inspiração repentina. Win envergonhava-se da acusação mesquinha, apesar de se perguntar se não haveria nela um fundo de verdade.

Mas Merripen não respondeu. Se ela o havia atingido, ele não demonstrava. Os dois desceram a escada em silêncio, separados.

Win estava inteiramente confusa. Imaginara essa noite de mil maneiras diferentes. Todas as maneiras possíveis, menos essa. Ela se dirigiu ao quarto e, diante da porta, tirou a chave do bolso.

Merripen pegou a chave da mão dela e abriu a porta.

– Entre e acenda a luz.

Consciente do corpo avantajado e sombrio esperando na soleira, Win se aproximou do criado-mudo. Com cuidado, levantou o globo de vidro da lamparina, acendeu o pavio e recolocou o globo.

Depois de introduzir a chave do outro lado da porta, Merripen disse:

– Tranque-a quando eu sair.

Win virou-se para encará-lo e sentiu que precisava desabafar.

– Foi aqui que paramos, não foi? Eu me atirando sobre você. Você me rejeitando. Pensei ter entendido antes. Eu não estava bem o bastante para esse tipo de relacionamento que queria ter com você. Mas agora não entendo. Porque nada nos impede de descobrir se... se poderíamos... – Perturbada e envergonhada, ela não conseguia encontrar as palavras certas para o que queria dizer. – A menos que eu tenha me enganado sobre o que você sentia por mim. Você algum dia me quis, Kev?

– Não. – A voz dele era quase inaudível. – Foi só amizade. E pena.

Win sentiu o rosto empalidecer. Seus olhos e nariz formigavam. Uma lágrima quente escorreu pela face.

– Mentira – disparou ela e virou-se.

A porta foi fechada com delicadeza.

Kev não se lembrava de ter voltado ao seu quarto, apenas de estar em pé ao lado da cama. Resmungando um palavrão, ele caiu de joelhos, agarrou grandes punhados da colcha e enterrou o rosto nela.

Estava no inferno.

Santo Cristo, como Win o devastava. Passara tanto tempo faminto por ela, sonhara com ela tantas noites e acordara para tantas manhãs amargas sem a sua presença que no início nem acreditara que ela era real.

Pensou no rosto adorável de Win, na suavidade daquela boca contra a dele, e como ela se arqueara sob suas mãos. Sentira-a diferente, mais forte e ágil. Mas o espírito de Win era o mesmo, radiante de encantadora ternura e honestidade, e havia sido isso que tocara seu coração. Tivera que se esforçar muito para não cair de joelhos diante dela.

Win havia pedido amizade. Impossível. Como poderia separar uma parte do emaranhado de seus sentimentos e entregar a ela um pedaço tão pequeno? E ela sabia que não devia pedir. Mesmo no mundo excêntrico dos Hathaways, algumas coisas eram proibidas.

Kev nada tinha a oferecer a Win além de degradação. Até Cam Rohan fora capaz de proporcionar uma riqueza considerável a Amelia. Mas Kev não tinha bens materiais, nenhuma elegância, nenhuma educação, nem ligações vantajosas, nada que os *gadje* valorizassem. Ele havia sido banido e maltratado até pelas pessoas da própria tribo, por razões que nunca entendera. Mas, por algum motivo, sabia que devia ter merecido. Alguma coisa nele o destinara a uma vida de violência. E nenhum ser racional diria que Win Hathaway poderia se beneficiar por amar um homem que era, em essência, um bruto.

Se um dia ela estivesse bem o bastante para se casar, seria com um cavalheiro. Com um homem nobre.

CAPÍTULO 8

De manhã, Leo conheceu a governanta.

Poppy e Beatrix escreveram para ele contando sobre a contratação de uma governanta um ano antes. Chamava-se Srta. Marks, e as meninas gostavam dela, embora a tivessem descrito de um jeito que não explicava *por que* alguém haveria de gostar de tal criatura. Aparentemente, ela era quieta e severa. Ensinava não só às irmãs, mas a todos na casa, como se comportar em sociedade.

Leo acreditava que essa instrução social era, provavelmente, algo benéfico. Para todo mundo, menos para ele.

Com relação ao comportamento polido, a sociedade costumava ser mais exigente com as mulheres do que com os homens. E se um homem tivesse um título de nobreza e soubesse beber moderadamente, podia fazer ou dizer quase tudo que quisesse, e ainda assim receberia muitos convites para eventos sociais.

Por um capricho do destino, Leo havia herdado um título de visconde, e isso resolvia a primeira parte da equação. E agora, depois da longa estada na França, limitara o consumo de álcool a uma ou duas taças de vinho no jantar. O que significava que era praticamente certo que seria bem recebido em qualquer evento chato e respeitável em Londres, mesmo que não quisesse ir.

Leo só esperava que a formidável Srta. Marks tentasse corrigi-lo. Seria divertido colocá-la no lugar dela.

Ele não sabia quase nada sobre governantas, exceto sobre as que eram personagens de romances, criaturas desinteressantes que se apaixonavam pelo dono da casa, sempre com desfechos terríveis. Porém, a Srta. Marks estava segura na casa dos Hathaways. Estranhamente, Leo não tinha mais interesse em seduzir ninguém. Os anseios decadentes de outrora não o encantavam mais.

Em um de seus passeios pela Provença, quando fora a uma ruína arquitetônica galo-romana, ele havia encontrado um de seus antigos professores da Academia de Belas-Artes. O encontro casual os fez retomar o contato. Nos meses seguintes, Leo passara várias tardes desenhando, lendo e estudando no ateliê do professor. Leo chegara a algumas conclusões que pretendia testar, agora que voltara à Inglaterra.

Enquanto caminhava sem pressa pelo corredor da suíte dos Hathaways, ele ouviu passos rápidos. Alguém corria em sua direção vindo do outro lado. Leo se afastou para a lateral e esperou com as mãos nos bolsos da calça.

– Venha aqui, pequeno demônio! – Ele ouviu uma mulher resmungar. – Rato superdesenvolvido! Quando eu puser as mãos em você, vou arrancar suas entranhas!

O tom sedento de sangue era impróprio para uma dama. Espantoso. Leo se divertia muito. Os passos se aproximavam... mas só parecia haver uma pessoa. Quem ela estaria perseguindo?

Logo ficou claro que ela não estava atrás de "alguém", mas de "alguma coisa". O corpo alongado e peludo de um furão surgiu correndo e saltitando com um objeto na boca. A maioria dos hóspedes do hotel certamente ficaria desconcertada por ver um pequeno mamífero carnívoro correndo entre eles. Mas Leo convivia havia anos com as criaturas de Beatrix: ratos apareciam em seus bolsos, filhotes de coelhos surgiam em seus sapatos, ouriços passavam casualmente pela mesa do jantar. Sorrindo, ele viu o furão passar correndo.

A mulher apareceu em seguida, uma confusão de saias cinzentas que ela segurava enquanto corria atrás do animal. E se havia alguma coisa que as roupas femininas dificultavam, era o movimento. Carregando o peso de várias saias sobrepostas, ela tropeçou e caiu a alguns passos de Leo. Os óculos dela voaram para o lado.

Leo se aproximou dela em um instante, abaixando-se e tentando ajudar o emaranhado de membros e saias.

– Você se machucou? Tenho certeza de que há uma mulher aqui em algum lugar... Ah, aí está você. Calma. Deixe-me...

– *Não toque em mim* – disparou ela, batendo nele com os punhos.

– Não estou tocando você. Isto é, estou tocando com a... ai, droga... com a intenção de ajudar.

O chapéu da desconhecida, uma pequena peça de feltro com acabamento barato, caíra sobre o rosto dela. Leo conseguiu empurrá-lo de volta para o topo da cabeça, desviando por pouco de um soco no queixo.

– *Cristo*. Pare de se debater por um momento, sim?

Ela se sentou com dificuldade e o encarou ferozmente.

Leo engatinhou para ir buscar os óculos e voltou para devolvê-los à desconhecida. Ela os pegou com rispidez, sem uma única palavra de gratidão.

Era uma mulher esguia, aparentemente impaciente. Uma jovem de olhos estreitos de onde transbordava mau humor. Seus cabelos castanho-claros estavam presos para trás de um jeito tão apertado que Leo estremeceu só de olhar. Era de esperar algum traço compensador – lábios suaves, talvez um colo bonito. Mas não, havia apenas a boca severa, o peito reto e faces encovadas. Se Leo tivesse que passar algum tempo com ela – e não tinha, felizmente –, começaria alimentando-a.

– Se quiser ajudar – disse ela com frieza enquanto recolocava os óculos no rosto –, pegue aquele maldito furão para mim. Talvez eu o tenha cansado o suficiente para você conseguir alcançá-lo.

Ainda abaixado no chão, Leo olhou para o furão, que havia parado a uns 10 metros longe deles e os observava com olhos brilhantes e redondos.

– Qual é o nome dele?

– Dodger.

Leo assobiou baixo e estalou a língua algumas vezes.

– Venha aqui, Dodger. Já causou muitos problemas por hoje. Mesmo que eu não possa criticar seu gosto por... cintas femininas? É isso que está carregando?

A mulher olhou estupefata para o furão, que seguiu na direção de Leo e, despreocupado, subiu em sua coxa.

– Bom rapaz – disse Leo, afagando o pelo abundante do animal.

– Como fez isso? – perguntou a mulher, irritada.

– Tenho jeito com animais. Eles costumam me reconhecer como um semelhante. – Leo tirou delicadamente um pedaço de renda e fita da boca do animal. Era mesmo uma cinta, deliciosamente feminina e nada prática. Ele sorriu com ar debochado para a mulher ao lhe entregar a peça íntima. – Isso é seu, sem dúvida.

Estava claro que Leo não acreditava naquilo. Achava que a cinta pertencesse a outra pessoa. Era impossível imaginar aquela mulher austera usando algo tão frívolo. Mas ao ver o rubor tingindo o rosto da jovem, ele concluiu que a cinta realmente *era* dela. Intrigante.

Leo gesticulou com a mão que segurava o furão.

– E imagino que este animal não seja seu, é?

– Não, é de uma das minhas tuteladas.

– Por acaso é governanta?

– Isso não lhe diz respeito.

– Porque, se for, uma das suas tuteladas é, certamente, a Srta. Beatrix Hathaway.

A mulher franziu a testa.

– Como sabe disso?

– Minha irmã é a única pessoa que conheço que traria um furão afanador de cintas ao Rutledge Hotel.

– Sua *irmã*?

Leo sorriu diante da expressão perplexa da jovem.

– Lorde Ramsay, ao seu dispor. E você é a Srta. Marks, a governanta?

– Sim – murmurou ela, ignorando a mão estendida em sua direção. A jovem se levantou sem ajuda.

Leo sentiu uma vontade irresistível de provocá-la.

– Que gratificante! Sempre desejei uma governanta da família para assediar.

O comentário a inflamou além do esperado.

– Conheço sua reputação de mulherengo, milorde. E não acho graça nisso.

Leo imaginou que provavelmente ela não achasse graça de nada.

– Minha reputação se manteve, apesar de dois anos de ausência? – perguntou ele, fingindo um tom de surpresa e satisfação.

– Então se *orgulha* disso?

– Sim, é claro. É fácil ter uma boa reputação, basta não fazer nada. Mas construir uma reputação ruim... bem, isso exige algum esforço.

Ela lançou um olhar desdenhoso através das lentes dos óculos.

– Eu o desprezo – declarou ela. Dando meia-volta, afastou-se dele.

Leo a seguiu carregando o furão.

– Acabamos de nos apresentar. Não pode me desprezar até realmente me conhecer.

Ela ignorou o rapaz, que a seguia para a suíte Hathaway. E o ignorou quando ele bateu à porta e também quando foram recebidos pela criada.

Havia uma comoção no interior da suíte, o que não era surpresa, considerando que aquela era a suíte da família Hathaway. O ar carregava uma profusão de impropérios, exclamações e grunhidos de embate físico.

– Leo? – Beatrix surgiu da saleta principal e correu para eles.

– Beatrix, querida! – Leo se surpreendeu com a diferença que o tempo que passara longe havia feito em sua irmã caçula. – Como você cresceu...

– Sim, mas isso não importa agora – interrompeu-o impaciente, arrancando o furão das mãos do irmão. – Vá ajudar o Sr. Rohan!

– Ajudá-lo como?

– Ele está tentando impedir Merripen de matar o Dr. Harrow.

– Já? – perguntou Leo sem se alterar, dirigindo-se à sala da suíte.

CAPÍTULO 9

Depois de tentar dormir em uma cama que se transformara em um aparelho de tortura, Kev havia acordado com o coração pesado. E com outros desconfortos mais urgentes.

Fora atormentado por sonhos estimulantes nos quais o corpo nu de Win se retorcia contra o dele, embaixo dele. Todos os desejos que mantivera confinados durante o dia se expressaram naqueles sonhos... Ele abraçava Win, a penetrava e sorvia seus gritos com a boca... beijava-a da cabeça aos pés e dos pés à cabeça. E naqueles mesmos sonhos ela se comportara de um jeito diferente, banqueteando-se delicadamente com uma boca atrevida, explorando-o com mãos inquisitivas.

Lavar-se com água gelada ajudara um pouco, mas Kev ainda tinha consciência do calor pulsando sob a pele.

Hoje teria que encontrar Win e conversar com ela diante de todos, como se nada tivesse acontecido. Teria que olhar para ela e não pensar na maciez entre suas coxas, em como ela o cavalgara enquanto ele a afagava com seu corpo e como sentira seu calor mesmo através das roupas. E também em como mentira para ela e a fizera chorar.

Sentindo-se devastado e explosivo, Kev vestiu as roupas que a família insistia que ele usasse em Londres.

— Você sabe quanto os *gadje* valorizam a aparência — dissera-lhe Rohan enquanto o arrastava para Savile Row. — Precisa parecer respeitável, ou vai prejudicar suas irmãs quando forem vistas com você.

O antigo empregador de Rohan, lorde St. Vincent, recomendara uma loja especializada em roupas sob medida. *Não vai encontrar nada adequado em lojas comuns*, St. Vincent garantira, estudando o porte físico de Kev. *Nenhum número vai servir nele.*

Kev submetera-se à indignidade de ter suas medidas tomadas, ser enrolado em tecidos variados e voltar para várias provas. Rohan e as irmãs Hathaways pareciam satisfeitos com o resultado, mas Kev não conseguia ver nenhuma diferença entre as novas roupas e as velhas. Roupas eram apenas roupas, algo que cobria o corpo para protegê-lo dos elementos.

Carrancudo, Kev vestiu uma camisa branca pregueada e gravata preta, colete com colarinho trabalhado e calça de pernas estreitas. O casaco de lã tinha bolsos frontais e fenda na parte de trás. (Apesar do desdém por roupas de *gadjo*, tinha que admitir que o casaco era confortável e bom.)

Como costumava fazer, Kev foi à suíte dos Hathaways para o café da manhã. Mantinha o rosto inexpressivo, embora sentisse as entranhas se contorcendo e a pulsação disparada. Tudo porque pensava em ver Win. Mas lidaria com a situação de maneira apropriada. Permaneceria calmo e quieto, Win seria recatada, como sempre, e assim superariam aquele primeiro encontro desconfortável e profano.

Porém, todas as boas intenções desapareceram quando ele entrou na suíte, foi à sala de estar e viu Win no chão. Em roupas íntimas.

Ela estava deitada de bruços, tentando erguer o corpo, enquanto um homem se debruçava sobre ela. E a tocava.

Aquela visão explodiu dentro de Kev.

Com um rugido sanguinário, ele se aproximou de Win e a levantou, envolvendo-a com seus braços protetores.

– Espere. – Ela arfou. – O que está... oh, *não*! Deixe-me expl... *não*!

Ele a colocou, sem nenhuma cerimônia, sobre um sofá atrás dele, depois se virou para encarar o homem. Pensava apenas em mutilá-lo, começando pela cabeça.

Agindo com prudência, o desconhecido se refugiou atrás de uma cadeira pesada, colocando-a entre eles.

– Você deve ser Merripen – disse o homem. – E eu sou...

– Um homem morto – rosnou Kev, caminhando na direção dele.

– Ele é meu médico! – gritou Win. – É o Dr. Harrow, e... Merripen, não ouse machucá-lo!

Ignorando-a, Kev deu dois passos à frente até que sentiu uma perna enroscando as suas, jogando-o no chão. Era Cam Rohan, que se atirou para cima de Kev, ajoelhou-se sobre seus braços e o segurou pela nuca.

– Merripen, seu *idiota* – disse Rohan, esforçando-se para contê-lo –, ele é o médico. O que pensa que vai fazer?

– Matar... ele... – grunhiu Kev, erguendo o corpo apesar do peso de Rohan sobre suas costas.

– Inferno! – exclamou Rohan. – Leo, me ajude a segurá-lo! *Agora*.

Leo correu para ajudar. Os dois tiveram que unir forças para manter Merripen no chão.

– Adoro essas reuniões familiares – comentou Leo. – Merripen, qual é o seu problema?

– Win está em roupas íntimas, e esse homem...

– Essas não são minhas roupas íntimas – explodiu Win, irritada. – Isto é um traje próprio para exercícios físicos!

Merripen se virou para olhá-la. Como Rohan e Leo ainda o empurravam contra o chão, não conseguia olhar para cima. Mas ele viu que Win vestia calça larga e uma blusa sem mangas.

– Conheço roupas íntimas quando as vejo – insistiu Kev.

– Isto é uma calça turca e a blusa é bastante decente. Todas as mulheres na clínica usam este tipo de traje. Praticar exercícios físicos é necessário para manter minha saúde, e é evidente que não posso me exercitar usando vestido e espart...

– Ele estava tocando você! – interrompeu Kev com rispidez.

– O Dr. Harrow estava se certificando de que eu mantinha a postura correta.

O médico aproximou-se com cautela. Havia um brilho de humor em seus atentos olhos cinzentos.

– É um exercício indiano, na verdade. Todos os meus pacientes incorporam essa prática em sua rotina diária. Por favor, acredite, meus cuidados com a Srta. Hathaway foram totalmente respeitosos.

O Dr. Harrow fez uma pausa e perguntou desconfiado:

– Estou seguro agora?

Leo e Cam, que ainda se esforçavam para conter Kev, responderam ao mesmo tempo:

– *Não*.

A essa altura, Poppy, Beatrix e a Srta. Marks haviam corrido para a sala.

– Merripen – falou Poppy. – O Dr. Harrow não estava fazendo nenhum mal a Win e...

– Ele é um homem bom, Merripen – acrescentou Beatrix. – Até meus animais gostam dele.

– Acalme-se – disse Rohan a Kev, em voz baixa, falando em romani para que os demais não entendessem. – Isso não é bom para ninguém.

Kev ficou parado.

– Ele a estava tocando – respondeu na mesma língua, embora odiasse usá-la.

E sabia que Rohan compreendia que um cigano considerava difícil, até mesmo impossível, tolerar outro homem tocando sua mulher, qualquer que fosse o motivo.

– Ela não é sua, *phral* – Rohan lembrou-o em romani, não sem uma conotação solidária.

Kev forçou-se a relaxar.

– Posso soltá-lo agora? – perguntou Leo. – Só há um tipo de esforço físico que aprecio antes do café. E não é este.

Rohan deixou Kev ficar em pé, mas continuou segurando um braço torcido atrás de suas costas.

Win parou ao lado de Harrow. Vê-la vestida daquele jeito, tão perto de outro homem, fez vários músculos se enrijecerem por todo o corpo de Kev. Ele podia ver os contornos dos quadris e das pernas de Win. Todos da família haviam enlouquecido, se a deixavam se vestir daquela maneira diante de um estranho e agir como se fosse apropriado. *Calça turca...* como se essa denominação a transformasse em mais que uma roupa íntima.

– Insisto que você peça desculpas – disse Win. – Você foi muito rude com meu convidado, Merripen.

Convidado *dela*? Kev a encarou ultrajado.

– Não é necessário – disse Harrow, apressado. – Sei que o exercício pode ter dado má impressão.

Win encarou Kev.

– Ele me curou, e é *assim* que o recompensa? – perguntou.

– Você se curou – corrigiu-a Harrow. – Foi resultado do seu esforço, Srta. Hathaway.

A fisionomia de Win suavizou quando ela olhou para o médico.

– Obrigada.

Porém, quando ela encarou Kev novamente, seu olhar recuperou a dureza.

– Vai pedir desculpas, Merripen?

Rohan torceu o braço de Kev com um pouco mais de força.

– Peça desculpas – resmungou Rohan. – Pelo bem da família.

Olhando para o médico, Kev falou em romani:

– *Ka xlia ma pe tute* – Vou cagar em você.

– O que significa – disse Rohan mais que depressa – que ele se desculpa pelo mal-entendido e sugere que se despeçam como amigos.

– *Te malavel les i menkiva* – Que você morra de uma doença maligna, acrescentou Kev por garantia.

– Traduzindo – declarou Rohan novamente –, ele disse que espera que seu jardim se encha de gordos e belos ouriços. O que, devo acrescentar, é uma bênção para os rons.

Harrow parecia não acreditar naquilo. Mas murmurou:

– Aceito suas desculpas. Não houve nenhum prejuízo, afinal.

– Peço que nos deem licença – disse Rohan em tom agradável, ainda torcendo o braço de Kev. – Continuem com o café, por favor... Temos algumas coisas para fazer. Por favor, quando Amelia se levantar, digam a ela que voltarei ao meio-dia, mais ou menos. – E ele puxou Kev para fora da sala. Leo os seguiu.

Assim que saíram da suíte e chegaram ao corredor, Rohan soltou o braço de Kev e o encarou. Passando a mão pelos cabelos, perguntou com irritação moderada:

– O que esperava obter matando o médico de Win?

– Diversão.

– Você teria se divertido, sem dúvida. Mas Win não parecia estar gostando da brincadeira.

– Por que Harrow está aqui? – perguntou Kev, furioso.

– Eu sei o motivo – disse Leo, apoiando o ombro na parede de maneira casual. – Harrow quer conhecer melhor os Hathaways. Porque ele e minha irmã são... próximos.

Kev sentiu um peso repentino no estômago, como se houvesse engolido um punhado de pedras.

– Como assim? – perguntou, mesmo já tendo entendido. Nenhum homem poderia conviver com Win sem se apaixonar por ela.

– Harrow é viúvo – explicou Leo. – E é um sujeito decente. Mais ligado à clínica e aos pacientes do que a qualquer outra coisa. Mas é também um homem sofisticado, já viajou muito e é rico como o diabo. Coleciona objetos que o atraiam pela beleza. Um apreciador das coisas boas da vida.

Os outros dois homens perceberam o que isso significava. Win seria de fato uma excelente aquisição para sua coleção de coisas belas.

Kev obrigou-se, com dificuldade, a fazer a pergunta seguinte.

– Win gosta dele?

– Não creio que Win saiba quanto do que sente por ele é gratidão e quanto é afeto verdadeiro. – Leo olhou diretamente para Kev. – E ainda há algumas questões cujas respostas ela precisa encontrar.

– Vou conversar com ela.

– Se eu fosse você, não faria isso. Não antes que ela se acalme um pouco. Nesse momento Win está furiosa com você.

– Por quê? – perguntou Kev, imaginando se ela havia conversado com o irmão sobre os eventos da noite anterior.

– *Por quê?* – Leo comprimiu os lábios. – Os motivos são diversos, e nem sei por qual deles devo começar. Deixando de lado o problema desta manhã, que tal falarmos sobre o fato de nunca ter escrito para ela?

– Eu escrevi – disse Kev, indignado.

– Uma única carta – reconheceu Leo. – O relatório do plantio. De fato ela me mostrou. Como esquecer o animador relato que fez sobre adubar o campo perto do portão leste? Confesso que o trecho sobre esterco de carneiro quase me fez chorar, foi tão sentimental e...

– Sobre o que ela esperava que eu escrevesse? – Kev o interrompeu.

– Não se preocupe em explicar, milorde – intercedeu Cam quando Leo abriu a boca. – Não é costume dos rons colocar no papel pensamentos particulares.

– Também não é costume dos rons administrar uma propriedade e supervisionar equipes de operários e colonos agricultores – respondeu Leo. – Mas ele fez isso, não fez? – Leo sorriu com sarcasmo diante da expressão carrancuda de Kev. – Tudo indica, Merripen, que você seria um lorde muito melhor que eu para a propriedade. Olhe para você... Está vestido como um rom? Passa seus dias ao lado da fogueira de um acampamento ou se debruça sobre os livros contábeis da propriedade? Você dorme ao relento no chão duro ou dentro de uma casa sobre uma boa cama de penas? Por acaso ainda fala como um rom? Não, perdeu seu sotaque. Soa como...

– Aonde quer chegar? – interrompeu-o Kev.

– Só quero que perceba que fez muitas concessões desde que chegou à nossa casa. Fez tudo o que era preciso para estar perto de Win. Então, não seja hipócrita, não banque o rom ortodoxo agora que finalmente tem uma chance para... – Leo parou e revirou os olhos. – Bom Deus. Isso é demais até para mim. E eu cheguei a pensar que estava imune ao drama. – Então olhou para Rohan com ar contrariado. – Converse você com ele. Vou tomar meu chá.

Leo voltou à suíte, deixando-os no corredor.

– Não escrevi sobre esterco de carneiro – resmungou Kev. – Era outro tipo de fertilizante.

Rohan tentou conter o riso, mas não conseguiu.

– De qualquer maneira, *phral*, a palavra fertilizante não deveria constar numa carta para uma dama.

– Não me chame desse jeito.

Rohan começou a caminhar pelo corredor.

– Venha comigo. Há algo que quero que você faça.

– Não estou interessado.

– É perigoso – provocou Rohan. – Pode ser que você precise bater em alguém. Talvez comece uma briga. Ah... sabia que isso o convenceria.

~

A característica de Cam Rohan que mais irritava Kev era sua persistência em descobrir o significado das tatuagens. Ele tentava desvendar o mistério havia dois anos.

Apesar das inúmeras responsabilidades que assumia, Rohan nunca perdia uma oportunidade de se aprofundar no assunto. Havia pesquisado com diligência sobre sua tribo, pedindo informações a cada *vardo* que passava por ele e visitando todos os acampamentos ciganos. Mas era como se a tribo de Rohan houvesse desaparecido da face da Terra, ou pelo menos se mudado para o outro lado do planeta. Provavelmente, ele nunca a encontraria – não havia limite para a distância que uma tribo poderia viajar, e nenhuma garantia de que um dia voltaria à Inglaterra.

Rohan estudara os registros de casamento, nascimento e morte, tentando encontrar alguma menção à sua mãe, Sonya, ou a ele mesmo. Até agora, nada. Também havia consultado especialistas em heráldica e historiadores irlandeses para descobrir o possível significado do símbolo *pooka*. Eles apenas mencionavam as lendas do cavalo mítico: o animal falava com voz humana, aparecia para alguém à meia-noite e o chamava a seguir com ele, e ninguém conseguia recusar. E quando a pessoa o acompanhava, se sobrevivesse à cavalgada, voltava transformada para sempre.

Cam também não havia conseguido encontrar uma ligação significativa entre os nomes Rohan e Merripen, comuns entre os rons. Portanto, a mais recente investida de Cam era estudar a tribo de Kev ou conversar com qualquer pessoa que soubesse algo a respeito dela.

Kev era compreensivelmente hostil ao plano, que Rohan havia revelado enquanto eles caminhavam para o estábulo do hotel.

– Eles me abandonaram à morte – argumentou Kev. – E você quer minha ajuda para encontrá-los? Se eu vir um deles, especialmente o *rom baro*, serei capaz de matá-lo com minhas próprias mãos.

– Muito bem – respondeu Rohan sem se alterar. – Mate-o *depois* de descobrir sobre a tatuagem.

– Tudo o que vão dizer é o que eu já disse. É a marca de uma maldição. E se você algum dia descobrir o que significa...

– Sim, sim, eu sei. Fomos amaldiçoados. Mas se tenho a marca dessa maldição no braço, Merripen, quero saber o que é.

Kev o olhou como se quisesse fuzilá-lo. Ele parou antes de entrar no estábulo, onde ferramentas, presilhas e pastas eram mantidas em perfeita ordem nas prateleiras.

– Eu não vou. Vai ter que procurar minha tribo sem mim.

– Preciso de você – protestou Rohan. – Para começar, o lugar aonde vamos é *kekkeno mushes puv*.

Kev o encarou incrédulo. *Kekkeno mushes puv* significava "terra de ninguém", e era uma planície devastada na margem sul do rio Tâmisa. O território aberto e lamacento era ocupado por tendas ciganas, alguns *vardos* dilapidados, cães ferozes e rons quase igualmente ferozes. Mas esse não era o verdadeiro perigo. Havia outro grupo não cigano chamado de chorodies, descendentes de patifes e proscritos, de origem principalmente saxônica. Os chorodies eram maus, sujos e ferozes, sem costumes ou maneiras. Chegar perto deles era praticamente pedir para ser atacado ou roubado. Não havia lugar mais perigoso em Londres, exceto alguns prostíbulos na zona leste.

– Por que acha que alguém da minha tribo poderia estar nesse lugar? – perguntou Kev, chocado com a ideia. Certamente, mesmo sob a liderança do *rom baro*, eles não desceriam tanto.

– Não faz muito tempo, conheci um *chal* da tribo Bosvil. Ele disse que a irmã caçula dele, Shuri, era casada havia muito tempo com seu *rom baro*. –

Rohan olhava atentamente para Merripen. – Parece que a história sobre o que aconteceu com você foi contada por toda Romanija.

– Não vejo por quê – resmungou Kev, sentindo-se sufocado. – Isso não é importante.

Rohan deu de ombros, mas manteve os olhos fixos em Kev.

– Os rons cuidam dos seus. Nenhuma tribo jamais abandonaria um menino ferido ou moribundo, quaisquer que fossem as circunstâncias. E, aparentemente, isso atraiu uma maldição para a tribo do *rom baro*... A sorte mudou para eles, e muitos acabaram arruinados. O nome disso é justiça.

– Nunca me importei com justiça. – Kev se sentia ligeiramente surpreso com a rouquidão da própria voz.

Rohan falou com complacência.

– É uma vida estranha, não é? Um rom sem tribo. Por mais que pareça forte, você nunca consegue encontrar um lar. Porque, para nós, lar não é uma casa, uma tenda ou um *vardo*... lar é uma família.

Kev não conseguia sustentar o olhar de Rohan. As palavras dele se aproximavam muito da verdade. Durante todo o tempo desde que o conhecera, Kev nunca sentira uma ligação próxima com Rohan. Até agora. Não podia mais ignorar que tinham muito em comum. Eram dois forasteiros com um passado repleto de perguntas sem respostas. E cada um deles havia sido acolhido pelos Hathaways, e com eles encontraram uma família.

– Eu vou com você, droga – disse Kev, exasperado. – Mas só porque sei o que Amelia faria comigo se eu deixasse alguma coisa ruim acontecer a você.

CAPÍTULO 10

Em algum lugar da Inglaterra, a primavera cobrira o chão de veludo verde e trouxera de volta as flores. Em algum lugar o céu era azul e o ar era doce. Mas não na terra de ninguém, onde a fumaça de milhões de chaminés cobria a cidade com uma névoa amarela que a luz do dia quase não conseguia penetrar. Havia pouco mais que lodo e miséria nesse lugar estéril. Ficava a aproximadamente meio quilômetro do rio e era limitado por uma colina e uma estrada de ferro.

Kev estava taciturno e silencioso enquanto ele e Rohan conduziam os cavalos pelo acampamento cigano. Havia tendas espalhadas aleatoriamente, com homens sentados na entrada forjando estacas ou fazendo cestos. Kev ouviu alguns meninos gritando entre si. Quando contornou uma das tendas, ele viu um pequeno grupo reunido em torno de uma briga. Homens gritavam furiosamente instruções e ameaças para os garotos, como se fossem animais em uma rinha.

Kev parou diante da cena e olhou para os meninos, tomado de assalto por lembranças da própria infância. Dor, violência, medo... a ira do *rom baro*, que o espancava mais ainda quando perdia uma luta. E quando vencia, quando deixava no chão outro menino ensanguentado e ferido, não tinha recompensa. Só a culpa esmagadora de ter feito mal a alguém que não o havia prejudicado.

O que é isso? O *rom baro* rugira ao descobri-lo encolhido em um canto, chorando depois de ter espancado um menino que implorara para que ele parasse de bater. *Seu cão patético e chorão. Vou lhe dar um desses...* A bota encontrara as costelas de Kev... *para cada lágrima que derramar. Que tipo de idiota chora por ter vencido? Chorando depois de ter feito a única coisa que sabe fazer? Vou arrancar essa moleza de você, bebê chorão.* Ele havia chutado Kev até deixá-lo inconsciente.

E quando Kev espancara outro menino depois disso, não sentira culpa. Não sentira nada.

Kev não percebeu que havia parado, ou que respirava com dificuldade, até Rohan chamá-lo em voz baixa.

– Vamos, *phral*.

Desviando o olhar dos meninos, Kev viu a compaixão e a sanidade no rosto de Rohan. As memórias sombrias desapareceram. Ele assentiu e o seguiu.

Rohan parou em duas ou três tendas, perguntando sobre o paradeiro de uma mulher chamada Shuri. Respondiam com má vontade. Como era de esperar, os rons tratavam Rohan e Kev com evidente desconfiança e curiosidade. O dialeto usado era difícil de entender, uma mistura de romani e o que chamavam de "tinker patois", uma gíria usada por ciganos urbanos.

Kev e Rohan foram guiados a uma das tendas menores, onde um garoto mais velho estava sentado na entrada com um balde emborcado. Ele entalhava botões com uma pequena faca.

– Estamos procurando Shuri – disse Kev na língua antiga.

O menino olhou por cima do ombro para o interior da tenda.

– *Mami* – chamou ele. – Há dois homens aqui procurando por você. Rons vestidos como *gadje*.

Uma mulher de aparência singular surgiu na entrada. Ela não era alta, mas o tronco e a cabeça eram largos, sua compleição era escura e a pele, enrugada, os olhos, brilhantes e negros. Kev a reconheceu imediatamente. Era mesmo Shuri, que havia se casado com o *rom baro* quando ela tinha apenas 16 anos. Kev deixara a tribo pouco depois disso.

O tempo não havia sido generoso com ela. Shuri fora uma beldade no passado, mas a vida de dificuldades fizera com que envelhecesse prematuramente. Embora ela e Kev tivessem quase a mesma idade, a diferença entre eles parecia ser de vinte anos, em vez de dois.

Ela olhou para Kev sem muito interesse. Depois arregalou os olhos e as mãos crispadas moveram-se num gesto usado normalmente para proteger-se contra maus espíritos.

– Kev – murmurou ela.

– Olá, Shuri – respondeu Kev com dificuldade, acrescentando um cumprimento que não usava desde a infância. – *Droboy tume Romale.*

– Você é um espírito? – perguntou ela.

Rohan o encarou atento.

– Kev? – repetiu ele. – Esse é seu nome tribal?

Kev o ignorou.

– Não sou um espírito, Shuri. – E sorriu pra acalmá-la. – Se fosse, não teria envelhecido, certo?

Ela balançou a cabeça, mas seus olhos ainda transbordavam desconfiança.

– Se é mesmo você, mostre-me a marca.

– Pode ser lá dentro?

Depois de um longo instante de hesitação, Shuri assentiu relutante, convidando-os a entrar com um gesto.

Cam parou na porta e disse ao menino:

– Cuide para que os cavalos não sejam roubados, e eu lhe darei meia coroa. – Cam não sabia ao certo se o maior perigo para os cavalos eram os chorodies ou os rons.

– Sim, *kako* – disse o menino, usando um jeito respeitoso de dirigir-se a um homem muito mais velho.

Sorrindo satisfeito, Cam seguiu Merripen para o interior da tenda.

A estrutura era feita de varas enterradas no chão e encurvadas no topo, com outras estacas de sustentação presas a elas por uma corda. O conjunto era coberto por um tecido marrom e grosso preso às laterais da estrutura. Não havia cadeiras ou mesas. Para um rom, o chão servia perfeitamente para os dois propósitos. Mas havia uma grande pilha de panelas e vasilhas em um canto, e uma esteira leve coberta com tecido. O interior da tenda era aquecido por um pequeno fogo aceso em uma panela sobre um tripé.

Seguindo a orientação de Shuri, Cam sentou-se no chão ao lado do fogo e cruzou as pernas. Ele conteve o riso quando Shuri insistiu em ver a tatuagem, o que provocou um olhar de sofrimento por parte de Merripen. Sendo homem recatado e discreto, Merripen provavelmente sofria por ter que despir-se diante deles. Mas ele rangeu os dentes e tirou o casaco, desabotoando o colete em seguida.

Em vez de tirar completamente a camisa, Merripen a abriu e a deixou pender apenas para revelar a parte superior das costas e os ombros que, musculosos, brilhavam como bronze. A tatuagem ainda era uma visão um tanto assustadora para Cam, que nunca a vira em ninguém senão nele mesmo.

Resmungando em romani, usando algumas palavras que pareciam sânscrito, Shuri aproximou-se de Kev para ver a tatuagem. Kev abaixou a cabeça e respirou silenciosamente.

Cam perdeu a vontade de rir ao ver o rosto de Merripen, inexpressivo, exceto por uma leve ruga na testa. Para Cam teria sido uma alegria e um alívio encontrar alguém do passado. Para Merripen, a experiência era pura tortura. Mas ele a enfrentava com um estoicismo que emocionava Cam. E Cam sentiu que não gostava de ver Merripen tão vulnerável.

Depois de examinar a marca do cavalo mítico, Shuri se afastou de Merripen e fez um gesto para ele se vestir.

– Quem é esse homem? – perguntou ela, apontando para Cam.

– Um dos meus *kumpania* – resmungou Merripen.

Kumpania era uma palavra usada para descrever um clã, um grupo unido por laços que não eram necessariamente de família. Vestido novamente, Merripen perguntou de maneira repentina:

– O que aconteceu com a tribo, Shuri? Onde está o *rom baro*?

– Embaixo da terra – respondeu a mulher, demonstrando grande falta de respeito pelo marido. – E a tribo se dispersou. Depois que viram o que ele fez com você, Kev... a forma como nos obrigou a deixá-lo morrendo... Depois daquilo, tudo ficou ruim. Ninguém queria segui-lo. Por fim, os *gadje* o enforcaram quando o pegaram fazendo *wafodu luvvu*.

– O que é isso? – perguntou Cam sem entender o dialeto.

– Dinheiro falso – disse Merripen.

– Antes disso – continuou Shuri –, o *rom baro* havia tentado transformar alguns dos meninos menores em *asharibe*, pensando em ganhar moedas em feiras e nas ruas de Londres. Mas nenhum deles sabia lutar como você, e os pais dos meninos impunham limites ao *rom baro*.

Os olhos escuros dela se voltaram na direção de Cam.

– O *rom baro* chamava Kev de seu cão de briga – disse ela. – Mas os cães eram mais bem tratados que ele.

– Shuri... – murmurou Merripen, sério. – Ele não precisa saber...

– Meu marido queria que Kev morresse – prosseguiu ela –, mas nem o *rom baro* ousaria matá-lo abertamente. Então, ele deixava o menino com fome e o obrigava a participar de muitas lutas, e não fazia curativos nem aplicava bálsamos em suas feridas. Kev nunca teve um cobertor, só uma cama de palha. Nós roubávamos comida e remédio para ele quando o *rom baro* não estava olhando. Mas não havia ninguém para defendê-lo, pobre garoto.

Os olhos dela tornaram-se severos quando encontraram os de Kev.

– E não era fácil ajudá-lo, porque você não fazia nada além de rosnar e agredir. Nunca disse uma única palavra de gratidão, nunca deu um sorriso.

Merripen ficou em silêncio, mantendo o rosto virado enquanto terminava de fechar os últimos botões do colete.

Cam achou bom o *rom baro* já estar morto. Porque sentiu uma vontade incontrolável de caçar o infeliz e matá-lo. Cam também não gostou das críticas de Shuri a Merripen. Não que Merripen fosse um modelo de simpatia... mas depois de ter sido criado em um ambiente tão cruel, era um milagre ele ter conseguido viver como um homem normal.

Os Hathaways haviam feito mais do que salvar a vida de Merripen. Eles também salvaram sua alma.

– Por que seu marido odiava tanto Merripen? – perguntou Cam em tom suave.

– O *rom baro* odiava tudo que era *gadjo*. Ele costumava dizer que se alguém da tribo se associasse a um *gadjo*, ele mataria os dois.

Merripen a encarou atento.

– Mas eu sou cigano.

– Você é *poshram*, Kev. Metade *gadjo*. – Ela sorriu diante do espanto dele. – Nunca desconfiou? Você tem a aparência de um *gadjo*, sabe? O nariz estreito, o formato do queixo...

Merripen balançou a cabeça, sem saber o que dizer diante da revelação.

– Santo inferno – sussurrou Cam.

– Sua mãe se casou com um *gadjo*, Kev – continuou Shuri. – A tatuagem que você tem é a marca de sua família. Mas seu pai abandonou sua mãe, como os *gadje* costumam fazer. Então depois pensamos que você havia morrido, porque o *rom baro* disse que restava só um.

– Só um o quê? – Cam conseguiu perguntar.

– Irmão. – Shuri foi mexer o conteúdo da panela de fogo, espalhando um brilho intenso pela tenda. – Kev teve um irmão mais novo.

A emoção tomou conta de Cam. Ele sentiu que tudo mudava, cada pensamento ganhava uma nova inflexão. Depois de ter passado a vida toda acreditando que era sozinho, agora havia alguém do mesmo sangue. Um irmão de verdade. Cam olhou para Merripen, notando em seus olhos escuros que ele também chegava a essa conclusão. Cam não acreditava que a notícia fosse provocar a mesma alegria em Kev, mas não se importava com isso.

– A avó cuidou das duas crianças por um tempo – continuou Shuri –, mas depois teve motivos para pensar que os *gadje* poderiam ir buscá-los. Talvez até os matassem. Então, ela ficou com um dos meninos e mandou Kev para a nossa tribo, para ser criado por seu tio Pov, o *rom baro*. Tenho certeza de que a avó não imaginava que o *rom baro* o maltrataria, ou nunca teria feito isso.

Shuri olhou para Merripen.

– Ela deve ter pensado que Pov era um homem forte e por isso protegeria você. Mas ele o considerava uma abominação por ser meio... – A mulher parou com uma exclamação de espanto quando Cam empurrou para trás o casaco e a camisa, mostrando o braço. A tatuagem do *pooka* se destacava no escuro, um relevo de tinta em sua pele.

– Sou irmão dele – falou Cam com a voz levemente rouca.

Os olhos de Shuri fitavam o rosto de Cam e depois o de Kev.

– Sim, eu percebo – murmurou ela depois de um tempo. – Não há uma grande semelhança entre vocês, mas ela existe. – Um sorriso curioso surgiu nos lábios dela. – *Devlesa avilan.* Foi Deus quem os uniu.

Se Merripen tinha alguma opinião sobre quem ou o que os unira, ele não a expressou. Em vez disso, perguntou em tom seco:

– Sabe qual é o nome do nosso pai?

Shuri parecia pesarosa.

– O *rom baro* nunca o mencionou. Lamento.

– Não, você já ajudou muito – disse Cam. – Sabe alguma coisa sobre por que os *gadje* poderiam querer...?

– *Mamì* – chamou o menino na porta. – Os *chorodies* se aproximam.

– Eles querem os cavalos – disse Merripen enquanto se levantava depressa. Em pé, ele pôs algumas moedas na mão de Shuri.

– Sorte e saúde – disse a ela.

– *Kushti bok* – respondeu Shuri, retribuindo os votos.

Cam e Merripen saíram correndo da tenda. Três *chorodies* se aproximavam. Com cabelos emaranhados, imundos, dentes podres e exalando um mau cheiro que era possível sentir de longe, eles pareciam animais e não homens.

Alguns rons curiosos os observavam de uma distância segura. Era evidente que não iriam ajudar.

– Bem – disse Cam em voz baixa –, isso deve ser divertido.

– Chorodies gostam de facas – lembrou Merripen. – Mas não sabem usá-las. Deixe isso comigo.

– Vá em frente – concordou Cam, cordial.

Um dos chorodies falava um dialeto que Cam não entendia. Mas o homem apontou para o cavalo de Cam, Pooka, que os olhava com nervosismo e batia as patas no chão.

– De jeito nenhum – resmungou Cam.

Merripen respondeu ao homem com palavras igualmente incompreensíveis. Como Merripen previa, o chorodie levou a mão às costas e puxou uma faca serrilhada. Merripen parecia relaxado, mas flexionava os dedos, e Cam notou como a postura dele se alterava em prontidão repentina para o ataque.

O chorodie atacou com um grito agudo, tentando acertá-lo na metade inferior do tronco. Mas Merripen se esquivou com um movimento para o lado. Com impressionante velocidade e destreza, Merripen agarrou o braço armado do atacante. O movimento desequilibrou o chorodie, que foi prejudicado pelo próprio impulso. Em um instante, Merripen havia jogado o adversário no chão, torcendo seu braço na queda. O barulho audível da fratura fez todos, inclusive Cam, se encolherem. O chorodie gritou em agonia. Merripen tirou a faca da mão do oponente e a jogou para Cam, que a pegou num reflexo.

Merripen olhou para os dois chorodies restantes.

– Quem é o próximo? – perguntou com frieza.

Apesar de ter falado em inglês, os dois pareciam ter compreendido o significado das palavras. Eles fugiram sem nem olhar para trás, deixando o companheiro ferido e gemendo se arrastar para longe dali.

– Muito bom, *phral* – falou Cam com admiração.

– Vamos embora – disse Merripen sem rodeios. – Antes que mais deles cheguem.

– Vamos a uma taverna – sugeriu Cam. – Preciso de uma bebida.

Merripen montou sem dizer nada. Pela primeira vez, aparentemente, eles estavam de acordo.

～

Tavernas eram sempre descritas como o lazer dos homens ocupados, o negócio do homem preguiçoso e o santuário do homem melancólico. A Hell and

Bucket, localizada no ambiente de pior reputação em Londres, também poderia ser chamada de esconderijo do criminoso e paraíso do bêbado. Era bem adequada aos propósitos de Kev e Cam, um lugar que serviria dois rons sem nenhuma restrição. A cerveja era de boa qualidade, forte, e embora as garçonetes fossem azedas, sabiam manter as canecas cheias e o chão limpo.

Cam e Kev sentaram-se em uma mesa pequena, iluminada por um nabo esculpido em forma de candelabro, com sebo escorrendo por suas laterais de coloração roxa. Kev bebeu meia caneca sem parar, depois a deixou sobre a mesa. Raramente bebia alguma coisa além de vinho, assim mesmo com moderação. Não gostava da perda de controle que acompanhava o álcool.

Cam, porém, esvaziou a caneca. Depois se reclinou na cadeira e estudou Kev com um leve sorriso.

– Sempre estranhei sua incapacidade de tolerar bebida – comentou Cam. – Um cigano do seu tamanho devia beber um quarto de barril sem se abalar. Mas agora descubro que você também é meio irlandês... isso é imperdoável, *phral*. Vamos ter que melhorar sua capacidade de beber.

– Não vamos contar isso a ninguém – disse Kev, em tom sério.

– Sobre sermos irmãos? – Cam parecia se divertir com a reação chocada de Kev. – Não é tão ruim ser meio *gadjo* – disse ele com bondade, e riu da expressão de Kev. – Isso certamente explica por que nós dois encontramos um lugar onde parar, enquanto a maioria dos rons prefere vagar para sempre. É o sangue irlandês que corre em nossas veias que...

– Nem... uma... palavra – Kev o interrompeu. – Nem mesmo para a família.

Cam ficou sério.

– Não tenho segredos com minha esposa.

– Nem se for pela segurança dela?

Cam refletiu, olhando por uma das janelas estreitas da taverna. As ruas estavam repletas de ambulantes, e as rodas de seus carrinhos faziam barulho sobre as pedras do calçamento. Seus gritos ecoavam chamando a atenção dos clientes para caixas de chapéu, fósforos, guarda-chuvas e vassouras. Do outro lado da rua, a vitrine de um açougue brilhava em tons de vermelho e branco com a carne recém-cortada.

– Você acha que a família de nosso pai ainda pode querer nos matar? – perguntou Cam.

– É possível.

Distraído, Cam massageou a manga da camisa sobre o local onde estava a marca do *pooka*.

– Entenda que nada disso teria acontecido, as tatuagens, os segredos, termos sido separados, terem nos dado nomes diferentes, nada teria acontecido se nosso pai não fosse um homem de algum valor. Caso contrário, os *gadje* não teriam se importado com duas crianças mestiças. Por que será que ele deixou nossa mãe? Queria saber...

– Não me interessa.

– Vou fazer uma nova pesquisa de registros de nascimento por paróquia. Talvez nosso pai...

– Esqueça. Deixe isso como está.

– *Deixar como está?* – Cam o encarou incrédulo. – Quer realmente ignorar o que encontramos hoje? Ignorar o parentesco entre nós?

– Sim.

Balançando a cabeça lentamente, Cam girou um dos anéis de ouro em seus dedos.

– Depois de hoje, irmão, entendo muito mais sobre você. O jeito como...

– Não me chame assim.

– Suponho que ser criado como um animal não inspira muitos sentimentos bons pela raça humana. Lamento que você tenha sido o desafortunado, o que foi mandado para nosso tio. Mas não pode permitir que isso o impeça de levar uma vida plena agora. E descobrir quem você é.

– Descobrir quem eu sou não vai me dar o que quero. Nada vai. Portanto, não há propósito nisso.

– O que você quer? – perguntou Cam em tom suave.

Kev comprimiu os lábios e olhou para ele.

– Não consegue nem dizer? – provocou Cam. Quando o outro manteve um silêncio obstinado, Cam estendeu a mão para sua caneca. – Ainda vai beber isso?

– Não.

Cam bebeu a cerveja de Kev em poucos goles.

– Sabe – comentou Cam, com sarcasmo –, era muito mais fácil lidar com uma boate cheia de bêbados, jogadores e criminosos de todo tipo do que lidar com você e os Hathaways. – Ele colocou a caneca sobre a mesa e esperou um momento antes de indagar em voz baixa: – Você suspeitava de alguma coisa? Acreditava que o elo entre nós podia ser tão próximo?

– Não.

– Acho que, no fundo, eu suspeitava. Sempre soube que não era sozinho no mundo.

Kev o olhou com expressão carrancuda.

– Isso não muda nada. Não sou da sua família. Não há nenhum laço entre nós.

– O sangue vale muito – respondeu Cam, com tranquilidade. – E como o resto da minha tribo desapareceu, você é tudo o que tenho, *phral*. Experimente tentar se livrar de mim.

CAPÍTULO 11

Win desceu a escada principal do hotel seguida de perto por um dos lacaios dos Hathaways, chamado Charles.

– Cuidado, Srta. Hathaway – pediu ele. – Se escorregar nesta escada, pode quebrar o pescoço.

– Obrigada, Charles – disse sem reduzir a velocidade. – Mas não precisa se preocupar. – Agora tinha habilidade com os degraus, depois de subir e descer longas escadas na clínica na França como parte de seu programa diário de exercícios. – E devo preveni-lo de que seguirei num ritmo vigoroso.

– Sim, senhorita – respondeu ele, ofegante.

Charles era gordinho e não gostava de caminhar. Apesar de ele estar ficando velho, os Hathaways não queriam dispensá-lo antes que manifestasse o desejo de se aposentar.

Win conteve um sorriso.

– Só vamos até o Hyde Park e voltamos, Charles.

Quando se aproximaram da entrada do hotel, Win viu uma silhueta alta e sombria se movendo pelo saguão. Era Merripen, que parecia mal-humorado e distraído enquanto andava com os olhos fixos no chão. Ela não conseguiu sufocar a onda de prazer que a invadiu quando viu a criatura bonita e carrancuda. Ele se aproximou da escada, olhou para cima e sua fisionomia se transformou quando a viu. Um lampejo de fome iluminou seus olhos antes que ele pudesse apagá-lo. Mas aquele brilho rápido e intenso causou incomensurável animação em Win.

Depois da cena daquela manhã, da demonstração do ciúme devastador de Merripen, Win se desculpara com Julian. O médico reagira com bom humor, em vez de se mostrar desconcertado.

– Ele é exatamente como o descreveu – dissera Julian, pesaroso. – Porém com mais intensidade.

"Mais" era uma palavra apropriada para Merripen, ela pensou. Não havia nada de subestimado nele. No momento ele mais parecia o vilão sombrio de um romance. O tipo que era sempre vencido pelo herói de cabelos claros.

Os olhares discretos que Merripen atraía de um grupo de mulheres no saguão deixavam evidente que Win não era a única que o achava fabuloso. O traje civilizado combinava com ele. Merripen vestia as roupas bem cortadas sem nenhum constrangimento, como se não pudesse ser mais indiferente ao fato de estar vestido como um cavalheiro ou um estivador. E conhecendo Merripen, ela sabia que ele não se importava.

Win parou e esperou, sorrindo ao vê-lo se aproximar. Os olhos dele a observaram com atenção, sem perder um só detalhe do vestido cor-de-rosa simples e da jaqueta da mesma cor.

– Agora está vestida – comentou Merripen, como se o surpreendesse descobrir que ela não desfilava nua pelo saguão.

– Sim, este é um vestido para caminhar – disse ela. – Como pode ver, vou sair para tomar ar.

– Quem vai acompanhá-la? – perguntou ele, embora pudesse ver o lacaio a alguns metros de distância.

– Charles – respondeu Win.

– *Só* Charles? – Merripen parecia ultrajado. – Você precisa de alguém que a proteja.

– Vamos até o Arco de Mármore, apenas – disse ela em tom divertido.

– Ficou maluca, mulher? Tem ideia do que pode acontecer com você no Hyde Park? Há assaltantes, golpistas e gangues, todos prontos para depenar uma pombinha como você.

Em vez de se ofender, Charles falou com ansiedade:

– Talvez o Sr. Merripen tenha razão, Srta. Hathaway. É longe... e nunca se sabe...

– Está se oferecendo para ir no lugar dele? – perguntou Win a Merripen.

Como ela esperava, ele reagiu com mau humor e relutância.

– Talvez, se a alternativa é ver você perambulando pelas ruas de Londres e provocando todos os criminosos.

Merripen olhou carrancudo para Charles.

– Não precisa vir conosco. Prefiro não ter que cuidar de você também.

– Sim, senhor – respondeu o lacaio com gratidão, e subiu a escada com mais entusiasmo do que havia demonstrado ao descê-la.

Win segurou no braço de Merripen e sentiu a forte tensão em seus músculos. Ela percebeu que alguma coisa o perturbava profundamente. Algo mais do que seu traje de exercício ou a ideia de dar um passeio até o Hyde Park.

Eles saíram do hotel, os passos largos de Merripen acompanhando com facilidade o ritmo vigoroso de Win. Ela falou em tom casual e alegre:

– Hoje o ar está fresco e estimulante.

– Está poluído com fumaça de carvão – respondeu ele, desviando-a de uma poça como se molhar os pés pudesse causar dano mortal.

– Na verdade, senti um forte cheiro de fumaça no seu casaco. E não é fumaça de tabaco. Aonde você e o Sr. Rohan foram esta manhã?

– A um acampamento cigano.

– Por que razão? – persistiu Win.

Era melhor não se deixar intimidar com a rispidez de Merripen, ou jamais conseguiria tirar nada dele.

– Rohan pensava que poderíamos encontrar alguém da minha tribo por lá.

– E encontraram? – indagou ela com suavidade, sabendo que o assunto era delicado.

O músculo sob a mão dela se moveu inquieto.

– Não.

– Sim, vocês encontraram. Notei que está contrariado.

Merripen olhou para ela e viu que Win o estudava com atenção. Ele suspirou.

– Na minha tribo havia uma jovem chamada Shuri...

Win sentiu uma ponta de ciúme. Uma garota que ele conhecia e nunca havia mencionado. Talvez gostasse dela.

– Hoje a encontramos no acampamento – continuou Merripen. – Ela nem parece a mesma. Já foi muito bonita, mas agora aparenta ser muito mais velha do que é.

– Oh, isso é ruim – respondeu Win, tentando parecer sincera.

– O marido dela, o *rom baro*, era meu tio. Ele não era... um homem bom.

Isso não era surpresa, considerando as condições de Merripen quando Win o conhecera. Ferido, abandonado e tão selvagem que era evidente que havia convivido com uma criatura cruel.

Win foi tomada por compaixão e ternura. Queria que estivessem em algum lugar privado onde ela pudesse abraçá-lo, não como amante, mas como uma amiga amorosa. Sem dúvida, muitas pessoas pensariam que era ridícula sua intenção de proteger um homem de aparência tão invulnerável. Mas, por trás da fachada dura e implacável, Merripen possuía uma rara profundidade de sentimentos. Win sabia disso. E também sabia que ele negaria essa característica até a morte.

– O Sr. Rohan falou com Shuri sobre a tatuagem? – perguntou Win. – Contou que é idêntica à sua?

– Sim.

– E o que Shuri disse sobre isso?

– Nada. – A resposta foi rápida demais.

Dois ambulantes, um vendendo agrião e o outro, guarda-chuvas, se aproximaram deles esperançosos. Mas o olhar de Merripen os fez recuar e enfrentar o tráfego de carruagens, carroças e cavalos para atravessar a rua.

Win não disse nada por um ou dois minutos, apenas segurou o braço de Merripen que a guiava com irritante autoritarismo, resmungando "não pise aí", ou "venha por aqui", ou "tenha cuidado ali", como se pisar em um trecho quebrado da calçada pudesse resultar em grave ferimento.

– Kev – protestou ela finalmente. – Não sou frágil.

– Eu sei disso.

– Então, por favor, não me trate como se eu fosse quebrar no primeiro passo em falso.

Merripen resmungou um pouco, alguma coisa sobre a rua não ser boa o bastante para ela. Era muito dura. Muito suja.

Win não conteve o riso.

– Pelo amor de Deus! Se esta rua fosse pavimentada com ouro e varrida por anjos, você ainda diria que ela é dura e suja demais para mim. Precisa se livrar dessa mania de me proteger.

– Não enquanto eu viver.

Em silêncio, Win segurou o braço dele com mais força. A paixão que vibrava por trás das palavras simples provocava nela um prazer quase indecente. Com incrível facilidade, ele era capaz de tocar fundo no coração de Win.

– Prefiro não ser posta em um pedestal – disse ela.

– Você não está em um pedestal. Está... – Mas ele parou e balançou a cabeça, como se estivesse surpreso com o que acabara de dizer. Os eventos daquele dia haviam abalado severamente seu autocontrole.

Win refletiu sobre o que Shuri podia ter dito. Alguma coisa sobre a conexão entre Cam Rohan e Merripen...

– Kev. – Ela reduziu o ritmo dos passos, forçando-o a ir mais devagar também. – Antes mesmo de eu partir para a França, imaginava que essas tatuagens eram a evidência de uma ligação próxima entre você e o Sr. Rohan. Eu estava muito doente, por isso pouco podia fazer além de observar as pessoas à minha volta. Notava coisas que ninguém mais tinha tempo para perceber, ponderar. E sempre estive especialmente atenta a você.

Analisando a expressão dele com um rápido olhar de soslaio, Win notou que Kev não gostava disso. Não queria ser entendido ou observado. Queria permanecer seguro em sua solidão revestida de ferro.

– E quando conheci o Sr. Rohan – continuou Win em tom casual, como se aquela fosse uma conversa comum –, me surpreendi com tantas semelhanças entre vocês. O jeito de inclinar a cabeça, aquele meio sorriso dele... os gestos com as mãos... todas as coisas que eu já havia percebido em você. *E não me surpreenderia se um dia soubesse que vocês dois são... irmãos.*

Merripen parou. Ele se virou para encará-la parado no meio da rua, enquanto outros pedestres eram forçados a contorná-los, reclamando sobre a impropriedade e a falta de consideração de gente que bloqueava uma via pública. Win olhou no fundo dos olhos negros dele e deu de ombros com inocência. Então esperou pela resposta.

– Improvável – disse ele de má vontade.

– Coisas improváveis acontecem o tempo todo – argumentou Win. – Especialmente com nossa família. – Então continuou observando o rosto de Kev, lendo sua fisionomia. – É verdade, não é? – perguntou, admirada. – Ele é seu irmão?

Kev hesitou. Seu sussurro foi tão baixo que ela quase não conseguiu ouvi-lo.

– Irmão mais novo.

– Fico feliz por você. Por vocês dois. – Win sorriu para ele e sustentou o sorriso, até ver os lábios de Kev se distenderem em resposta.

– Eu não.

– Um dia vai ficar feliz.

Depois de um momento ele puxou o braço dela sobre o dele e os dois voltaram a andar.

– Se você e o Sr. Rohan são irmãos – comentou Win –, você é meio *gadjo*. Assim como ele. Lamenta essa condição?

– Não, eu... – Então fez uma pausa para refletir sobre a descoberta. – Não fiquei tão surpreso quanto deveria ter ficado. Sempre senti que era cigano e... mais alguma coisa.

E Win entendia o que ele não dizia. Diferentemente de Rohan, ele não estava ansioso para enfrentar essa nova identidade, essa enorme parte dele mesmo até então despercebida.

– Vai falar sobre isso com a família? – perguntou ela.

Win conhecia Merripen bem o bastante para saber que ele ia querer manter a informação em segredo até refletir sobre todas as implicações.

Ele balançou a cabeça.

– Há perguntas que devem ser respondidas primeiro. Entre elas, por que o *gadjo* que era nosso pai queria nos matar.

– Ele queria? Bom Deus, por quê?

– Minha opinião é que devia ser por alguma questão envolvendo herança. Com os *gadje*, todas as questões acabam sempre remetendo a dinheiro.

– Quanta amargura – disse Win, segurando o braço dele com mais força.

– Tenho meus motivos.

– Também tem motivos para estar feliz. Hoje encontrou um irmão. E descobriu que é meio irlandês.

O lembrete o divertiu.

– E *isso* devia me fazer feliz?

– Os irlandeses são admiráveis. E vejo características deles em você: o amor pela terra, a tenacidade...

– O amor pelas brigas.

– Sim. Bem, talvez deva continuar reprimindo essa predisposição...

– Por ser meio irlandês, talvez eu devesse beber mais.

– E conversar mais.

– Prefiro falar apenas quando tenho algo a dizer.

– Hummm... Isso não é irlandês nem cigano. Talvez haja outra ascendência que ainda não identificou.

– Meu Deus. Espero que não. – Mas ele sorria, e Win sentiu uma onda de prazer se espalhar por todo o seu corpo.

– Esse é o primeiro sorriso verdadeiro que vejo em seu rosto desde que voltei – comentou ela. – Devia sorrir mais, Kev.

– Eu devia? – perguntou ele em tom suave.

– Ah, sim. Faz bem à saúde. O Dr. Harrow afirma que seus pacientes mais alegres tendem a se recuperar mais depressa que os mal-humorados.

A menção ao nome do Dr. Harrow fez desaparecer o sorriso breve de Merripen.

– Ramsay falou que você e Harrow se tornaram bem próximos.

– O Dr. Harrow é um amigo – reconheceu ela.

– Só amigo?

– Até agora sim. Você se oporia se ele quisesse me cortejar?

– É claro que não – resmungou Merripen. – Que direito eu teria de me opor?

– Nenhum. A menos que houvesse manifestado essa mesma intenção antes dele, o que certamente não fez.

Ela sentiu que Merripen se esforçava para encerrar o assunto. Mas não conseguiu encerrá-lo, porque disse de repente:

– Longe de mim privá-la de uma dieta de pábulo, se é isso que seu apetite pede.

– Está comparando o Dr. Harrow a um pábulo? – Win tentava sufocar um sorriso de satisfação. A demonstração de ciúme era um bálsamo para seu espírito. – Garanto que ele não é tão sem graça. É um homem rico e de caráter.

– Ele é um *gadjo* de rosto pálido e olhos aguados.

– Acho o Dr. Harrow muito atraente. E os olhos dele não são nada aguados.

– Deixou o médico beijá-la?

– Kev, estamos em um local público...

– Deixou?

– Uma vez – admitiu ela e esperou enquanto ele digeria a informação.

Merripen olhava furioso e carrancudo para o calçamento diante deles. Quando ficou claro que ele não diria nada, Win prosseguiu:

– Foi um gesto de afeição.

Não houve resposta.

Touro teimoso, ela pensou irritada.

– Não foi como os seus beijos. E nós nunca... – Um rubor tingiu seu rosto. – Nunca fizemos nada semelhante ao que você e eu... naquela noite...

– Não vamos falar sobre aquilo.

– Por que podemos discutir os beijos do Dr. Harrow, mas não os seus?

– Porque meus beijos não vão levar a nada.

O comentário a feriu. E também a confundiu e frustrou. Antes do fim dessa conversa, ela pretendia fazer Merripen revelar por que não a cortejava. Mas não ali, não agora.

– Bem, existe uma chance de namoro com o Dr. Harrow – anunciou ela, tentando ser realista. – E na minha idade é preciso considerar com seriedade qualquer perspectiva de casamento.

– Na sua idade? – bufou ele. – Você só tem 25 anos.

– Tenho 26. E aos 25 eu já seria considerada meio velha. Perdi vários anos, os melhores, talvez, por causa da doença.

– Está mais bonita agora do que nunca. Um homem teria que ser louco ou cego para não querer você. – Não foi um elogio doce, mas a sinceridade máscula contida nas palavras intensificou o rubor no rosto de Win.

– Obrigada, Kev.

Ele a olhou de soslaio.

– Quer se casar?

O coração traiçoeiro e caprichoso de Win bateu um pouco mais depressa, porque no primeiro instante ela pensou que Kev pedia sua mão. Mas não, ele apenas perguntava sua opinião sobre o casamento como... bem, como o pai dela teria feito, como se fosse uma "teoria que pudesse ser posta em prática".

– Sim, é claro – respondeu ela. – Quero filhos para amar. Um marido para envelhecer ao meu lado. Quero ter minha família.

– E Harrow diz que agora tudo isso é possível?

Win hesitou por um tempo longo demais.

– Sim, completamente possível.

Mas Merripen a conhecia bem.

– O que está escondendo de mim?

– Estou bem o bastante para fazer o que quiser agora – disse ela com firmeza.

– O que ele...

– Não quero discutir isso. Você tem seus assuntos proibidos e eu tenho os meus.

– Você sabe que eu vou descobrir – disse ele em voz baixa.

Win o ignorou, olhando para o parque diante deles. Ela arregalou os olhos quando viu algo que não estivera ali antes de sua viagem à França... uma grande e magnífica estrutura de vidro e ferro.

– Aquilo é o Palácio de Cristal? Ah, deve ser. É tão bonito... Muito mais do que nas gravuras que vi.

O prédio, que ficava numa área de mais de 3 hectares, abrigava uma exposição internacional de arte e ciência chamada A Grande Exposição. Win havia lido sobre ela nos jornais franceses, que a denominaram apropriadamente de uma das grandes maravilhas do mundo.

– Há quanto tempo ele ficou pronto? – perguntou ela, apressando o passo quando começaram a andar na direção do prédio brilhante.

– Faz menos de um mês.

– Já esteve lá dentro? Viu as exposições?

– Uma vez – respondeu Merripen, sorrindo pelo entusiasmo de Win. – E vi algumas exposições, mas não todas. Seriam necessários três dias ou mais para ver tudo.

– Que partes já visitou?

– A sala dos maquinários, basicamente.

– Gostaria de poder ver pelo menos uma pequena parte disso – disse Win melancólica, vendo os visitantes que entravam e saíam do edifício impressionante. – Não quer me levar?

– Você não teria tempo para ver nada. Já é tarde. Podemos voltar amanhã.

– Agora. *Por favor.* – Ela o puxava pelo braço com impaciência. – Oh, Kev, não diga não.

Quando Merripen a encarou, a beleza dele era tão intensa que ela sentiu uma dor suave e agradável no fundo do estômago.

– Como eu poderia dizer não para você? – perguntou ele em tom suave.

Quando a levou à entrada alta e arqueada do Palácio de Cristal, Kev pagou os ingressos, enquanto Win olhava em volta fascinada. A força motriz por trás da exposição de desenho industrial havia sido o príncipe Albert, um homem de visão e sabedoria. De acordo com o pequeno mapa impresso que era fornecido junto com os ingressos, o edifício fora construído sobre mais de mil colunas de ferro, e havia 300 mil painéis de vidro. Algumas partes do prédio tinham altura suficiente para acomodar árvores adultas. No total, havia ali 100 mil exibições do mundo todo.

A exposição era importante tanto no aspecto social quanto no científico. Dava oportunidade para pessoas de todas as classes e regiões conviverem livremente sob o mesmo teto de um jeito que raramente acontecia. Visitantes com todo tipo de traje e aparência lotavam a área interna do edifício.

Um grupo de pessoas bem-vestidas esperava no transepto, ou área central do Palácio de Cristal. Nenhuma delas parecia estar interessada no ambiente.

– O que essas pessoas estão esperando? – perguntou Win.

– Nada – respondeu Merripen. – Estão aqui apenas para serem vistas. Havia um grupo similar ontem, quando estive aqui. Eles não visitam nenhuma exposição. Apenas ficam ali parados.

Win riu.

– Bem, devemos nos aproximar e fingir que os admiramos, ou vamos procurar alguma coisa *realmente* interessante em outro lugar?

Merripen entregou a ela o mapa do prédio.

Depois de examinar a lista de salas e exibições, ela anunciou, decidida:

– Tecidos e têxteis.

Ele a acompanhou por um movimentado corredor de vidro até uma sala de proporções impressionantes. Havia ali um barulho constante de teares e máquinas têxteis, com fardos de tapetes arranjados em torno da sala e no centro dela. O cheiro de lã e tinta tornava a atmosfera ácida e ligeiramente pungente. Produtos de Kidderminster, da América, da Espanha, da França e do Oriente enchiam a sala com um arco-íris de cores e texturas... trama lisa, fios amarrados e cortados, bordados, trançados... Win tirou as luvas e deslizou as mãos pelos belos produtos exibidos.

– Merripen, veja isto! – exclamou ela. – É um tapete Wilton. É semelhante ao Bruxelas, mas os fios são aparados. A textura lembra veludo, não?

O representante do produtor estava perto e disse:

– Wilton se torna muito mais acessível, agora que conseguimos produzir em teares movidos a vapor.

– Onde fica a fábrica? – perguntou Merripen, deslizando a mão pela pilha de tapetes macios. – Em Kidderminster, não?

– Sim, e outra em Glasgow.

Enquanto os homens conversavam sobre a produção de tapetes nos novos teares, Win caminhava por entre as fileiras de amostras. Havia mais máquinas, espantosas no tamanho e na complexidade, algumas feitas para a produção de tecido, outras para impressão de estampas, outras para fiar lã. Uma delas era usada em uma demonstração de como o processo de enchimento de colchões e travesseiros seria um dia automatizado.

Assistindo a tudo com fascinação, Win sentiu a presença de Merripen a seu lado.

– Fico me perguntando se tudo no mundo um dia será feito por máquinas – disse ela.

Merripen sorriu.

– Se tivéssemos tempo, eu levaria você às exposições agrícolas. É possível produzir duas vezes mais alimentos com uma fração do tempo e do trabalho despendidos na produção manual. Já compramos uma debulhadora para os colonos de Ramsay House... Vou lhe mostrar quando formos lá.

– Você aprova esses avanços tecnológicos? – perguntou Win um tanto surpresa.

– Sim, por que não aprovaria?

– Os ciganos não acreditam nessas coisas.

Ele deu de ombros.

– Independentemente do que os ciganos acreditam, não posso ignorar o progresso que vai melhorar a vida de todo mundo. A mecanização vai facilitar a aquisição de roupas, comida, sabão... até de um tapete para o chão.

– Mas e quanto aos homens que vão perder o trabalho quando o maquinário ocupar seus lugares?

– Novas indústrias e mais postos de trabalho serão criados. Por que colocar um homem para desempenhar tarefas mecânicas, em vez de educá-lo para fazer algo mais?

Win sorriu.

– Você fala como um reformista – sussurrou ela, sugestiva.

– A mudança econômica é sempre acompanhada por uma mudança social. Ninguém pode impedir.

Kev era dono de uma mente fabulosa, Win pensou. O pai dela teria ficado satisfeito por ver em que se tornara a criança cigana abandonada.

– Uma grande força de trabalho será necessária para sustentar toda essa indústria – comentou ela. – Você acha que um número suficiente de trabalhadores do campo vai se dispor a mudar para Londres e outros lugares que...

Win foi interrompida por um *puf* explosivo e alguns gritos de surpresa dos visitantes em volta deles. Uma grossa e densa névoa surgiu no ar em forma de rajada sufocante. Aparentemente, a máquina de rechear travesseiros estava com defeito e espalhava penas e material de enchimento sobre todos ali.

Merripen reagiu depressa, despiu o casaco e o pôs sobre Win, segurando um lenço sobre a boca e o nariz dela.

– Respire pelo lenço – resmungou ele, e a puxou para fora da sala.

O grupo se dispersava, algumas pessoas tossiam, outras praguejavam, algumas riam, enquanto grandes volumes de enchimento branco e fofo cobriam o lugar. Crianças vinham da sala ao lado dando gritos de alegria, pulando e tentando capturar os flocos flutuantes.

Merripen escapou com Win até chegarem a outro ambiente que guardava cortes de tecidos. Enormes estruturas de madeira e vidro foram montadas para expor os tecidos que pendiam em cascatas. As paredes estavam cobertas de veludos, brocados, sedas, algodão, musselina, lã e todo tipo de material criado para roupas, estofados e cortinas. Rolos e mais rolos de tecido ocupavam paredes da exposição em pilhas gigantescas que formavam longos corredores dentro da sala.

Win emergiu de baixo do casaco de Merripen, olhou para ele e começou a rir. O material branco cobrira seus cabelos negros e as roupas como neve recente.

A fisionomia de Merripen passou de preocupada a carrancuda.

– Eu ia perguntar se havia respirado pó de penas – disse ele. – Mas a julgar pelo barulho que está fazendo, seus pulmões parecem estar limpos.

Win ria tanto que não conseguia responder.

Quando Merripen passou os dedos pelas mechas negras, a substância branca se misturou ainda mais aos fios.

– Não faça isso – Win conseguiu falar, tentando controlar o ataque de riso. – Nunca mais vai... Deixe-me ajudar... Está piorando tudo... e você d-disse que *eu* era a pombinha a ser depenada...

Ainda gargalhando, ela segurou a mão de Merripen e o levou para um dos corredores de pilhas de tecido, onde estariam mais escondidos. Os dois seguiram além da meia-luz para as sombras.

– Aqui, antes que alguém nos veja. Oh, você é muito mais alto que eu... – Ela o puxou para o chão enquanto também se abaixava.

Merripen sentou-se sobre os calcanhares e ela ficou de joelhos em meio ao mar de saias. Então ela desamarrou a touca e a jogou para o lado.

Merripen observava o rosto de Win, enquanto ela limpava os ombros e os cabelos dele.

– Não pode estar se divertindo com isso – disse ele.

– Homem tolo. Está coberto de penas... É *claro* que estou me divertindo.

E estava. Ele parecia tão... adorável ali abaixado e sério, quieto enquanto ela o livrava das penas. E era delicioso brincar com as camadas densas e brilhantes dos cabelos dele, o que ele nunca teria permitido em outras circunstâncias. A risada de Win continuava brotando do peito, impossível de conter.

Mas com o passar de um minuto, depois outro, o riso se aquietou e ela se sentiu relaxada, quase como em um sonho, enquanto continuava tirando penas dos cabelos dele. O barulho das pessoas era abafado pelo veludo que formava pilhas em torno deles, pendendo como cortinas de noite, nuvens e névoa.

Os olhos de Merripen tinham um estranho brilho sombrio, os contornos do rosto eram severos e lindos. Ele parecia uma perigosa criatura pagã emergindo de um ritual de bruxaria.

– Quase pronto – sussurrou Win, embora já houvesse terminado.

Os dedos dela passeavam delicadamente pelos cabelos dele. As mechas encaracoladas, vibrantes e pesadas eram como veludo cobrindo a nuca.

Win prendeu o fôlego quando Merripen se moveu. Primeiro pensou que ele se levantava, mas ele a puxou para mais perto e segurou a cabeça dela entre as mãos. A boca estava tão perto da dela que a respiração dele era como vapor em seus lábios.

Ela se surpreendeu com o momento de violência suspensa, com a força selvagem das mãos que a seguravam. Win esperou ouvindo a respiração ruidosa e feroz de Kev, incapaz de entender o que o provocara.

– Nada tenho para oferecer a você – disse ele finalmente em tom gutural. – Nada.

Win sentia os lábios repentinamente secos. Ela os umedeceu e tentou falar, apesar do tremor de ansiedade.

– Tem você mesmo – sussurrou.

– Você não me conhece. Pensa que conhece, mas não. As coisas que fiz, o que sou capaz de... Você e sua família, tudo o que sabem da vida veio dos livros. Se entendesse alguma coisa...

– *Faça*-me entender. Diga-me o que há de tão terrível para insistir em me manter afastada.

Ele balançou a cabeça.

– Então, pare de nos torturar – continuou ela. – Deixe-me, afaste-se...

– Não posso – explodiu ele. – Maldição, não posso.

E antes que ela conseguisse dizer qualquer coisa, ele a beijou.

O coração de Win disparou, e ela o recebeu com um gemido baixo e desesperado. O olfato dela foi invadido pelo cheiro de fumaça, de homem, e pela fragrância terrosa de outono que se desprendia dele. Sua boca se apoderou da dela com avidez primitiva, a língua penetrava fundo, invadia faminta. Ajoelhados, eles se aproximaram mais, e Win colou o peito no dele, mais próximo, mais forte. E em todos os lugares em que os corpos se tocavam, ela sentia doer. Queria sentir a pele dele, os músculos rígidos e definidos sob suas mãos.

O desejo ardia incontrolável e lhes roubava a sanidade. Ela queria que ele a deitasse sobre o veludo, aqui e agora, e que a possuísse. Win pensou em recebê-lo em seu corpo e sentiu um calor intenso queimando-a por dentro, o que a fez se contorcer. A boca de Merripen encontrou o pescoço de Win, e ela inclinou a cabeça para trás para facilitar o acesso. Quando encontrou a veia que pulsava perto da garganta, ele deslizou a língua pela área vulnerável, prolongando a carícia até ouvir Win arfar.

Ela segurou o rosto dele entre as mãos, os dedos acompanhando a forma do queixo e sentindo a aspereza da barba que arranhava deliciosamente sua pele delicada. Win o puxou guiando a boca de volta à dela. O prazer a invadiu quando as sensações provocadas por ele a dominaram, cegando-a para todo o resto.

– Kev – sussurrou ela entre um beijo e outro. – Amo você há tanto t...

Ele esmagou sua boca com a dela numa resposta desesperada, como se assim pudesse calar não só as palavras, mas o sentimento por trás delas. Kev sorvia o sabor de Win indo beber em suas fontes mais profundas, determinado a não deixar nada intocado. Win se agarrava a ele, sentindo o corpo vibrar com arrepios contínuos, os nervos tomados por um calor incandescente. Ele era tudo o que ela sempre havia desejado, tudo de que poderia necessitar.

Mas um suspiro de espanto brotou da garganta de Win quando ele a empurrou para trás, rompendo o contato quente e necessário entre os corpos.

Por um longo momento nenhum dos dois se moveu, ambos se esforçando para recuperar o equilíbrio. Quando o fogo do desejo perdeu força, Merripen disse em tom rude:

– Não posso ficar sozinho com você. Isso não pode mais acontecer.

Tomada por uma onda de revolta, Win concluiu que essa era uma situação impossível. Merripen se negava a reconhecer o que sentia por ela e não explicava por quê. Ela certamente merecia mais confiança dele.

– Muito bem – disse ela em tom contido enquanto se levantava.

Ao ver que Merripen ficava em pé e tentava ampará-la, ela empurrou a mão dele.

– Não, eu não quero ajuda. – E começou a sacudir as saias. – Você está absolutamente certo, Merripen. Não devemos ficar sozinhos, uma vez que o resultado é sempre o mesmo. Você se aproxima, eu correspondo e depois você me rejeita. Eu não sou um brinquedo para ser tratada dessa maneira, Kev.

Merripen encontrou a touca dela e a devolveu.

– Eu sei que não...

– Você diz que eu não o conheço – continuou ela, furiosa. – Aparentemente, não pensou que também não me conhece. Tem muita certeza sobre quem eu sou, não é? Mas eu mudei nos últimos dois anos. Podia ao menos fazer um esforço para tentar descobrir em que tipo de mulher eu me transformei.

Ela se dirigiu ao fim do corredor de tecidos, espiou para os dois lados para ter certeza de que não havia ninguém ali e então voltou à área principal da sala.

Merripen a seguiu:

– Aonde vai?

Win o olhou e ficou satisfeita por ver que ele parecia tão abalado e irritado quanto ela.

– Vou embora. Estou aborrecida demais para apreciar as exposições agora.

– É para o outro lado.

Win ficou em silêncio enquanto Merripen a guiava para fora do Palácio de Cristal. Nunca se sentira tão perturbada ou irritada. Seus pais sempre diziam que a irritabilidade era resultado de excessos do baço, mas Win não tinha a experiência necessária para compreender que seu mau humor vinha de um lugar bem diferente do baço. Tudo que sabia era que Merripen parecia igualmente transtornado enquanto caminhava ao lado dela.

Win estava aborrecida por ele não dizer nada. E também a aborrecia vê-lo acompanhar com tanta facilidade seus passos rápidos, eficientes. Foi ainda mais irritante notar que, quando ela começou a respirar com mais dificuldade por causa do exercício, ele nem parecia se abalar com a caminhada vigorosa.

Win só rompeu o silêncio quando eles se aproximaram do Rutledge Hotel. Foi gratificante ouvir a própria voz tão calma.

– Vou acatar sua vontade, Kev. De agora em diante, nosso relacionamento será platônico e amigável. Nada mais. – Ela parou no primeiro degrau e o encarou com ar solene. – Recebi uma rara oportunidade... uma segunda chance na vida. E pretendo tirar proveito máximo dela. Não vou desperdiçar meu amor com um homem que não o quer nem precisa dele. Não voltarei a incomodá-lo.

~

Quando Cam entrou no quarto da suíte, encontrou Amelia parada diante de uma pilha enorme de pacotes e caixas transbordando fitas, sedas e acessórios femininos. Ela se virou com um sorriso tímido quando o marido fechou a porta, e seu coração bateu mais depressa quando o viu. A camisa sem colarinho estava aberta no pescoço, e o corpo dele era quase felino em sua agilidade musculosa. O rosto fascinava com sua beleza máscula e sensual. Havia pouco tempo, ela não se imaginava casada, muito menos com uma criatura tão exótica.

Os olhos dele a observavam sem pressa, notando o vestido de veludo cor-de-rosa aberto revelando a chemise e as coxas nuas.

– Vejo que as compras foram um sucesso.

– Não sei o que se apoderou de mim – respondeu Amelia como se pedisse desculpas. – Você sabe que nunca sou extravagante. Queria apenas comprar alguns lenços e meias. Mas... – Ela fez um gesto resignado apontando a pilha de caixas. – Parece que me excedi um pouco.

Um sorriso iluminou o rosto moreno de Cam.

– Como já lhe disse, amor, gaste quanto quiser. Você não conseguiria me empobrecer, nem que se esforçasse.

– Comprei algumas coisas para você também – disse ela, vasculhando as caixas na pilha. – Gravatas, livros, espuma de barba francesa... embora tenha pensado em falar sobre isso com você...

– Falar sobre o quê? – Cam se aproximou dela pelas costas, beijando a lateral de seu pescoço.

Amelia suspirou ao sentir a boca quente e quase esqueceu o que ia dizer.

– Sobre barba – disse vagamente. – Usar barba está na moda. Acho que devia experimentar um cavanhaque. Você ficaria fabuloso e... – A voz dela perdeu força quando os lábios dele continuaram descendo por seu pescoço.

– Pode pinicar – murmurou Cam, rindo ao vê-la estremecer.

Girando-a com delicadeza, ele a fitou nos olhos. Havia algo diferente em seu marido, Amelia pensou. Uma curiosa vulnerabilidade que nunca vira antes.

– Cam – disse ela cautelosa –, como você e Merripen se saíram com o que tinham que fazer?

Os olhos cor de âmbar de Cam eram suaves e cheios de ânimo.

– Muito bem. Tenho um segredo, *monisha*. Devo lhe contar? – Ele a puxou contra o peito, a envolveu com os braços e cochichou em seu ouvido.

CAPÍTULO 12

Kev estava de mau humor naquela noite por diversas razões. A principal era que Win cumpria o prometido. Ela o tratava como *amigo*. Era educada, gentil, terrivelmente agradável. E ele não podia reclamar, já que isso era exatamente o que queria. Mas Kev não imaginava que pudesse existir algo pior do que ser alvo do olhar de desejo de Win. Havia. Ser tratado por ela com indiferença.

Ela era simpática com Kev, até afetuosa, da mesma maneira que demonstrava afeto por Leo ou Cam. Tratava-o como se fosse um irmão, e isso era algo que ele não podia suportar.

Os Hathaways se reuniram na sala de jantar da suíte da família. Estavam rindo e brincando por terem de se sentar tão perto um do outro para que a mesa comportasse todos eles. Era a primeira vez em anos que conseguiam jantar todos juntos: Kev, Leo, Amelia, Win, Poppy e Beatrix, além de Cam, da Srta. Marks e do Dr. Harrow.

A Srta. Marks tentara recusar o convite, mas a família havia insistido em tê-la à mesa.

– Afinal – dissera Poppy, rindo –, de que outra maneira vamos aprender a nos comportar? Alguém precisa nos proteger de nós mesmos.

A Srta. Marks concordara, mas estava claro que preferiria não estar ali. Ela ocupava o menor espaço possível, uma figura estreita e sem cor espremida entre Beatrix e o Dr. Harrow. A governanta raramente levantava os olhos do prato, exceto quando Leo estava falando. Apesar de a Srta. Marks manter os olhos parcialmente escondidos pelos óculos, Kev desconfiava que houvesse neles apenas antipatia pelo irmão das Hathaways.

Aparentemente, a Srta. Marks e Leo haviam encontrado um no outro a personificação de tudo o que menos apreciavam. Leo não suportava pessoas sem senso de humor, ou críticas, e logo passara a referir-se à governanta como o "diabo de saias". E a Srta. Marks, por sua vez, desprezava os devassos. Quanto mais charmosos eles eram, mais ela os detestava.

A maior parte da conversa à mesa foi sobre a clínica Harrow, que os Hathaways consideravam um empreendimento milagroso. As mulheres adulavam Harrow ao extremo, deliciando-se com seus comentários banais, admirando-o abertamente.

Kev tinha uma aversão instintiva a Harrow, embora não soubesse ao certo se a antipatia era pelo médico em si ou decorrente do afeto de Win por ele.

Era tentador desdenhar de Harrow por toda a sua aparente perfeição. Mas um bom humor maroto pairava no sorriso do médico, que exibia um interesse vivo na conversa à sua volta e dava a impressão de nunca se levar muito a sério. Evidentemente, Harrow era um homem que assumia pesadas responsabilidades – de vida e de morte –, mas as carregava com leveza. Era o tipo de pessoa que parecia se adaptar sempre, quaisquer que fossem as circunstâncias.

Enquanto a família comia e conversava, Kev permanecia quieto, exceto quando era chamado a responder alguma pergunta sobre Ramsay House. Ele observava Win discretamente, incapaz de discernir com exatidão os sentimentos dela por Harrow. Ela reagia ao médico com sua habitual compostura, sem revelar nada na expressão. Mas, quando seu olhar e o de Harrow se encontravam, havia uma nítida conexão, uma sensação de história compartilhada. Pior ainda, Kev percebia alguma coisa na fisionomia do médico... um tenebroso reflexo de sua fascinação por Win.

Na metade do jantar morbidamente agradável, Kev percebeu que Amelia, que estava sentada à ponta da mesa, se mantinha quieta, o que era incomum. Ele a observou com atenção, percebendo que estava pálida e que suava no rosto. Como estava sentado ao lado esquerdo dela, Kev se inclinou e cochichou:

– O que foi?

Amelia o encarou desesperada.

– Mal-estar – sussurrou de volta, engolindo com dificuldade. – Sinto-me tão... Oh, Merripen, me ajude a sair da mesa.

Sem dizer mais nada, Kev empurrou a cadeira para trás e a ajudou a se levantar. Cam, que ocupava a outra extremidade da mesa, olhou para os dois.

– Amelia?

– Ela não se sente bem – disse Kev.

Cam se aproximou deles sem demora, o rosto tenso e ansioso. Então tomou Amelia nos braços e a carregou para fora da sala, apesar dos protestos dela, dando a impressão de que a esposa havia sofrido um grave ferimento, em vez de uma possível indigestão.

– Talvez eu possa ajudar – disse o Dr. Harrow com discreta preocupação, deixando o guardanapo sobre a mesa ao se levantar para segui-los.

– Obrigada – falou Win, sorrindo para o médico com gratidão. – Fico feliz por estar aqui.

Kev teve que fazer um grande esforço para não dar mostras de ciúme quando Harrow deixou a sala.

O que restava da refeição ficou sobre a mesa, com a família toda se dirigindo à sala de estar principal para esperar por notícias de Amelia. A demora deixou todos nervosos.

– O que pode estar acontecendo? – perguntou Beatrix chorosa. – Amelia nunca fica doente.

– Ela vai ficar bem – tranquilizou-a Win. – O Dr. Harrow vai cuidar dela.

– Talvez eu deva ir ao quarto deles – sugeriu Poppy – e perguntar como ela está.

Mas antes que alguém pudesse responder, Cam apareceu na porta da sala. Ele parecia perplexo e seus olhos brilhavam muito quando fitaram os vários membros da família ali reunidos. Era como se não soubesse o que dizer. Então, um sorriso radiante distendeu seus lábios, apesar do evidente esforço que fazia para moderá-lo.

– Sem dúvida os *gadje* têm um jeito mais apropriado de fazer esse anúncio – disse ele –, mas Amelia está prenhe.

Um coro de exclamações felizes respondeu à notícia.

– O que Amelia disse? – quis saber Leo.

O sorriso de Cam se inclinou.

– Alguma coisa sobre isso não ser conveniente.

Leo riu baixinho.

– Crianças raramente são. Mas ela vai adorar ter mais uma pessoa para comandar.

Kev observava Win do outro lado da sala. Estava fascinado pela melancolia que dominou momentaneamente sua expressão. Se alguma vez teve dúvida do quanto ela queria ter filhos, agora tudo ficava claro para ele. Enquanto a observava, uma onda de calor brotou dentro dele, ganhando força e volume até Kev entender o que era essa reação. Estava excitado, como se seu corpo quisesse satisfazer o desejo dela. Queria abraçá-la, amá-la, enchê-la com sua semente. A reação era tão selvagem e imprópria que o envergonhou.

Como se sentisse o olhar de Kev, Win se virou na direção dele. Ela o encarou de maneira penetrante, como se pudesse perceber todo o calor que o inundava. Em seguida desviou os olhos numa rejeição rápida.

~

Cam pediu licença a todos e voltou para junto de Amelia, que estava sentada na beirada da cama. O Dr. Harrow havia saído do quarto para deixar o casal a sós.

Cam fechou a porta e recostou-se nela, deixando os olhos acariciarem a silhueta tensa da esposa. Pouco sabia sobre essas questões. Tanto na cultura dos ciganos quanto na dos *gadje*, gravidez e parto eram questões de domínio estritamente feminino. Mas ele sabia que a esposa se sentia desconfortável em situações sobre as quais não tinha controle. Também sabia que mulheres nessas condições precisavam de conforto e ternura. E tinha um suprimento inesgotável dos dois para oferecer a ela.

– Está nervosa? – perguntou Cam em tom suave, aproximando-se de Amelia.

– Oh, não, nem um pouco. É uma situação trivial e era de esperar, depois de... – Ela suspirou assustada quando Cam se sentou na cama e a tomou nos braços. – Sim, estou um pouco nervosa. Queria... Queria poder conversar com minha mãe. Não tenho certeza de como lidar com isso.

Era óbvio. Amelia gostava de controlar tudo, de ser autoritária e competente em tudo o que fazia. Mas o processo de gestação implicava dependência e impotência, até o último estágio, quando a natureza assumia o comando.

Cam beijou os cabelos negros e brilhantes da esposa, que tinham cheiro de rosas. Depois começou a massagear-lhe as costas do jeito que ela gostava.

– Vamos encontrar uma mulher experiente com quem você possa conversar. Lady Westcliff, talvez. Sei que gosta dela, e com toda a certeza ela é uma pessoa franca. E em relação ao que vai fazer... vai me deixar cuidar de você, mimá-la e lhe dar tudo o que quiser.

Ele a sentiu um pouco mais relaxada.

– Amelia, amor – murmurou Cam. – Isso é algo que quero há muito tempo.

– É mesmo? – Ela sorriu e se aninhou em seus braços. – Eu também quero. Apesar de achar que pudesse ter acontecido em um momento mais conveniente, quando Ramsay House estivesse pronta, Poppy estivesse noiva e a família estivesse acomodada...

– Acredite em mim, com sua família nunca vai haver um momento conveniente. – Cam a deitou na cama com ele. – Que mãe bonita você vai ser – cochichou, abraçando-a com ternura. – Com seus olhos azuis e as faces rosadas, com o ventre redondo onde crescerá meu filho...

– Quando eu engordar, espero que não fique todo presunçoso me apontando como um exemplo de sua virilidade.

– Eu já faço isso, *monisha*.

Amelia fitou os olhos sorridentes do marido.

– Não consigo imaginar como isso aconteceu.

– Eu não expliquei tudo na nossa noite de núpcias?

Ela riu e o abraçou.

– Eu me referia ao fato de ter tomado medidas preventivas. Todas aquelas xícaras de chá horroroso, e *mesmo assim* acabei engravidando.

– Cigano – disse ele como se a palavra explicasse tudo, e a beijou com paixão.

~

Quando Amelia se sentiu bem o bastante para ir se juntar às outras mulheres para o chá na sala de estar, os homens desceram para a sala dos cavalheiros do Rutledge Hotel. A princípio, o espaço era para uso exclusivo dos hóspedes, mas se tornara o refúgio favorito da aristocracia, que queria desfrutar da companhia dos diversos estrangeiros notáveis que ali se hospedavam.

O teto baixo, revestido com jacarandá lustroso, tornava o ambiente aconchegante, e o piso era coberto com espesso tapete Wilton. A sala dos cavalheiros era dividida em ambientes reservados que proporcionavam privacidade para leitura, conversas e um drinque. O espaço principal era mobiliado com poltronas estofadas em veludo e mesas repletas de caixas de charutos e jornais. Os criados moviam-se pela sala com total discrição, servindo cálices de conhaque aquecido e taças de Porto.

Kev acomodou-se em um dos nichos desocupados e pediu conhaque para sua mesa.

– Sim, Sr. Merripen – respondeu o serviçal, apressando-se em servi-lo.

– É uma equipe bem treinada – comentou o Dr. Harrow. – Acho louvável que prestem serviço imparcial a todos os hóspedes.

Kev o encarou intrigado.

– E por que seria diferente?

– Imagino que um cavalheiro de sua origem não seja servido da mesma maneira em todos os lugares que frequenta.

– A verdade é que a maioria dos estabelecimentos dá mais atenção à qualidade das roupas de um homem do que à cor de sua pele – respondeu Kev sem se abalar. – Normalmente, não importa que eu seja cigano, contanto que eu possa pagar os preços praticados no lugar.

– É claro. – Harrow parecia embaraçado. – Peço que me desculpe. Não costumo ser tão indelicado, Merripen.

Kev assentiu com a cabeça indicando que não se ofendera.

Harrow olhou para Cam, tentando mudar de assunto.

– Gostaria de recomendar um colega para cuidar da Sra. Rohan durante o restante de sua estadia em Londres. Conheço médicos excelentes aqui.

– Eu ficaria grato – respondeu Cam, aceitando o conhaque servido pelo criado. – Porém, creio que não ficaremos em Londres por muito mais tempo.

– A Srta. Winnifred parece gostar muito de crianças – comentou Harrow. – Considerando sua condição, é sorte ela poder ter sobrinhos e sobrinhas a quem se dedicar.

Os outros três homens o encararam sérios. Cam, que levava o cálice à boca, interrompeu o movimento.

– Que condição? – perguntou Cam.

– A incapacidade de ter filhos – esclareceu Harrow.

– O que está dizendo, Harrow? – estranhou Leo. – Não temos todos alardeado a milagrosa recuperação de minha irmã graças a seus esforços magníficos?

– Ela de fato se recuperou, milorde. – Harry olhou pensativo e sério para seu cálice de conhaque. – Mas será sempre um pouco frágil. Em minha opinião, ela jamais deverá tentar engravidar. É bem provável que uma gestação seja fatal para ela.

Um silêncio pesado seguiu-se ao pronunciamento. Nem Leo, que normalmente exibia um ar despreocupado, conseguiu disfarçar sua reação.

– Minha irmã sabe disso? – indagou ele. – Porque ela me deu a impressão de que espera se casar e ter a própria família algum dia.

– Discuti a questão com ela, é claro – respondeu Harrow. – Expliquei que, se um dia se casar, terá que ser com um homem que concorde com uma união sem filhos. – Ele fez uma pausa. – Porém, a Srta. Hathaway ainda não está preparada para aceitar a ideia. Com o tempo, espero persuadi-la a adaptar suas expectativas. – Ele sorriu. – Afinal, nem toda mulher precisa ser mãe para ser feliz, por mais que a sociedade pregue essa ideia.

Cam o encarou atentamente.

– Minha cunhada vai ficar no mínimo desapontada.

– Sim. Mas a Srta. Hathaway terá uma vida mais longa e melhor se não tiver filhos. E vai aprender a aceitar suas limitações. Ela é forte. – O médico bebeu um pouco de conhaque antes de continuar em voz baixa: – A Srta. Hathaway provavelmente não teria filhos de jeito nenhum, mesmo que não tivesse tido escarlatina. Sua estrutura é pequena, estreita... Elegante, mas imprópria para a procriação.

Kev bebeu todo o conhaque de uma só vez, deixando o fogo cor de âmbar descer queimando a garganta. Depois se levantou, incapaz de suportar a presença do infeliz por mais um minuto que fosse. A menção à "estrutura estreita" de Win fora a última gota. Pediu licença com um resmungo rouco e saiu do hotel. Os sentidos de Kev sorviam o ar frio, os cheiros intensos e repugnantes da cidade, a movimentação e os gritos da noite de Londres ganhando vida. Céus, queria estar longe desse lugar.

Kev queria levar Win para o campo, para um lugar fresco e puro. Para longe do sorridente Dr. Harrow, cuja perfeição tediosa o enchia de ódio. Todos os instintos o avisavam de que Win não estava segura com Harrow.

Mas ela também não estava segura com ele.

A mãe de Kev morrera ao dar à luz. Passou pela cabeça de Kev que poderia matar Win com seu próprio corpo, com seu filho crescendo dentro dela até...

Todo o seu ser repeliu o pensamento. Seu terror mais profundo era prejudicá-la. Perdê-la.

Kev queria falar com ela, ouvi-la, ajudá-la de algum jeito a aceitar as limitações. Mas Kev colocara uma barreira entre eles, e não ousava atravessá-la. Porque se o defeito de Harrow era ausência de empatia, o de Kev era justamente o oposto. Muito sentimento, muita carência.

O bastante para matá-la.

~

Naquela noite Cam foi ao quarto de Kev, que acabara de retornar de sua caminhada. Uma camada de orvalho da noite ainda cobria seu cabelo e o casaco.

Quando atendeu às batidas na porta, Kev ficou parado na soleira com uma expressão carrancuda.

– O que é?

– Tive uma conversa particular com Harrow – disse Cam com uma fisionomia inexpressiva.

– E?

– Ele quer se casar com Win. Mas pretende manter apenas um casamento de fachada. Ela ainda não sabe.

– Que inferno! – resmungou Kev. – Win vai ser apenas mais uma peça em sua coleção de belos objetos. Ela vai permanecer casta enquanto ele mantém seus casos...

– Não a conheço bem – murmurou Cam –, mas creio que ela não aceitaria essa situação. Especialmente se você oferecesse uma alternativa, *phral*.

– Só há uma alternativa: Win deve permanecer segura com a família.

– Há mais uma. E você pode oferecer isso a ela.

– Não é possível.

– Por que não?

Kev sentiu o rosto queimar.

– Eu não conseguiria me manter casto estando ao lado dela. Não seria capaz de sustentar essa situação.

– Há maneiras de evitar a gravidez.

Kev riu com desdém.

– E funcionaram bem para você, não é? – Ele esfregou o rosto cansado. – Você sabe quais são os outros motivos que me impedem de oferecer a ela essa alternativa.

– Sei como viveu no passado – reconheceu Cam, escolhendo as palavras com cuidado evidente. – Entendo seu medo de prejudicá-la. Mas, apesar de tudo isso, acho difícil acreditar que realmente abriria mão dela para outro homem.

– Eu desistiria de Win, se fosse o melhor para ela.

– Pode realmente afirmar que o melhor que Winnifred Hathaway merece é alguém como Harrow?

– Ele é ainda melhor do que alguém como eu – Kev conseguiu dizer.

~

A temporada social em Londres ainda não chegara ao fim, mas a família decidiu ir para Hampshire. Tinham que considerar o estado de Amelia – ela ficaria melhor em um ambiente mais saudável –, e Win e Leo queriam ver Ramsay House. O único problema seria ter que privar Poppy e Beatrix do que restava da temporada. Mas as duas se disseram felizes por deixar Londres.

A atitude de Beatrix já era esperada, pois ela ainda parecia muito mais interessada em livros, animais e em correr pelo campo como uma criatura selvagem. Mas Leo se surpreendeu por Poppy estar tão disposta a partir, já que ela havia manifestado o desejo de encontrar um marido.

– Já vi tudo que a temporada tem a oferecer – explicou Poppy a Leo um tanto decepcionada, quando eles passeavam pelo Hyde Park em uma carruagem aberta. – Nenhum deles justifica a permanência na cidade.

Beatrix viajava no assento oposto, com o furão Dodger aninhado em seu colo. A Srta. Marks se acomodara no canto e observava o ambiente com seus olhos protegidos pelos óculos.

Poucas vezes Leo conhecera uma mulher tão desinteressante. Agressiva, pálida, esquálida, e de personalidade rígida, tensa e rude.

Era evidente que Catherine Marks odiava os homens. Leo não a teria criticado por isso, pois conhecia bem os defeitos do sexo masculino. Mas ela parecia também não gostar muito das mulheres. As únicas pessoas com quem ficava à vontade eram Poppy e Beatrix, que enalteciam a inteligência brilhante da Srta. Marks e afirmavam que em alguns momentos ela era espirituosa. Também diziam que a governanta tinha um sorriso adorável.

Leo não conseguia imaginar a linha curta e rígida da boca da Srta. Marks se curvando em um sorriso. Duvidava até de que ela tivesse dentes, já que nunca os vira.

– Ela vai arruinar a paisagem – reclamara Leo naquela manhã, quando Poppy e Beatrix disseram que a levariam no passeio. – Não vou apreciar o cenário com o Ceifador lançando sua sombra sobre ele.

– Não a chame desses nomes horríveis, Leo – protestara Beatrix. – Gosto muito dela. E ela é muito gentil quando você não está por perto.

– Creio que ela foi muito maltratada por um homem no passado – dissera Poppy em voz baixa. – De fato, ouvi boatos sobre a Srta. Marks ter se tornado governanta por haver se envolvido em um escândalo.

Leo se interessara, apesar de tudo.

– Que tipo de escândalo?

Poppy explicou sussurrando:

– Dizem que ela *distribuía favores*.

– Ela não parece ser o tipo de mulher capaz de distribuir favores – opinara Beatrix em tom normal de voz.

– Fale baixo, Bea! – exclamara Poppy. – Não quero que a Srta. Marks ouça. Ela pode pensar que estamos fazendo fofoca sobre ela.

– Mas nós *estamos* fazendo fofoca sobre ela. Além do mais, não acredito que ela faria... você sabe, *aquilo*... com alguém. Ela não parece ser esse tipo de mulher.

– Eu acredito – declarara Leo. – Normalmente, as mulheres mais inclinadas a distribuir favores são aquelas que não têm nenhum atrativo.

– Não entendo – reclamara Bea.

– Ele quer dizer que mulheres que não são atraentes são mais fáceis de serem seduzidas – explicara Poppy, sem paciência –, mas eu não concordo com isso. Além do mais, a Srta. Marks não é feia. Ela só é um pouco... severa.

– E magra como uma galinha escocesa – resmungara Leo.

A carruagem passou pelo Arco de Mármore e seguiu para Park Lane. A Srta. Marks parecia fascinada com a exposição de flores.

Olhando para ela sem muito interesse, Leo notou que seus traços eram de certa beleza – um nariz curvo e pequenino sustentava os óculos, e o queixo era redondo. Pena que comprimisse a boca e franzisse a testa, o que arruinava tudo.

Ele olhou novamente para Poppy, ponderando sua falta de vontade de permanecer em Londres. Certamente, qualquer outra moça da idade dela teria implorado para terminar a temporada e participar dos bailes e das festas.

– Conte-me mais sobre o que oferecia a temporada – pediu Leo a Poppy. – Ao menos um deles despertou seu interesse?

Ela balançou a cabeça.

– Não apenas um. Conheci alguns de quem gostei, como lorde Bromley, ou...?

– Bromley? – repetiu Leo, levantando as sobrancelhas. – Mas ele tem o dobro da sua idade. Não havia rapazes mais novos pelos quais pudesse se interessar? Alguém que tenha nascido neste século, talvez?

– Bem, havia o Sr. Radstock.

– Gordo e pesado – opinou Leo, que havia encontrado o leitão em algumas ocasiões anteriores. Os círculos sociais mais elevados de Londres formavam uma comunidade relativamente pequena. – Quem mais?

– Lorde Wallscourt, muito gentil e simpático, mas... ele é um coelho.

– Curioso e fofinho? – indagou Beatrix, que gostava muito de coelhos.

Poppy sorriu.

– Não, quero dizer que ele é quase sem cor e... Ah, simplesmente lembra um coelho, que é um animal de estimação agradável, mas não algo que se apreciaria em um marido. – Ela ajeitou as fitas que, amarradas sob o queixo, prendiam o chapéu à cabeça. – Provavelmente, vai dizer que devo diminuir meu nível de exigência, Leo, mas já está tão baixo que nem um verme conseguiria rastejar por baixo dele. Devo dizer que a temporada de Londres é uma grande decepção.

– Sinto muito, Poppy – disse Leo em tom doce. – Gostaria de poder indicar alguém a você, mas os únicos rapazes que conheço são bêbados e imprestáveis. Excelentes amigos. Mas preferiria matar um deles a tiros a tê-lo como cunhado.

– Isso me faz lembrar algo que eu queria perguntar.

– O quê? – Ele olhou para o rosto doce e sério de sua adorável irmã, pensando quanto ela desejava ter uma vida calma e comum.

– Agora que frequentei a sociedade – começou Poppy –, ouvi boatos...

O sorriso de Leo ganhou uma sombra de pesar quando ele entendeu o que ela queria saber.

– Sobre mim.

– Sim. Você é mesmo terrível como dizem?

Apesar da natureza particular da pergunta, Leo percebeu que a Srta. Marks e Beatrix estavam totalmente atentas ao que ele ia dizer.

– Receio que sim, querida – confirmou ele, enquanto uma sórdida sucessão de pecados cometidos desfilava por sua mente.

– Por quê? – insistiu Poppy com uma franqueza que, normalmente, ele teria considerado encantadora, não fosse o olhar crítico da Srta. Marks cravado nele.

– Porque é muito mais fácil ser assim – disse ele. – Especialmente quando não se tem motivos para ser bom.

– E quanto a garantir um lugar no céu? – indagou Catherine Marks.

Ele teria achado a voz da governanta bonita, se não viesse de uma pessoa tão repulsiva.

– Não é uma razão boa o bastante para conduzir-se com um mínimo de decência? – perguntou ela.

– Depende – disse ele em tom sarcástico. – O que é o céu para você, Srta. Marks?

Ela refletiu sobre a pergunta mais tempo do que ele imaginava.

– Paz. Serenidade. Um lugar onde não há pecado, fofoca ou conflito.

– Pois bem, Srta. Marks, creio que sua ideia de céu corresponde à minha noção de inferno. Portanto, manterei meu comportamento condenável.

Virando-se para Poppy, ele adotou um tom bem mais suave.

– Não perca a esperança, mana. Existe alguém em algum lugar esperando por você. Um dia vai encontrar esse homem, e ele será tudo o que sempre desejou.

– Acredita mesmo nisso? – perguntou Poppy.

– Não. Mas sempre achei que essa era uma coisa boa para dizer a alguém na sua situação.

Poppy riu e cutucou o irmão com o cotovelo, enquanto a Srta. Marks olhava para ele com extremo desgosto.

CAPÍTULO 13

Na última noite em Londres, a família compareceu a um baile na casa do Sr. e da Sra. Simon Hunt em Mayfair. O Sr. Hunt era um empreendedor do ramo das ferrovias e sócio de uma companhia britânica de locomotivas. De origem humilde, filho de um açougueiro inglês, ele fizera fortuna sozinho. Pertencia a uma nova e crescente classe de investidores, empresários e administradores que abalava as antigas tradições e a autoridade da própria aristocracia.

Uma fascinante e diversificada mistura de convidados comparecia ao baile anual de primavera dos Hunts – políticos, estrangeiros, aristocratas e gente de negócios. Comentava-se que os convites eram disputados, já que até os nobres que aparentemente desprezavam a busca por riqueza queriam ter alguma ligação com o extraordinariamente poderoso Sr. Hunt.

A mansão Hunt simbolizava o sucesso do empreendimento privado. Grande, luxuosa e com tecnologia de ponta, a casa tinha iluminação a gás em todos os cômodos e era repleta de gesso trabalhado em modernos moldes flexíveis que estavam em exposição no Palácio de Cristal. Janelas panorâmicas davam vista para calçadas amplas e jardins, sem contar com uma impressionante estufa de teto de vidro aquecida por um complexo sistema de encanamento instalado embaixo do piso.

Pouco antes da chegada dos Hathaways à mansão dos Hunts, a Srta. Marks cochichou alguns lembretes de última hora para suas tuteladas. Ela orientou-as a não preencher o cartão de dança muito depressa, caso algum cavalheiro interessante chegasse mais tarde ao baile. Também instruiu-as a nunca se deixarem ver sem as luvas, nem recusarem um convite para dançar, a menos que já tivessem se comprometido com outro rapaz. Além disso, elas nunca deveriam conceder mais de três danças ao mesmo cavalheiro – a excessiva intimidade poderia gerar comentários.

Win ficou impressionada com o cuidado com que a Srta. Marks dava suas instruções e com a atenção de Poppy e Beatrix às recomendações. Era evidente que as três haviam se dedicado com afinco às complexas regras de etiqueta.

Win estava em desvantagem se comparada às duas irmãs mais novas. Como havia passado muito tempo longe de Londres, seu conhecimento sobre etiqueta era falho.

– Espero não envergonhar nenhuma de vocês – disse Win em tom leve. – Porém, devo preveni-las: é grande a possibilidade de eu cometer algum deslize. Espero que aceite a incumbência de me ensinar também, Srta. Marks.

A governanta sorriu com recato, revelando dentes brancos perfeitos e lábios suaves. Win pensou que, se a Srta. Marks fosse um pouco mais cheia, seria uma mulher bonita.

– Você sabe naturalmente como se comportar – disse ela a Win. – Não a imagino sendo menos que uma perfeita lady.

– Ah, Win nunca faz nada errado – contou Beatrix à Srta. Marks.

– Win é mesmo perfeita – concordou Poppy. – É muito difícil, mas fazemos o possível para tolerá-la.

Win sorriu para as duas.

– Para sua informação – disse ela às irmãs –, pretendo quebrar pelo menos três regras de etiqueta antes do fim do baile.

– Quais regras? – perguntaram Poppy e Beatrix em uníssono.

A Srta. Marks apenas a encarou perplexa, como se tentasse entender por que alguém faria tal coisa deliberadamente.

– Ainda não decidi. – Win uniu as mãos vestidas com luvas sobre o colo. – Terei que esperar as oportunidades se apresentarem.

Quando os convidados entravam na mansão, criados se aproximavam para guardar os mantos e xales das damas e os chapéus e casacos dos cavalheiros. Ao ver Cam e Merripen em pé um ao lado do outro, os dois tirando o casaco com os mesmos gestos hábeis, Win sentiu um sorriso caprichoso nos lábios. Era difícil não notar que eram irmãos. O parentesco era muito nítido para ela, embora eles não fossem idênticos. Os dois tinham cabelos escuros e ondulados, embora os de Cam fossem mais longos e Merripen mantivesse os dele curtos. Ambos exibiam um porte atlético e alongado, embora Cam fosse mais magro e ágil, enquanto Merripen era mais musculoso, como um boxeador.

A maior diferença entre eles, porém, não estava na aparência, mas em como se relacionavam com o mundo. Cam era mais tolerante, charmoso e confiante. Já Merripen possuía sua dignidade abalada, uma intensidade latente e, acima de tudo, uma força de sentimentos que ele tentava desesperadamente esconder.

Oh, como Win o desejava. Mas seria difícil conquistá-lo, talvez impossível. Era como tentar atrair uma criatura selvagem para comer em sua mão. A relação deles ora avançava, ora retrocedia, o desejo e a necessidade do contato competiam com o medo.

Ela o queria ainda mais vendo-o ali entre aquelas pessoas requintadas, tão poderoso e distante no austero traje de gala preto e branco. Merripen não se considerava inferior às pessoas à sua volta, mas tinha plena consciência de que não era um deles. Entendia os valores daquela gente, embora nem sempre concordasse com eles. E havia aprendido como se relacionar bem com o mundo dos *gadje* – era o tipo de homem que se adaptaria a qualquer situação. Afinal, Win pensou com um humor contido, não era qualquer homem que conseguia domar um cavalo, construir uma cerca de pedras com as mãos, recitar o alfabeto grego *e* discutir os méritos filosóficos relativos do empirismo e do racionalismo. Além de reconstruir uma propriedade e administrá-la como se tivesse nascido para isso.

Havia uma aura de mistério impenetrável em Kev Merripen. Win era obcecada pela ideia provocante de desvendar todos os seus segredos e alcançar a essência extraordinária que ele guardava tão bem.

A melancolia a invadiu quando olhou para dentro da bela mansão, onde os convidados riam e conversavam enquanto a música pairava suave sobre o ambiente. Havia tantas coisas para apreciar e viver, e tudo o que ela queria era estar sozinha com o homem mais indisponível do salão.

Mas Win não se entregaria ao isolamento. Estava disposta a dançar, rir e fazer todas as coisas que havia imaginado durante anos, enquanto repousava em seu leito de enferma. E se isso desagradasse Merripen ou provocasse seu ciúme, tanto melhor.

Despida do manto, Win entrou no salão com as irmãs. Todas vestiam trajes de cetim claro, Poppy de rosa, Beatrix de azul, Amelia de lilás e Win de branco. Win queixara-se de seu vestido ser desconfortável, o que fez Poppy rir e dizer que se fosse confortável não seria elegante. Win tinha a sensação de que a parte de cima era leve demais, com um corpete justo de decote baixo e quadrado e mangas curtas. Da cintura para baixo, o vestido era pesado demais, com saias triplas e amplas. Mas a principal causa do desconforto era o espartilho, do qual prescindira por tanto tempo que passara a ficar incomodada com a menor das constrições. Apesar de tê-lo amarrado sem apertar muito, o espartilho enrijecia o tronco e levantava artificialmente os seios. O resultado parecia pouco decente. No entanto, era considerado indecente sair sem ele.

Considerando todos os aspectos, porém, o desconforto valeu a pena pela reação de Merripen. Ele empalideceu ao vê-la no decotado vestido de baile, e os olhos dele a percorreram dos pés à cabeça. O olhar se demorou alguns segundos a mais sobre os seios, levantados como se fossem sustentados pelas mãos dele. E quando os olhos de Merripen finalmente encontraram os dela, brilharam com um desejo sombrio. Um arrepio percorreu o corpo de Win sob o espartilho. Com dificuldade, ela desviou o olhar do dele.

Os Hathaways chegaram ao hall de entrada, onde um lustre espalhava luz cintilante pelo piso de tacos.

– Que criatura extraordinária! – Win ouviu o Dr. Harrow murmurar.

Win seguiu a direção dos olhos do médico e viu a dona da casa, Sra. Annabelle Hunt, que cumprimentava os convidados.

Win não conhecia a Sra. Hunt, mas a identificou pelas descrições que ouvira. Ela era tida como uma das grandes beldades da Inglaterra, com sua silhueta elegante e os olhos azuis de cílios espessos. Os cabelos exibiam reflexos dourados. Mas era sua expressão viva e luminosa que a tornava verdadeiramente cativante.

– Aquele ao lado dela é o marido – murmurou Poppy. – Um homem intimidador, mas muito agradável.

– Discordo – manifestou-se Leo.

– Não acha que ele é intimidador? – perguntou Win.

– Não acho que seja agradável. Sempre que estou no mesmo ambiente que sua esposa, ele olha para mim como se quisesse me esquartejar.

– Bem – comentou Poppy bem-humorada –, ele deve ter seus motivos. – Ela se inclinou para Win e falou: – O Sr. Hunt é fascinado pela esposa. O casamento deles é uma união de amor, entende?

– Que coisa mais antiquada... – comentou o Dr. Harrow com um sorriso.

– Ele até dança com ela – contou Beatrix a Win –, coisa que maridos e esposas *nunca* devem fazer. Mas, considerando a fortuna do Sr. Hunt, as pessoas o perdoam por esse comportamento.

– Veja como a cintura dela é fina – murmurou Poppy para Win. – E depois de três filhos, dois deles meninos bem grandes.

– Vou ter que conversar com a Sra. Hunt sobre os males que um espartilho muito apertado causa – comentou o Dr. Harrow em voz muito baixa, e Win riu.

– Receio que escolher entre ter saúde e estar na moda não seja tão fácil para uma mulher – respondeu ela. – Ainda não acredito que tenha me deixado usar espartilho esta noite.

– Você não precisa disso – disse o médico com os olhos cinzentos brilhando. – Sua cintura é, naturalmente, um pouco menos estreita que a da Sra. Hunt apertada pelo espartilho.

Win sorriu olhando para o belo rosto de Julian, pensando que, sempre que ele estava por perto, sentia-se segura e confiante. Era assim desde que o conhecera. Julian era como um padrinho para ela e para todos na clínica. Mas ainda não o via como um homem de verdade. Não sabia se existia possibilidade de um relacionamento.

– A misteriosa irmã Hathaway que faltava! – exclamou a Sra. Hunt, segurando as mãos de Win.

– Nem tão misteriosa – respondeu Win sorrindo.

– Srta. Hathaway, que prazer conhecê-la, finalmente, e mais ainda por vê-la com boa saúde.

– A Sra. Hunt pergunta sempre por você – contou Poppy a Win –, por isso a mantivemos informada sobre seu restabelecimento.

– Obrigada, Sra. Hunt – disse Win, acanhada. – Agora estou bem e é uma honra estar em sua linda casa.

A Sra. Hunt exibiu um sorriso ofuscante, segurando as mãos de Win enquanto falava para Cam:

– Que maneiras graciosas! Acho, Sr. Rohan, que a Srta. Hathaway terá a mesma popularidade das irmãs dela.

– No ano que vem, talvez – disse Cam com simplicidade. – Este baile encerra a temporada para nós. Viajaremos todos para Hampshire no fim da semana.

A Sra. Hunt fez uma expressão de desagrado.

– Tão cedo? Bem, suponho que era esperado. Lorde Ramsay deve estar interessado em ver sua propriedade.

– Sim, Sra. Hunt – confirmou Leo. – Adoro paisagens bucólicas. Quem se cansa de ver todos aqueles carneiros?

Ao ouvir o som da risada da Sra. Hunt, o marido dela juntou-se ao grupo.

– Seja bem-vindo, milorde – disse Simon Hunt a Leo. – A notícia de seu retorno é celebrada por toda Londres. Aparentemente, as casas de vinho e jogo sofreram muito com sua ausência.

– Nesse caso, devo redobrar os esforços para revigorar a economia – respondeu Leo.

Hunt sorriu por um instante.

– Você deve muito a esse homem – disse o Sr. Hunt, virando-se para apertar a mão de Merripen.

Como sempre, Merripen se mantinha quieto ao lado do grupo.

– De acordo com Westcliff e os proprietários da vizinhança, Merripen fez de Ramsay House um grande sucesso em pouquíssimo tempo.

– Como o nome Ramsay é raramente associado à palavra sucesso – respondeu Leo –, a façanha de Merripen torna-se ainda mais impressionante.

– Talvez mais tarde possamos encontrar um momento para falarmos sobre suas impressões a respeito da debulhadora que comprou para a propriedade – sugeriu Hunt a Merripen. – Com a operação das locomotivas tão bem estabelecida, estou pensando em expandir os negócios no ramo de máquinas agrícolas. Ouvi falar sobre um novo modelo de debulhadora, além de uma prensa de feno movida a vapor.

– Todo o processo agrícola está passando por uma mecanização – respondeu Merripen. – Colheitadeiras, cortadoras e máquinas de enfardar... muitos protótipos estão expostos na exibição.

Os olhos escuros de Hunt brilharam interessados.

– Gostaria de ouvir mais.

– Meu marido é fascinado por máquinas – disse a Sra. Hunt rindo. – Creio que este interesse supera todos os outros.

– Nem todos – respondeu Hunt com voz suave.

Alguma coisa em como ele olhava para a esposa a fez corar.

Leo, que se divertia com a cena, ajudou mudando de assunto:

– Sr. Hunt, gostaria de apresentar o Dr. Harrow, o médico que fez minha irmã recuperar a saúde.

– É um prazer, senhor – disse o Dr. Harrow, apertando a mão do anfitrião.

– O prazer é meu – respondeu Hunt em tom cordial, correspondendo ao aperto de mão. Mas ele observou o médico com um olhar estranho, curioso. – O senhor é o conhecido Dr. Harrow que administra uma clínica na França?

– Sim, sou eu.

– E ainda mora lá?

– Sim, embora tente visitar os amigos e a família na Grã-Bretanha sempre que há espaço em minha agenda.

– Creio que conheço a família de sua falecida esposa – murmurou Hunt sem desviar os olhos dele.

Harrow pareceu surpreso, mas em seguida respondeu com um sorriso triste:

– Os Lanhams. Tenho grande estima por eles. Não os vejo há anos. Eles me trazem recordações, como deve entender.

– Entendo – disse Hunt em voz baixa.

Win ficou intrigada com a longa e incômoda pausa que se seguiu, e com a aura de discórdia que surgira entre os dois homens. Ela olhou para seus familiares e para a Sra. Hunt, que também não compreendia a situação.

– Bem, Sr. Hunt – disse a Sra. Hunt com animação –, vamos chocar todos os presentes dançando juntos? Logo teremos uma valsa... e você sabe que é meu parceiro favorito.

Hunt se distraiu com a voz sedutora da esposa e seu tom de flerte. Então sorriu para ela.

– Tudo por você, amor.

Harrow olhou para Win.

– Não danço uma valsa há muito tempo – disse ele. – Poderia reservar um lugar para mim em seu cartão de dança?

– Seu nome já está lá – respondeu ela, aceitando o braço que o médico lhe oferecia. Os dois seguiram os Hunts para a sala de estar.

Poppy e Beatrix já estavam convidadas para as próximas danças, enquanto Cam segurava a mão de Amelia.

– Não vou permitir que os Hunts sejam o único casal a chocar a sociedade. Vamos dançar.

– Duvido que possamos chocar alguém – disse ela, acompanhando-o sem hesitar. – As pessoas já esperam de nós todo tipo de comportamento.

Leo acompanhou o deslocamento das pessoas para a sala de estar com um olhar penetrante.

125

– Estou imaginando o que Hunt pode saber sobre Harrow. Você conhece Hunt bem o bastante para perguntar, Merripen?

– Conheço – afirmou ele. – E mesmo que não o conhecesse, não sairia daqui sem obrigá-lo a me contar.

Leo riu.

– Talvez você seja o único nesta mansão que ousaria tentar "obrigar" Simon Hunt a fazer alguma coisa. Ele é um grande descarado.

– Assim como eu – respondeu Merripen, determinado.

～

Foi um baile adorável, ou teria sido, se Merripen tivesse se comportado de modo razoável. Ele observava Win o tempo todo, sem ao menos tentar disfarçar. Enquanto ela se integrava a um ou outro grupo, ele conversava com alguns homens, incluindo o Sr. Hunt, mas sem deixar de segui-la com os olhos.

Pelo menos três vezes Win foi abordada por cavalheiros com quem ela teria aceitado dançar, e em todas Merripen se aproximara e ameaçara os pretendentes com o olhar, até fazê-los desistir.

Ele os espantava a torto e a direito.

Nem mesmo a Srta. Marks conseguiu impedir que ele agisse assim. A governanta garantiu a Merripen que a preocupação dele era desnecessária e que ela tinha controle total da situação. Porém, ele respondeu obstinado que, se ela pretendia agir como uma acompanhante séria, era melhor se esforçar mais para manter homens indesejáveis longe de sua protegida.

– O que pensa que está fazendo? – cochichou Win furiosa para Merripen depois de ele ter afugentado mais um cavalheiro constrangido. – Eu queria dançar com ele! Prometi a ele que dançaria!

– Não vai dançar com um canalha como ele – resmungou Merripen.

Win balançou a cabeça com perplexidade.

– Ele é um visconde de família respeitada. O que há de errado?

– Ele é amigo de Leo. Isso já explica.

Win encarou Merripen. Ela estava fazendo um grande esforço para manter o que ainda restava de compostura. Sempre tivera grande facilidade para esconder as emoções sob uma fachada de serenidade, mas, ultimamente, isso era cada vez mais difícil. Todos os sentimentos estavam à flor da pele.

– Se o que quer é arruinar minha noite – disse ela –, está fazendo um excelente trabalho. Quero dançar, e você amedronta todos que se aproximam de mim. Deixe-me em paz.

Ela deu as costas para Merripen e suspirou aliviada ao ver que Julian Harrow se aproximava.

– Srta. Hathaway, poderia me dar a honra...

– Sim – respondeu ela antes mesmo que o médico concluísse o pedido. Segurando o braço dele, Win o levou para junto dos casais que giravam ao som de uma valsa. Olhando por cima do ombro, ela viu que Merripen a seguia com os olhos e lançou na direção dele um olhar ameaçador. Ele retribuiu com um olhar carrancudo.

Quando Win se afastou, ela sentiu um nó na garganta. Então pensou que Kev Merripen era o homem mais irritante que existia. Era egoísta, recusava-se a ter um relacionamento com ela mas também não a deixava se aproximar de mais ninguém. E conhecendo a teimosia dele, essa situação provavelmente se manteria por anos. Para sempre. Não podia viver desse jeito.

– Winnifred – disse Julian Harrow com os olhos cinzentos cheios de preocupação. – Esta é uma noite muito encantadora para que você fique tão aborrecida. Sobre o que discutiam?

– Nada importante – respondeu ela, tentando adotar um tom leve, mas soando tensa. – Era só uma questão de família.

Win fez uma reverência e Julian se curvou, depois a tomou nos braços. A mão dele era firme em suas costas, guiando-a com facilidade enquanto dançavam.

O toque de Julian trazia de volta lembranças da clínica, de como ele a incentivava e ajudava, das vezes em que fora severo quando ela precisava de autoridade e de como haviam comemorado quando ela cumpria mais uma etapa e progredia no tratamento. Julian era um homem bom, generoso, de princípios. Um homem bonito. Win percebia os olhares femininos de admiração que ele atraía. A maioria das jovens solteiras naquele salão teria dado qualquer coisa por um pretendente tão esplêndido.

Eu poderia me casar com ele, Win pensou. O médico havia deixado claro que bastava um sinal da parte dela. Poderia se tornar esposa de um médico e ir morar no sul da França, e talvez ajudar de alguma forma o trabalho dele na clínica. Ajudar outras pessoas que sofriam como ela havia sofrido... fazer alguma coisa positiva e útil com sua vida... Não seria melhor do que isso que tinha agora?

Qualquer coisa era preferível à dor de amar um homem que não poderia ser dela. E, Deus sabe como, vivendo tão perto dele. Acabaria amarga e frustrada. Poderia até odiar Merripen com o tempo.

Ela se sentiu relaxar nos braços de Julian. O sentimento de revolta desapareceu, aplacado pela música e pelo ritmo da valsa. Julian a girava pelo salão, conduzindo-a com cuidado entre os casais de dançarinos.

– Sonhei com isso – contou Win a ele. – Poder fazer tudo... como todo mundo.

A mão dele apertou a cintura de Win.

– E está fazendo. Mas você não é como todo mundo. É a mulher mais linda neste lugar.

– Não – respondeu Win, rindo.

– É sim. Como um anjo em uma obra dos Velhos Mestres. Ou talvez a *Vênus adormecida*. Conhece essa pintura?

– Creio que não.

– Um dia a levarei para vê-la. Mesmo que possa achar a obra um pouco chocante.

– Suponho que a Vênus esteja despida nessa obra. – Win tentava soar sofisticada, mas sentia que estava corando. – Nunca entendi por que essas pinturas retratam as beldades sempre nuas, quando um pouco de roupagem sensata produziria o mesmo efeito.

– Porque não há nada mais belo que a forma feminina revelada. – Julian riu baixo ao ver que o rubor se intensificava no rosto dela. – Você ficou constrangida com minha franqueza? Lamento.

– Acho que não lamenta. Creio que queria mesmo desconcertar-me.

Flertar com Julian era uma situação nova.

– Tem razão. Queria provocá-la um pouco.

– Por quê?

– Porque queria que me visse como alguém mais que o previsível e entediante Dr. Harrow.

– Você não é nada disso – disse ela rindo.

– Que bom – murmurou o médico com um sorriso.

A valsa chegou ao fim, e os cavalheiros começaram a conduzir suas parceiras para fora da pista de dança, enquanto outros casais ocupavam o lugar.

– Está quente e cheio aqui – comentou Julian. – Você gostaria de ser ousada e fugir comigo por um momento?

– Eu adoraria.

Ele a levou a um canto parcialmente oculto por um vaso com plantas enormes. Em um momento oportuno, Julian a conduziu para fora da sala e para a ampla estufa de vidro. O espaço era repleto de caminhos, árvores, flores e havia bancos isolados. Além da estufa, uma grande varanda dava vista para os jardins cercados e para as outras mansões de Mayfair. A cidade se desenhava à distância, cheia de chaminés que recobriam o céu da noite com colunas de fumaça.

Eles se sentaram em um banco, as saias de Win se espalhando em torno deles. Julian virou-se para olhá-la. O brilho da lua dava uma leve luminosidade à pele clara do médico.

– Winnifred – murmurou ele com um tom de voz íntimo.

Fitando seus olhos cinzentos, Win compreendeu que Harrow ia beijá-la.

Mas ele a surpreendeu retirando uma das luvas dela com cuidado e delicadeza, os cabelos negros dele refletindo a luz do luar. Levando a mão delicada de Win aos lábios, o médico beijou os dedos dela, depois a parte interna do pulso. Segurava a mão de Win diante do rosto dele como uma flor aberta. A ternura a desarmou.

– Você sabe por que vim à Inglaterra – falou Julian com suavidade. – Quero conhecê-la melhor, minha querida, de um jeito que não era possível na clínica. Quero...

Mas um barulho próximo interrompeu Julian e atraiu sua atenção.

Juntos, ele e Win olharam para o intruso.

Era Merripen, é claro, grande, sombrio e agressivo. E ele caminhava na direção do casal.

Win ficou boquiaberta, incrédula. Ele a seguira até ali? Ela se sentia como uma criatura caçada. Pelo amor de Deus, não havia lugar onde pudesse escapar dessa perseguição ultrajante?

– *Vá... embora* – disse ela, enunciando cada palavra com precisão desdenhosa. – Você não é responsável por mim.

– Você devia estar com sua acompanhante – disse Merripen irritado. – Não aqui com *ele*.

Win nunca sentira tanta dificuldade para dominar as próprias emoções. Ela as conteve atrás de uma fisionomia inexpressiva. Mas sentia a fúria crescendo impaciente dentro dela. Sua voz tremia um pouco quando se dirigiu a Julian.

– Será que poderia nos dar licença, Dr. Harrow? Há algo que preciso resolver com Merripen.

Julian olhou para o cigano, depois novamente para ela.

– Não sei se devo – respondeu sem pressa.

– Ele está me atormentando a noite toda – explicou Win. – Só eu posso pôr um ponto final nisso. Por favor, permita-me um momento de privacidade com ele.

– Muito bem. – Julian levantou-se do banco. – Onde devo esperá-la?

– No salão – disse ela, feliz por Julian acatar seu pedido.

Era evidente que ele a respeitava, e acreditava o suficiente na capacidade dela de cuidar sozinha da situação.

– Obrigada, Dr. Harrow.

Win mal percebeu quando Julian se retirou, porque toda a sua atenção estava voltada para Merripen. Ela se levantou e caminhou na direção de Merripen com expressão furiosa.

– Está me deixando maluca! – exclamou. – Quero que pare com isso, Kev! Tem ideia de como está sendo ridículo? E de como se comportou mal esta noite?

– *Eu* me comportei mal? – explodiu ele. – Você quase comprometeu sua reputação.

– Talvez eu queira comprometê-la.

– Que pena – disse ele, segurando-a pelo braço para levá-la da estufa. – Porque vou tomar providências para garantir sua segurança.

– Não toque em mim! – Win se soltou furiosa. – Eu me mantenho segura há anos. Estive segura na cama, vendo todo mundo à minha volta aproveitar a vida. Tive *segurança* suficiente para estar viva até agora, Kev. E se é isso que quer, se espera que eu continue sozinha e sem amor, vá para o inferno.

– Você nunca esteve sozinha – respondeu ele ríspido. – E nunca viveu sem amor.

– Quero ser amada como *mulher*. Não como uma criança, uma irmã ou uma inválida...

– Não é assim que eu...

– Talvez você não seja capaz de sentir esse tipo de amor. – Em sua frustração furiosa, Win teve, pela primeira vez, vontade de ferir alguém. – Não existe esse sentimento em você.

Merripen se moveu, e um raio de luar que havia atravessado o teto de vidro da estufa iluminou seu rosto. Win ficou chocada ao ver a expressão homicida em Kev. Com poucas palavras conseguira feri-lo profundamente, o suficiente para despertar um sentimento sombrio e furioso. Ela recuou um passo, assustada quando ele a segurou com força brutal.

Merripen a puxou para perto e para cima.

– Todos os fogos do inferno poderiam arder por mil anos e não se igualariam ao ardor do que sinto por você em um minuto do dia. Eu a amo tanto que não há prazer nisso. Nada além de tormento. Porque se eu pudesse diluir o que sinto por você a uma milionésima parte, o resultado ainda seria suficiente para matá-la. E, mesmo que isso me leve à loucura, prefiro vê-la viva nos braços daquele canalha frio e sem alma do que morta nos meus braços.

Antes que Win pudesse começar a tentar compreender todas as implicações do que ele havia dito, Merripen apoderou-se de sua boca com fome selvagem. Por um minuto, talvez dois, ela não conseguiu se mover, limitando-se a ficar ali parada e impotente, desmoronando, enquanto cada pensamento racional se dissolvia. Sentia-se fraca, mas não estava enferma. A mão dela tocou a nuca de Kev, os músculos rígidos acima do colarinho engomado da camisa e as mechas dos cabelos dele, macias como seda.

Os dedos dela acariciavam inconscientemente o pescoço forte de Kev, tentando acalmar seu fervor ofegante. A boca comprimia a dela, sugando e provocando, e o sabor dele era inebriante e doce. Então, algo aquietou o desvario de Merripen, que se tornou gentil. A mão dele tremia quando tocou o rosto de Win, os dedos acariciando a face, a palma apoiando o queixo. A pressão faminta da boca deixou a dela, e ele a beijou nos olhos, no nariz e na testa.

Em sua avidez de aumentar o contato físico com Win, ele a comprimiu contra a parede da estufa. Win sufocou um grito quando os ombros nus foram pressionados contra um painel de vidro, provocando um arrepio. O vidro estava frio... mas o corpo dele era quente, e a boca escaldante passeava por seu pescoço, pelo peito e tocava o limite do decote.

Merripen introduziu dois dedos no corpete, afagando a curva macia de um seio. Não era o bastante. Ele puxou com impaciência o corpete e a copa rasa do espartilho embaixo dele. Win fechou os olhos e não disse sequer uma palavra de protesto, permanecendo em silêncio exceto pela respiração ofegante.

Merripen deixou escapar um breve grunhido de satisfação quando libertou um seio. Ele suspendeu Win contra a parede, quase tirando seus pés do chão, e capturou o mamilo com a boca.

Win mordeu o lábio para conter um grito. Cada movimento da língua dele lançava chamas de fogo que desciam até os pés de Win. Ela o segurou pelos cabelos, uma das mãos com luva, a outra nua, o corpo arqueando contra a terna estimulação daquela boca.

Quando o mamilo enrijeceu e começou a latejar, Merripen deslizou a boca até o pescoço dela, subindo pela pele delicada.

— Win. — A voz dele era áspera, pesada. — Eu quero... — Mas Merripen engoliu as palavras e a beijou novamente, um beijo febril e profundo, enquanto tomava entre os dedos o mamilo túrgido. Ele o apertava e girava com delicadeza, até a carícia ousada arrancar um soluço de prazer de Win, fazendo-a se retorcer.

Então, tudo acabou com cruel rapidez. Ele parou inexplicavelmente e a puxou para longe da janela, colando a frente do corpo dela ao dele. Era como se tentasse escondê-la de alguma coisa. Um palavrão escapou da boca de Merripen num gemido.

– O quê...? – Win tinha dificuldade para falar. Estava atordoada como se emergisse de um sono profundo, os pensamentos se atropelando. – O que foi?

– Vi movimento na varanda. Alguém pode ter nos visto.

O choque devolveu a Win sua sobriedade. Ela se afastou e, desajeitada, colocou o corpete no lugar.

– Minha luva – sussurrou, vendo-a caída ao lado do banco como uma pequena bandeira de paz abandonada.

Merripen foi buscá-la.

– Eu... Vou procurar o reservado das mulheres – avisou ela, abalada. – Vou me ajeitar, depois voltarei ao salão o mais depressa possível.

Win não estava totalmente certa sobre o que acabara de acontecer e o que aquilo significava. Merripen havia admitido que a amava. Finalmente dissera. Mas ela sempre havia imaginado que essa seria uma confissão cheia de alegria, não uma declaração amarga e raivosa. Tudo parecia terrivelmente errado.

Se ao menos pudesse voltar ao hotel agora e ficar sozinha no quarto... Precisava de privacidade para pensar. O que ele dissera? *Prefiro vê-la viva nos braços daquele canalha frio e sem alma do que morta nos meus braços.* Mas isso não fazia sentido. Por que ele dissera tal coisa?

Queria confrontá-lo, mas esse não era o melhor momento nem lugar. Essa era uma questão que teria de ser tratada com grande cuidado. Merripen era mais complicado do que as pessoas pensavam. Embora desse a impressão de ser menos sensível que a maioria dos homens, a verdade era que nutria sentimentos tão poderosos que nem ele mesmo era capaz de dominá-los bem.

– Temos que conversar mais tarde, Kev – disse ela.

Merripen assentiu brevemente, os ombros e o pescoço tensos como se sustentassem um peso insuportável.

∽

Win encaminhou-se, com toda a discrição, para o reservado das mulheres no andar de cima, onde as criadas estavam ocupadas costurando babados rasgados, secando o rosto das moças e retocando penteados com mais grampos. As mulheres estavam reunidas em pequenos grupos, rindo e fazendo fofoca sobre o que haviam visto e o que se comentava. Win sentou em frente a um espelho e observou seu reflexo. As bochechas estavam avermelhadas contrastando com a pele sempre clara, e os lábios estavam vermelhos e inchados. Ela ficou ainda mais ruborizada ao pensar que todos poderiam ter visto o que ela estivera fazendo.

Uma criada se apresentou para secar e empoar o rosto de Win, que murmurou uma palavra de agradecimento. Então respirou fundo várias vezes tentando se acalmar – ou melhor, respirou tão fundo quanto permitia o detestável espartilho – e se certificar discretamente de que o corpete cobria completamente os seios.

Quando Win se sentiu pronta para descer de volta, mais ou menos trinta minutos haviam passado. Ela sorriu quando Poppy entrou no reservado das mulheres e se aproximou dela.

– Olá, querida – disse Win enquanto se levantava da cadeira. – Aqui, pode ficar no meu lugar. Precisa de grampos? Pó?

– Não, obrigada. – Poppy tinha uma expressão tensa, ansiosa, e parecia quase tão ruborizada quanto Win estivera antes.

– Está se divertindo? – perguntou Win, preocupada.

– Na verdade, não – confessou Poppy, puxando a irmã para um canto para que ninguém a ouvisse. – Esperava ansiosamente encontrar alguém diferente do habitual grupo de aristocratas velhos e esnobes, ou pior, diferente dos jovens esnobes. Mas as únicas novidades eram arrivistas e homens de negócios. E só queriam falar sobre dinheiro, um assunto ordinário sobre o qual não sei nada. Ou não podiam falar sobre a profissão que exercem, o que significa que, provavelmente, estão envolvidos em alguma coisa ilegal.

– E Beatrix? Como ela está se saindo?

– Ela é bem popular. Circula dizendo coisas ultrajantes, as pessoas riem e a consideram espirituosa, sem desconfiar que ela está falando sério.

Win sorriu.

– Vamos descer e procurá-la?

– Ainda não. – Poppy segurou a mão da irmã e a apertou com força. – Win, querida... Vim atrás de você porque... há uma certa comoção lá embaixo. E... tem a ver com você.

– Uma comoção? – Win balançou a cabeça e gelou. Seu estômago deu um salto. – Não entendo.

– Está correndo um boato sobre você ter sido vista na estufa em uma situação comprometedora. *Muito* comprometedora.

Win sentiu o rosto empalidecer.

– Foi só há trinta minutos – cochichou ela.

– Esta é a sociedade londrina – lembrou Poppy em tom sombrio. – A fofoca corre solta.

Duas jovens entraram no reservado, viram Win e cochicharam entre si. Os olhos espantados de Win encontraram os de Poppy.

– Vai haver um escândalo, não vai? – perguntou ela, abatida.

– Não se conseguirmos lidar com a situação de maneira apropriada e rápida. – Poppy afagou a mão de Win. – Tenho que levá-la à biblioteca, querida. Amelia e o Sr. Rohan estão lá. Vamos encontrá-los e decidir juntos o que fazer.

Win quase desejou poder voltar a ser uma inválida com desmaios frequentes. Porque, no momento, um bom mergulho na inconsciência seria ótimo.

– Oh, o que foi que eu fiz? – sussurrou ela.

Poppy sorriu.

– Bem, essa parece ser a pergunta que todos estão fazendo.

CAPÍTULO 14

A biblioteca dos Hunts era um belo aposento revestido de estantes de mogno com portas de vidro fosco. Cam Roham e Simon Hunt estavam em pé ao lado de um grande aparador embutido repleto de garrafas. Hunt, que estava tomando uma bebida cor de âmbar, lançou um olhar impenetrável para Win quando ela entrou na sala. Amelia, a Sra. Hunt e o Dr. Harrow também estavam lá. Win não podia acreditar que aquilo estivesse de fato acontecendo. Ela nunca se envolvera em um escândalo antes, e, definitivamente, não era tão excitante ou interessante quanto havia imaginado enquanto estava de cama.

Era assustador.

Porque, quando dissera a Merripen que gostaria de comprometer a própria reputação, não falara a sério. Nenhuma mulher lúcida desejaria tal coisa. Causar um escândalo significava arruinar não só as próprias perspectivas, mas as das irmãs mais novas também. A sombra da desonra cobriria toda a sua família. Seu descuido prejudicaria todas as pessoas que amava.

– Win. – Amelia aproximou-se e a abraçou com firmeza. – Está tudo bem, querida. Vamos cuidar disso.

Se não estivesse tão perturbada, Win teria sorrido. Sua irmã mais velha confiava na própria capacidade de resolver tudo, inclusive desastres naturais, invasões estrangeiras e estouros de manada. Nada disso, porém, se comparava ao caos provocado por um escândalo na sociedade de Londres.

– Onde está a Srta. Marks? – perguntou Win com voz abafada.

– No salão com Beatrix. Estamos tentando manter uma aparência de normalidade na medida do possível. – Amelia sorriu tensa e pesarosa para os Hunts. – Mas nossa família nunca foi muito boa nisso.

Win ficou paralisada ao ver Leo e Merripen entrarem na sala. Leo caminhou em sua direção, enquanto Merripen procurou um canto, como sempre. Ele evitava encará-la. A biblioteca foi tomada por um silêncio pesado que provocava arrepios em Win.

Ela não se metera naquela situação sozinha, Win pensou com uma repentina onda de raiva.

Merripen teria que ajudá-la agora. Teria que protegê-la usando todos os recursos de que dispunha. Até mesmo o nome dele.

O coração de Win batia tão forte que quase doía.

– Parece que esteve recuperando o tempo perdido, mana – disse Leo, em tom de brincadeira, mas havia uma sombra de preocupação em seus olhos claros. – Temos que ser rápidos, já que as pessoas vão comentar ainda mais quando notarem nossa ausência coletiva. As línguas estão se movendo com tanta velocidade que é possível sentir uma brisa leve no salão.

A Sra. Hunt aproximou-se de Amelia e Win.

– Winnifred. – A voz dela era muito suave. – Se esse boato não é verdadeiro, agirei imediatamente para negar tudo em seu nome.

Win respirou fundo.

– Mas é verdade – disse.

A Sra. Hunt afagou o braço de Win tentando acalmá-la.

– Acredite em mim, você não é a primeira nem será a última a estar nessa situação.

– Na verdade – manifestou-se o Sr. Hunt com seu tom calmo –, a Sra. Hunt tem experiência para falar sobre o assunto porque...

– Sr. Hunt – a esposa o interrompeu indignada, o que o fez sorrir. Depois ela se virou novamente para Win. – Winnifred, você e o cavalheiro em questão devem resolver isso imediatamente. – Então fez uma pausa delicada. – Posso perguntar com quem foi vista?

Win não podia responder. Ela baixou os olhos sobre o tapete e observou a estampa de medalhões e flores, esperando Merripen dizer alguma coisa. O silêncio durou apenas alguns segundos, mas foi como se houvesse se estendido por horas. *Diga alguma coisa*, pensava ela, com desespero. *Fale que era você!*

Mas Merripen não se movia nem dizia nada.

Julian Harrow deu um passo à frente.

– Eu sou o cavalheiro em questão – disse ele em voz baixa.

Win levantou a cabeça. Ela olhou para Harrow atordoada, no mesmo instante em que ele segurou sua mão.

– Peço desculpas a todos vocês – continuou Julian – e especialmente à Srta. Hathaway. Não tive a intenção de expô-la a boatos ou censura. Mas isso precipita uma decisão que eu já pretendia tomar, que é pedir a mão da Srta. Hathaway em casamento.

Win ficou imóvel. Então olhou diretamente para Merripen, e um grito silencioso de angústia rasgou o coração dela. O rosto duro de Merripen e seus olhos negros nada revelavam.

Ele permaneceu calado.

Não fez nada.

Merripen a comprometera e agora deixava outro homem assumir a responsabilidade. Deixava outra pessoa resgatá-la. A traição era pior que qualquer doença ou dor que ela já havia enfrentado antes. Win o odiava. E o odiaria eternamente.

Que alternativa tinha além de aceitar a proposta de Julian? Era isso ou se conformar com sua ruína e a das irmãs.

Win sentiu o rosto perder a cor, mas conseguiu forçar um sorriso pálido quando encarou o irmão.

– Então, milorde? – perguntou ela a Leo. – Devemos antes pedir sua permissão?

– Vocês têm minha bênção – disse o rapaz em tom seco. – Afinal, é claro que não quero que minha reputação intocada seja maculada por seus escândalos.

Win olhou para Julian.

– Então, sim, Dr. Harrow – disse ela com voz firme. – Aceito me casar com você.

Uma ruga surgiu entre as sobrancelhas escuras da Sra. Hunt quando ela olhou para Win. Depois a anfitriã assentiu com a cabeça.

– Vou sair e explicar discretamente a algumas pessoas que o que viram foi o abraço de um casal de noivos... um abraço um pouco imoderado, talvez, mas perdoável em se tratando desse vínculo.

– Eu vou com você – falou o Sr. Hunt, aproximando-se da esposa.

Antes, porém, estendeu a mão para o Dr. Harrow e o cumprimentou.

– Meus parabéns, senhor. – Seu tom era cordial, mas sem qualquer entusiasmo. – É um homem de sorte por ter conquistado a mão da Srta. Hathaway.

Quando os Hunts saíram, Cam aproximou-se de Win. Ela se forçou, com muita dificuldade, a fitar os olhos penetrantes dele.

– É isso o que quer, irmãzinha? – perguntou ele em voz baixa.

A compaixão dele quase a fez desabar.

– Oh, sim. – Win comprimiu os lábios para conter um calafrio horrível e conseguiu sorrir. – Sou a mulher mais feliz do mundo.

E quando se forçou a olhar para Merripen, Win viu que ele havia saído.

⁓

– Que noite medonha – murmurou Amelia depois que todos deixaram a biblioteca.

– Sim. – Cam a levou ao corredor.

– Aonde vamos?

– Temos que voltar ao salão, para que nos vejam. Tente se mostrar satisfeita e confiante.

– Oh, bom Deus. – Amelia se afastou de Cam e caminhou até um nicho formado por um arco na parede, onde uma janela palladiana dava para a rua lá embaixo. Ela pressionou a testa contra o vidro e suspirou.

Batidas repetidas ecoaram pelo corredor.

Por mais séria que fosse a situação, Cam não conteve o riso. Sempre que Amelia estava preocupada ou zangada, seu tique nervoso se manifestava. Como ele dissera uma vez à esposa, ela parecia um beija-flor quando batia com o pé no chão daquele jeito.

Cam aproximou-se dela e apoiou as mãos mornas sobre os ombros frios de Amelia. Ele sentiu o arrepio que a sacudiu.

– Beija-flor – cochichou e deslizou as mãos até sua nuca para massagear os músculos enrijecidos daquela região.

Quando a tensão cedeu, as batidas com o pé também foram parando aos poucos. Amelia finalmente relaxou o suficiente para contar a ele o que estava pensando.

– Todos naquela biblioteca sabiam que foi Merripen quem comprometeu Win – disse ela sem rodeios. – *E não* Harrow. Não consigo acreditar nessa situação. Depois de tudo que Win enfrentou, agora isso? Ela vai se casar com um homem que não ama e morar na França, e Merripen não faz nada para impedir? Qual é o *problema* dele?

– O problema é tão complexo que não pode ser explicado aqui e agora. Acalme-se, amor. Não vai ajudar Win se aparecer no salão toda agitada.

– Não posso evitar. Isso está errado. Ah, a expressão no rosto de minha irmã...

– Temos tempo para solucionar tudo isso – murmurou Cam. – Um noivado é diferente de um casamento.

– Mas um noivado é um compromisso – disse Amelia com impaciência e tristeza. – Você sabe muito bem que as pessoas consideram o noivado como um contrato que não pode ser rompido facilmente.

– Talvez seja sério, mas não é indissolúvel.

– Ah, Cam. – Ela desabou. – Você nunca deixaria alguma coisa nos afastar, não é?

A pergunta era tão ridícula que Cam nem sabia o que dizer. Ele girou Amelia para poder encará-la, e descobriu com surpresa que sua esposa, sempre tão prática e sensata, estava prestes a chorar. A gravidez a deixava emotiva, ele pensou. O brilho nos olhos dela despertou nele uma intensa ternura. Envolvendo-a com um dos braços, Cam usou a outra mão para afagar a parte de trás da cabeça dela, sem se incomodar com o penteado que se desfazia.

– Você é a razão da minha vida – disse ele em voz baixa, abraçando-a. – É tudo para mim. Nada poderia me fazer abandoná-la. E se alguém um dia tentar nos separar, eu seria capaz de matar para impedir. – Então a beijou com devastadora sensualidade, prolongando o beijo até senti-la fraca e agitada em seus braços. – Agora – prosseguiu em tom de brincadeira –, onde fica aquela estufa?

Amelia riu.

– Acho que já temos fofoca demais para uma noite só. Você vai conversar com Merripen?

– Certamente. Ele não vai me ouvir, mas isso nunca me impediu antes.

– Acha que ele... – Amelia parou quando ouviu passos se aproximando pelo corredor. Ela identificou também o farfalhar de saias pesadas. Então se encolheu no fundo do nicho com Cam, escondendo-se nos braços dele. Ela sentiu o sorriso do marido em seus cabelos.

Os dois ficaram quietos ouvindo a conversa das duas mulheres.

– ... como os Hunts puderam convidá-los? – perguntava uma delas indignada.

Amelia pensou ter reconhecido aquela voz. Pertencia a uma das austeras acompanhantes que ela vira sentadas em uma das laterais do salão. A tia donzela de alguém, uma dama relegada ao status de solteirona.

– Porque são podres de ricos? – sugeriu a outra.

– Desconfio que seja mais por lorde Ramsay ser um visconde.

– Tem razão. Um visconde solteiro.

– Mas, mesmo assim... há *ciganos* na família! Que ideia! Não se pode esperar que eles se comportem de maneira civilizada. Eles seguem seus instintos animais. E nós temos que conviver com essa gente como se fossem nossos semelhantes.

– Os Hunts são apenas burgueses, você sabe. Não importa se Hunt agora é dono de metade de Londres, ele ainda é filho de um açougueiro.

– Eles e muitos dos convidados não são companhias adequadas para nós. Não duvido de que pelo menos meia dúzia de outros escândalos aconteça antes do fim da noite.

– Também acho. Que horror! – Após uma pausa, ela acrescentou com melancolia: – Mas espero é que nos convidem de novo no ano que vem...

Quando as duas se afastaram, Cam olhou para a esposa com uma ruga marcando sua testa. Ele não se importava com a opinião de ninguém, mas se ofendia com qualquer comentário feito contra ciganos. E odiaria se essas farpas atingissem Amelia.

Para surpresa dele, ela sorria e o encarava confiante com seus olhos azul-escuros.

A expressão de Cam se tornou debochada.

– O que é tão divertido?

Amelia brincou com um botão do casaco do marido.

– Eu estava só pensando... Esta noite aquelas duas galinhas velhas irão para a cama sozinhas e com frio, provavelmente. – Um sorriso endiabrado distendeu os lábios de Amelia. – Enquanto isso, *eu* vou me deitar com um belo cigano que me manterá aquecida a noite toda.

∼

Kev esperou e observou até ter uma oportunidade de se aproximar de Simon Hunt, que havia conseguido escapar de uma conversa com duas mulheres risonhas.

– Posso falar com você? – perguntou Kev em voz baixa.

Hunt nem parecia tão surpreso.

– Claro, vamos à varanda dos fundos.

Os dois saíram por uma porta lateral do salão, que se abria diretamente para a varanda. Um grupo de cavalheiros estava reunido em um canto da varanda e fumava charutos. O cheiro rico do tabaco era levado pela brisa fresca.

Simon Hunt sorriu com simpatia e balançou a cabeça quando os homens os convidaram a se juntar ao grupo.

– Temos negócios a discutir – explicou Simon. – Talvez mais tarde.

Apoiado à balaustrada de ferro, Hunt estudava Kev com seus olhos escuros e atentos.

Nas poucas ocasiões em que o encontrara em Hampshire no Stony Cross Park, a propriedade que fazia fronteira com as terras de Ramsay, Kev simpatizara com Hunt. Ele falava de maneira direta. Era um homem francamente ambicioso, que gostava de ganhar dinheiro e dos prazeres que ele proporcionava. E embora muitos na posição dele agissem com imponência, Hunt tinha um irreverente e autodepreciativo senso de humor.

– Presumo que vai perguntar o que sei sobre Harrow – disse Hunt.

– Exatamente.

– Depois dos últimos acontecimentos, presumo que seja tarde demais. E devo acrescentar que não tenho como provar o que vou lhe dizer. Mas as acusações que os Lanhams fizeram contra Harrow são suficientemente sérias para merecer consideração.

– Que acusações? – grunhiu Kev.

– Antes de construir a clínica na França, Harrow se casou com a filha mais velha dos Lanhams, Louise. Dizem que a beleza da jovem era incomum, e que ela era um pouco mimada e voluntariosa, mas, de maneira geral, a união seria vantajosa para Harrow. Ela possuía um grande dote e pertencia a uma família com boas relações.

Hunt enfiou a mão no bolso do casaco e tirou dali um estojo de prata com charutos.

– Aceita um? – perguntou.

Kev balançou a cabeça. Hunt pegou um charuto, arrancou a ponta com os dentes e o acendeu. A extremidade do charuto se iluminou quando ele deu a primeira tragada.

– De acordo com os Lanhams – continuou Hunt, soprando uma nuvem de fumaça aromática –, no primeiro ano de casada, Louise mudou seu comportamento. Tornou-se dócil, quieta, distante e parecia ter perdido o interesse nos assuntos que antes a entusiasmavam. Quando os Lanhams tentaram discutir suas preocupações com Harrow, ele disse que as mudanças em Louise eram simplesmente evidências de maturidade e satisfação conjugal.

– E eles acreditaram nisso?

– Não. Porém, quando falaram com Louise, ela disse que estava feliz e pediu que não interferissem. – Hunt levou o charuto aos lábios novamente e olhou pensativo para as luzes de Londres piscando através da neblina da noite. – Em algum momento do segundo ano de casamento, Louise começou a declinar.

Kev sentiu um arrepio de desconforto quando ouviu a palavra "declinar", que o fazia pensar na inevitável decadência física que nenhum tratamento podia refrear.

– Ela ficou fraca, desanimada e caiu de cama. Ninguém podia fazer nada por ela. Os Lanhams insistiram em chamar o médico da família para cuidar da jovem, mas ele não encontrou nenhum motivo para a doença. O quadro de Louise piorou muito em um mês, mais ou menos, e ela faleceu. A família culpou Harrow pela morte da filha. Antes do casamento, Louise era uma menina saudável e cheia de entusiasmo, e menos de dois anos depois ela estava morta.

– Às vezes declínios acontecem – argumentou Kev, sentindo a necessidade de atuar como advogado do diabo. – Não foi necessariamente culpa de Harrow.

– Não. Mas foi a reação dele que convenceu a família de que, de alguma forma, ele era responsável pela morte de Louise. Harrow permaneceu composto. Inabalável. Derramou algumas lágrimas de crocodilo para manter as aparências, e só.

– Depois disso ele seguiu para a França com o dinheiro do dote?

– Sim. – Hunt deu de ombros. – Detesto fofoca, Merripen. Raramente passo adiante as coisas que escuto. Mas os Lanhams são pessoas respeitáveis e nada dramáticas. – Com uma expressão séria, ele bateu a cinza do charuto por cima da grade da varanda. – E apesar de tudo o que o bom Harrow relata ter feito por seus pacientes... não consigo deixar de sentir que há algo de errado com ele. Não sei como explicar.

Kev sentiu um alívio enorme ao ver que um homem como Hunt compartilhava da mesma opinião que ele.

– Tenho a mesma sensação em relação a Harrow desde que o conheci – disse Kev. – Mas todo mundo parece reverenciá-lo.

Um brilho rápido passou pelos olhos de Hunt.

– Sim, bem... não é a primeira vez que discordo da opinião da maioria. Mas acho que todos que gostam da Srta. Hathaway deveriam estar preocupados com ela.

CAPÍTULO 15

Merripen havia partido na manhã seguinte. Encerrou sua conta no Rutledge Hotel e deixou uma mensagem informando que viajaria sozinho para Ramsay House.

Win acordou com as lembranças ocupando toda a sua mente perplexa. Sentia-se pesada, cansada e de mau humor. Merripen havia sido parte dela por muito tempo. Levara-o no coração, absorvera-o no seu íntimo. Desistir dele agora era como amputar parte de si mesma. No entanto, precisava fazer isso. O próprio Merripen não deixava escolha.

Ela se banhou e se vestiu com a ajuda de uma criada e arrumou os cabelos numa trança presa em um coque. Decidiu, apática, que não voltaria ao assunto da noite anterior com ninguém. Não haveria choro ou arrependimento. Ia se casar com o Dr. Julian Harrow e viveria longe de Hampshire. E tentaria encontrar um pouco de paz nessa grande e necessária distância.

– Quero me casar o mais depressa possível – disse Win a Julian mais tarde naquela manhã, quando tomavam chá na suíte da família. – Sinto saudades da França. Quero voltar para lá o quanto antes. Como sua esposa.

Julian sorriu e tocou o rosto dela com os dedos macios e estreitos.

– Muito bem, minha querida. – Ele segurou a mão dela, afagando os dedos com o polegar. – Tenho alguns negócios para resolver em Londres e irei encontrá-la em Hampshire dentro de alguns dias. Lá faremos nossos planos. Podemos nos casar na capela da propriedade, se quiser.

A capela que Merripen reconstruíra.

– Perfeito – respondeu Win sem se abalar.

– Hoje vou comprar um anel para você – contou Julian. – Qual é sua pedra preferida? Gostaria de um anel de safira para combinar com seus olhos?

– O que você escolher será adorável. – Win deixou a mão permanecer na dele quando os dois ficaram em silêncio. – Julian – murmurou –, ainda não perguntou o que... o que aconteceu entre mim e Merripen ontem à noite.

– Não é necessário. Estou muito satisfeito com o desfecho.

– Eu... quero que saiba que serei uma boa esposa para você – declarou Win com sinceridade. – Eu... Minha antiga ligação com Merripen...

– Isso vai desaparecer com o tempo – afirmou Julian em tom gentil.

– Vai, sim.

– E quero que saiba, Winnifred... que farei de tudo para que você goste de mim. Serei um marido tão dedicado e generoso que não haverá espaço no seu coração para mais ninguém.

Ela pensou em mencionar a questão dos filhos, perguntar se um dia ele poderia mudar de ideia, talvez, caso a saúde dela melhorasse ainda mais. Mas pelo que sabia sobre Julian, ele não mudava de ideia com facilidade. E ela não tinha certeza se isso faria diferença. Não tinha mesmo escolha.

O que quer que a vida lhe reservasse agora, teria que se contentar e fazer o melhor possível.

Após dois dias de preparativos, a família estava a caminho de Hampshire. Cam, Amelia, Poppy e Beatrix iam na primeira carruagem, enquanto Leo, Win e a Srta. Marks viajavam na segunda. Haviam partido antes do amanhecer para avançarem o máximo possível em doze horas de viagem.

Só Deus sabia o que era discutido na segunda carruagem. Cam esperava que a presença de Win ajudasse a amenizar a animosidade entre Leo e a Srta. Marks.

A conversa na primeira carruagem, como Cam esperava, era animada. Ele achava tocante e divertido o fato de Poppy e Beatrix terem começado uma campanha para apresentar Merripen como candidato a marido de Win. Ingênuas, as meninas presumiam que o único impedimento para aquela união era o fato de Merripen não ter uma fortuna.

– ... então, se você puder dar a ele parte do seu dinheiro... – sugeria Beatrix, animada.

– ... ou se ele pudesse ficar com parte da fortuna de Leo – intercedeu Poppy. – Leo só a dilapidaria...

– ... e fazer Merripen acreditar que esse dinheiro seria o dote de Win – continuava Beatrix –, de forma a não ferir seu orgulho...

– ... e eles não precisariam de muito – opinou Poppy. – Nenhum dos dois se importa com mansão, carruagens ou...

– Esperem, as duas – manifestou-se Cam, erguendo as mãos num gesto defensivo. – O problema é mais complexo do que falta de dinheiro, e... não, parem de falar por um momento e me escutem. – Ele sorriu para os dois pares de olhos azuis que o fitavam com ansiedade. A preocupação que as meninas demonstravam com Merripen e Win era encantadora. – Merripen tem muitos recursos para oferecer a Win. O que ele ganha como administrador de Ramsay House é uma quantia bem elevada, e ele também tem acesso ilimitado às contas dos Ramsays.

– Então, por que Win vai se casar com o Dr. Harrow e não com Merripen? – quis saber Beatrix.

– Por razões que Merripen prefere manter em segredo, ele acredita que não seria um marido apropriado para Win.

– Mas ele a ama!

– Amor não resolve todos os problemas, Bea – disse Amelia em tom gentil.

– Isso soa como algo que mamãe teria dito – comentou Poppy com um sorriso pálido, enquanto Beatrix parecia descontente.

– O que seu pai teria dito? – quis saber Cam.

– Ele nos teria conduzido por uma longa explanação filosófica da natureza do amor, e não teria chegado a lugar nenhum – respondeu Amelia. – Mas teria sido fascinante.

– Não me importo se todos dizem que isso é complicado – declarou Beatrix. – Win deveria se casar com Merripen. Não concorda comigo, Amelia?

– Não somos nós que temos que escolher – lembrou a irmã mais velha. – E Win também não pode escolher, a menos que o cabeça-dura ofereça a ela uma alternativa. Se ele não pedi-la em casamento, Win não poderá fazer nada.

– Não seria bom se as damas pudessem propor casamento aos cavalheiros? – sugeriu Beatrix.

– Céus, não – protestou Amelia. – Isso tornaria tudo muito mais fácil para os cavalheiros.

– No reino animal – comentou Beatrix –, machos e fêmeas desfrutam do mesmo status. Uma fêmea pode fazer o que quiser.

– No reino animal são permitidos muitos comportamentos que nós humanos não podemos imitar, querida. Coçar-se em público, por exemplo. Regurgitar a comida. Exibir-se para atrair um companheiro. Sem mencionar... Bem, não preciso prosseguir.

– Queria que continuasse – comentou Cam, sorrindo. Ele acomodou Amelia mais confortavelmente a seu lado e se dirigiu a Beatrix e Poppy. – Escutem, as duas. Nenhuma de vocês deve importunar Merripen com essa história. Sei que querem ajudar, mas só vão conseguir irritá-lo.

As duas resmungaram e assentiram relutantes, então se encolheram em seus respectivos cantos. Ainda estava escuro lá fora, e o balanço da carruagem era relaxante. Em poucos minutos, as duas irmãs dormiam.

Cam olhou para Amelia e a viu ainda acordada. Ele afagou a pele delicada do rosto e do pescoço da esposa, olhando em seus olhos azuis.

– Por que ele não se manifestou, Cam? – cochichou Amelia. – Por que abriu mão de Win para o Dr. Harrow?

Cam demorou um pouco para responder.

– Ele tem medo.

– Do quê?

– Do que pode fazer com ela.

Amelia o encarou intrigada.

– Isso não faz sentido. Merripen nunca a machucaria.

– Não intencionalmente.

– Está se referindo ao perigo de uma gravidez? Mas Win não concorda com a opinião do Dr. Harrow. Ela afirma que nem ele é capaz de prever com certeza o que poderia acontecer.

– Não é só isso – suspirou Cam e a acomodou mais perto dele. – Merripen já lhe contou que foi *asharibe*?

– Não. O que é isso?

– Um guerreiro cigano. Meninos que são treinados para lutar desarmados. Alguns têm apenas 5 ou 6 anos. Não há regras nem limite de tempo. O objetivo é causar o pior dano possível no menor espaço de tempo até alguém cair. Os responsáveis pelo menino ganham dinheiro das plateias. Vi *asharibe* ser ferido com gravidade, ficar cego ou até morrer durante esses confrontos. Se for necessário, eles lutam ainda que estejam com os pulsos fraturados e as costelas quebradas. – Distraído, Cam alisava os cabelos de Amelia. – Não havia nenhum *asharibe* em minha tribo. Nosso líder decidiu que era cruel demais. Aprendemos a lutar, é claro, mas isso nunca foi um meio de vida para nós.

– Merripen... – sussurrou Amelia.

– Posso dizer que foi até pior que isso para ele. O homem que o criou... – Cam, sempre tão articulado, tinha dificuldade para prosseguir.

– O tio dele? – falou Amelia.

– Nosso tio. – Cam já havia contado à esposa que ele e Merripen eram irmãos. Mas ainda não confidenciara o restante do que Shuri dissera. – Ao que tudo indica ele criou Merripen como se fosse um cão de briga.

Amelia empalideceu.

– O que quer dizer?

– Merripen foi criado para ser violento como um animal de rinha. Era deixado com fome e recebia maus-tratos até ser condicionado a lutar contra qualquer um, em quaisquer circunstâncias. E foi ensinado a assimilar toda forma de violência a ele dirigida e transferir a agressividade para o oponente.

– Pobre menino – murmurou Amelia. – Isso explica muito sobre como ele era quando chegou a nossa casa. Somente meio domesticado. Mas... isso foi há muito tempo. Desde então, a vida dele tem sido completamente diferente. E tendo sofrido tanto no passado, ele agora não quer ser amado? Não quer ser feliz?

– Não é assim que funciona, benzinho. – Cam sorriu diante da expressão confusa da esposa.

Não era surpreendente que Amelia, criada em uma família tão grande e afetuosa, tivesse dificuldade para entender um homem que temia as próprias necessidades como se fossem o pior inimigo.

Cam prosseguiu explicando:

– E se durante a infância você tivesse aprendido que a única razão para sua existência era causar dor aos outros? E que você nasceu para agir com violência? Como desaprender esse tipo de coisa? Impossível. Então, você encobre esse sentimento como pode, sempre consciente das mentiras que existem sob o verniz.

– Mas... obviamente, Merripen mudou. Ele é um homem de muitas qualidades.

– Merripen não concordaria com isso.

– Bem, Win deixou claro que o aceitaria mesmo assim.

– Não importa se ela o aceitaria. Merripen decidiu protegê-la dele mesmo.

Amelia odiava se ver diante de problemas para os quais não havia uma solução clara.

– Então, o que podemos fazer?

Cam abaixou a cabeça para beijar a ponta do nariz da esposa.

– Sei quanto detesta ouvir isso, amor... mas não podemos fazer quase nada. A situação está nas mãos deles.

Ela balançou a cabeça e resmungou alguma coisa.

– O que disse? – perguntou ele, sorrindo.

Os olhos dela buscaram os dele e um sorriso autodepreciativo encurvou os lábios de Amelia.

– Que *odeio* ter que deixar o futuro de Merripen e Win nas mãos deles.

~

A última vez que Win e Leo viram Ramsay House, ela estava arruinada e parcialmente queimada, e o terreno era coberto apenas por entulho e erva daninha. E diferentemente do resto da família, eles não viram os estágios da reconstrução.

A afluente área rural de Hampshire compreendia terras costais, charnecas e antigas florestas cheias de vida selvagem. Hampshire tinha um clima mais ameno e ensolarado que a maioria das outras partes da Inglaterra, graças à sua localização. Win não havia morado em Hampshire por muito tempo antes de ir para a clínica do Dr. Harrow, mas tinha a sensação de estar voltando para casa. Era um lugar acolhedor, aprazível, com a animada cidade mercantil de Stony Cross a uma distância que podia ser percorrida a pé desde Ramsay House.

O clima de Hampshire deixava a propriedade ainda mais bonita, com muito sol e algumas nuvens pitorescas ao longe.

A carruagem passou pela casa do porteiro, construída com tijolos azuis acinzentados e detalhes em pedra cor de creme.

– Eles a chamam de Casa Azul – comentou a Srta. Marks – por motivos óbvios.

– Que adorável! – exclamou Win. – Nunca vi tijolos dessa cor em Hampshire antes.

– Tijolo azul de Staffordshire – manifestou-se Leo, estendendo o pescoço para ver o outro lado da casa. – Agora que eles conseguem trazer tijolos de outros lugares pela ferrovia, o construtor não precisa fazê-los no local.

Eles seguiram pela longa alameda em direção à casa, que era cercada de um gramado aveludado e verdejante e calçadas de cascalho branco. Havia também arbustos e roseiras.

– Meu Deus – murmurou Leo quando se aproximaram da casa principal.

Era uma estrutura de pedras em tom de areia, multifacetadas com alegres peitoris. O telhado de ardósia azul tinha entradas e saliências ressaltadas por cumeeiras marrom-avermelhadas. O lugar era semelhante à antiga casa, mas com grandes melhorias. E o que restava da estrutura original havia sido tão encantadoramente restaurado que mal se podia discernir as seções antigas das novas.

Leo não desviava os olhos da casa.

– Merripen disse que eles haviam preservado alguns cômodos e recantos de formatos exóticos. Vejo que há muito mais janelas. E eles acrescentaram uma ala de serviço.

Por toda parte havia trabalhadores: carroceiros, almoxarifes, serralheiros, marceneiros, jardineiros aparando extremidades salientes, cavalariços e lacaios se aproximando das carruagens que chegavam. A propriedade não só ganhara vida, ela prosperava.

Notando o interesse do irmão, Win sentiu-se muito grata a Merripen, que havia feito tudo isso acontecer. Era bom para Leo voltar para casa e encontrar tudo aquilo. Um começo auspicioso para uma nova vida.

– A casa precisa de mais criados – avisou a Srta. Marks –, mas os que Merripen contratou são muito eficientes. O Sr. Merripen é um administrador exigente, mas também é gentil. Eles fazem qualquer coisa para agradá-lo.

Win desceu da carruagem com a ajuda de um lacaio e aceitou que ele a acompanhasse até a porta da frente – um maravilhoso jogo de portas duplas, com painéis mais baixos de madeira sólida e vidro fosco no lugar dos painéis superiores. Assim que Win chegou ao último degrau, as portas se abriram e revelaram uma mulher de meia-idade com cabelos e pele claros. Sua silhueta tinha formas bem-feitas e robustas sob um vestido preto de gola alta.

– Seja bem-vinda, Srta. Hathaway – disse ela, calorosamente. – Sou a

Sra. Barnstable, a governanta. Estamos todos muito felizes por tê-la de volta a Hampshire.

– Obrigada – murmurou Win, seguindo-a para o hall de entrada.

Win arregalou os olhos ao ver o interior da mansão, tão claro e reluzente, com o hall de dois andares tendo sido revestido de painéis pintados de branco leitoso. Uma escada de pedra cinza havia sido instalada no fundo do hall, e a balaustrada de ferro brilhava, preta e impecável. Em todos os lugares era possível sentir o cheiro de sabão e cera fresca.

– Impressionante – suspirou Win. – Não parece o mesmo lugar.

Leo parou ao lado dela. Pela primeira vez, ele não tinha nenhum comentário irônico para fazer, nem tentou disfarçar a admiração.

– É um grande milagre – disse ele. – Estou perplexo. – E olhou para a governanta. – Onde está Merripen, Sra. Barnstable?

– Lá fora, no pátio de lenha da propriedade, senhor. Ele está ajudando a descarregar uma carroça. As toras são muito pesadas, e às vezes os trabalhadores precisam da ajuda do Sr. Merripen com uma carga difícil.

– Temos um pátio de lenha? – perguntou Leo.

A Srta. Marks respondeu:

– O Sr. Merripen planeja construir casas para os novos colonos.

– É a primeira vez que ouço falar nisso. Por que vamos fornecer casas para eles? – O tom de Leo não era de censura, apenas de interesse.

Mas a Srta. Marks comprimiu os lábios, como se interpretasse a pergunta como uma queixa.

– Os colonos que chegaram à propriedade mais recentemente vieram atraídos pela promessa de novas casas. Eles já são agricultores bem-sucedidos, educados e empreendedores, e o Sr. Merripen acredita que a presença deles vai trazer ainda mais prosperidade. Outras propriedades da região, como Stony Cross Park, por exemplo, também estão construindo casas para seus colonos e trabalhadores...

– Está tudo bem – interrompeu Leo. – Não precisa defender a ideia, Marks. Deus sabe que eu não pensaria em interferir nos planos de Merripen depois de ter visto tudo o que ele fez até agora. – Ele olhou para a governanta. – Se me mostrar o caminho, Sra. Barnstable, eu mesmo encontro Merripen. Talvez eu possa ajudar a descarregar a carroça.

– Um lacaio o levará até lá – disse a governanta prontamente. – Mas o trabalho às vezes é perigoso, milorde, e impróprio para um homem da sua posição.

A Srta. Marks comentou em tom leve, mas cáustico:

– Além do mais, duvido que possa ajudar em alguma coisa.

A governanta ficou de queixo caído.

Win teve que engolir o riso. A Srta. Marks havia falado como se Leo fosse um fiapo de homem, não uma criatura de mais de 1,80 metro de altura.

Leo sorriu com sarcasmo para a governanta.

– Minha capacidade física vai além do que você suspeita, Marks. Não imagina o que este casaco esconde.

– Sou profundamente grata por isso.

– Srta. Hathaway – a governanta da mansão interrompeu apressada, tentando amenizar o conflito –, posso levá-la aos seus aposentos?

– Sim, obrigada.

Win ouviu a voz das irmãs e virou-se em tempo de vê-las entrar na sala com o Sr. Rohan.

– E então? – perguntou Amelia com um sorriso, abrindo os braços para mostrar tudo à sua volta.

– Indescritível – respondeu Win.

– Vamos nos refrescar e tirar o pó da viagem, depois a levarei para ver mais da propriedade.

– Só preciso de alguns minutos.

Win dirigiu-se à escada com a governanta.

– Há quanto tempo trabalha aqui, Sra. Barnstable? – perguntou ela enquanto subiam ao segundo andar.

– Há um ano, mais ou menos. Desde que a casa tornou-se habitável. Antes trabalhei em Londres, mas meu antigo empregador faleceu, e o novo patrão dispensou toda a criadagem para substituir por gente dele. Eu precisava desesperadamente de um novo trabalho.

– Lamento que tenha passado por isso, mas fico feliz por agora servir aos Hathaways.

– Tem sido um desafio montar uma nova equipe de empregados e treinar todos eles – comentou a governanta. – Confesso que fiquei um pouco apreensiva, considerando as circunstâncias incomuns desse trabalho. Mas o Sr. Merripen foi muito convincente.

– Entendo – concordou Win –, é difícil dizer não a ele.

– O Sr. Merripen tem uma presença forte e segura. Muitas vezes me surpreendi ao vê-lo comandando ao mesmo tempo uma dúzia de empreitadas, com os carpinteiros, os pintores, o ferreiro, o responsável pelo estábulo, enfim, todos solicitando sua atenção. E ele sempre mantém a calma. Não podemos passar sem ele. O Sr. Merripen é o ponto central desta propriedade.

Win assentiu lentamente com a cabeça, olhando para os cômodos pelos quais passavam. Mais revestimento bege, mobília de cerejeira clara, estofados de veludo em tons suaves, em vez das cores escuras e sombrias que estavam na moda. Era uma pena não poder desfrutar desta casa, exceto em visitas ocasionais.

A Sra. Barnstable a levou a um belo quarto com janelas que se abriam para os jardins.

– Este é o seu – anunciou a governanta. – Ninguém o ocupou antes.

A cama era feita de painéis forrados de azul-claro e os lençóis eram de linho branco. Havia uma escrivaninha graciosa e feminina em um canto e um guarda-roupa de bordo acetinado com um espelho preso à porta.

– O próprio Sr. Merripen escolheu o papel de parede – disse a Sra. Barnstable. – Ele quase enlouqueceu o decorador com sua insistência em ver centenas de amostras até encontrar esse padrão.

O papel de parede era branco, com uma delicada estampa de ramos de flores. Havia também a figura de um pequenino pássaro empoleirado em um dos galhos.

Win aproximou-se devagar de uma das paredes e tocou um desses pássaros com a ponta dos dedos. Sua visão ficou turva.

Durante a longa recuperação da escarlatina, quando se cansava de segurar o livro entre as mãos e não havia ninguém disponível para ler para ela, Win olhava pela janela para um ninho dessas aves no galho de uma árvore próxima. Vira os filhotes rompendo a casca dos ovos azuis. Eles tinham o corpo rosado e coberto de veias e penugem. Assistira ao crescimento das penas e acompanhara o esforço da mãe das avezinhas para encher seus bicos famintos. E Win os vira, um a um, deixar o ninho voando enquanto ela permanecia na cama.

Mesmo tendo medo de altura, Merripen frequentemente subia em uma escada para lavar o vidro da janela do segundo andar, garantindo que Win tivesse sempre uma visão nítida do mundo exterior.

Ele costumava dizer que o céu devia ser sempre azul para ela.

– Gosta de pássaros, Srta. Hathaway? – perguntou a governanta.

Win assentiu com a cabeça sem olhar em volta, temendo que o rosto estivesse vermelho com a emoção contida.

– Mas gosto desse em especial. O nome é pisco-de-peito-ruivo – sussurrou ela.

– Um lacaio trará sua bagagem, e uma das criadas virá arrumar tudo. Enquanto isso, se quiser se banhar, tem água fresca no lavatório.

– Obrigada.

Win aproximou-se do conjunto de jarro e bacia de porcelana e lavou com a água fresca o rosto e o pescoço, sem se importar com as gotas que caíam sobre seu corpete. Enquanto secava o rosto com uma toalha, ela experimentou apenas um breve alívio para o calor doloroso que a atormentava.

Ao ouvir o estalo de uma tábua do piso, ela se virou bruscamente.

Merripen estava parado na porta, olhando para ela.

O maldito calor não cedia.

Win queria estar longe dele, do outro lado do mundo. Queria nunca mais vê-lo. E, ao mesmo tempo, seus sentidos o cobiçavam... a imagem dele com a camisa aberta no colarinho, o linho branco colado à pele bronzeada... as camadas curtas e escuras de seus cabelos, o cheiro do suor dele penetrando em suas narinas. O tamanho e a postura de Merripen a enchiam de desejo. Win queria sentir nos lábios o sabor da pele dele. Queria sentir suas veias pulsando contra as dela. Ela queria que ele a tomasse exatamente como estava, nesse momento, e a esmagasse sobre a cama com seu corpo rígido e pesado. Queria que ele a possuísse. Que a devastasse.

– Como foi a viagem? – perguntou ele com a fisionomia inexpressiva.

– Não vou falar sobre amenidades com você. – Win foi até a janela e olhou, pensativa, para o bosque escuro e distante.

– Gostou do quarto?

Ela assentiu com a cabeça sem encará-lo.

– Se precisar de alguma coisa...

– Tenho tudo o que é necessário – ela o interrompeu. – Obrigada.

– Quero falar com você sobre aquela...

– Está tudo bem – declarou Win soando composta. – Não precisa dar desculpas para explicar por que não se ofereceu a mim.

– Quero que você entenda...

– Eu entendo. E já o perdoei. Talvez sinta a consciência mais tranquila sabendo que estarei bem melhor assim.

– Não quero o seu perdão – disse ele sem rodeios.

– Muito bem, então não está perdoado. Como quiser.

Ela não suportava ficar sozinha com ele nem por mais um momento. O coração dela estava se partindo; podia senti-lo despedaçando. De cabeça baixa, ela começou a caminhar para passar por ele na porta.

Win não tinha intenção de parar. Porém, antes de chegar à soleira, ela parou a poucos passos de Merripen. Havia uma coisa que queria dizer. Precisava dizer.

– Para sua informação – começou com um tom impessoal –, ontem fui consultar um médico em Londres. Um profissional muito respeitado. Contei a ele meu histórico e pedi que avaliasse meu estado geral de saúde. – Sentindo a intensidade do olhar de Merripen, ela prosseguiu sem se alterar: – Na opinião desse médico, nada me impede de ter filhos, se eu quiser. E ele também disse que não há garantias para nenhuma mulher de que a gravidez e o parto sejam isentos de risco. Mas terei uma vida plena. Terei relações conjugais com meu marido e, se Deus permitir, um dia serei mãe. – Após uma pausa, ela acrescentou com uma voz que não soava como sua: – Julian vai ficar muito satisfeito quando eu disser isso a ele, não acha?

Se a provocação havia atingido Merripen, ele não demonstrava.

– Há algo que você precisa saber sobre Harrow – respondeu Merripen em voz baixa. – A família de sua primeira esposa, os Lanhams, suspeita de que ele teve alguma coisa a ver com a morte dela.

Win levantou a cabeça de repente e o encarou com os olhos apertados.

– Não acredito que possa descer tanto. Julian me contou sobre isso. Ele a amava. Fez tudo o que podia para curá-la da enfermidade. Quando a esposa morreu, ele ficou devastado, e depois ainda foi atacado pela família dela. A dor dos Lanhams era tão grande que eles precisavam culpar alguém. Julian foi um perfeito bode expiatório.

– Os Lanhams afirmam que ele se comportou de maneira suspeita depois da morte da esposa. Não correspondia à imagem do marido enlutado.

– Nem todas as pessoas mostram a dor da perda da mesma maneira – disse ela, irritada. – Julian é médico, foi treinado para ser impassível no exercício de sua profissão, porque assim é melhor para os pacientes. É natural que não tenha se deixado desmoronar, por mais profunda que tenha sido sua tristeza. Como ousa julgá-lo?

– Não percebe que pode estar em perigo?

– Com *Julian*? O homem que me curou? – Ela balançou a cabeça e deu uma risada incrédula. – Em nome de nossa antiga amizade, vou esquecer que você disse o que eu acabei de ouvir, Kev. Porém, lembre-se de que, no futuro, não vou tolerar nenhum insulto a Julian. Lembre-se de que ele esteve ao meu lado quando você não esteve.

Ela passou por Merripen sem esperar por uma resposta, e viu a irmã mais velha se aproximando pelo corredor.

– Amelia – Win a chamou animada. – Podemos começar a visita agora? Quero ver tudo.

CAPÍTULO 16

Merripen havia deixado claro para todos em Ramsay House que Leo era o patrão, e não ele, mas os serviçais e os demais trabalhadores ainda o consideravam a autoridade. Era Merripen que eles procuravam para discutir seus assuntos. E Leo deixava a situação como estava enquanto se familiarizava com a propriedade revigorada e seus habitantes.

– Não sou um completo idiota, embora possa parecer – disse Leo a Merripen em tom seco enquanto cavalgavam para o limite leste da propriedade naquela manhã. – Os avanços obtidos com a sua administração são evidentes. Não pretendo estragar tudo apenas para provar que sou o senhor da mansão. Dito isso... tenho algumas sugestões a fazer com relação à moradia dos colonos.

– E quais seriam?

– Algumas alterações de baixo custo no projeto tornariam os chalés mais confortáveis e atraentes. E se o objetivo é criar ao longo do tempo uma espécie de vila na propriedade, talvez devêssemos planejar um vilarejo-modelo.

– Você quer trabalhar em projetos e melhorias? – perguntou Merripen surpreso, estranhando o interesse incomum do lorde.

– Se não tiver objeções...

– É claro que não tenho. A propriedade é sua. – Merripen o olhou curioso. – Está pretendendo retomar sua antiga profissão?

– Na verdade, sim. Posso começar como arquiteto de projetos específicos. Veremos aonde isso pode me levar. E faz sentido que eu me empenhe no projeto das casas de meus próprios colonos. – Ele sorriu. – A chance de me processarem é menor do que se eu trabalhar para desconhecidos.

~

Em uma propriedade com um bosque fechado como o que havia nas terras dos Ramsays, era necessário realizar o corte de um grande número de árvores a cada dez anos. Pelos cálculos de Merripen, a propriedade havia pulado ao menos dois ciclos, o que significava que ali havia o equivalente a trinta anos em árvores mortas, doentes ou com o crescimento prejudicado, e todas teriam que ser removidas.

Para desânimo de Leo, Merripen insistiu em levá-lo junto para acompanhar o processo de corte, até ensinar a ele mais do que o lorde um dia desejara saber sobre árvores.

– A poda correta é benéfica para a natureza – explicou Merripen em resposta aos protestos de Leo. – O bosque da propriedade terá madeira mais saudável e valiosa se as árvores corretas forem removidas para ajudar outras a crescerem fortes.

– Prefiro deixá-las resolver tudo isso entre elas mesmas – resmungou Leo.

Merripen o ignorou.

Para aprender mais e instruir melhor Leo, Merripen marcou uma reunião com o pequeno grupo de lenhadores da propriedade. Eles foram examinar algumas árvores marcadas para a poda, e enquanto isso os lenhadores explicavam como medir o comprimento e a área transversal de uma árvore para determinar seu conteúdo cúbico. Usando uma fita métrica, uma estaca de seis metros e uma escada, eles fizeram algumas avaliações preliminares.

Sem se dar conta, Leo já estava em cima de uma escada ajudando nas medições.

– Merripen, por que está aí embaixo, enquanto eu estou aqui em cima arriscando meu pescoço? – questionou Leo.

– A árvore é sua – respondeu Merripen, sem rodeios.

– O pescoço também!

Leo deduziu que Merripen queria despertar nele um interesse pela propriedade e todos os seus assuntos, dos mais complexos aos triviais. Ultimamente, um aristocrata dono de terras não poderia apenas relaxar na biblioteca saboreando um cálice de Porto, por mais tentador que isso fosse. Delegar totalmente a administração da propriedade a outras pessoas significava correr o risco de ser roubado.

Quando tratavam de outros tópicos de uma lista diária de tarefas que só fazia crescer com o passar da semana, Leo começou a compreender a extensão e a importância do trabalho que Merripen desenvolvera nos últimos anos. A maioria dos administradores de propriedades havia servido como aprendiz, e muitos filhos da nobreza foram educados desde muito jovens sobre os vários aspectos da propriedade que um dia herdariam.

Merripen, por outro lado, aprendera tudo isso – pecuária, agricultura, construção civil, florestamento, cuidados com a terra, salários, lucros e aluguéis – sem nenhum treinamento e em pouquíssimo tempo. Mas ele fazia tudo com perfeição. Tinha memória aguçada, vocação para o trabalho árduo e preocupação extrema com os detalhes.

– Pode confessar – dissera Leo depois de uma conversa particularmente banal sobre agricultura. – Às vezes você acha tudo isso um tédio, não é? Você deve ficar muito aborrecido depois de uma hora de discussão sobre a necessidade da rotação de culturas. Ou sobre a extensão de terra arável que deve ser destinada para milho e feijão.

Merripen pensou na pergunta com atenção. Nunca lhe havia ocorrido que poderia achar enfadonho algum aspecto do trabalho na propriedade.

– Nada que precise ser feito me aborrece.

Então Leo finalmente entendeu. Quando Merripen estabelecia um objetivo, nenhum detalhe era pequeno demais para ser considerado, nenhuma tarefa estava além de sua capacidade. Nenhuma adversidade o detinha. A qualidade do homem trabalhador que Leo havia desprezado no passado encontrava em Merripen sua perfeita expressão. Coitado de quem se colocasse no caminho dele.

Mas Merripen tinha uma fraqueza.

Àquela altura, todos já haviam percebido a forte e difícil conexão entre Merripen e Win. E todos sabiam que tocar nesse assunto só iria causar problemas. Leo nunca vira duas pessoas lutarem tão desesperadamente contra a atração que sentiam uma pela outra.

Há pouco tempo Leo teria escolhido o Dr. Harrow para Win sem nenhuma hesitação. Casar-se com um cigano significava um retrocesso. E na sociedade de Londres era perfeitamente aceitável se casar apenas para obter vantagens. Depois buscava-se o amor em outro lugar. Porém, isso não era possível para Win. Seu coração era muito puro, os sentimentos eram intensos demais. E depois de ter acompanhado a luta da irmã para recuperar a saúde e de ter visto seu caráter inabalável, Leo considerava uma lástima ela não poder se casar com o homem que queria.

~

Na terceira manhã depois da chegada a Hampshire, Amelia e Win foram caminhar por uma rota que contornava Ramsay House. Era um dia fresco, claro, com algumas poças de lama pelo caminho e uma exuberante profusão de margaridas brancas na pradaria, dando, à primeira vista, a impressão de neve caída recentemente.

Amelia, que sempre gostara de caminhar, acompanhava com facilidade os passos enérgicos de Win.

– Adoro Stony Cross – comentou Win, respirando com satisfação o ar doce e fresco. – Sinto-me ainda mais em casa do que em Primrose Place, apesar de não ter passado muito tempo aqui.

– Concordo. Há algo especial em Hampshire. Sempre que voltamos de Londres, encontro aqui um alívio indescritível.

Amelia tirou a touca e, segurando-a pelas fitas, girou-a suavemente enquanto caminhavam. Parecia absorta na paisagem, nas flores que cresciam em todas as partes, nos ruídos e zumbidos dos insetos que voavam por entre as árvores, no aroma que se desprendia dos agriões picantes e da grama aquecida pelo sol.

Depois de um tempo refletindo, Amelia falou:

– Win, você sabe que não precisa deixar Hampshire.

– Preciso, sim.

– Nossa família pode superar qualquer escândalo. Olhe para Leo. Sobrevivemos a tudo que ele...

– Em termos de escândalo – interrompeu Win, séria –, acho que consegui ser ainda pior do que ele.

– Não creio que isso seja possível, querida.

– Você sabe tão bem quanto eu que a perda da virtude de uma mulher pode ser mais devastadora para uma família do que a perda da honra de um homem. Não é justo, mas é a realidade.

– Você não perdeu sua virtude – protestou Amelia, indignada.

– Não foi por falta de empenho. Acredite, eu queria. – Win olhou para a irmã mais velha, viu que a chocara e tentou sorrir. – Achou que eu estivesse acima desses sentimentos, Amelia?

– Bem... acho que sim. Você nunca foi de suspirar por rapazes bonitos, nunca falou sobre bailes e festas, nunca sonhou com seu futuro marido.

– Tudo por causa de Merripen – confessou Win. – Ele sempre foi tudo o que eu mais quis.

– Oh, Win – sussurrou Amelia. – Sinto muito.

Win passou por uma estreita abertura na cerca de pedras, e Amelia a seguiu. Elas caminhavam por uma área de relva que levava a uma trilha na floresta e seguiram adiante em direção à ponte que atravessava o riacho.

Amelia entrelaçou o braço no de Win.

– Considerando o que acabou de dizer, tenho ainda mais certeza de que não deve se casar com Harrow. Ou melhor, deve se casar com ele se quiser, mas não para evitar um escândalo.

– Mas eu quero. Gosto dele. Acredito que seja um homem bom. Minha permanência aqui só traria sofrimento para mim e Merripen. Um de nós dois precisa partir.

– E por que tem que ser você?

– Merripen é necessário aqui. Este é o lugar dele. E, francamente, para mim não faz diferença onde estou. Na verdade, acho que seria melhor recomeçar a vida em outro lugar.

– Cam vai conversar com ele – contou Amelia.

– Oh, não, ele não deve! Não em meu nome. – Impelida pelo orgulho, ela pediu à irmã: – Não permita, *por favor*.

– Eu tentei, mas não consegui impedir. Cam não vai conversar com Merripen por sua causa, Win. Ele vai falar pelo bem de Merripen. O que será dele quando a perder de verdade?

– Ele já me perdeu – disse Win em tom frio. – Merripen me perdeu no momento em que se recusou a me defender. E depois que eu for embora, ele não será diferente do que sempre foi. Nunca se permitirá nenhuma ternura. Na verdade, acredito que ele despreza tudo o que poderia lhe dar alegria, porque qualquer tipo de satisfação seria capaz de abrandá-lo. – Todos os músculos do rosto de Win pareciam estar tensos. Ela massageou a testa enrijecida, vincada. – Quanto mais Merripen gosta de mim, maior é a sua determinação em se manter distante.

– Homens... – resmungou Amelia enquanto atravessava a ponte.

– Merripen está convencido de que não tem nada que possa me oferecer. Há uma espécie de arrogância nisso, não acha? Em querer decidir o que é necessário para mim e desconsiderar meus sentimentos. Ele me coloca sobre um pedestal tão alto que o exime de qualquer responsabilidade.

– Não é arrogância – Amelia a corrigiu serena. – É medo.

– Pois bem, não vou viver assim. Não vou me deixar limitar por medo, seja meu ou dele. – Win sentiu que relaxava um pouco, tomada pela calma por ter admitido a verdade. – Eu o amo, mas não quero arrastá-lo ou induzi-lo ao casamento. Quero alguém que esteja ao meu lado por vontade própria.

– Certamente ninguém pode condená-la por isso. Sempre me incomodou o jeito como as pessoas dizem que uma mulher "fisgou" um homem. Como se eles fossem trutas que conseguimos atrair e tirar da água.

Apesar da letargia, Win não pôde deixar de sorrir.

Elas continuaram caminhando pela paisagem úmida e quente. Quando finalmente se aproximaram de Ramsay House, viram uma carruagem parando bem na porta de entrada.

– É Julian – disse Win. – Tão cedo! Ele deve ter saído de Londres muito antes do amanhecer. – Então ela apressou o passo, alcançando-o quando ele descia da carruagem.

A longa jornada desde Londres não diminuiu a beleza serena de Julian. Ele segurou as mãos de Win com firmeza, sorrindo para ela.

– Seja bem-vindo a Hampshire – disse ela.

– Obrigado, minha querida. Estava caminhando?

– Vigorosamente – respondeu ela, sorrindo.

– Muito bem. Trouxe algo para você. – O médico pôs a mão no bolso e retirou um pequeno objeto.

Win permitiu que ele pusesse o anel no dedo dela. Um anel de rubi cujo tom de vermelho era conhecido como "sangue de pombo". A pedra estava incrustada numa base de ouro, cercada de diamantes.

– Dizem que ter um rubi é ter satisfação e paz – falou Julian.

– Obrigada, é lindo – murmurou ela, inclinando-se para a frente. Ela fechou os olhos ao sentir os lábios dele firmes contra sua testa.

Satisfação e paz... Se Deus permitisse, talvez um dia ela tivesse essas coisas.

~

Cam duvidava da própria sanidade quando foi procurar Merripen no pátio de lenha. Por um momento, ele o viu ajudar um trio de lenhadores a descarregar toras enormes da carroça. O trabalho era perigoso. Qualquer descuido podia causar um ferimento grave ou até mesmo fatal.

Com o uso de rampas inclinadas e alavancas longas, os homens rolavam as toras centímetro a centímetro até o chão. Bufando com o esforço, com os músculos enrijecidos e salientes, eles se empenhavam em controlar o peso da madeira na descida. Merripen, o maior e mais forte do grupo, ocupava a posição central, reduzindo a chance de a tora escapar, caso alguma coisa errada acontecesse.

Preocupado, Cam se adiantou para ir ajudar.

– *Afaste-se* – gritou Merripen, notando, de esguelha, que Cam se aproximava.

Cam parou imediatamente. Ele percebeu que os lenhadores haviam criado um método. Uma pessoa que não conhecia o procedimento podia, sem querer, atrapalhar.

Ele esperou e observou enquanto as toras eram levadas ao chão em segurança. Os lenhadores arfavam e se inclinaram apoiando as mãos nos joelhos para se recuperar do esforço estonteante. Todos, exceto Merripen, que enterrava a extremidade de um gancho afiadíssimo em uma das toras. Ele olhou para Cam ainda segurando uma tenaz.

Merripen parecia demoníaco com o rosto suado e vermelho, os olhos brilhando com o fogo do inferno. Cam aprendera a conhecê-lo bem nos últimos anos, mas nunca o vira nesse estado. Era como ver uma alma condenada, sem esperança ou desejo de redenção.

Deus me ajude, Cam pensou. Quando Win se casasse com o Dr. Harrow, Merripen poderia perder completamente o controle. Lembrando todos os problemas que haviam enfrentado com Leo, Cam sufocou um gemido.

Cam sentiu-se tentado a desistir de conversar com Merripen e afastar-se de toda aquela confusão, afinal tinha mais o que fazer além de lutar pela sanidade do irmão. Merripen teria que lidar com as consequências das próprias escolhas.

Mas Cam pensou em como ele mesmo reagiria se alguma coisa ameaçasse afastar Amelia dele. Não seria muito diferente de Merripen, com certeza. Uma compaixão relutante brotou dentro dele.

– O que você quer? – perguntou Merripen sem rodeios, deixando a tenaz de lado.

Cam aproximou-se lentamente.

– Harrow chegou.

– Eu vi.

– Você vai entrar para recebê-lo?

Merripen olhou para Cam com desdém.

– Leo é o dono da casa. Ele pode receber o infeliz.

– Enquanto você se esconde aqui no pátio de lenha?

Os olhos negros de Merripen se estreitaram.

– Não estou me escondendo. Estou trabalhando. E você está atrapalhando.

– Quero conversar com você, *phral*.

– Não me chame assim. E não preciso da sua interferência.

– Alguém tem que fazer você cair em si – respondeu Cam com voz suave. – Olhe para você, Kev. Está se comportando exatamente como um bruto. Era isso que o *rom baro* queria que você fosse.

– Cale a boca – falou Merripen com voz rouca.

– Está deixando que ele decida o resto de sua vida por você – insistiu Cam.

– Se não calar a boca...

– Se estivesse prejudicando apenas a você mesmo, eu não diria nada. Mas está fazendo mal a ela também, e parece que não se imp...

Cam foi interrompido pelo ataque violento de Merripen. A força do impacto os jogou no chão. O baque foi forte, mesmo no solo de lama. Eles rolaram duas vezes, três, ambos lutando pela posição dominante. Merripen era muito pesado.

Percebendo que se deixar imobilizar resultaria em grave dano, Cam se contorceu, escapou e se ergueu. Levantando a guarda, bloqueou e se esquivou quando Merripen atacou como um tigre furioso.

Os lenhadores foram apartar a briga. Dois deles seguraram Merripen e o puxaram para trás, enquanto o outro continha Cam.

– Você é um idiota – explodiu Cam encarando Merripen. Cam se soltou das mãos do lenhador. – Decidiu estragar sua vida, custe o que custar, não é?

Merripen atacou com expressão assassina, mas os lenhadores conseguiram segurá-lo à custa de grande esforço.

Cam balançou a cabeça com desgosto.

– Eu esperava um ou dois minutos de conversa racional, mas parece que isso está além da sua capacidade. – E dirigindo-se aos lenhadores: – Soltem-no! Posso lidar com ele. É fácil ganhar de um homem que se deixa dominar pelas emoções.

Merripen se esforçou para controlar a ira, e a selvageria em seus olhos diminuiu até se tornar um brilho intenso de fúria. Gradualmente, com o mesmo cuidado que tinham ao manusear as toras pesadas, os lenhadores soltaram os braços dele.

– Certo. Você me convenceu – disse Cam a Merripen. – E parece que vai continuar agindo assim até convencer todo mundo. Então, deixe-me poupá-lo do esforço: você tem razão. Não serve mesmo para ela.

Em seguida Cam deixou o pátio de lenha, enquanto Merripen o seguia com os olhos.

~

A ausência de Merripen à mesa do jantar naquela noite deixou um vazio, por mais que todos tentassem se comportar naturalmente. O estranho era que ele nunca era muito participativo, não dominava a conversa nem ocupava o papel central de uma reunião. Mas sentiram sua falta.

Julian preencheu o vazio com charme e leveza, contando histórias divertidas sobre pessoas que conhecia em Londres, falando sobre a clínica, revelando a origem das terapias que faziam tão bem aos pacientes.

Win ouvia e sorria. Fingia se interessar por tudo à sua volta, pela mesa repleta de porcelana e cristal, pratos de comida bem temperada e talheres de prata. Sua aparência era calma. Mas atrás da fachada serena ela era uma confusão de emoções, com raiva, desejo e tristeza tão completamente misturados que não conseguia determinar as proporções de cada um.

Na metade da refeição, entre o peixe e os pratos seguintes, um lacaio aproximou-se da ponta da mesa com uma pequenina bandeja de prata. Ele entregou uma mensagem a Leo.

– Milorde – murmurou o lacaio.

Todos ficaram em silêncio e atentos enquanto Leo lia a mensagem. Casualmente, ele guardou o papel no bolso do casaco e instruiu o lacaio para preparar seu cavalo.

Um sorriso distendeu seus lábios quando ele viu todos os olhares voltados em sua direção.

– Peço desculpas a todos – disse Leo com voz calma. – Preciso cuidar de um assunto urgente. – Os olhos azuis de Leo tinham um brilho sarcástico quando ele fitou Amelia. – Pode pedir à criada para guardar a sobremesa para mim? Você sabe que eu adoro mamão com açúcar.

– Em mais de um sentido – respondeu Amelia com o mesmo tom sarcástico.

Leo sorriu.

– Certamente. – Ele se levantou da mesa. – Com licença.

Win estava preocupada. Sabia que isso tinha alguma relação com Merripen, podia pressentir.

– Milorde – disse ela com voz sufocada. – Aconteceu alguma...

– Está tudo bem – ele a interrompeu com firmeza.

– Quer que eu vá? – indagou Cam fitando-o diretamente.

Era uma situação nova para todos eles. Leo como o solucionador de problemas. Era novidade principalmente para Leo.

– De jeito nenhum – respondeu ele. – Eu não me privaria disso por nada no mundo.

∼

A prisão de Stony Cross ficava em Fishmonger Lane. Os habitantes se referiam à detenção de dois cômodos como "o curral". A palavra fazia alusão a um lugar cercado onde eram mantidos animais encontrados soltos, remetendo à época medieval quando o sistema de campo aberto era praticado. O dono de uma vaca, uma cabra ou um bode perdidos normalmente encontrava o animal no curral. Ele era devolvido mediante o pagamento de uma taxa. Agora, indivíduos bêbados ou que cometiam pequenas infrações eram libertados pelos parentes da mesma maneira.

Leo havia passado algumas noites no curral. Mas, pelo que sabia, Merripen nunca deixara de cumprir a lei e também não se embriagava. Pelo menos não até agora.

Era engraçado pensar na situação inversa. Sempre fora Merripen quem ia buscar Leo na prisão.

Leo conversou rapidamente com o policial, que se mostrou da mesma forma surpreso com a situação inusitada.

– Posso saber qual foi o crime? – perguntou Leo, acanhado.

– Ele se meteu em uma briga na taverna – respondeu o policial. – Uma briga violenta com um morador da cidade.

– Sabe por que brigaram?

– O cidadão fez algum comentário sobre ciganos e bebida, e isso irritou o Sr. Merripen. – Coçando a cabeça, o policial disse pensativo: – Muitos homens correram para defender Merripen. Os agricultores da região gostam muito dele. Mas ele também lutou. E depois eles tentaram pagar a fiança. Disseram que Merripen não costuma beber nem se meter em brigas. Pelo que sei dele, é um homem quieto. Diferente de outros como ele. Mas eu disse que não aceitaria pagamento de fiança até ele se acalmar. Os punhos dele são gigantescos. Não vou deixá-lo sair daqui enquanto não estiver minimamente sóbrio.

– Posso falar com ele?

– Sim, milorde. Ele está na primeira cela. Vou levá-lo até lá.

– Não se incomode – respondeu Leo, simpático. – Conheço o caminho.

O policial sorriu.

– Suponho que sim, milorde.

Não havia móveis na cela, exceto uma banqueta baixa, um balde vazio e uma esteira de palha. Merripen estava sentado na esteira, com as costas apoiadas na parede de madeira. Um joelho estava flexionado, e o braço o envolvia. Estava com a cabeça baixa numa atitude de completa derrota.

Merripen levantou os olhos quando Leo se aproximou da grade que os separava. Sua fisionomia era séria, quase ameaçadora. Ele parecia sentir ódio do mundo e de todos os seus habitantes.

Leo conhecia muito bem esse sentimento.

– Bem, as coisas mudaram – comentou Leo, animado. – Normalmente era você deste lado e eu aí dentro.

– Suma daqui – grunhiu Merripen.

– E isso era o que *eu* costumava dizer – espantou-se Leo.

– Eu vou matar você – falou Merripen com veemência.

– Isso não é um grande incentivo para me fazer tirá-lo daí, não acha?

Leo cruzou os braços e olhou para Merripen, avaliando-o. Ele não estava mais embriagado. Estava apenas furioso. E sofria muito. Leo pensou em tudo o que havia acontecido recentemente e resolveu ter mais paciência com ele.

– Mesmo assim – disse ele – vou libertá-lo, já que fez o mesmo por mim em muitas ocasiões.

– Então faça isso.

– Farei em breve. Antes tenho algumas coisas para dizer. E é óbvio que se eu o tirar daí agora, você não vai me ouvir.

– Pode falar o que quiser. Não estou ouvindo.

– Olhe para você. Está imundo e trancado no curral. E vai ouvir de mim um sermão sobre comportamento, o que, obviamente, é o mais baixo que um homem pode descer.

Ao que parecia, Merripen realmente não estava prestando atenção.

Leo continuou com determinação.

– Você não serve para isso, Merripen. Não sabe beber. E diferentemente de pessoas como eu, que se tornam simpáticas quando bebem, você quer brigar. – Leo fez uma pausa e pensou na melhor maneira de provocá-lo. – Dizem que a bebida faz aflorar a verdadeira natureza do indivíduo.

Isso o fez reagir. Merripen olhou para Leo com uma mistura de fúria e angústia. Surpreso com a intensidade da reação, Leo hesitou antes de continuar.

Ele compreendia a situação mais do que Merripen acreditava ou queria acreditar. Talvez Leo não soubesse tudo sobre o misterioso passado de Merripen, as complexas nuances e distorções de caráter que o impossibilitavam de ter a mulher que amava. Mas Leo conhecia uma verdade simples que se impunha a todo o resto.

A vida era muito curta.

– Droga – resmungou Leo, andando de um lado para o outro.

Ele teria preferido levar uma facada a dizer o que precisava ser dito. Mas tinha a sensação de que estava, de alguma forma, entre Merripen e a aniquilação, e que palavras importantes, argumentos cruciais, tinham que ser usadas nesse momento.

– Se você não fosse um cretino tão teimoso – começou Leo –, eu não teria que fazer nada disso.

Merripen não respondeu. Nem olhou para ele.

Leo se virou de lado e massageou a nuca, enfiando os dedos nos músculos tensos.

– Você sabe que nunca falo sobre Laura Dillard. Na verdade, acho que é a primeira vez que falo seu nome completo desde que ela morreu. Mas vou dizer uma coisa sobre ela, não só porque sou grato por tudo o que fez por Ramsay House, mas...

– Leo, não. – As palavras eram duras e frias. – Está se constrangendo.

– Bem, eu sou bom nisso. E você me deixou sem alternativa. Entende em que está metido, Merripen? Uma prisão que você mesmo criou. E mesmo depois que sair daqui, ainda vai continuar preso. Toda a sua vida será uma prisão.

Leo pensou em Laura e percebeu que já não se lembrava tão bem de todos os seus traços. Mas ela persistia dentro dele como a lembrança da luz do sol, a claridade em um mundo que era amargamente frio desde sua morte.

O inferno não era um poço de fogo e enxofre. O inferno era acordar sozinho em lençóis molhados por suas lágrimas e sua semente, consciente de que a mulher amada nunca mais ia voltar.

– Desde que perdi Laura – disse Leo –, tudo o que faço é só um jeito de passar o tempo. É difícil dar importância a alguma coisa. Porém, ao menos sei que lutei por ela. Vivi ao lado dela todos os minutos possíveis, cada minuto. Ela morreu sabendo que eu a amava. – Leo parou de andar e olhou para Merripen com desdém. – Mas você está jogando sua vida fora e partindo o coração de minha irmã porque é um covarde. Ou é idiota. Como pode... – Ele parou quando Merripen se atirou contra as grades, sacudindo-as como um lunático.

– *Cale a boca, maldição!*

– O que vocês dois terão, depois que Win for embora com Harrow? – continuou Leo. – Você vai ficar na prisão que criou para si mesmo, é evidente. Mas Win terá um destino pior. Ela estará sozinha. Longe da família e casada com um homem que a considera somente um objeto de decoração para enfeitar sua maldita casa. E o que vai acontecer quando ela perder sua beleza e deixar de ter valor para esse homem? Como ele a tratará então?

Merripen ficou imóvel, com a expressão contorcida e a morte nos olhos.

– Ela é forte – insistiu Leo. – Passei dois anos com Win, vendo minha irmã enfrentar desafio após desafio. Depois de todas as batalhas que travou, ela tem o direito de tomar as próprias decisões. Se ela quiser correr o risco de ter um filho, se ela se sente forte o bastante para isso, é direito dela. E se você é o homem que ela quer, não seja idiota a ponto de rejeitá-la. – Leo coçou a testa com ar cansado. – Nem você nem eu valemos nada – murmurou ele. – Ah, você pode cuidar da propriedade, me ensinar como atualizar os livros contábeis, cuidar dos colonos e do estoque da despensa fétida. Acho que vamos manter tudo em ordem. Mas estaremos apenas meio vivos, como muitos homens por aí. A diferença é que nós sabemos disso.

Leo fez uma pausa, sentindo o pescoço tenso, como se uma corda o apertasse.

– Uma vez Amelia falou comigo sobre uma suspeita que tinha já havia algum tempo. E isso a incomodava. Ela disse que quando Win e eu caímos doentes com escarlatina, e você preparou o xarope mortal de beladona, a quantidade preparada foi maior do que a necessária. E você mantinha uma xícara do xarope sobre o criado-mudo de Win, como uma espécie de último drinque macabro. Amelia confessou que acreditava que, se Win tivesse morrido, você teria tomado o resto daquela poção. E eu sempre odiei você por isso. Porque me obrigou a continuar vivo sem a mulher que amava, mas não tinha intenção de fazer o mesmo.

Merripen não respondeu, nem parecia ter ouvido as palavras de Leo.

– Céus! – disse Leo com voz rouca. – Se tinha coragem para morrer com ela, não acha que poderia encontrar coragem para *viver* com ela?

Leo afastou-se da cela e o lugar foi tomado pelo silêncio. Não sabia o que havia feito, nem as consequências daquele discurso.

Ele se dirigiu ao escritório do oficial de polícia e disse a ele para libertar Merripen.

– Mas espere mais cinco minutos – acrescentou em tom seco. – Quero ir embora antes.

Depois que Leo saiu, a conversa em torno da mesa de jantar assumiu um tom de animação forçada. Ninguém queria especular em voz alta a razão da ausência de Merripen, ou por que Leo saíra em uma missão misteriosa... mas tudo indicava que as duas ocorrências estavam relacionadas.

Win se preocupava em silêncio e se censurava, dizendo a si mesma com severidade que não tinha direito nem obrigação de se preocupar com Merripen. Depois ela ficou ainda mais preocupada. Como havia se esforçado para engolir alguma coisa no jantar, sentia a comida parada na garganta.

Ela se recolheu cedo, alegando uma dor de cabeça, enquanto os outros iam jogar no salão. Julian a acompanhou até a escada, e ela se deixou beijar. Foi um beijo prolongado, um beijo que se tornou úmido quando ele tentou ir além dos lábios fechados de Win. A doçura paciente da boca sobre a dela havia sido – se não devastadora – muito agradável.

Win pensou que Julian seria um parceiro habilidoso e sensível quando finalmente conseguisse convencê-lo a fazer amor com ela. Mas o médico não parecia muito motivado nesse sentido, o que era uma decepção e, ao mesmo tempo, um alívio. Se algum dia ele a houvesse olhado com uma fração da fome, da necessidade, com que Merripen a olhava, talvez isso tivesse provocado uma reação por parte dela.

Mas Win sabia que, embora Julian a desejasse, seus sentimentos não chegavam perto da natureza primitiva e envolvente dos de Merripen. E ela achava difícil imaginar Julian perdendo a compostura até mesmo durante o mais íntimo dos atos. Não conseguia imaginá-lo suando, gemendo e a apertando entre os braços. Sabia intuitivamente que Julian jamais se permitiria descer a esse nível de abandono.

Ela também sabia que havia a possibilidade de Julian se deitar com outra mulher em algum momento no futuro. Pensar nisso a desanimava. Mas essa preocupação não era suficiente para fazê-la desistir do casamento. Afinal, adultério não era uma ocorrência incomum. Embora fosse considerado um ideal social o cumprimento dos votos de fidelidade que um homem fazia a sua esposa, muitas mulheres perdoavam facilmente o marido que se desviava. Na opinião da sociedade, a esposa devia ser compreensiva e perdoar.

Win banhou-se, vestiu uma camisola branca e sentou-se na cama para ler um pouco. O romance, que pegara emprestado de Poppy, tinha tantos personagens e uma prosa tão extensa e floreada que só se podia presumir que o autor havia sido pago por palavra. Depois de concluir o segundo capítulo, Win fechou o livro e apagou a lamparina. Deitada, ficou olhando desanimada para a escuridão.

Depois de um tempo o sono a dominou. Ela dormiu profundamente, aliviada com a fuga. Mas algum tempo depois, quando ainda estava escuro, voltou ao estado consciente emergindo dos sonhos. Havia alguém ou alguma coisa no quarto. Logo pensou que podia ser o furão de Beatrix, que às vezes se esgueirava pela porta para pegar objetos que despertavam sua curiosidade.

Esfregando os olhos, Win começou a se sentar e notou um movimento ao lado da cama. Uma grande sombra se projetou sobre os lençóis. Antes que a surpresa pudesse dar lugar ao medo, ela ouviu um murmúrio familiar e sentiu os dedos quentes de um homem cobrindo seus lábios.

– Sou eu.

A boca se moveu em silêncio sob a mão dele.

Kev.

O estômago de Win se contraiu com a alegria, e o coração batia descompassado na garganta. Mas ainda estava zangada com ele, estava *farta* dele, e se Merripen tinha ido lá para uma conversinha no meio da noite, ela não estava nem um pouco interessada. Ela se preparou para dizer tudo isso, mas, para seu espanto, sentiu que um pedaço de tecido cobria sua boca. A mordaça foi amarrada na parte de trás de sua cabeça. Mais alguns segundos e ele havia amarrado os punhos dela à frente do corpo.

Win estava paralisada pelo choque. Merripen nunca faria nada assim. Mas era ele. Ela podia reconhecê-lo pelo toque das mãos. O que queria? Em que estava pensando? A respiração dele era mais rápida que de costume sobre seus cabelos. Agora que os olhos se ajustavam à escuridão, ela via o rosto duro e austero.

Merripen tirou o anel de rubi do dedo de Win e o deixou sobre o criado-mudo. Segurando a cabeça dela entre as mãos, fitou seus olhos arregalados. E disse apenas três palavras que explicavam tudo o que ele fazia, e tudo o que pretendia fazer.

– Você é minha.

Kev a carregou com facilidade, jogando-a sobre um ombro poderoso, e a levou para fora do quarto.

Tremendo, Win fechou os olhos e não tentou resistir. Os soluços eram sufocados pela mordaça que cobria sua boca, nenhum deles de infelicidade ou medo, mas de alívio. Esse não era um ato impulsivo. Era um ritual. Um antigo rito que fazia parte do namoro cigano e não havia nele nenhuma hesitação. Ela seria raptada e tomada à força.

Finalmente.

CAPÍTULO 17

Foi um rapto executado com maestria. E não se teria esperado menos de Merripen. Win havia imaginado que ele a levaria para seu quarto, mas surpreendeu-se ao perceber que saíam da casa e que o cavalo dele estava pronto, esperando. Merripen a envolveu no casaco dele, segurou-a contra o peito e cavalgou para longe. Não foram na direção da guarita na entrada, mas seguiram floresta adentro, pela névoa da noite e pela densa escuridão que em breve a luz do dia penetraria.

Win seguia relaxada, confiando nele, mas ainda assim tremendo, tensa. Esse sim era Merripen, mesmo não parecendo tão familiar a Win. Ele estava mostrando um lado que sempre mantivera oculto.

Merripen conduzia o cavalo com habilidade por um bosque de carvalhos. Um pequeno chalé branco surgiu como um fantasma na escuridão. Win se perguntava de quem seria. Era bem-arrumado e parecia novo, e uma coluna de fumaça saía da chaminé. O lugar estava iluminado, como se já esperasse a chegada de visitantes.

Merripen desmontou e carregou Win nos braços até o primeiro degrau da entrada.

– Não saia daqui – disse ele.

Obediente, ela ficou parada no lugar enquanto Merripen ia amarrar o cavalo.

Depois ele segurou a corda que prendia os pulsos dela e a levou para dentro. Win o seguia sem resistir, voluntariamente cativa. O chalé era mobiliado com simplicidade e cheirava a madeira e tinta fresca. Não havia ninguém ali, e tudo dava a impressão de que o lugar nunca fora habitado.

Merripen levou Win ao quarto e a colocou sobre a cama, que estava forrada com colchas e lençóis de linho branco. Os pés descalços de Win balançavam no ar enquanto ela esperava sentada na beirada do colchão.

Merripen ficou em pé diante dela, com um dos lados do rosto iluminado pela claridade do fogo na lareira. Os olhos dele estavam fixos nos dela. Devagar, ele tirou o casaco e o deixou cair no chão, sem nenhum cuidado com o tecido nobre. Quando despiu a camisa de colarinho aberto pela cabeça, Win se surpreendeu com a largura do peito forte, os músculos salientes e definidos sob a pele bronzeada. O peito era liso, sem pelos, e a pele brilhava como cetim. Win sentiu os dedos formigarem na ânsia de tocá-lo. A expectativa a fez corar, e seu rosto ficou quente.

Os olhos negros de Merripen perceberam a reação. Win sentia que ele compreendia sua vontade, sua necessidade, ainda mais do que ela. O cigano tirou as botas, chutando-as para o lado, e se aproximou até ela poder sentir o cheiro másculo de seu corpo. Ele tocou com leveza a gola de renda da camisola. A mão escorregou pelo peito dela e cobriu um seio. O carinho quente a deixou arrepiada, despertando sensações que eclodiram no bico enrijecido. Ela queria que ele a beijasse. Queria tanto que não conseguia ficar quieta, movia os dedos dos pés, entreabria os lábios numa exclamação sufocada pela mordaça.

Para alívio de Win, Merripen levou as mãos à parte de trás da cabeça dela e desamarrou a mordaça.

Ruborizada e tremendo, Win conseguiu sussurrar:

– Não precisava... ter me amordaçado. Eu teria ficado quieta.

O tom dele era sério, mas havia um brilho pagão no fundo de seus olhos.

– Quando decido fazer alguma coisa, faço de maneira apropriada.

– Sim. – A garganta de Win se comprimiu com um soluço de prazer quando os dedos dele escorregaram por seus cabelos e tocaram sua cabeça. – Eu sei disso.

Segurando a cabeça de Win entre as mãos, ele se inclinou para beijá-la com doçura, com movimentos quentes e superficiais sobre sua boca, aprofundando o beijo mais e mais à medida que ela correspondia. O beijo se prolongava, arrancando gemidos de Win, enquanto a língua pequenina penetrava faminta por entre os dentes do cigano. Estava tão absorta em saboreá-lo, tão atordoada com a corrente de excitação que a percorria, que ela mal havia se dado conta de que estava deitada na cama com ele, com as mãos amarradas mantidas acima da cabeça.

Os lábios de Merripen deslizaram até o pescoço dela, saboreando-a com beijos lentos, ávidos.

– Onde... onde estamos? – ela conseguiu perguntar, tremendo quando os lábios dele encontraram um ponto especialmente sensível.

– No chalé do guarda-caça. – Ele insistiu naquele ponto vulnerável até Win se contorcer.

– E onde está o guarda-caça?

A voz de Kev era carregada de paixão.

– Ainda não temos um.

Win esfregava a face e o queixo nos cabelos de Merripen, deliciando-se com a sensação.

– Como é possível que eu nunca tenha visto este lugar?

Kev levantou a cabeça.

– Fica no meio da floresta – sussurrou ele. – Longe do barulho. – Então ele brincou com um seio, apertando levemente o mamilo. – Um guarda-caça precisa de sossego e paz para cuidar das aves.

Win sentia várias coisas, menos sossego e paz interior. Seus nervos se distendiam tensos, os punhos forçavam as amarras. Daria tudo para tocá-lo, abraçá-lo.

– Kev, desamarre meus braços.

Ele balançou a cabeça. O ritmo lento da mão passeando sobre o peito dela a fez arquear as costas.

– Por favor – arfou. – Oh, Kev...

– Quieta – murmurou ele. – Ainda não. – A boca passou faminta por sobre a dela. – Eu a quero há muito tempo. Preciso muito de você. – Os dentes dele capturaram o lábio inferior de Win com delicadeza excitante. – Se você me tocar agora, eu não vou conseguir me conter nem por um segundo.

– Mas quero abraçar você – pediu ela.

A expressão do rosto dele provocou mais um arrepio em Win.

– Antes de terminarmos, amor, você vai me abraçar com todas as partes de seu corpo. – Então ele cobriu com a mão aberta a parte onde o coração dela batia forte. Inclinando a cabeça, Merripen beijou seu rosto quente e murmurou: – Entende o que vou fazer, Win?

Ela inspirou com dificuldade.

– Acho que sim. Amelia já me explicou algumas coisas. E, é claro, todo mundo vê os rebanhos na primavera.

Isso arrancou dele um sorriso raro.

– Se é esse o padrão a que tenho que corresponder, não teremos nenhum problema.

Ela o enlaçou com os braços amarrados e ergueu o corpo tentando beijá-lo. Merripen a beijou, mas a empurrou de volta, deslizando cuidadosamente um joelho entre suas coxas. Com delicadeza, ele ia subindo cada vez mais o joelho, até Win sentir uma pressão íntima contra uma parte de seu corpo que havia começado a pulsar. A fricção sutil e ritmada a fez se retorcer, e cada movimento lento provocava arrepios de prazer. Aturdida, Win se perguntou se fazer essas coisas com alguém que conhecia havia tanto tempo não era muito mais constrangedor do que fazê-las com um desconhecido.

A noite se tornava dia, a luz prateada da manhã começava a penetrar no quarto e a floresta despertava com pios e ruídos de pássaros e pequenos animais. Ela pensou por um instante em todos em Ramsay House... Logo descobririam que ela havia desaparecido. Um arrepio a fez tremer enquanto ela tentava imaginar se iriam procurá-la. Caso retornasse virgem, o futuro com Merripen estaria ameaçado.

– Kev – cochichou ela, agitada –, talvez deva se apressar.

– Por quê? – perguntou ele com os lábios em seu pescoço.

– Tenho medo de que alguém nos interrompa.

Ele levantou a cabeça.

– Ninguém vai nos interromper. Um exército inteiro poderia cercar o chalé. Mesmo que haja explosões e uma chuva de raios, ainda assim, vai acontecer.

– Continuo achando que deveríamos nos apressar um pouco.

– Você acha? – Merripen sorriu de um jeito que fez o coração dela bater mais forte. Quando estava relaxado e feliz, Win pensou, ele era o homem mais lindo que já havia existido.

Ele se apoderou de sua boca com habilidade, distraindo-a com beijos febris e profundos. Ao mesmo tempo, segurou a frente da camisola com as duas mãos e puxou, rasgando a peça ao meio como se fosse feita de papel. Win deixou escapar uma exclamação espantada, mas ficou imóvel.

Merripen ergueu o corpo. Segurando-lhe os pulsos, ele os levou mais uma vez acima da cabeça de Win, o que expunha completamente o corpo dela e elevava os seios. Os olhos dele encontraram os mamilos rosados. O grunhido rouco que brotou da garganta dele a fez arrepiar-se. Ele se inclinou e capturou com a boca a ponta do mamilo direito, acariciando-o com a língua... tão quente... ela se encolheu como se o contato a queimasse. Quando Merripen levantou a cabeça, o mamilo estava mais vermelho e túrgido do que jamais estivera antes.

Os olhos dele eram poços de paixão quando beijou o outro seio. A língua transformou o bico macio em um botão rígido, despertado com afagos quentes. Ela pressionava o corpo contra a umidade, a respiração entrecortada por soluços baixos. Kev capturou o mamilo entre os dentes, pressionando-o com cuidado, provocando. Win gemia enquanto as mãos fortes passeavam por seu corpo, demorando-se em áreas de insuportável sensibilidade.

Quando alcançou as coxas, ele tentou afastá-las, mas, tímida, Win as mantinha unidas. A pressa em continuar havia sido suplantada pela constrangedora consciência da umidade abundante *lá*, que ela não esperava que acontecesse e sobre a qual ninguém havia lhe falado.

– Pensei que estivesse com pressa – sussurrou Merripen perto de sua orelha. Os lábios deslizavam pelo rosto ruborizado.

– Desamarre minhas mãos – implorou ela, perturbada. – Preciso... bem, arrumar...

– Arrumar? – Olhando para ela com ar intrigado, Merripen desamarrou seus pulsos. – Está falando do quarto?

– Não, de... mim.

Uma ruga de perplexidade se formou entre as sobrancelhas dele. Ele afagou a região onde suas coxas se juntavam, e Win as apertou num reflexo. Percebendo qual era o problema, ele sorriu com suavidade, tomado por uma intensa ternura.

– É isso que a preocupa? – Ele a fez abrir as pernas, tocando a fenda úmida com dedos delicados. – Estar molhada aqui?

Ela fechou os olhos e assentiu com um som sufocado.

– Ei – Merripen a tranquilizou –, isso é bom. É assim que deve ser. Isso ajuda a penetração e... – A respiração dele tornou-se mais rápida. – Oh, Win, você é tão adorável, me deixe tocá-la, deixe-me ter você...

Mesmo envergonhada, Win o deixou afastar mais suas pernas. Ela tentava ficar quieta e imóvel, mas o quadril sofreu um espasmo quando ele afagou o lugar que se tornara quase dolorosamente sensível. Merripen murmurava, apaixonadamente compenetrado na suave pele macia. Havia cada vez mais umidade, mais calor, enquanto seu toque acariciava toda a área, pressionando com suavidade até um dedo escorregar pela abertura. Ela enrijeceu os músculos e sufocou um pequeno grito, então ele retirou imediatamente o dedo.

– Machuquei você?

Ela arregalou os olhos.

– Não – disse Win, surpresa. – Na verdade, não senti dor nenhuma. – Ela tentou olhar entre os dois corpos. – Há sangue? Talvez eu deva...

– Não. Win... – Havia no rosto dele uma expressão quase cômica de desânimo. – O que acabei de fazer não causa dor ou sangramento. – Ele fez uma pausa breve. – Porém, quando eu penetrar seu corpo com meu pau, provavelmente vai doer muito.

– Ah. – Ela pensou nisso por um momento. – Essa é a palavra que os homens usam para se referir a suas partes íntimas?

– É uma das palavras usadas pelos *gadje*.

– E os rons?

– Eles chamam o membro de *kori*.

– O que a palavra significa?

– Espinho.

Win olhou acanhada para a volumosa saliência sob a calça.

– É bem grande para um espinho. Deviam usar uma palavra mais adequada. Mas suponho... – Ela inspirou profundamente quando a mão dele se moveu para baixo. – Suponho que se alguém quer rosas, precisa... – o dedo a penetrou novamente – tolerar um ou outro espinho.

– Muito filosófico. – Ele a afagava com delicadeza e despertava o interior apertado do corpo dela.

Win agarrou a colcha ao sentir uma desconhecida tensão se acumular na parte baixa de seu ventre.

– Kev, o que devo fazer?

– Nada. Só precisa me deixar satisfazê-la.

Durante toda a sua vida, ela havia ansiado por isso sem saber o que era, essa fusão lenta e espantosa com ele, essa doce dissolução do eu. Essa rendição mútua. Não havia dúvida de que ele estava no controle, mas a tocava com absoluta fascinação. Ela se sentiu inundada de sensações, com o corpo tomado de calor e cor.

Merripen não a deixava esconder nenhuma parte... Tomava o que queria, virando e levantando seu corpo, rolando-a para lá e para cá, sempre com cuidado, porém com insistência apaixonada. Ele a beijava sob os braços e nas laterais do corpo, em todos os lugares, deslizando a língua por todas as curvas e pregas úmidas. Aos poucos, o prazer que se acumulava foi tomando a forma de algo sombrio e primitivo, e ela gemeu com a dor da intensa necessidade.

O eco da pulsação de Win reverberava por todo o corpo, nos seios, nos membros e no estômago, até na ponta dos dedos das mãos e dos pés. A loucura que ele despertava era demasiadamente intensa. Win implorou a ele por um instante de alívio.

– Ainda não – disse ele ofegante, usando um tom vitorioso e viril que ela não entendia.

– *Por favor*, Kev...

– Está perto, eu posso sentir. Oh, Deus... – Ele segurou a cabeça de Win entre as mãos e a beijou com voracidade, falando contra seus lábios: – Você não quer que eu pare. Ainda não. Vou lhe mostrar por quê.

Win deixou escapar um gemido quando ele escorregou entre suas coxas, a cabeça se aproximando do lugar que ele estivera estimulando com os dedos. Kev a tocou com a boca, lambeu a fenda delicada e espalhou a umidade com o polegar. Win tentou se sentar bruscamente, mas caiu sobre a cama quando ele encontrou o que queria, massageando o ponto com a língua forte e molhada.

Ela estava deitada e aberta diante dele como num sacrifício pagão, iluminada pela luz do dia que agora inundava o quarto. Merripen a idolatrava com lambidas quentes e molhadas, saboreando a pele úmida de prazer. Gemendo, ela fechou as pernas em torno de sua cabeça, então ele virou-se para morder e lamber a parte interna de uma coxa pálida, depois a outra. Merripen banqueteava-se em seu corpo. Queria tudo.

Win agarrou os cabelos dele com desespero, esquecendo a vergonha ao guiá-lo de volta, o corpo se arqueando como se dissesse *aqui, por favor, mais, mais, agora...* Ela gemeu quando a boca se moveu sobre a intimidade dela com um ritmo mais intenso, vibrante. O prazer a dominou, um grito atônito brotou de seu peito e ela se sentiu paralisada por segundos angustiantes. Cada movimento e cada fração do Universo, o próprio tempo, haviam evaporado e se condensado nesse calor escorregadio, constrangedor, direcionados para este ponto crucial, e depois tudo havia sido liberado, o sentimento e a tensão explodindo de maneira única, fazendo-a estremecer em deliciosos espasmos.

Win relaxou quando os espasmos desapareceram. Sentia-se dominada por um cansaço delicioso, uma sensação de paz envolvente demais para permitir qualquer movimento. Merripen a soltou apenas pelo tempo necessário para despir-se completamente. Nu e excitado, tomou-a nos braços com uma necessidade masculina brutal, acomodando-se sobre o corpo dela.

Win levantou os braços para recebê-lo com um murmúrio sonolento. As costas dele eram rígidas e escorregadias sob seus dedos. Os músculos se moviam ávidos sob seu toque. Merripen abaixou a cabeça, e seu rosto barbeado roçou o dela. Ela se rendeu completamente ao poder dele, flexionando os joelhos e inclinando o quadril para recebê-lo.

A pressão inicial foi suave. A carne inocente resistia, tentando evitar a invasão. Ele empurrou com mais força, e Win prendeu o fôlego por um instante ao sentir a dor ardente da penetração. Havia muito dele, muito rígido, muito profundo. Ela se contorceu em resposta, e Kev aprofundou a penetração e a imobilizou sob o peso do corpo, segurando-a para obrigá-la a ficar quieta, dizendo a ela para esperar, explicando que não ia se mover, que ia melhorar. Os dois ficaram parados, respirando com dificuldade.

– Devo parar? – sussurrou Merripen com voz rouca, o rosto tenso.

Mesmo nesse momento, no auge da necessidade, preocupava-se com ela. Win compreendia quanto custara a ele perguntar, quanto ele a desejava e precisava dela, então sentiu-se inundada de amor.

– Nem pense em parar agora – respondeu ela em voz baixa.

Tocando os contornos firmes do corpo de Merripen, ela o afagou num gesto tímido de encorajamento. Merripen gemeu e começou a se mover, seu corpo todo tremendo enquanto aumentava a pressão dentro dela.

Apesar de cada movimento provocar em Win um intenso ardor no lugar onde os corpos se uniam, ela tentava puxá-lo ainda mais para perto, profundamente. A sensação de tê-lo dentro dela ia muito além de dor ou prazer. Era algo *necessário*.

Merripen a encarava, os olhos brilhantes no rosto corado. Ele parecia forte e voraz, e até um pouco desorientado, como se estivesse vivenciando algo além do escopo dos homens comuns. Só agora Win compreendia a enormidade da paixão que ele sentia por ela, os anos em que esse sentimento se acumulou, apesar de todo o esforço dele para sufocá-lo. Com que veemência ele havia lutado contra o destino que era dos dois, por razões que ela ainda não entendia completamente. Mas agora Kev possuía seu corpo com uma reverência e uma intensidade que encobriam todos os outros sentimentos.

E ele a amava como um homem ama uma mulher, e não como se ela fosse uma criatura etérea. Os sentimentos de Merripen por ela eram quentes, luxuriantes, primitivos. Exatamente como ela queria.

Ela o tomava mais e mais, envolvendo-o com as pernas esguias, enterrando o rosto em seu pescoço e no ombro. Adorava os sons que ele fazia, os grunhidos baixos e os gemidos, o fluxo ruidoso de sua respiração. E sua força em torno e dentro dela. Terna, Win afagou as costas dele e os contornos do corpo musculoso, beijando seu pescoço. Ele parecia eletrizado pelas carícias. Os movimentos dele ganharam mais velocidade, os olhos se fecharam. Então ele empurrou o corpo para cima, depois parou e estremeceu violentamente como se estivesse morrendo.

– Win – gemeu Merripen, enterrando o rosto no corpo dela. – Win. – A sílaba única continha a fé e a paixão de mil preces.

Minutos se passaram antes de um deles falar. Ficaram abraçados, colados e úmidos, evitando se afastar um do outro.

Win sorriu ao sentir os lábios de Merripen deslizando por seu rosto até o queixo, onde deu uma leve mordida.

– Não é um pedestal – disse ele em tom severo.

– Hã? – Win se moveu e levantou a mão para tocar o rosto dele, onde a barba começava a crescer. – O que quer dizer?

– Você disse que eu a colocava sobre um pedestal... lembra?

– Sim.

– Nunca foi assim. Sempre a carreguei dentro do meu coração. Sempre. E pensava que isso teria que ser suficiente.

Emocionada, Win o beijou com carinho.

– O que aconteceu, Kev? Por que mudou de ideia?

CAPÍTULO 18

Kev não pretendia responder a essa pergunta antes de cuidar dela. Ele se levantou da cama e foi à pequena cozinha, que havia sido equipada com um fogão, um reservatório de cobre para água e canos que passavam pela fornalha, proporcionando água quente instantaneamente. Ele encheu uma lata, pegou um pano de copa limpo e voltou ao quarto.

Merripen parou ao ver Win deitada de lado, as curvas cobertas por linho branco, os cabelos caindo sobre os ombros em rios de ouro luminoso. E melhor de tudo, seu rosto suave exibia saciedade e os lábios rosados estavam túrgidos de tanto que ele a beijara. Era uma imagem de seus mais profundos sonhos vê-la na cama desse jeito. Esperando por ele.

Merripen umedeceu a toalha com água quente e puxou o lençol que a cobria, encantado com sua beleza. Ele teria desejado Win de qualquer jeito, mesmo que ela não fosse virgem... mas reconhecia para si mesmo a satisfação de ter sido seu primeiro amante. Ninguém além dele a tocara, saciara seus desejos, vira sua nudez... exceto...

– Win – falou sério enquanto a lavava, passando o pano úmido e quente entre suas coxas. – Na clínica... alguma vez usou *menos* roupa do que o traje de exercício? Quero dizer, Harrow a viu?

O rosto dela estava contido, mas um brilho de humor surgiu no fundo dos olhos azuis.

– Está perguntando se Julian alguma vez me viu nua em uma consulta médica?

Kev estava enciumado, ambos sabiam disso, e sua expressão era fechada.

– Sim.

– Não, não viu – respondeu ela, recatada. – Ele estava interessado em meu sistema respiratório, que, como você bem sabe, não fica no mesmo lugar dos órgãos reprodutores.

– Ele está interessado em mais do que seus pulmões – corrigiu-a Kev, sombrio.

Ela sorriu.

– Se espera que eu me esqueça da pergunta que fiz anteriormente, não está funcionando. O que aconteceu com você na noite passada, Kev?

Ele enxaguou o pano para remover as manchas de sangue, depois o torceu e pressionou novamente como uma compressa morna entre as coxas de Win.

– Eu fui preso.

Ela arregalou os olhos.

– Preso? Por isso Leo saiu apressado? Para tirá-lo da prisão?

– Sim.

– Por que o prenderam?

– Eu me envolvi em uma briga na taverna.

Ela estalou a língua algumas vezes.

– Não é algo que você costuma fazer.

O que ela disse, em sua ingenuidade, era tão antagônico para Kev, que ele quase riu. Na verdade, alguns sons abafados brotaram de seu peito, e ele se sentia tão alegre e triste, ao mesmo tempo, que não conseguia falar. Ele devia estar com uma fisionomia estranha, de fato, porque Win o encarou atentamente e sentou-se. Ela tirou a compressa e a deixou de lado, depois puxou o lençol sobre os seios e deslizou a mão delicada sobre o ombro nu de Kev, tocando-o de um jeito relaxante. Então continuou a acariciá-lo, afagando o peito, o pescoço, o ventre, e cada carinho amoroso da mão dela parecia destruir ainda mais o autocontrole dele.

– Até chegar à casa de sua família – disse ele com voz rouca –, esse era o único motivo para minha existência. Lutar. Ferir pessoas. Eu era... monstruoso. – Fitando os olhos de Win, Merripen nada viu além de preocupação.

– Conte-me – sussurrou ela.

Kev balançou a cabeça. Um arrepio percorreu sua espinha.

Ela deslizou a mão pela nuca de Kev. Devagar, puxou a cabeça dele sobre o ombro dela de forma a esconder o rosto tenso.

– Conte-me – pediu novamente.

Ele estava perdido, incapaz de esconder qualquer coisa dela agora. E sabia que o que ia confessar a aborreceria e revoltaria, mas ainda assim falou.

Ele revelou tudo sem meias palavras, tentando fazê-la entender o desgraçado cruel que havia sido, e que ainda era. Falou sobre os meninos que espancara até a inconsciência e os que talvez tenham morrido depois. Disse a ela como vivera como um animal, comendo restos, roubando, e falou sobre a raiva que sempre o consumia. Havia sido um briguento, um ladrão, um mendigo. Revelou crueldades e humilhações que jamais deveriam ser pronunciadas.

Kev havia calado essa confissão desde sempre, mas agora a história transbordava como lixo. E ele se apavorou ao perceber que havia perdido todo o controle. Sempre que tentava parar, bastava uma carícia suave e uma palavra doce de Win para que ele continuasse a confessar como um criminoso para o padre, pouco antes da forca.

– Como pude tocá-la com estas mãos – perguntou ele com um tom carregado de angústia. – E como pôde permitir? Meu Deus, se você soubesse todas as coisas que fiz...

– Adoro suas mãos – murmurou ela.

– Não sou bom o bastante para você. Mas ninguém é. E muitos homens, bons ou maus, têm limites para o que fariam, mesmo por alguém que amam. Eu não tenho limite algum. Nem Deus, nem código moral, nenhuma fé em nada. Exceto você. Você é minha religião. Eu faria qualquer coisa que você me pedisse. Lutaria, roubaria, mataria por você. Eu...

– Shhh. Acalme-se. Minha nossa! – Ela estava ofegante. – Não precisa desrespeitar todos os mandamentos, Kev.

– Você não entende – insistiu ele, levantando a cabeça para fitá-la. – Se acreditou em alguma coisa do que eu falei...

– Eu entendo. – O rosto dela era como o de um anjo, suave e cheio de compaixão. – E acredito no que disse... mas não concordo com todas as conclusões que parece ter tirado. – As mãos dela tocaram o rosto de Kev. – Você é um bom homem, um homem amoroso. O *rom baro* tentou matar tudo isso dentro de você, mas não conseguiu. Porque você é forte e tem um bom coração.

Ela se reclinou na cama e o puxou.

– Relaxe, Kev – sussurrou. – Seu tio era um homem mau, mas o que ele fez deve ser enterrado com ele. Deixe os mortos com o que lhes pertence. Sabe o que isso significa?

Ele balançou a cabeça.

– Deixe o passado para trás e olhe apenas para o que tem pela frente. Só então vai poder encontrar um novo caminho. Uma nova vida. É o que dizem os *gadje*... mas acho que também deve fazer sentido para os ciganos.

Fazia mais sentido do que Win talvez percebesse. Os ciganos eram infinitamente supersticiosos com relação à morte, destruindo todos os bens daqueles que já haviam morrido, evitando até pronunciar o nome dos falecidos. Era pelo bem dos vivos e também dos mortos, para impedir que retornassem ao mundo como fantasmas. Deixe os mortos com o que lhes pertence... Mas ele não tinha certeza de que seria capaz.

– É difícil superar – disse Merripen com a voz rouca. – É difícil esquecer.

– Sim. – Ela o abraçou com mais força. – Mas vamos encher sua mente com bons pensamentos.

Kev ficou quieto por um bom tempo, pressionando a orelha contra o peito de Win bem em cima do coração, ouvindo cada batida e os sons de sua respiração.

– Quando o vi pela primeira vez, eu soube o que você representaria para mim – murmurou Win depois de um tempo. – Um menino zangado, selvagem... Eu o amei à primeira vista. E você também sentiu o mesmo, não é?

Ele assentiu, deliciando-se com o aroma de Win. A pele tinha o cheiro doce de ameixas, com uma nota excitante de almíscar.

– Eu quis domesticá-lo – disse ela. – Não completamente. Só o suficiente para poder ficar perto de você. – Então passou os dedos pelos cabelos dele. – Você é um homem ultrajante. Por que decidiu me raptar, se sabia que eu o teria seguido espontaneamente?

– Eu queria me impor – explicou ele com a voz abafada.

Win riu e afagou a cabeça dele com suas unhas compridas, o que quase o fez ronronar.

– Certo, conseguiu provar seu domínio. Podemos voltar agora?

– Quer voltar?

Ela balançou a cabeça.

– Porém... seria bom poder comer alguma coisa.

– Trouxe comida para o chalé antes de ir pegá-la.

Ela deslizou a ponta do dedo pela beirada da orelha dele.

– Que vilão eficiente você é. Podemos ficar aqui o dia todo, então?

– Sim.

Win se moveu devagar e sinuosa, expressando seu prazer.

– Alguém virá nos procurar?

– Duvido. – Kev puxou o lençol para baixo e se aninhou no vale entre os seios de Win. – E eu mataria o primeiro que se aproximasse da porta.

Win deu uma risadinha.

– O que foi? – perguntou ele sem se mover.

– Oh, eu estava pensando em todos os anos que passei tentando sair da cama, para poder ficar com você. E quando me restabeleci, tudo o que queria era voltar para a cama. Com você.

~

Para o café da manhã havia chá forte e queijo derretido sobre fatias grossas de pão torrado com manteiga. Vestindo a camisa de Merripen, Win sentou-se em um banco na cozinha. Ela gostava de ver os movimentos dos músculos nas costas de Merripen enquanto ele despejava água fervente em uma pequena banheira. Sorrindo, ela enfiou na boca o último pedaço de pão.

– Ser sequestrada e possuída desperta o apetite – comentou Win.

– O efeito é o mesmo para o sequestrador.

Parecia haver uma aura quase mágica naquele lugar simples, um chalé pequeno e sossegado. Win tinha a sensação de que estava sob um encantamento. Chegava quase a ter medo de estar sonhando, de acordar sozinha e casta em sua cama. Mas a presença de Merripen era muito viva e real para ser um sonho. E as dores e ardências em seu corpo eram a prova de que fora mesmo possuída.

– Agora eles já devem estar sabendo – falou Win distraída, pensando em todos de Ramsay House. – Pobre Julian. Deve estar furioso.

– E com o coração partido? – Merripen deixou de lado a lata com água e se aproximou dela vestido apenas com a calça.

Win franziu a testa, pensativa.

– Eu acho que ele vai ficar desapontado. E acredito que goste de mim. Mas, não, não vai haver nenhum coração partido. – Ela se apoiou em Merripen, que afagava seus cabelos, e o rosto dela tocou seu abdome firme. – Ele nunca me quis como você me quer.

– Um homem que não sente desejo por você só pode ser um eunuco. – Kev prendeu a respiração por um momento quando Win beijou a beirada de seu umbigo. – Contou a ele o que o médico de Londres disse? Sobre você ser saudável o bastante para ter filhos.

Win moveu a cabeça numa resposta afirmativa.

– O que Harrow disse?

– Julian me falou que posso consultar uma legião de médicos e ouvir muitas opiniões diferentes apenas para sustentar a conclusão a que eu quiser chegar. Mas, na opinião dele, eu não devo ter filhos.

Merripen a levantou e a encarou com uma expressão indecifrável.

– Não quero que corra nenhum risco. Mas também não confio em Harrow, nem nas opiniões dele.

– Porque o considera um rival?

– Em parte, sim – reconheceu ele. – Mas também é instintivo. Tem alguma coisa... Falta alguma coisa nele. Algo nele soa falso.

– Talvez por ele ser um médico – sugeriu Win, sacudida por um arrepio quando Merripen a despiu da camisa. – Homens nessa profissão parecem distantes. Superiores, até. Mas isso é necessário, porque...

– Não é isso.

Merripen a guiou ao banho de assento e a ajudou a se sentar. Win se espantou não só com o calor da água, mas também por estar nua na frente dele. O banho de assento a fazia apoiar as pernas na beirada da banheira e relaxar na água com elas afastadas, o que era muito confortável quando se estava sozinha, mas mortificante quando havia mais alguém presente. Seu pudor foi ainda mais violado quando Merripen ajoelhou-se ao lado da banheira e a lavou. Mas a atitude dele não era em nada lasciva, apenas atenciosa, e ela relaxou sob as mãos fortes que a acalmavam.

– Eu sei que ainda desconfia de que Julian tenha prejudicado a primeira esposa – disse Win enquanto Merripen a banhava. – Mas ele é um médico. Jamais faria mal a alguém, especialmente à própria esposa. – Win fez uma pausa ao ver a fisionomia de Merripen. – Não acredita em mim. Está decidido a pensar o pior dele.

– Acho que ele se sente no direito de brincar com a vida e a morte. Como os deuses daquelas histórias da mitologia que você e suas irmãs tanto apreciam.

– Você não conhece Julian como eu conheço.

Merripen não respondeu, apenas continuou lavando o corpo de Win.

Ela observava o rosto moreno através da nuvem de vapor, tão lindo e implacável quanto uma antiga escultura de um guerreiro babilônico.

– Eu nem devia me dar ao trabalho de defendê-lo – disse ela com pesar. – Nunca vai se dispor a pensar nele de maneira positiva, vai?

– Não – admitiu ele.

– E se você acreditasse que Julian era um homem bom? – perguntou ela. – Teria permitido que eu me casasse com ele?

Win viu os músculos do pescoço dele se enrijecerem antes que ele respondesse:
– Não – disse com uma nota de autocrítica. – Sou egoísta demais para isso. Jamais poderia deixar acontecer. Se não tivesse alternativa, eu a teria raptado no dia do seu casamento.

Win gostaria de falar que estava feliz – eufórica – por ser amada do jeito dele, com uma paixão que não deixava espaço para mais nada. Mesmo antes que pudesse dizer uma palavra, Merripen ensaboou novamente a mão e passou sobre a área dolorida entre as coxas dela.

Ele a tocava com amor. E com o direito de um proprietário. Com os olhos semicerrados, ela sentiu o dedo penetrá-la, enquanto um braço apoiava suas costas e ela se aninhava no conforto do ombro forte e do peito largo. Até essa pequena invasão doía. Era tudo muito recente, muito novo. Masmo a água quente ajudava a relaxar, e Merripen era tão gentil que suas coxas relaxaram.

Ela inspirou o ar da manhã luminosa, com o vapor perfumado de sabão, madeira e cobre quente. E a fragrância inebriante de seu amante. Win roçou os lábios nos ombros dele, saboreando o gosto bom de pele salgada.

Os dedos mornos a afagavam como juncos balançando preguiçosos à margem de um rio... dedos que logo descobriram onde ela mais os queria. Merripen brincava com ela, a abria, investigava sem pressa a maciez e os pontos mais sensíveis dentro dela. Às cegas, ela segurou o pulso forte, sentindo os movimentos complexos de ossos e tendões. Ele introduziu dois dedos no corpo dela, enquanto o polegar descrevia círculos vagarosos sobre seu sexo.

A água balançava na banheira enquanto Win se movia num ritmo constante, erguendo o corpo para ir de encontro à mão dele. Um terceiro dedo passou pela abertura, e ela enrijeceu a musculatura e gemeu em protesto – era demais, não poderia –, mas ele murmurava que sim, podia, devia, e aos poucos ele a invadia enquanto sorvia seus gemidos com a boca.

Aberta e flutuando, Win sentiu que se perdia, se abria para a sensualidade dos dedos dentro de seu corpo. Sentia-se ávida e livre, ondeando para capturar mais do prazer envolvente. Na verdade ela chegou a arranhá-lo com as unhas, quando as mãos tentaram agarrar a pele firme e nua, e ele gemeu como se gostasse da sensação. Um grito breve escapou de sua garganta com a primeira onda de alívio. Ela tentou conter a reação, mas outro espasmo a sacudiu, e outro, e mais um, e a água da banheira ondulava enquanto ela estremecia, o clímax prolongava-se pela invasão delicadamente firme que se manteve até os espasmos terminarem, deixando-a lânguida e ofegante.

Merripen a reclinou contra a banheira e a deixou por alguns minutos. Win afundou mais na água quente, saciada demais para notar que ele se afastara ou para querer fazer perguntas. Kev retornou com uma toalha e a tirou da banheira. Win permanecia passiva diante dele, deixando-o enxugá-la como se ela fosse uma criança. Quando se apoiou nele, notou que havia deixado marcas vermelhas em sua pele, marcas superficiais, mas visíveis. Devia se desculpar, sentir-se horrorizada, mas a verdade era que queria fazer tudo de novo. Banquetear-se nele. Era uma reação tão atípica que Win não sabia o que pensar.

Merripen a carregou de volta ao quarto e a acomodou na cama que acabara de arrumar. Ela se aconchegou sob as cobertas e o esperou cochilando enquanto Kev ia se lavar e esvaziar a banheira. Ela sentia uma emoção que não experimentava havia anos... uma alegria eufórica que sempre a dominava nas manhãs de Natal quando era criança. Ficava quieta na cama, pensando em todas as coisas que em breve aconteceriam, com o coração transbordando de ansiedade.

Win entreabriu os olhos quando sentiu que Merripen se deitava na cama. O peso de seu corpo afundou o colchão, e ele era surpreendentemente quente contra sua pele fria. Aninhada nos braços dele, Win suspirou fundo. A mão dele massageava as costas dela sem pressa.

– Um dia teremos um chalé como este? – murmurou ela.

Sendo Merripen quem era, ele já havia traçado um plano.

– Viveremos em Ramsay House por um ano, ou dois, mais provavelmente, até a reforma terminar e Leo assumir o comando. Então encontrarei uma boa propriedade para plantar e lá construirei uma casa para você. Um pouco maior do que esta, espero.

A mão dele deslizou até as nádegas de Win, massageando-as em círculos lentos.

– Não vai ser uma vida de luxo, mas será confortável. Você terá uma cozinheira, um criado e um condutor. E viveremos perto de sua família, para que possa vê-los sempre que quiser.

– Vai ser maravilhoso – Win conseguiu dizer, tão repleta de felicidade que perdeu o fôlego. – O paraíso.

Win não duvidava de que ele fosse capaz de cuidar da esposa, nem de que ela pudesse fazê-lo feliz. Construiriam juntos uma vida boa, embora estivesse certa de que seria uma vida diferente.

O tom dele era sóbrio.

– Casada comigo, nunca será uma dama de posição elevada.

– Para mim, não existe posição melhor do que ser sua esposa.

Ele aninhou a cabeça de Win contra o ombro dele.

– Sempre quis mais do que isso para você.

– Mentiroso – sussurrou ela. – Sempre me quis para você.

Merripen riu.

– É verdade – reconheceu.

Os dois ficaram quietos, deliciando-se com o prazer de estarem juntos no quarto invadido pela manhã. Haviam estado próximos de tantas maneiras antes disso... Conheciam um ao outro muito bem... mas não completamente. A intimidade física havia criado uma nova dimensão para os sentimentos de Win, como se ela houvesse tomado não só o corpo dele dentro do seu, mas também uma parte de sua alma. Não entendia como alguém poderia vivenciar tudo aquilo sem amor. O ato em si seria vazio e sem propósito.

O pé descalço de Win deslizava pela perna peluda dele, os dedos provocando os músculos firmes.

– Pensava em mim quando estava com elas? – perguntou Win.

– Com elas quem?

– Com as mulheres com quem se deitava.

Merripen ficou logo tenso, o que a fez entender que ele não gostou da pergunta. A resposta foi baixa e cheia de culpa.

– Não. Eu não pensava em nada quando estava com elas.

Win deslizou a mão pelo peito largo e liso de Merripen, encontrou os mamilos pequenos e castanhos e os provocou até enrijecê-los. Erguendo-se sobre um cotovelo, ela falou com franqueza:

– Quando imagino você fazendo tudo isso com outra pessoa, quase não consigo suportar.

As mãos dele seguraram a dela, mantendo-a sobre seu coração pulsante.

– Elas não significavam nada para mim. Eram apenas um negócio. Algo que tinha que ser concluído o mais depressa possível.

– Acho que isso torna tudo ainda pior. Usar uma mulher dessa maneira, sem sentimento...

– Elas eram bem recompensadas – explicou Kev, irônico. – E estavam sempre disponíveis e interessadas.

– Você devia ter procurado alguém de quem gostasse, alguém que também gostasse de você. Teria sido muito melhor que uma relação sem amor.

– Eu não poderia.

– Não poderia o quê?

– Gostar de outra pessoa. Você ocupava muito espaço em meu coração.

Win sentiu-se egoísta por ter ficado profundamente comovida e satisfeita com a resposta dele.

– Depois que você partiu – disse Merripen –, pensei que ia enlouquecer.

Eu não me sentia bem em lugar nenhum. Não havia ninguém com quem eu quisesse estar. Queria que você melhorasse, teria dado minha vida por isso. Mas, ao mesmo tempo, odiava você por ter partido. Odiava tudo. Odiava meu coração por bater. Só tinha uma razão para continuar vivendo, que era um dia ver você de novo.

Win estava emocionada com a força e a simplicidade dessa declaração. Ele era uma força da natureza, Win pensou. Ninguém poderia subjugá-lo. Ele a amaria com seu jeito incontido e para os diabos quem não aprovasse.

– As mulheres ajudavam? – perguntou ela em tom suave. – Sentia-se aliviado depois de se deitar com elas?

Ele balançou a cabeça.

– Tudo ficava pior. Porque elas não eram você.

Win se debruçou ainda mais sobre ele, os cabelos caindo como fitas macias sobre seu peito, o pescoço e os braços. Ela fitou os olhos negros.

– Quero que haja fidelidade entre nós – declarou ela, solene. – De hoje em diante.

Houve um silêncio breve, uma pausa diante da seriedade do compromisso. Como se os votos fossem ouvidos e testemunhados por alguma presença invisível.

O peito de Merripen subiu e desceu num suspiro longo.

– Serei fiel a você – disse ele. – Para sempre.

– Eu também.

– Prometa que nunca mais vai me deixar.

Win tirou a mão do peito dele e deu um beijo ali.

– Prometo.

Ela estava inteiramente disposta e até ansiosa para selar os votos ali mesmo, mas ele, não. Merripen queria que Win descansasse, dizia que o corpo dela precisava de repouso, e calou seus protestos com beijos delicados.

– Durma – sussurrou ele, e Win obedeceu, mergulhando no sono mais doce e profundo que jamais tivera.

∼

A luz do dia batia impaciente nas janelas sem cortinas, transformando-as em brilhantes retângulos de luz. Kev estava deitado com Win nos braços por horas. Não havia dormido nada nesse tempo. O prazer de olhar para ela era maior que a necessidade de descanso. Houvera outros momentos em sua vida em que olhara para ela desse jeito, especialmente enquanto ela estivera doente. Mas agora era diferente. Win pertencia a ele.

Merripen sempre fora consumido por uma terrível angústia, amando-a e sabendo que esse amor não se concretizaria. Agora, abraçava-a e sentia algo desconhecido, um calor eufórico o dominava. Ele a beijou, incapaz de resistir ao impulso de seguir com os lábios o desenho de uma sobrancelha arqueada. Depois estendeu a carícia para a face rosada. Então seguiu para a ponta de um nariz tão adorável que era digno de um soneto. Amava cada parte dela. De repente se lembrou de que ainda não havia beijado seus dedos dos pés, uma omissão que precisava ser corrigida o quanto antes.

Win dormia com uma das pernas sobre o corpo de Merripen, o joelho flexionado junto do dele. Sentindo o contato íntimo dos pelos claros em seu quadril, ele ficou ereto, sentindo um pulsar firme que era possível notar sob o lençol que o cobria.

Ela se mexeu e se espreguiçou trêmula, entreabrindo os olhos. Merripen sentiu a surpresa de Win por despertar em seus braços dessa maneira e a lenta satisfação quando ela lembrou o que havia acontecido antes. As mãos dela deslizaram sobre o corpo de Merripen, explorando-o com suavidade. Ele era rígido em todos os lugares e estava excitado e imóvel, deixando-a descobri-lo como quisesse.

Win tateava o corpo dele com uma inocência que o seduzia completamente. Os lábios dela roçavam a pele do peito e de um lado do tronco. Encontrando a saliência da costela mais baixa, ela mordeu com delicadeza, como uma pequena canibal. Uma das mãos passeava por sua coxa e subia em direção à virilha.

Ele murmurou o nome dela com a voz entrecortada, tentando segurar os dedos que o atormentavam. Mas ela afastou a mão dele com um tapa, provocando o estalo audível de pele contra pele. E isso o deixou excitadíssimo.

Win segurou o volume do membro ereto, sentiu seu peso na palma da mão. Ela apertou, manuseou delicadamente, enquanto Merripen rangia os dentes e suportava o contato como se alguém o estivesse esquartejando.

Subindo a mão, ela fechou os dedos com leveza – leveza demais. Kev teria implorado para ela segurar com mais força, se conseguisse falar. Mas só podia esperar e arfar. Com a cabeça inclinada sobre o corpo dele, ela deixava livres os cabelos dourados que o prendiam como uma rede brilhante. Apesar da vontade de se manter imóvel, ele não conseguia conter o pulsar do membro, a inevitável ereção que só fazia aumentar. Chocado, ele a viu se abaixar ainda mais para beijá-lo. E Win continuou, beijando toda a extensão de seu membro, enquanto Kev, incrédulo, gemia de prazer.

Sua linda boca nele... estava morrendo, perdendo a sanidade. Ela era inexperiente demais para saber como agir. Não o tomava completamente, apenas lambia a extremidade como ele havia feito antes com ela. Mas, céus, era suficiente por ora. Kev deixou escapar um gemido angustiado quando sentiu uma pressão delicada, molhada, e ouviu o barulho da boca sugando. Murmurando uma mistura sufocada de romani e inglês, ele a segurou pelo quadril e a puxou para cima. Então afundou o rosto entre as pernas dela e trabalhou com a língua vorazmente até senti-la se contorcer como uma sereia capturada.

Sentindo o gosto da excitação de Win, ele enfiou a língua profundamente, mais uma vez e outra. As pernas dela se contraíram, como se estivesse perto do orgasmo. Mas Merripen queria estar dentro dela quando isso acontecesse, queria sentir a pressão dos músculos tragando seu membro. Então a virou com cuidado e a deitou de bruços, colocando um travesseiro sob a região do quadril.

Ela gemeu e afastou os joelhos. Kev não precisava de convite melhor. Posicionado, sentiu que o membro deslizava umedecido. Introduzindo a mão sob o corpo dela, ele encontrou o botão intumescido e começou a massageá-lo lentamente, enquanto a penetrava mais e mais, os dedos afagando mais depressa a cada penetração. Quando ele finalmente conseguiu introduzir toda a extensão de seu membro, ela chegou ao clímax com um grito que foi meio soluço.

Kev poderia ter explodido junto com ela, mas queria prolongar o momento. Se fosse possível, teria prolongado a intimidade para sempre. Ele deslizou uma das mãos pela curva pálida e elegante de suas costas. Win arqueou-se procurando a carícia, suspirando seu nome. Ele se debruçou, mudando o ângulo entre os dois corpos, ainda afagando o sexo dela enquanto se movia. Win estremeceu, sacudida por mais alguns espasmos, e manchas de paixão podiam ser vistas nos ombros dela e nas costas. Ele as tocou com a boca, beijando cada área ruborizada enquanto a balançava lentamente, movendo-se dentro dela, sentindo a ereção aumentar e a pressão crescer, até que, finalmente, Merripen ficou parado e explodiu em jatos violentos.

Quando saiu de cima dela, Kev puxou Win sobre o peito e tentou recuperar o fôlego. As batidas do coração ecoaram nos ouvidos por alguns minutos, motivo pelo qual ele demorou um pouco a perceber que alguém batia à porta.

Win segurou o rosto dele e o virou, obrigando-o a encará-la. Os olhos dele estavam arregalados.

– Tem alguém aqui – disse ela.

CAPÍTULO 19

Praguejando em voz baixa, Kev vestiu rapidamente a calça e a camisa e dirigiu-se à porta descalço. Quando a abriu, ele viu Cam Rohan parado do outro lado com expressão indiferente, carregando uma valise em uma das mãos e um cesto coberto na outra.

– Olá. – Seus olhos cor de âmbar estavam cheios de malícia. – Trouxe algumas coisas.

– Como nos encontrou? – perguntou Kev sem se alterar.

– Eu sabia que não havia ido longe. Suas roupas estão lá, assim como as bolsas e os baús. E como a casa da entrada era muito óbvia, pensei em vir procurar aqui. Não vai me convidar a entrar?

– Não – disse Kev sem rodeios, e Cam sorriu.

– Se estivesse no seu lugar, *phral*, acho que também não seria hospitaleiro. Tem comida no cesto e roupas para vocês dois na valise.

– Obrigado. – Ele pegou os objetos e os deixou no chão ao lado da porta. Depois olhou para o irmão procurando algum sinal de censura. Não havia nenhum.

– *Ov yilo isi?* – perguntou Cam.

Era uma frase em romani que significava "está tudo bem?", mas era traduzida literalmente como "tem coração aqui?", o que parecia ser mais apropriado.

– Sim – respondeu Kev em voz baixa.

– Precisam de alguma coisa?

– Pela primeira vez na minha vida, não preciso de nada – confessou Kev.

Cam sorriu.

– Que bom. – Relaxado, ele pôs as mãos nos bolsos da calça e apoiou um ombro no batente da porta.

– Qual é a situação em Ramsay House? – perguntou Kev, temendo ouvir a resposta.

– Houve momentos de caos hoje cedo, quando descobriram que vocês dois haviam desaparecido. – Então Cam fez uma pausa diplomática. – Harrow tem insistido em dizer que Win foi levada contra a vontade. Ele chegou a ameaçar procurar o chefe de polícia local. E diz que, se você não voltar com Win até o anoitecer, ele tomará uma atitude drástica.

– Que atitude? – perguntou Kev com ar sombrio.

– Não sei. Mas devia pensar em nós, que somos obrigados a permanecer com ele em Ramsay House, enquanto você fica aqui com a noiva dele.

– Ela agora é minha noiva. E eu a levarei de volta quando achar conveniente.

– Entendi. – Os lábios de Cam se distenderam. – Espero que pretenda se casar com ela em breve.

– Não em breve. Imediatamente.

– Graças a Deus. Isso tudo é um pouco inconveniente até para os Hathaways. – Cam observou a aparência descomposta de Merripen e sorriu. – É bom vê-lo à vontade finalmente. Se você fosse qualquer outra pessoa, e não Merripen, eu diria que parece estar feliz.

Não era fácil se abrir com alguém. Mas Kev se sentia tentado a fazer confidências ao irmão, contar coisas para as quais não sabia nem se tinha palavras. Como a descoberta do amor de uma mulher ser capaz de fazer o mundo todo parecer novo. Ou sua surpresa por Win, que sempre parecera tão frágil e desprotegida, ter se mostrado uma presença ainda mais forte que ele.

– Rohan – começou ele em voz baixa, tentando impedir que Win o ouvisse. – Tenho uma pergunta...

– Diga.

– Você vive seu casamento à maneira dos *gadje* ou do jeito cigano?

– Como os *gadje*, basicamente. Não daria certo de outro jeito. Amelia não é o tipo de mulher que aceitaria ser tratada como subordinada. Porém, como cigano, sempre me reservarei o direito de protegê-la e cuidar dela como julgar apropriado. – Ele sorriu. – Você encontrará um meio-termo, como nós encontramos.

Kev passou a mão na cabeça.

– Os Hathaways estão zangados por causa da atitude que tomei?

– Por ter raptado Win?

– Sim.

– A única queixa que ouvi foi sobre você ter demorado tanto tempo para fazer isso.

– Alguém sabe onde estamos?

– Não que eu tenha notado. – O sorriso de Cam tornou-se cúmplice. – Posso conseguir mais algumas horas para você, *phral*. Mas leve-a de volta ao cair da noite, se não por outros motivos, ao menos para fazer Harrow calar a boca. – Rohan franziu a testa. – Aquele *gadjo* é esquisito.

Kev o encarou atentamente.

– Por que diz isso?

Cam deu de ombros.

– Muitos homens no lugar dele já teriam feito alguma coisa, *qualquer coisa*. Destruído móveis. Tentado estrangular alguém. A esta altura, eu teria virado

Hampshire de pernas para o ar para encontrar minha mulher. Mas Harrow só fala. E fala...

– Sobre o quê?

– Sobre quais são os direitos dele, sobre sentir-se traído... mas até agora ele não demonstrou preocupação com o bem-estar de Win, nem está pensando no que ela quer. De maneira geral, ele age como uma criança de quem tiraram o brinquedo, e ele quer que devolvam. – Cam sorriu. – É muito constrangedor, mesmo para um *gadjo*. – Cam elevou a voz e falou para Win, mesmo sem vê-la: – Estou indo agora. Tenha um bom dia, irmãzinha.

– Para você também, Sr. Rohan! – respondeu Win em tom alegre.

Havia um verdadeiro banquete no cesto: ave assada e fria, diversas saladas, frutas e grossas fatias de bolo. Depois de comer, sentaram-se em frente à lareira sobre uma colcha. Vestindo apenas a camisa de Kev, Win acomodou-se entre as pernas dele, deixando-o desembaraçar seus cabelos. Ele deslizava os dedos pelas mechas longas e sedosas, que brilhavam como o luar em suas mãos.

– Vamos caminhar um pouco, agora que tenho roupas para vestir? – sugeriu Win.

– Se quiser... – Kev levantou os cabelos dela e a beijou no pescoço. – E depois, voltamos para a cama.

Ela se arrepiou e riu.

– Nunca imaginei que você pudesse passar tanto tempo na cama.

– Até agora, nunca tive um bom motivo. – Deixando a escova de lado, ele a abraçou. Então a beijou sem pressa.

Win colava o corpo ao dele sem esconder sua necessidade, o que o fez sorrir e recusar.

– Devagar. Não vamos começar isso de novo.

– Mas você disse que queria voltar para a cama.

– Para descansar.

– Não vamos mais fazer amor?

– Hoje não – respondeu ele, gentil. – Já teve o suficiente. – E passou o polegar pelos lábios de Win, inchados dos beijos. – Se eu fizer amor com você novamente, amanhã não conseguirá andar.

Mas, conforme ele estava descobrindo, qualquer desafio à disposição de Win era recebido com imediata resistência.

– Estou muito bem – insistiu ela, teimosa, sentando-se em seu colo e espalhando uma chuva de beijos sobre seu rosto e pescoço, beijando tudo o que conseguia alcançar. – Mais uma vez antes de voltarmos. Preciso de você, Kev, preciso...

Ele a silenciou com a boca e recebeu uma resposta tão ardente e impaciente que não pôde deixar de rir com os lábios colados aos dela. Win recuou e perguntou:

– Está rindo de mim?

– Não. Não. É que... você é adorável e me agrada muito. Minha ansiosa e pequena *gadji*... – Então a beijou outra vez, tentando acalmá-la. Mas ela insistia, despindo-se e puxando as mãos dele para tocar seu corpo nu.

– Por que está tão ansiosa? – murmurou ele, deitando-se com Win sobre a colcha. – Não... espere... Win, converse comigo...

Ela ficou quieta em seus braços, o rosto sério bem perto do dele.

– Tenho medo de voltar – confessou. – Tenho a sensação de que algo ruim vai acontecer. Parece um sonho estarmos realmente juntos.

– Não podemos nos esconder aqui para sempre – murmurou Kev, afagando os cabelos dela. – Não vai acontecer nada, meu amor. Fomos longe demais para voltar atrás. Agora você é minha, e ninguém pode mudar isso. Tem medo de Harrow? É isso?

– Não exatamente. Só não gostaria de enfrentá-lo.

– É claro que não. Mas eu vou ajudar você com isso. Conversarei com ele primeiro.

– Acho que não seria sensato – opinou ela, insegura.

– Eu faço questão. Não vou perder a calma. Mas pretendo assumir a responsabilidade pelo que fiz. Não vou deixar você enfrentar as consequências sem mim.

Win apoiou o rosto no ombro dele.

– Tem certeza de que nada o fará mudar de ideia sobre casar comigo?

– Nada no mundo poderia me fazer mudar de ideia. – Sentindo que o corpo dela estava tenso, ele deslizou a mão sobre Win, demorando-se um pouco mais no peito, onde cada batida do coração era um eco de ansiedade. Ele a massageou tentando acalmá-la. – O que posso fazer para você se sentir melhor? – perguntou ele, com ternura.

– Já disse, e você se recusou a fazer – respondeu ela com voz triste, emburrada.

Merripen riu.

– Então, será como você quer – cochichou ele. – Mas devagar, sem machucá-la. – Ele a beijou atrás da orelha e seguiu descendo até os ombros, encontrando a pulsação na base do pescoço. Com mais suavidade ainda, ele beijou as curvas acentuadas dos seios. Os mamilos eram brilhantes e lindos depois de toda a atenção que haviam recebido anteriormente. A boca cobriu um bico inchado.

Win se moveu, suspirou, e ele deduziu que o mamilo estava sensível demais. Mas as mãos dela encontraram a cabeça dele e a seguraram ali. Ele usou a língua para descrever círculos lânguidos, sugando apenas o suficiente para manter o mamilo entre os dentes. Merripen dedicou muito tempo aos seios, mantendo os lábios suaves até ela gemer e se mover novamente, indicando que precisava mais do que aquele tênue estímulo.

Então, entre as coxas dela, Kev provou o sabor sedoso e quente de sua intimidade, encontrando a delicada saliência do clitóris e usando a língua para acariciá-lo. Ela agarrou a cabeça dele com mais força e soluçou seu nome. O som rouco o excitou.

Quando os movimentos que ela fazia com o quadril ganharam um ritmo regular, Merripen levantou a cabeça e afastou bem os joelhos dela. Ele levou uma eternidade para penetrar a carne de musculatura rígida. Totalmente saciado, ele a envolveu com os braços e a segurou contra seu corpo.

Win se contorceu tentando induzi-lo a penetrá-la mais fundo, mas ele a segurou com firmeza e colou a boca à sua orelha, sussurrando que a faria chegar ao clímax daquela maneira, que permaneceria ereto dentro dela pelo tempo que fosse necessário. A orelha dela ficou vermelha, e Win pulsava e latejava em torno do membro dele.

– Por favor, mexa-se – sussurrou ela.

Merripen gentilmente disse não.

– Por favor, por favor...

Não.

Mas depois de um tempo ele começou a flexionar o quadril num ritmo sutil. Win choramingou e tremeu ao sentir que ele a penetrava devagar, mais fundo, inexorável em sua contenção. Finalmente ela chegou ao clímax. Gritos abafados brotavam de seu peito, e espasmos a sacudiam. Kev ficou quieto, experimentando um orgasmo tão agudo e paralisante que roubava dele todos os sons. O corpo dela o sugava, ordenhava, o envolvia com um calor delicado.

O prazer era tão grande que causou um estranho ardor nos olhos e no nariz de Kev, e isso abalou suas estruturas. *Maldição*, Kev pensou, percebendo que algo mudara nele, alguma coisa que nunca poderia voltar ao estado anterior. Ele se sentia frágil diante do poder daquela mulher.

~

O sol já baixava nos vales de bosques densos quando os dois se vestiram. Os fogos se extinguiram, deixando o chalé frio e escuro.

Win segurou a mão de Merripen com evidente nervosismo quando ele a conduziu ao cavalo.

– Gostaria de saber por que a felicidade parece sempre tão frágil – disse ela. – Acho que tudo que nossa família enfrentou... a perda de nossos pais, de Laura, o incêndio, minha doença... tudo isso me fez compreender com que facilidade as coisas que valorizamos podem ser tiradas de nós. A vida pode mudar de um momento para o outro.

– Nem tudo muda. Algumas coisas são eternas.

Win parou e se virou para encará-lo, passando os braços em torno do pescoço de Kev, que a segurou com força, apertando-a contra o peito poderoso. Win enterrou a cabeça no peito dele.

– Espero que sim – disse ela depois de um momento. – A partir de agora você é realmente meu, Kev?

– Sempre fui seu – murmurou ele junto da orelha dela.

Preparada para o habitual vozerio das irmãs, Win se sentiu aliviada quando ela e Kev encontraram Ramsay House tranquila. O silêncio incomum deixava claro que todos haviam combinado que se comportariam como se nada de anormal houvesse acontecido. Ela encontrou Amelia, Poppy, a Srta. Marks e Beatrix no salão do segundo andar, as três primeiras costurando e bordando, enquanto Beatrix lia em voz alta.

Quando Win entrou na sala com passos cautelosos, Beatrix parou de ler, e as outras três olharam para Win com intensa curiosidade.

– Olá, querida – disse Amelia em tom afetuoso. – Teve um bom dia com Merripen? – Amelia falava como se eles tivessem saído para um piquenique ou um passeio de carruagem.

– Sim, obrigada. – Win sorriu para Beatrix. – Continue, Bea. O que está lendo? Parece interessante.

– É um romance – contou Beatrix. – *Muito* assustador. Há uma mansão escura e sombria e criados que se comportam de um jeito estranho, além de uma porta secreta atrás de uma tapeçaria. – Ela baixou a voz e disse em tom dramático. – Alguém será assassinado.

Enquanto Beatrix continuava falando, Win sentou-se ao lado de Amelia e sentiu a mão da irmã mais velha tocar a sua. Mãos pequenas, mas fortes. Era um toque confortável. O gesto de Amelia expressava muitas coisas, que Win podia sentir... preocupação, aceitação, segurança.

– Onde está ele? – perguntou Amelia.

Win sentiu uma pontada de apreensão, mas manteve a expressão serena.

– Foi conversar com o Dr. Harrow.

A mão de Amelia apertou a dela.

– Bem – respondeu com ironia –, será uma conversa bastante animada. Tenho a impressão de que seu Harrow tem algumas coisas para dizer.

～

– Camponês rústico, estúpido. – Julian Harrow parecia pálido, mas controlado. Ele e Kev estavam na biblioteca. – Não tem ideia do que fez. Em sua pressa de pegar o que queria, não pensou nas consequências. E não pensará até ser tarde demais. Até matá-la.

Kev tinha ideia do que Harrow ia dizer, por isso já havia decidido como lidar com ele. Pelo bem de Win, seria tolerante com todos os insultos e todas as acusações. O médico diria o que quisesse... e Kev deixaria as palavras entrar por um ouvido e sair pelo outro. Kev vencera. Win agora era dele, e nada mais importava.

Mas não ia ser fácil. Harrow era a imagem perfeita de um herói romântico ultrajado... magro, elegante, o rosto pálido e indignado. Em comparação, fazia Kev sentir-se como um vilão patético e grosseiro. E aquelas últimas palavras, *até matá-la*, o fizeram gelar.

Muitas criaturas vulneráveis haviam sofrido nas mãos de Merripen. Ninguém com o passado dele merecia Win. E apesar de ela ter perdoado a história de brutalidade de Merripen, ele próprio jamais esqueceria.

– Ninguém a prejudicará – respondeu Kev. – É evidente que, como sua esposa, ela receberia em sua casa todos os cuidados, mas não era essa a vontade dela. Win fez sua escolha.

– Sob pressão!

– Eu não a forcei.

– É claro que forçou – insistiu Harrow com desdém. – Você a levou daqui numa demonstração de força bruta. E, sendo uma mulher, é claro que ela achou sua atitude excitante e romântica. As mulheres podem ser dominadas e convencidas a aceitar quase tudo. E no futuro, quando ela estiver morrendo no parto, sentindo fortes dores, ela não culpará você por isso. Mas você vai saber que foi o responsável. – Ele deu uma risada áspera quando viu a expressão de Kev. – É realmente tão simplório que não entende o que estou dizendo?

– Você acredita que ela é frágil demais para gerar uma criança – respondeu Kev. – Mas, em Londres, ela consultou outro médico que...

– Sim. Winnifred disse o nome desse médico? – Os olhos de Harrow eram cinzentos e gelados, seu tom era arrogante.

Kev balançou a cabeça.

– Pois eu perguntei e insisti – revelou Harrow – até ela me dizer. E soube imediatamente que era um nome inventado. Uma farsa. Mas, só para me certificar, verifiquei os registros de todos os médicos de Londres. O médico que ela mencionou não existe. Ela mentiu, Merripen. – Harrow passou a mão na cabeça, andando de um lado para o outro. – Mulheres são tão diabólicas quanto crianças quando querem alguma coisa. Meu Deus, você é fácil de manipular, não é?

Kev não conseguiu responder. Acreditava em Win, simplesmente porque ela nunca mentira. Até onde sabia, só havia um momento em sua vida em que ela realmente o enganara, e fora para convencê-lo a aceitar morfina quando ele sofria por causa de uma queimadura. Mais tarde Kev entendera por que Win agira assim, e logo a perdoara. Mas se ela havia mentido sobre *isso*... A angústia queimava como ácido em suas veias.

Agora Merripen entendia o nervosismo de Win por voltar para casa.

Harrow parou ao lado da mesa da biblioteca e apoiou-se nela.

– Ainda a quero – disse ele em voz baixa. – Ainda estou disposto a tê-la. Desde que Win não tenha engravidado.

Ele fez uma pausa ao ver que Kev o olhava de forma ameaçadora. Então continuou:

– Ah, pode fazer cara feia, mas não pode negar a verdade. Olhe para você... como é capaz de justificar o que fez? Um cigano imundo, atraído por bugigangas brilhantes assim como os demais de sua laia.

Harrow observava Kev com atenção e prosseguiu:

– Tenho certeza de que a ama, à sua maneira. Não de um jeito refinado, nem com a sutileza que ela merece, mas como alguém de sua categoria é capaz de amar. Acho isso tocante, de alguma maneira. E deplorável. Não tenho dúvida de que Winnifred acredita que os laços deixados pelo companheirismo na infância dão a você mais direito sobre ela do que qualquer outro homem poderia ter. Mas ela foi protegida do mundo por muito tempo e não tem sabedoria nem experiência para reconhecer as próprias necessidades. Se realmente se casar com você, será apenas uma questão de tempo até que ela se canse e queira mais do que poderá lhe oferecer. Vá procurar uma camponesa jovem e robusta, Merripen. Melhor ainda, uma mulher cigana que ficaria feliz com a vida que você pode lhe proporcionar. Você quer um rouxinol, mas ficaria muito mais bem-servido com uma forte pomba. Faça o que é certo, Merripen. Entregue-a a mim. Ainda não é tarde demais. Ela estará segura comigo.

A pulsação de Kev ecoava tão forte, instigada por confusão, desespero e fúria, que ele mal conseguiu ouvir a própria voz quando replicou:

– Talvez eu deva perguntar aos Lanhams. Eles concordariam sobre ela estar segura a seu lado?

E sem olhar para avaliar o efeito de suas palavras, Kev saiu da biblioteca.

~

O desconforto de Win foi maior quando anoiteceu. Ficou no salão com as irmãs e a Srta. Marks até Beatrix se cansar de ler. O único alívio para sua tensão crescente estava em observar as travessuras de Dodger, o furão de Beatrix, que parecia enamorado pela Srta. Marks, apesar da nítida antipatia da governanta pelo animal. Talvez fosse justamente isso que atraía Dodger... Ele insistia em se aproximar e tentar roubar suas agulhas de tricô, enquanto ela o observava com olhos estreitados.

– Nem pense nisso – disse a Srta. Marks ao furão, todo confiante e calculista.

Beatrix riu.

– Este roedor está impossível – emendou a governanta, sombria.

– Na verdade, os furões não são roedores – corrigiu-a Beatrix. – Pertencem à família dos mustelídeos, assim como as fuinhas. O furão é apenas um primo distante do rato.

– Não é uma família da qual eu queira me tornar próxima – comentou Poppy.

Dodger acomodou-se sobre o braço do sofá e olhou para a Srta. Marks com ar apaixonado. Ela o ignorou.

Win sorriu e se espreguiçou.

– Estou cansada. Vou me recolher agora.

– Também estou fatigada – confessou Amelia cobrindo um longo bocejo.

– Talvez devêssemos nos recolher todas – sugeriu a Srta. Marks, guardando seu tricô em uma pequena cesta.

Todas foram para seus quartos, enquanto os nervos de Win vibravam no silêncio sinistro do corredor. Onde estaria Merripen? O que ele e Julian haviam conversado?

Uma lamparina ardia em seu quarto e brilhava debilmente em meio às sombras. Win ficou surpresa ao ver alguém no canto... Era Merripen sentado em uma cadeira.

– Oh – suspirou ela.

Os olhos dele a seguiram enquanto Win se aproximava.

– Kev? – perguntou ela, hesitante, enquanto um arrepio descia por sua espinha. A conversa não havia transcorrido bem. Havia alguma coisa errada. – O que houve? – perguntou com voz rouca.

Merripen levantou-se com expressão indecifrável.

– Quem era o médico que você foi consultar em Londres, Win? Como o encontrou?

Então ela entendeu. O estômago dela deu um salto e foi preciso respirar fundo algumas vezes para acalmar-se.

– Não houve nenhum médico – disse ela. – Não vi necessidade disso.

– Não viu necessidade – repetiu ele, devagar.

– Não. Porque, como Julian falou posteriormente, eu iria de médico em médico até encontrar um que me desse a resposta que eu queria ouvir.

Merripen soprou com violência. Ele balançou a cabeça.

– Céus.

Win jamais o vira tão transtornado, nem quando gritava ou ficava com raiva. Ela se aproximou com a mão estendida.

– Kev, deixe-me...

– Não. Por favor. – O esforço que ele fazia para se controlar era evidente.

– Sinto muito – disse ela com sinceridade. – Eu queria você, mas teria que me casar com Julian, então pensei que falando sobre ter ido consultar outro médico eu o... pressionaria um pouco.

Ele se virou, dando as costas para ela e cerrando os punhos.

– Não faz diferença – continuou Win, tentando soar calma e pensar, apesar das batidas desesperadas de seu coração. – Isso não muda nada, especialmente depois de hoje.

– Faz diferença se você mente para mim – argumentou ele em tom severo.

Homens ciganos não toleravam ser manipulados por suas mulheres. E ela havia quebrado a confiança que Merripen depositava nela, quando ele estava particularmente vulnerável. Kev havia baixado a guarda e a deixara entrar. Mas de que outra maneira ela poderia tê-lo seduzido?

– Não vi alternativa – disse ela. – Você é terrivelmente teimoso quando toma uma decisão. Eu não sabia como mudar isso.

– Então, simplesmente mentiu outra vez. Porque não está arrependida.

– Lamento que tenha ficado magoado, zangado, e entendo quanto você...

Ela parou de falar quando Merripen se moveu com uma rapidez espantosa, segurando-a pelos braços e empurrando-a contra a parede. O rosto ameaçador estava muito próximo do dela.

– Se entendesse alguma coisa, não iria querer que eu fizesse em você um filho que a matará.

Tensa e tremendo, ela o fitou dentro dos olhos até se sentir afogando na escuridão. Depois retrucou, teimosa:

– Irei consultar quantos médicos você quiser. Colheremos várias opiniões, e você poderá calcular as probabilidades. Mas ninguém pode prever ao certo o que vai acontecer. E nada disso vai mudar como pretendo passar o resto de minha vida. Viverei como eu quiser. E você... você pode ter tudo de mim ou não terá nada. Não serei mais uma inválida. Nem que isso signifique perder você.

– Não aceito ultimatos – avisou ele, sacudindo-a uma vez. – Muito menos de uma mulher.

Os olhos de Win ficaram turvos, e ela amaldiçoou as lágrimas que brotavam neles. Em furioso desespero, ela se perguntou por que o destino parecia determinado a privá-la de uma vida normal como a de qualquer outra mulher.

– Cigano arrogante – disse ela com voz rouca. – A escolha não é sua, é minha. O corpo é meu. O risco é meu. E talvez já seja tarde demais. Talvez eu já esteja grávida...

– *Não*. – Ele a segurou pela cabeça e colou a testa à dela, sua respiração invadindo a boca de Win em jorros de calor. – Não posso – disse Kev atormentado. – Não serei forçado a prejudicar você.

– Apenas me ame.

Win sentiu a boca de Merripen em seu rosto, a garganta dele vibrando com grunhidos baixos enquanto lambia as lágrimas dela. Ele a beijou com desespero, apoderando-se da boca de Win com uma selvageria que a fez estremecer da cabeça aos pés. Quando ele colou o corpo ao dela, Win sentiu a ereção através das várias camadas de tecido. A sensação provocou uma resposta intensa, como um choque percorrendo suas veias. Sua área íntima começou a formigar, ficou úmida. Win queria senti-lo dentro de seu corpo, queria puxá-lo para perto e bem fundo, satisfazê-lo até sua ferocidade ser suavizada. Ela abaixou uma das mãos e tocou o membro ereto e duro, afagando-o enquanto Kev gemia dentro de sua boca.

Winnifred descolou os lábios dos dele apenas o suficiente para murmurar:

– Leve-me para a cama, Kev. Possua-me...

Mas ele se afastou com um palavrão brutal.

– Kev...

Ele lançou um olhar inflamado e saiu do quarto. A porta estremeceu depois de ser batida violentamente.

CAPÍTULO 20

O ar do início da manhã era puro e quente com a promessa de chuva, mas uma brisa fresca entrava pela janela entreaberta do quarto de Cam e Amelia. Cam despertou devagar ao sentir o corpo voluptuoso da esposa se aconchegando ao dele. Amelia sempre dormia com uma camisola discreta de cambraia branca, repleta de uma infinidade de dobras e pequenos babados. Pensar nas curvas esplêndidas escondidas sob o traje simples era algo que sempre excitava Cam.

A camisola subira até os joelhos durante a noite. Uma perna nua se enroscava à dele, o joelho repousando perto de sua virilha. O ventre levemente arredondado pressionava um lado do corpo dele. A gravidez da esposa tornara suas curvas mais acentuadas e deliciosamente femininas. Nos últimos dias havia nela um brilho diferente, estava cada vez mais frágil, o que fazia com que ele sentisse ainda mais ímpeto de protegê-la. E saber que as mudanças nela eram provocadas por sua semente, que uma parte dele crescia dentro dela... isso era inegavelmente estimulante.

Cam não esperava ficar tão fascinado com a gravidez de Amelia. Aos olhos dos ciganos, o parto e todos os assuntos a ele relacionados eram considerados *mahrime*, coisas impuras. E como os irlandeses eram reconhecidamente desconfiados e puritanos com relação à procriação, nenhum lado de sua linhagem poderia justificar a alegria que sentia com a gravidez da esposa. Mas não conseguia evitar. Ela era a mais bela e fascinante criatura que já vira.

Ainda sonolento, ele deu um tapinha nas nádegas da esposa, e a urgência de fazer amor com ela foi irresistível. Ele levantou a camisola dela e acariciou as nádegas nuas. Então a beijou nos lábios e no queixo, saboreando a fina textura de sua pele.

Amelia se moveu.

– Cam – murmurou, sonolenta. Suas pernas se afastaram, convidando a uma exploração mais íntima.

Cam sorriu com os lábios encostados no rosto dela.

– Que boa esposa você é – sussurrou em romani.

Ela se alongou e suspirou com prazer quando as mãos dele deslizaram por seu corpo quente. Ele posicionou as pernas dela com cuidado, alisando-as e elogiando-as, e beijando-lhe os seios. Os dedos brincavam entre as coxas dela, provocando com malícia até ela começar a arfar. As mãos de Amelia arranharam as costas largas de Cam quando ele se acomodou sobre o corpo dela, um marido faminto por sua acolhida quente e úmida...

Então ouviram batidas na porta. E uma voz abafada do outro lado.

– Amelia?

Os dois ficaram estáticos.

A voz suave e feminina repetiu:

– Amelia?

– É uma de minhas irmãs – sussurrou ela.

Cam murmurou um palavrão que descrevia explicitamente o que se preparava para fazer, e que, pelo visto, não poderia concluir.

– Sua família... – começou ele em tom sombrio.

– Eu sei. – Amelia afastou as cobertas. – Sinto muito. Eu... – E fez uma pausa ao ver o tamanho da ereção dele, murmurando com voz fraca: – Oh, céus...

Normalmente Cam era tolerante com a infinidade de dificuldades e problemas dos Hathaways, mas nesse momento não estava sendo nada compreensivo.

– Livre-se de quem for – disse ele – e volte aqui.

– Sim. Vou tentar.

Ela vestiu um robe sobre a camisola e fechou rapidamente os três botões de cima. Enquanto corria para a sala de estar adjacente, o robe branco tremulava atrás dela como a vela de uma escuna.

Cam permaneceu deitado de lado, com os ouvidos atentos. Primeiro escutou o barulho da porta da suíte se abrindo para o corredor, depois alguém entrando na saleta. Ouviu a voz calma e curiosa de Amelia e a resposta ansiosa de uma das irmãs. Win, ele deduziu, já que Poppy e Beatrix só acordavam tão cedo em caso de grande catástrofe.

Uma das coisas que Cam admirava em Amelia era sua ternura e interesse permanente em todos os assuntos, grandes ou pequenos, da vida das irmãs. Ela era como uma mãe dedicada, que valorizava a família tanto quanto qualquer esposa cigana. Isso o agradava muito e remetia à sua infância, quando ainda vivia com sua tribo. Família era igualmente importante para eles. Mas isso também implicava ter que dividir a atenção de Amelia, o que, em momentos como este, era muito irritante.

Depois de alguns minutos, a conversa das duas ainda não havia cessado. Deduzindo que Amelia não voltaria tão logo para a cama, Cam suspirou e levantou-se.

Ele se vestiu, foi até a saleta e viu Amelia sentada com Win em um pequeno sofá. Win parecia devastada.

Elas estavam tão compenetradas na conversa que quase nem perceberam a presença de Cam. Sentado em uma cadeira próxima, ele ouviu o que as irmãs diziam e que Win havia mentido para Merripen sobre ter ido consultar um médico. Merripen estava furioso e o relacionamento entre eles desmoronava.

Amelia olhou, com a testa franzida, para Cam.

– Win não devia ter mentido para ele, mas ela tem o direito de tomar essa decisão. – Amelia segurava as mãos da irmã enquanto falava. – Você sabe que sempre procurei manter Win protegida de todo mal, sempre... mas até eu devo reconhecer que isso não é possível. Merripen precisa aceitar que Win quer ter com ele uma vida conjugal normal.

Cam esfregou o rosto e sufocou um bocejo.

– Sim. Mas *manipular* Merripen não é a melhor maneira de fazê-lo aceitar tudo isso. – Ele encarou Win. – Irmãzinha, devia saber que ultimatos nunca funcionam com homens ciganos. Sua mulher dizendo a ele o que fazer simplesmente contraria a natureza de um cigano.

– Eu não disse a ele o que fazer – protestou Win, infeliz. – Eu só disse...

– Que não importa o que ele pensa ou sente – murmurou Cam. – Que pretende viver sua vida de acordo com sua própria vontade, aconteça o que acontecer.

– Sim – reconheceu ela com voz fraca. – Mas não quis dizer que não me importo com os sentimentos dele.

Cam sorriu com pesar.

– Admiro sua força, irmãzinha. E até concordo com sua posição. Mas não é assim que se lida com um cigano. Até sua irmã, que não é muito diplomática, sabe que não deve falar comigo com esse tom tão... descomprometido.

– Eu sou *muito* diplomática quando quero ser – protestou Amelia franzindo o cenho, e ele sorriu. Olhando para Win, Amelia reconheceu relutante: – Cam tem razão.

Win ficou quieta por um momento, absorvendo a informação.

– O que devo fazer? Como posso consertar as coisas?

As duas mulheres olhavam para Cam.

A última coisa que ele queria era se envolver nos problemas de Win e Merripen. E sabia que esta manhã Merripen devia estar simpático como um urso com a pata ferida. Tudo que Cam queria era voltar para a cama e possuir a esposa. E talvez dormir um pouco mais. Mas as irmãs continuavam olhando para ele com olhos azuis suplicantes, então ele suspirou:

– Vou conversar com ele – murmurou.

– Ele já deve estar acordado – comentou Amelia, esperançosa. – Merripen sempre acorda cedo.

Cam assentiu carrancudo, detestando a ideia de conversar com o irmão mal-humorado sobre questões envolvendo mulheres.

– Ele vai me bater como se eu fosse um tapete empoeirado – ponderou Cam. – E não vou poder culpá-lo por isso.

∼

Depois de lavar-se e vestir-se, Cam desceu para a sala, onde Merripen invariavelmente tomava o café da manhã. Ao passar pelo aparador, Cam viu *toad-in-the-hole*, um prato tipicamente inglês de linguiças cobertas com massa e assadas como uma torta, pratos de ovos e bacon, filés de linguado, pão torrado e uma vasilha com feijões.

Uma cadeira fora afastada de uma das mesas redondas. Havia uma xícara vazia e um pires, com um pequeno bule de prata ao lado. O cheiro de café forte pairava no ar.

Cam olhou para a porta de vidro que se abria para uma varanda no fundo da sala, e lá estava a silhueta esguia e morena de Merripen. Ele parecia observar o pomar além do jardim estruturado. A postura de Merripen indicava que ele estava irritado e nada sociável.

Inferno. Cam não fazia ideia do que ia dizer ao irmão. Ainda tinham um longo caminho a percorrer antes de se tratarem com um mínimo de cumplicidade. Qualquer conselho que tentasse dar a Merripen provavelmente seria desprezado.

Cam pegou uma fatia de pão torrado, espalhou geleia de laranja sobre um dos lados e se dirigiu à varanda.

Merripen olhou para ele de relance e voltou a observar a paisagem: os campos que floresciam além do terreno em torno da mansão, as florestas densas que ladeavam o rio.

Algumas colunas de fumaça subiam da margem distante do rio, um dos lugares onde os ciganos costumavam acampar quando viajavam por Hampshire. O próprio Cam havia entalhado marcas de identificação nas árvores para indicar que aquele era um lugar amigável para os ciganos. E cada vez que uma nova tribo chegava, Cam ia visitá-los contando com a possibilidade remota de encontrar alguém de sua antiga família.

– Outra *kumpania* de passagem – comentou Cam casualmente, juntando-se a Merripen na varanda. – Por que não vem comigo esta manhã para visitá-los?

O tom de Merripen era distante e pouco amistoso.

– Os operários estão fabricando novos moldes de gesso para a ala leste. E depois de terem estragado tudo na última vez, preciso estar lá.

– Na última vez, os pregos não estavam corretamente alinhados – lembrou Cam.

– Eu sei disso – respondeu Merripen, irritado.

– Tudo bem. – Sonolento e aborrecido, Cam esfregou o rosto. – Escute, não tenho vontade de me meter nos seus assuntos, mas...

– Então não se meta.

– Também não vai morrer se ouvir um ponto de vista de alguém que não está envolvido.

– Seu ponto de vista não me interessa.

– Se não fosse tão egocêntrico – disse Cam em tom ácido –, talvez pudesse lembrar que não é o único por aqui que tem com que se preocupar. Acha que nunca parei para pensar no que pode acontecer com Amelia, agora que ela está grávida?

– Não vai acontecer nada com Amelia – falou Merripen sem se alterar.

Cam o encarou sério.

– Todos nessa família pensam que Amelia é indestrutível. Ela mesma acredita nisso. Mas ela está sujeita a todos os problemas e fragilidades comuns a qualquer mulher em sua condição. A verdade é que sempre existe um risco.

Os olhos escuros de Merripen brilharam com hostilidade.

– O risco é maior para Win.

– Provavelmente. Mas se ela quer assumir esse risco, a decisão é dela.

– É aí que discordamos, Rohan. Porque eu...

– Porque você não quer arriscar ninguém, não é? É uma pena que tenha se apaixonado por uma mulher que não aceita ser considerada um bibelô, *phral*.

– Se me chamar desse jeito de novo – grunhiu Merripen –, arranco sua cabeça.

– Por que não tenta?

Merripen provavelmente teria pulado em cima de Cam depois dessa provocação, mas a porta de vidro se abriu e outra pessoa surgiu na varanda. Cam olhou na direção do recém-chegado e gemeu baixinho.

Era Harrow, e ele parecia controlado e seguro. O médico aproximou-se de Cam e ignorou Merripen.

– Bom dia, Rohan. Só vim para informar que deixarei Hampshire ainda hoje, mais tarde. Isto é, se eu não conseguir convencer a Srta. Hathaway a recobrar o bom senso.

– É claro – respondeu Cam, com uma expressão controlada e neutra. – Se precisar de algo, estamos à disposição.

– Só quero o que é melhor para ela – murmurou o médico, ainda sem olhar para Merripen. – Continuo certo de que ir para a França comigo é a escolha mais sensata para todos os envolvidos. Mas a decisão está nas mãos da Srta. Hathaway. – Ele fez uma pausa, seus olhos cinzentos estavam sombrios. – Espero que exerça sua influência para garantir que *todas* as partes envolvidas entendam o que está em jogo.

– Creio que todos nós compreendemos bem a situação – respondeu Cam com uma gentileza que disfarçava uma nota de sarcasmo.

Harrow o encarou desconfiado e assentiu.

– Nesse caso, deixo-os com sua *discussão*, então. – Ele colocou uma ênfase sutil e cética na palavra "discussão", como se soubesse que os dois estavam à beira de um confronto físico.

Harrow saiu da varanda e fechou a porta.

– Odeio esse infeliz – resmungou Merripen.

– Não é dos meus prediletos também – admitiu Cam. Cansado, ele massageou a própria nuca, tentando aliviar a tensão muscular. – Vou visitar o acampamento cigano. E, se não se importa, vou beber uma xícara daquela infusão diabólica que você bebe. Detesto aquela coisa, mas preciso de algo para me ajudar a ficar acordado.

– Pode beber tudo o que tem no bule – murmurou Merripen. – Estou mais acordado do que gostaria de estar.

Cam assentiu e se dirigiu à porta da varanda, mas parou na soleira e ajeitou os cabelos sobre a nuca, dizendo em voz baixa:

– O lado ruim de amar alguém, Merripen, é que sempre haverá coisas das quais você não vai poder proteger a pessoa amada. Coisas que estão além do seu controle. Então finalmente você percebe que existe algo pior do que a morte... que é acontecer um mal a essa pessoa. É preciso conviver com esse medo sempre. Porém, para ter o lado bom, você precisa aceitar o lado ruim.

Kev o encarou sem se alterar.

– Qual é o lado bom?

Um sorriso distendeu os lábios de Cam.

– Todo o resto. Esse é o lado bom – disse ele, e entrou.

~

– Fui prevenido, sob pena de morte, a não dizer nada – foi o primeiro comentário de Leo ao se juntar a Merripen em um dos cômodos da ala leste.

Havia dois gesseiros em um canto, medindo e marcando as paredes, e outro reparava um andaime que deveria suportar o peso de um homem perto do teto.

– Sábio conselho – disse Kev. – Devia segui-lo.

– Eu nunca sigo um conselho, seja bom ou mau. Isso só atrairia mais conselhos.

Apesar dos pensamentos sombrios de Kev, ele sentiu um sorriso involuntário distender seus lábios. Então apontou um balde contendo uma mistura cinzenta.

– Por que não pega uma vareta e mexe aquela coisa até dissolver todos os nódulos?

– O que é aquilo?

– Uma mistura de gesso e argila.

– Que delícia. – Mas Leo pegou uma vareta deixada no chão e começou a mexer o conteúdo do balde. – As mulheres saíram – disse ele. – Foram visitar Lady Westcliff em Stony Cross Manor. Beatrix me disse para ficar atento ao furão, que parece ter desaparecido. E a Srta. Marks ficou em casa. – Leo fez uma pausa reflexiva. – Criatura estranha, não acha?

– O furão ou a Srta. Marks? – Kev posicionou uma faixa de madeira na parede e, cuidadosamente, a prendeu com pregos.

– Marks. Estive pensando... Será que ela é um caso de apandria, ou odeia todo mundo de maneira generalizada?

– O que é apandria?

– Ódio contra o sexo masculino.

– Ela não odeia os homens. Sempre é muito agradável comigo e com Rohan.

Leo parecia verdadeiramente intrigado.

– Então... ela odeia somente a *mim*?

– Parece que sim.

– Mas ela não tem motivo para isso!

– Talvez porque você é arrogante e orgulhoso?

– Isso é parte do meu charme aristocrático – protestou Leo.

– Parece que seu charme aristocrático não funciona com a Srta. Marks. – Kev levantou uma sobrancelha ao ver Leo franzir o cenho. – Por que isso tem importância para você? Não tem nenhum interesse nela, tem?

– É claro que não – respondeu Leo, indignado. – Prefiro ir para a cama com o ouriço de estimação de Bea. Imagine aqueles cotovelos e joelhos pontudos. Todos aqueles ângulos. Um homem pode se machucar com gravidade ao se enroscar com Marks... – Ele mexeu o gesso com vigor renovado, preocupado, evidentemente, com os diversos perigos de se deitar com a governanta.

Preocupado demais, Kev pensou.

Era uma pena, Cam refletiu enquanto caminhava por um prado verdejante com as mãos nos bolsos, que fazer parte de uma família tão unida significasse não poder desfrutar da própria felicidade quando outra pessoa da família enfrentava problemas.

Havia muitos motivos de alegria para Cam nesse momento... a bênção do sol de primavera sobre a paisagem embrutecida e toda a atividade vibrante das plantas despertando, brotando da terra úmida. O promissor cheiro de fumaça de um acampamento cigano flutuando ao vento. Talvez hoje pudesse finalmente encontrar alguém de sua antiga tribo. Em um dia como esse, qualquer coisa era possível.

Também tinha uma linda esposa que esperava um filho seu. Amava Amelia mais que a vida. E teria muito a perder. Mas Cam não deixava o medo paralisá-lo ou impedi-lo de amar Amelia intensamente. Medo... Ele diminuiu os passos, perplexo ao sentir o coração batendo acelerado. Era como se houvesse corrido por quilômetros sem parar. Olhando pelo campo, ele viu que a grama estava tão verde que não parecia natural.

As batidas do coração tornaram-se dolorosas, como se alguém o chutasse repetidamente. Espantado, Cam ficou tenso como um homem ameaçado por uma faca, e levou a mão ao peito. Céus, o sol brilhante penetrava em seus olhos e os fazia lacrimejar. Ele enxugou as lágrimas com a manga da camisa, e de repente estava caído, de joelhos.

Cam esperou a dor diminuir, o coração bater mais devagar, como tinha que acontecer, mas a situação só piorava. Então ele tentou respirar, se esforçou para ficar em pé. Mas seu corpo não obedecia. Sofreu um colapso lento, a grama verde arranhando um lado do rosto. Sentia cada vez mais dor e o coração ameaçava explodir com a força brutal de suas batidas.

Cam percebeu, admirado, que estava morrendo. Não conseguia pensar em por quê, ou como, apenas que alguém precisava cuidar de Amelia e ela precisava dele. Não podia deixá-la. Alguém tinha que olhar por ela. Amelia precisava de alguém para massagear seus pés quando estivesse cansada, muito cansada. Ele não conseguia levantar a cabeça, ou os braços, nem mover as pernas, mas os músculos de seu corpo pulsavam de maneira involuntária e tremores o sacudiam como se ele fosse uma marionete movida por cordas. *Amelia. Não quero me afastar de você. Deus, não me deixe morrer, é cedo demais.* Mas a dor continuava se espalhando, sufocando, dominando a respiração e a pulsação.

Amelia. Queria dizer o nome dela mas não conseguia. Era uma inexplicável crueldade que não pudesse deixar o mundo com aquelas sílabas preciosas nos lábios.

~

Depois de uma hora pregando ripas e experimentando várias misturas de calcário, gesso e argila, Kev, Leo e os operários haviam chegado a um acordo sobre as proporções corretas.

O processo despertou um interesse inesperado em Leo, que havia criado até um jeito de aperfeiçoar o trabalho de gesso de três camadas, melhorando a camada da base, ou chapisco.

– Ela tem que ser mais áspera. Isso vai aumentar a aderência à camada seguinte.

Kev compreendeu que, embora Leo tivesse pouco interesse nos aspectos financeiros da administração da propriedade, seu amor pela arquitetura e todos os assuntos a ela relacionados era maior que nunca.

Quando Leo estava descendo do andaime, a governanta da casa, Sra. Barnstable, apareceu na porta acompanhada por um menino. Kev olhou para o garoto com grande interesse. Ele parecia ter 11 ou 12 anos. Mesmo que não vestisse roupas coloridas, os traços e a pele morena indicavam que ele era cigano.

– Senhor – a governanta dirigiu-se a Kev em tom respeitoso –, peço desculpas por interromper seu trabalho, mas esse menino chegou à porta falando coisas desconexas, e ele se recusa a ir embora. Pensamos que o senhor talvez fosse capaz de entendê-lo.

As coisas desconexas eram, na verdade, um romani perfeitamente articulado.

– *Droboy tume Romale* – disse o menino com educação.

Kev respondeu ao cumprimento com um aceno de cabeça.

– *Mishto avilan.* – Ele continuou a conversa em romani. – Você é do *vitsa* perto do rio?

– Sim, *kako*. Fui enviado pelo *rom phuro* para avisar que encontramos um cigano caído no campo. Ele veste roupas de *gadjo*. Achamos que talvez vivesse aqui.

– Caído no campo – repetiu Kev, tomado por um calafrio intenso. Imediatamente, ele soube que algo ruim havia acontecido, mas se esforçou para manter a calma. – Ele estava descansando?

O menino balançou a cabeça.

– Está doente e confuso. E treme assim... – O menino imitou um tremor com as mãos.

– Ele disse como se chama? – perguntou Kev. – Falou alguma coisa? – Ainda falavam em romani, mas Leo e a Sra. Barnstable olhavam para Kev com atenção, percebendo a gravidade da situação.

– O que foi? – perguntou Leo, apreensivo.

O menino respondeu a Kev:

– Não, *kako*, ele não consegue falar muita coisa. E seu coração... – O menino deu alguns socos no próprio peito com o punho pequenino.

– Leve-me até lá.

Kev não tinha dúvidas de que a situação era terrível. Cam Rohan nunca adoecia e estava em perfeita condição física. Não sabia o que havia acontecido com ele, mas estava certo de que era grave.

Mudando para o inglês, Kev disse a Leo e à governanta.

– Rohan passou mal... Ele foi levado para o acampamento cigano. Milorde, sugiro que mande um lacaio e um condutor a Stony Cross para buscar Amelia imediatamente. Sra. Barnstable, mande chamar o médico. Levarei Rohan para casa o mais depressa possível.

– Senhor – perguntou a governanta, perplexa –, refere-se ao Dr. Harrow?

– Não – respondeu Kev de imediato. Sua intuição dizia para manter Harrow fora disso. – Na verdade, não deixe que ele saiba o que está acontecendo. Por ora, mantenha tudo isso em segredo.

– Sim, senhor. – Embora não entendesse os motivos de Kev, a governanta sabia que não deveria questionar sua autoridade. – O Sr. Rohan parecia estar perfeitamente bem esta manhã – disse ela. – O que pode ter acontecido?

– Vamos descobrir. – Sem esperar por mais perguntas ou reações, Kev guiou o menino até a porta. – Vamos.

~

O *vitsa* parecia ser uma pequena e próspera tribo familiar. Eles haviam montado um acampamento organizado, com dois *vardos* e alguns cavalos e burros de aspecto saudável. O líder da tribo, que o menino identificou como o *rom phuro*, era um homem atraente com longos cabelos negros e olhos escuros e afetuosos. Não era alto, mas estava em boa forma física e demonstrava grande autoridade. A palavra *phuro* normalmente se referia a um homem de idade avançada e muita sabedoria. Para alguém que parecia ter menos de 40 anos, isso significava que ele era um líder que havia conquistado um respeito incomum.

Eles trocaram cumprimentos rápidos, e o *rom phuro* levou Kev ao seu próprio *vardo*.

– Ele é seu amigo? – perguntou o líder, preocupado.

– Meu irmão. – Por alguma razão, a resposta de Kev atraiu um olhar demorado.

– É bom que esteja aqui. Esta pode ser sua última chance de vê-lo com vida.

Ao ouvir essas palavras, Kev se espantou com a própria reação impetuosa e com o choque e a dor que sentiu.

– Ele não vai morrer – falou Kev com rispidez, apressando o passo e quase saltando para dentro do *vardo*.

O interior da caravana cigana tinha 3,5 metros de comprimento por 1,80 metro de largura, aproximadamente, com o fogão típico e a chaminé de metal localizados ao lado da porta. Duas camas transversais ocupavam a outra extremidade do *vardo*, uma superior, outra inferior. Cam Rohan ocupava a cama mais baixa, e seus pés calçados por botas ultrapassavam o limite do colchão. Ele se contorcia e se debatia, com a cabeça rolando de um lado para o outro sobre o travesseiro.

– Inferno – disparou Kev com voz áspera, incapaz de acreditar como alguém poderia ficar tão debilitado de uma hora para outra.

A coloração saudável havia desaparecido do rosto de Rohan, que agora estava pálido como papel, e seus lábios estavam rachados e cinzentos. Ele gemia de dor e arfava como um cachorro.

Kev sentou-se na beirada da cama e tocou a testa gelada de Rohan.

– Cam – chamou com firmeza. – Cam, sou eu, Merripen. Abra os olhos. Conte-me o que aconteceu.

Rohan tentava controlar os tremores, focar o olhar, mas não conseguia. Ele tentou articular uma palavra, mas só conseguiu produzir um som incoerente.

Abrindo a mão sobre o peito de Rohan, Kev sentiu a pulsação feroz e irregular. Ele praguejou, compreendendo que o coração de um homem, por mais forte que fosse, não poderia manter aquele ritmo por muito tempo.

– Ele deve ter comido alguma erva sem saber que era perigosa – sugeriu o *rom phuro* com ar perturbado.

Kev balançou a cabeça.

– Meu irmão conhece bem as ervas medicinais. Ele jamais cometeria esse tipo de engano. – Olhando para o rosto crispado de Rohan, Kev sentiu uma mistura de fúria e compaixão. Queria que seu coração trabalhasse no lugar do dele. – Alguém o envenenou.

– O que posso fazer para ajudar? – perguntou o líder da tribo.

– Primeiro, temos que livrá-lo da maior quantidade possível do veneno.

– Ele vomitou antes de ser trazido para o *vardo*.

Isso foi bom. Mas se a reação ainda era tão forte, mesmo depois de expelido o veneno, a substância devia ser altamente tóxica. O coração sob a mão de Kev parecia estar pronto para explodir, sair do peito de Rohan. Logo ele começaria a ter convulsões.

– Temos que fazer alguma coisa para diminuir os batimentos e os tremores – disse Kev. – Vocês têm láudano?

– Não, mas temos ópio bruto.

– Melhor ainda. Traga-o depressa.

O *rom phuro* deu a ordem a duas mulheres que surgiram na entrada do *vardo*. Em menos de um minuto, elas voltaram com um pequeno recipiente contendo uma grossa pasta marrom. Era o fluido seco da vagem de papoula antes do amadurecimento. Kev pegou um pouco da pasta com a ponta de uma colher e tentou introduzi-la na boca de Rohan.

Os dentes de Rohan batiam violentamente contra o metal, e ele balançou a cabeça até se livrar da colher. Determinado, Kev passou um braço por baixo da nuca de Rohan e o levantou.

– Cam. Sou eu. Vim ajudá-lo. Aceite o que estou lhe dando. Precisa tomar isso agora. – Ele enfiou a colher na boca de Rohan e a segurou ali enquanto ele engasgava e tremia. – Isso mesmo – murmurou Kev, tirando a colher depois de um momento. Massageando a garganta do irmão com delicadeza, disse: – Engula. Sim, *phral*, isso.

O ópio funcionou com rapidez milagrosa. Logo os tremores começaram a perder força, e o ritmo frenético da respiração dele foi diminuindo. Kev não havia percebido que prendera o fôlego até soltar o ar num suspiro aliviado. Ele apoiou a mão no peito de Rohan, sobre o coração, sentindo a pulsação diminuir.

– Tente dar a ele um pouco de água – sugeriu o líder da tribo, entregando a Kev uma caneca feita de madeira entalhada.

Ele pressionou a borda da caneca contra os lábios de Rohan, tentando fazê-lo beber um gole.

As pálpebras pesadas se ergueram, e Rohan, com esforço, conseguiu enxergar o irmão.

– Kev...

– Estou aqui, irmãozinho.

Rohan o encarou e piscou. Depois levantou a mão e agarrou a gola da camisa de Kev como um náufrago.

– Azul – sussurrou com a voz entrecortada. – Tudo... azul.

Kev passou o braço por trás das costas de Rohan e o segurou com firmeza.

Ele olhou para o *rom phuro* e tentou desesperadamente pensar. Ouvira alguma coisa sobre esse sintoma antes, uma névoa azul sobre o campo de visão. Era provocado pela ingestão excessiva de um potente medicamento para o coração.

– Talvez ele tenha ingerido digitalina – murmurou. – Mas não sei de onde ela pode ser extraída.

– Da dedaleira – falou o *rom phuro* em um tom sereno, mas o rosto traía a ansiedade. – É muito venenosa. Mata o gado.

– Qual é o antídoto? – perguntou Kev, aflito.

A resposta do líder soou mansa.

– Não sei. Nem sei se existe algum.

CAPÍTULO 21

Depois de enviar um lacaio para chamar o médico do vilarejo, Leo decidiu ir ao acampamento cigano e ver como Rohan estava. Não suportava ficar parado, ansioso, na expectativa. E se sentia profundamente perturbado com a possibilidade de alguma coisa acontecer a Rohan, que havia se tornado fundamental para a família toda.

Leo desceu rapidamente a escada principal. Quando chegava ao hall de entrada foi abordado pela Srta. Marks. Ela estava acompanhada de uma criada e segurava a infeliz pelo pulso. A criada estava pálida e tinha os olhos vermelhos.

– Milorde – disse a Srta. Marks em tom severo. – Exijo que nos acompanhe ao salão imediatamente. Há algo que precisa...

– Em seu suposto conhecimento de etiqueta, Marks, devia saber que ninguém *exige* que o dono da casa faça alguma coisa.

A boca austera da governanta se retorceu impaciente.

– Para os diabos com a etiqueta. É importante.

– Muito bem. Pelo visto, terei que fazer o que quer. Mas fale aqui mesmo, agora. Não tenho tempo para conversa de salão.

– No salão – insistiu ela.

Leo revirou os olhos e seguiu a governanta e a criada pelo hall.

– Eu a previno, se isso for alguma questão doméstica trivial, vou pedir sua cabeça. Tenho um assunto urgente para resolver agora e...

– Sim – Marks o interrompeu quando entraram apressados no salão. – Sei do que se trata.

– Sabe? Espere, a Sra. Barnstable não devia ter contado a ninguém.

– Segredos raramente são mantidos na área de serviço, milorde.

No salão, Leo olhou para a coluna ereta da governanta e sentiu a mesma irritação que sempre sentia em sua presença. Ela era como uma inalcançável coceira nas costas. Tinha alguma coisa a ver com o coque de cabelos castanho-claros presos na altura da nuca e com a palidez seca de sua pele. Ele não conseguia deixar de pensar em como seria desamarrá-la, remover os grampos, soltá-la. Tirar seus óculos. Fazer coisas que a deixariam corada, ofegante e muito incomodada.

Sim, era isso. Queria incomodá-la. Repetidamente.

Meu Deus, que diabo estava acontecendo com ele?

A Srta. Marks fechou a porta do salão e bateu no braço da criada com a mão branca e magra.

– Esta é Sylvia – disse ela a Leo. – Ela viu algo estranho hoje de manhã e teve receio de contar a alguém. Porém, depois de saber sobre a doença do Sr. Rohan, ela me procurou para dar essa informação.

– Por que esperou até agora? – perguntou Leo, impaciente. – Coisas estranhas devem ser relatadas imediatamente.

A Srta. Marks respondeu com uma calma irritante.

– Não há proteção para uma criada que, sem querer, vê alguma coisa que não devia. E como é uma jovem sensata, Sylvia não queria ser transformada em bode expiatório. Temos sua garantia de que Sylvia não será prejudicada pelo que está prestes a contar?

– As duas têm a minha palavra – disse Leo. – Seja o que for. Fale, Sylvia.

A criada assentiu e se apoiou na Srta. Marks. Sylvia era muito mais pesada do que a frágil governanta, tanto que era surpreendente elas não terem caído.

– Milorde – começou a jovem. – Hoje de manhã poli os talheres de peixe e os levava para o aparador do café da manhã, para os filés de linguado. Porém, quando entrei na sala, vi o Sr. Merripen e o Sr. Rohan na varanda, conversando. O Dr. Harrow estava na sala, observando-os...

– E daí? – Leo a incentivou ao ver que seus lábios tremiam.

– Então eu pensei ter visto o Dr. Harrow despejar alguma coisa no bule de café do Sr. Merripen. Ele tirou algo do bolso, parecia ser um daqueles pequeninos recipientes de vidro que vemos na botica. Mas foi tudo muito rápido, não consegui me certificar do que ele havia feito. Depois ele se virou e olhou para mim quando entrei na sala. Fingi que não havia visto nada, milorde. Não queria criar problemas.

– Acreditamos que o Sr. Rohan pode ter bebido o café adulterado – acrescentou a governanta.

Leo balançou a cabeça.

– O Sr. Rohan não toma café.

– Não é possível que ele tenha aberto uma exceção esta manhã?

O sarcasmo na voz dela era irritante a ponto de se tornar insuportável.

– É possível. Mas não seria característico. – Leo suspirou. – Maldição. Vou tentar descobrir o que Harrow fez, se é que ele fez alguma coisa. Obrigado, Sylvia.

– Sim, milorde. – A criada parecia aliviada.

Quando Leo saiu da sala, descobriu, irritado, que a Srta. Marks o seguia.

– *Não* me acompanhe, Srta. Marks.

– Vai precisar de mim.

– Vá se sentar em algum lugar e tricote alguma coisa. Ou conjugue um verbo. Faça o que fazem as governantas.

– Eu iria – respondeu ela, irritada –, se tivesse certeza de que é capaz de lidar com essa situação. Mas pelo que vi das suas habilidades, duvido muito que consiga alguma coisa sem minha ajuda.

Leo se perguntou se outras governantas ousavam falar nesse tom com seus empregadores. Achava que não. Por que suas irmãs não haviam escolhido uma mulher quieta e agradável, em vez dessa pequena vespa?

– Tenho habilidades que você nunca terá a sorte de ver ou experimentar, Marks.

Ela respondeu com um som debochado e continuou seguindo seus passos.

Quando chegou ao quarto de Harrow, Leo bateu e entrou. O guarda-roupa estava vazio e havia um baú aberto ao lado da cama.

– Desculpe a invasão, Harrow – Leo começou fingindo polidez. – Mas temos um problema.

– Ah, sim? – O médico não parecia curioso.

– Alguém adoeceu.

– Lamentável. Gostaria de poder ajudar, mas se eu quiser chegar a Londres antes da meia-noite, devo partir em breve. Terá que procurar outro médico.

– Certamente você tem a obrigação ética de ajudar alguém que precisa de atendimento – comentou a Srta. Marks, incrédula. – E o juramento de Hipócrates?

– O juramento não é obrigatório. E considerando os eventos recentes, tenho todo o direito de me recusar. Terão que encontrar outro médico para cuidar dele.

Dele.

Leo não precisou olhar para a Srta. Marks para saber que ela também percebera o deslize. Leo decidiu fazer Harrow falar mais.

– Merripen conquistou minha irmã de maneira justa, amigo. E o que os aproxima começou muito antes de você entrar em cena. Eles não têm culpa.

– Não os culpo de nada – respondeu Harrow, em tom sério. – Você é o culpado.

– *Eu*? – Leo estava indignado. – De quê? Não tive nada a ver com isso.

– Tem tão pouca consideração por suas irmãs que permitiu que não apenas um, mas *dois* ciganos viessem conviver com sua família.

De esguelha, Leo viu Dodger atravessando o tapete. O furão curioso correu para uma cadeira sobre a qual havia um casaco escuro. Em pé sobre as patas traseiras, ele verificava o conteúdo dos bolsos.

A Srta. Marks falava com vigor.

– Sr. Merripen e Sr. Rohan são homens de excelente caráter, Dr. Harrow. Pode acusar lorde Ramsay de muitas outras coisas, mas não disso.

– Eles são *ciganos* – insistiu Harrow com desdém.

Leo começou a falar, mas foi interrompido pelo sermão da Srta. Marks.

– Um homem deve ser julgado por aquilo que faz, Dr. Harrow. Pelo que faz quando não há ninguém olhando. E tendo vivido perto do Sr. Merripen e do Sr. Rohan, posso afirmar com certeza que ambos são homens bons e honrados.

Dodger tirou um objeto do bolso do casaco e o sacudiu triunfante. Ele começou a caminhar sem pressa em volta do quarto, observando Harrow com atenção.

– Desculpe-me se não aceito recomendações de caráter vindas de uma mulher como você – respondeu Harrow. – De acordo com alguns boatos, esteve *muito* próxima de certo cavalheiro em seu passado.

A governanta empalideceu ultrajada.

– Como se atreve?

– Seu comentário é inteiramente inapropriado – disse Leo a Harrow. – É óbvio que nenhum homem em sã consciência tentaria alguma coisa indecente com a Srta. Marks. – Notando que Dodger conseguira chegar à porta, Leo segurou o braço rígido da governanta. – Venha, Marks. Vamos deixar o médico arrumar a bagagem.

No mesmo instante, Harrow viu o furão, que carregava na boca um pequeno recipiente de vidro. Os olhos do médico se arregalaram, e ele empalideceu.

– Dê-me isso! – gritou ele e correu para o animal. – Isso é meu!

Leo saltou sobre o médico e o jogou no chão. Harrow o surpreendeu com um preciso gancho de direita, mas o queixo de Leo havia sido endurecido por muitas brigas em tavernas. Ele devolvia golpe por golpe, rolando pelo chão com o médico e lutando para dominá-lo.

– Que diabo... – grunhiu Leo – pôs naquele café?

– Nada. – As mãos fortes do médico agarraram o pescoço de Leo. – Não sei do que está falando...

Leo o castigou com socos nas costelas até o médico perder a força.

– É claro que sabe – Leo arfou e acertou uma joelhada entre as pernas de Harrow. Era um golpe baixo e sujo que ele havia aprendido em uma de suas aventuras mais picantes em Londres.

Harrow caiu gemendo.

– Um cavalheiro... não faria... isso...

– Cavalheiros também não envenenam pessoas. – Leo o agarrou. – Diga o que era, droga!

Apesar da dor, o médico distendeu os lábios em um sorriso diabólico.

– Merripen não terá minha ajuda.

– Merripen não bebeu a porcaria, idiota! Rohan bebeu o café. Agora me diga o que pôs naquele café ou vou rasgar sua garganta.

O médico parecia perplexo. Ele fechou a boca e se recusou a falar. Leo o acertou com um soco de direita e outro de esquerda, mas o canalha permanecia calado.

A voz da Srta. Marks abrandou a fúria incessante de Leo.

– Milorde, pare com isso. *Nesse instante.* Preciso de sua ajuda para recuperar o frasco.

Leo levantou Harrow do chão, o arrastou até o guarda-roupa e o trancou lá dentro. Depois se virou para encarar a Srta. Marks. Ele estava suado, com o peito arfante.

Os dois se olharam por uma fração de segundo. Os olhos dela estavam arregalados. Mas a troca de olhares foi imediatamente interrompida pelo grito triunfante de Dodger.

O furão esperava na soleira, executando uma alegre dança de guerra que consistia em uma série de saltos laterais. Evidentemente, estava muito feliz com a nova aquisição, e mais ainda por notar que a Srta. Marks parecia querer o objeto.

– Deixe-me sair! – gritou Harrow com voz abafada, esmurrando violentamente a porta do armário.

– Aquele maldito furão – resmungou a Srta. Marks. – Isso é uma brincadeira para ele. Vai passar horas nos provocando com o recipiente sem nos deixar pegá-lo.

Olhando para o animal, Leo sentou-se no tapete e suavizou a voz.

– Venha até aqui, chumaço de pelos sem pulgas. Terá todos os biscoitos doces que quiser, se me der seu novo brinquedo. – Ele assobiou baixo e estalou a língua.

Mas a tática não funcionou. Dodger simplesmente o encarava com olhos brilhantes e permanecia parado na porta, segurando o frasco entre as patinhas.

– Dê a ele uma de suas ligas – disse Leo, ainda olhando para o furão.

– Como disse? – perguntou a Srta. Marks em tom gelado.

– Você ouviu. Tire a liga e ofereça a ele como objeto de troca. Caso contrário, vamos perseguir esse maldito animal pela casa toda. E duvido que Rohan aprecie a demora.

A governanta olhou resignada para Leo.

– Só vou concordar pelo bem do Sr. Rohan. Vire-se.

– Por favor, Marks, acha que alguém quer realmente olhar para esses palitos que você chama de pernas? – Mas ele se virou, olhando para o outro lado.

Houve um prolongado farfalhar enquanto a Srta. Marks se sentava em uma cadeira do quarto e levantava as saias.

Por acaso, Leo estava posicionado muito perto de um espelho oval montado sobre uma moldura de madeira, um modelo basculante que podia ser inclinado para cima ou para baixo. E dali tinha uma visão excelente da Srta. Marks na cadeira. Então aconteceu uma coisa muito estranha – ele viu de relance uma perna muito bonita. Leo piscou espantado, e no segundo seguinte as saias haviam sido abaixadas.

– Aqui – disse a Srta. Marks relutante, jogando a liga na direção dele.

Leo virou-se e conseguiu pegá-la no ar.

Dodger os observava com os olhinhos redondos cheios de interesse.

Leo girou a liga em um dos dedos num gesto provocante.

– Dê uma olhada, Dodger. Seda azul com acabamento de renda. Todas as governantas seguram suas meias desse jeito tão adorável? Talvez os boatos sobre um passado inadequado sejam verdadeiros, Marks.

– Agradeço se mantiver a língua dentro da boca, milorde.

Dodger movia a cabeça como se acompanhasse cada movimento da liga. Encaixando o tubo de vidro na boca, ele o carregou como um cãozinho, saltando para Leo com lentidão enlouquecedora.

– Isso é uma troca, amigão – disse Leo. – Não pode ter algo sem dar nada.

Cuidadoso, Dodger soltou o frasco de vidro e estendeu as patinhas para a liga. Leo entregou a peça delicada e pegou o recipiente com a outra mão. O frasco continha um pó verde e fino. Ele o observou atentamente, girando-o entre os dedos.

A Srta. Marks se aproximou apressada, ajoelhando-se junto dele.

– Tem etiqueta? – perguntou ela, ofegante.

– Não. Maldição. – Leo estava tomado por uma fúria violenta.

– Deixe-me ver – disse a Srta. Marks, tirando o frasco da mão dele.

Leo levantou-se imediatamente, atirando-se contra o guarda-roupa. Ele o esmurrou com os dois punhos.

– Maldição, Harrow, o que é isso? Que coisa é essa? Fale ou vai ficar aí até apodrecer.

Silêncio.

– Por Deus, eu vou... – começou Leo, mas a Srta. Marks o interrompeu.

– É digitalina em pó.

Leo a olhou fora de si. Ela abrira o frasco e o cheirava cautelosa.

– Como sabe?

– Minha avó usava isso para um problema que tinha no coração. Tem cheiro de chá, e a cor é inconfundível.

– Qual é o antídoto?

– Não faço ideia – disse a Srta. Marks, parecendo mais perturbada a cada momento. – Mas é uma substância poderosa. Uma dose grande pode fazer parar o coração de um homem.

Leo olhou novamente para o guarda-roupa.

– Harrow – rosnou ele –, se quer viver, é melhor me falar agora qual é o antídoto.

– Deixe-me sair antes – disse a voz abafada.

– Não vou negociar! Diga o que anula o efeito do veneno, maldição!

– *Nunca*.

– Leo? – Uma nova voz soou no quarto.

Ele se virou apressado e viu Amelia, Win e Beatrix paradas na soleira. Todas o olhavam como se ele houvesse enlouquecido.

Amelia falou com uma compostura admirável.

– Tenho duas perguntas, Leo: por que mandou me buscar e por que está discutindo com o guarda-roupa?

– Harrow está lá dentro – disse ele.

A expressão dela mudou.

– Por quê?

– Estou tentando obrigá-lo a me dizer o que elimina o efeito de uma overdose de pó de digitalina. – Então olhou furioso para o guarda-roupa. – E vou *matá-lo* se ele não me disser.

– Quem tomou uma overdose? – perguntou Amelia repentinamente pálida. – Tem alguém passando mal? Quem é?

– Foi colocada para Merripen ingerir – Leo falou em voz baixa, estendendo as mãos para ampará-la antes de continuar. – Mas foi Cam quem a tomou.

Um grito sufocado escapou do peito de Amelia.

– Meu Deus! Onde ele está?

– No acampamento cigano. Merripen está com ele.

Lágrimas brotavam nos olhos de Amelia.

– Preciso ir vê-lo.

– Não vai poder ajudá-lo sem um antídoto.

Win passou por eles e se dirigiu ao criado-mudo com rapidez. Decidida, ela pegou uma lamparina a óleo e uma caixa de fósforos, e se aproximou do guarda-roupa.

– O que está fazendo? – perguntou Leo, pensando que a irmã havia perdido completamente a razão. – Ele não precisa de uma lamparina, Win.

Ignorando-o, Win removeu a redoma de vidro e a jogou sobre a cama. Depois tirou o queimador de bronze que sustentava o pavio, expondo o reservatório de óleo. Sem nenhuma hesitação, ela despejou o óleo na frente do guarda-roupa. O cheiro forte da substância altamente inflamável dominou o quarto.

– Você ficou maluca? – perguntou Leo, assustado não só com seus gestos, mas também com a atitude calma.

– Tenho fósforos, Julian – disse ela. – Diga-me o que devemos dar ao Sr. Rohan ou então vou atear fogo ao guarda-roupa.

– Você não ousaria – gritou Harrow.

– Win – interferiu Leo –, você vai acabar incendiando a casa toda, e acabamos de reconstruí-la. Dê-me os fósforos.

Ela balançou a cabeça decidida.

– Estamos começando um novo ritual de primavera? – perguntou Leo. – O incêndio anual da mansão? Tenha juízo, Win.

Ela olhou para a porta do guarda-roupa.

– Contaram-me que você matou sua primeira esposa, Julian. Possivelmente com veneno. E agora que sei o que fez com meu cunhado, eu acredito nisso. E se você não nos ajudar, vou assá-lo como um pedaço de carne galesa. – Ela abriu a caixa com os fósforos.

Percebendo que a irmã não podia estar falando sério, Leo decidiu apoiar o blefe.

– Estou implorando, Win – disse Leo com entonação teatral –, não faça isso. Não é necessário... *Céus!*

Foi então que Win riscou um fósforo e ateou fogo ao guarda-roupa.

Não era um blefe, Leo entendeu atordoado. Ela realmente assaria o infeliz.

Ao primeiro brilho das chamas, houve um grito aterrorizado dentro do guarda-roupa.

– Muito bem! Deixe-me sair! É ácido tânico. *Ácido tânico*. Está na minha valise. Deixe-me sair!

– Muito bem, Leo – disse Win um pouco ofegante. – Pode apagar o fogo.

Apesar de estar em pânico, Leo não conseguiu conter uma gargalhada sufocada. Ela falava como se o mandasse soprar uma vela, não extinguir o fogo de um grande móvel de madeira. Leo tirou o casaco e bateu com ele, freneticamente, contra a porta do guarda-roupa.

– Você é maluca – disse a Win quando ela passou.

– Ele não teria contado de outra maneira – respondeu Win.

Com toda aquela comoção, alguns criados apareceram e um deles também despiu o casaco e foi ajudar Leo. Enquanto isso, as mulheres foram vasculhar a valise de Harrow.

– Ácido tânico não é a mesma coisa que chá? – perguntou Amelia com as mãos trêmulas tentando manejar o fecho.

– Não, Sra. Rohan – falou a governanta. – Creio que o médico se referia ao ácido tânico das folhas de carvalho, não ao tanino do chá. – Ela apoiou a valise quando Amelia quase a deixou cair. – Cuidado, não derrube. Ele não usa rótulos em seus frascos.

Dentro da maleta havia fileiras de tubos de vidro contendo pós e líquidos. Os recipientes não eram etiquetados, mas nas fendas onde eles se encaixavam estavam indicados seus nomes à tinta. Lendo as inscrições, a Srta. Marks pegou um frasco cheio com um pó marrom amarelado.

– Aqui está.

Win o pegou.

– Vou levar para eles – disse. – Sei onde fica o acampamento. E Leo está ocupado apagando o fogo do guarda-roupa.

– Eu levo o frasco para Cam – protestou Amelia com veemência. – Ele é meu marido.

– Sim. E você espera um filho dele. Se cair do cavalo durante uma cavalgada em alta velocidade, ele jamais a perdoará por ter posto o bebê em risco.

Amelia a fitou angustiada, com a boca tremendo. Ela assentiu e disse:

– *Corra*, Win.

~

– Consegue improvisar uma maca com lona e estacas? – perguntou Merripen ao *rom phuro*. – Preciso levá-lo de volta a Ramsay House.

O líder da tribo afirmou com um movimento de cabeça. Ele chamou um pequeno grupo que esperava perto da entrada do *vardo*, deu algumas instruções, e eles partiram imediatamente. Quando olhou para Merripen, o líder disse:

– Teremos a maca em alguns minutos.

Kev assentiu olhando para o rosto pálido de Cam. Ele não estava bem, mas pelo menos a ameaça de convulsões e colapso cardíaco havia sido temporariamente afastada. Privado de sua habitual expressividade, Cam parecia jovem e indefeso.

Era estranho pensar que fossem irmãos, pois tinham passado a vida sem saber da existência um do outro. Kev havia se fechado na sua solidão por muito tempo, mas ultimamente ele parecia estar condescendendo. Queria saber mais sobre Cam, trocar recordações com ele. Queria um irmão. *Eu sempre soube que não era sozinho no mundo*, Cam havia dito no dia em que descobriram os laços de sangue. Kev sentira a mesma coisa. Só não havia sido capaz de dizer.

Com um pano, Kev enxugava a camada de suor do rosto do irmão. Um gemido fraco escapou dos lábios de Cam, como o de uma criança tendo um pesadelo.

– Está tudo bem, *phral* – murmurou Kev, tocando o peito de Cam, sentindo os batimentos lentos e instáveis. – Logo você vai ficar bem. Não vou sair do seu lado.

– Você é muito chegado ao seu irmão – comentou o *rom phuro* em tom suave. – Isso é bom. Tem outros familiares?

– Vivemos com *gadje* – disse Kev, desafiando-o com o olhar a desaprová-los. A expressão do líder da tribo ainda era amigável e interessada. – Ele é casado com uma delas.

– Espero que não seja bonita – comentou o *rom phuro*.

– Ela é bonita – revelou Kev. – Por que não deveria ser?

– Porque devemos escolher a esposa usando os ouvidos, não os olhos.

Kev sorriu.

– Muito astuto. – E olhou para Cam outra vez, achando que ele parecia piorar. – Se precisarem de ajuda para construir a maca...

– Não, meus homens são rápidos. Logo terão terminado. Mas ela tem que ser bem-feita e precisa ser forte para carregar um homem desse tamanho.

As mãos de Cam se retorciam e seus dedos longos puxavam, agitados, o cobertor que fora posto sobre ele. Kev segurou a mão dele com firmeza, tentando aquecê-la e acalmá-lo.

O *rom phuro* olhou para a tatuagem no antebraço de Cam, para as linhas impressionantes do cavalo negro e alado.

– Quando encontrou Rohan? – perguntou o homem, em tom sereno.

Kev o encarou assustado, apertando ainda mais a mão de Cam.

– Como sabe o nome dele?

O líder da tribo sorriu com os olhos cheios de afeto.

– Sei outras coisas também. Você e seu irmão viveram separados por muito tempo. – Ele tocou a tatuagem com o dedo indicador. – E esta marca... você tem uma também.

Kev o encarava sem piscar.

Os sons de uma breve movimentação soaram lá fora, e alguém empurrou a porta e entrou. Uma mulher. Com surpresa e preocupação, Kev viu o brilho dos cabelos louros.

– Win! – exclamou ele, soltando com cuidado a mão de Cam e se levantando. Infelizmente, não podia ficar todo esticado no veículo de teto baixo. – Não veio sozinha, veio? Não é seguro. Por que está...

– Estou tentando ajudar. – As saias do traje de montaria de Win farfalharam quando ela correu para dentro do *vardo*. Uma de suas mãos estava sem luva, e ela segurava alguma coisa nela. Win estava tão compenetrada em se aproximar de Kev que nem olhou para o *rom phuro*. – Aqui. *Aqui*. – Ela respirava com dificuldade por ter cavalgado até o acampamento numa velocidade assustadora, e seu rosto estava vermelho.

– O que é isso? – murmurou Kev, aceitando o objeto que ela oferecia e, com a mão livre, afagando a nuca de Win. Ele olhou para o pequeno frasco cheio de pó.

– O antídoto – avisou Win. – Dê a ele depressa.

– Como sabe que é o medicamento certo?

– Obriguei o Dr. Harrow a me dizer.

– Ele pode ter mentido.

– Não. Tenho certeza de que não estava, porque naquele momento ele estava quase pegando f... quero dizer, enfrentava dificuldades.

Kev segurou firme o frasco. Não havia alternativa. Podiam antes consultar um médico confiável, mas, pelo visto, Cam não resistiria por muito tempo. E não tentar aquele antídoto seria pior.

Kev começou a dissolver alguns grãos do pó em uma pequena quantidade de água, calculando que era melhor uma poção fraca a expor Cam ao risco de outro envenenamento. Ele levantou a cabeça de Cam e o amparou reclinado, apoiando-o contra o peito. Delirando e instável, Cam fez um ruído de protesto quando o movimento causou dores nos músculos enrijecidos.

Naquela posição, Kev não conseguia ver o rosto de Cam, mas viu a expressão de compaixão de Win quando ela se aproximou para segurar o queixo dele. Massageando os músculos tensos, ela conseguiu fazê-lo abrir a boca. Depois de derrubar o líquido de uma colher dentro da boca de Cam, ela massageou-lhe as faces e a garganta, induzindo-o a engolir o medicamento. Cam tomou o remédio e estremeceu, se apoiando em Kev.

– Obrigada – sussurrou Win, afagando os cabelos úmidos de Cam e pousando a mão sobre seu rosto frio. – Agora você vai ficar melhor. Descanse e espere o antídoto fazer efeito.

Kev pensou que ela nunca havia estado tão linda quanto neste momento, o rosto demonstrando gravidade e ternura. Depois de alguns minutos a voz de Win soou serena:

– A cor dele está melhorando.

E a respiração também melhorava, o ritmo entrecortado estava mais lento e profundo. Kev sentiu o corpo de Cam relaxar, os músculos tensos se distensionaram enquanto os princípios ativos da digitalina eram neutralizados.

Cam se moveu como se estivesse despertando de um sono prolongado.

– Amelia – disse ele com a voz pastosa de ópio.

Win segurou as mãos dele.

– Ela está bem, esperando por você em casa, querido.

– Casa – repetiu ele com um movimento de cabeça vagaroso.

Kev o deitou com cuidado e o observou. A palidez intensa desaparecia a cada segundo e a cor saudável voltava ao rosto. A rapidez da transformação era espantosa.

Os olhos cor de âmbar se abriram, e Cam os cravou em Kev tentando encontrar o foco.

– Merripen – chamou ele, e seu tom era tão lúcido que Kev sentiu uma onda de alívio.

– Sim, *phral*?

– Estou morto?

– Não.

– Devo estar.

– Por quê? – perguntou Kev, surpreso.

– Porque... – Cam fez uma pausa para umedecer os lábios secos. – Porque você está *sorrindo*... e acabei de ver meu primo Noah bem ali.

CAPÍTULO 22

O *rom phuro* se aproximou e se ajoelhou ao lado da cama.

– Olá, Camlo – murmurou ele.

Cam o encarou com espanto e fascínio.

– Noah. Você está mais velho.

O primo dele riu.

– De fato. Na última vez que o vi, você mal chegava à altura do meu peito. E agora parece que é pelo menos uma cabeça mais alto que eu.

– Você nunca voltou para me buscar.

Kev interferiu sério.

– E nunca contou que ele tinha um irmão.

O sorriso de Noah tornou-se pesaroso quando ele olhou para os dois.

– Eu não podia fazer nenhuma dessas coisas. Para proteção de vocês mesmos. – Os olhos buscaram os de Kev. – Disseram que você havia morrido, Kev. É uma alegria descobrir que fomos enganados. Como sobreviveu? Onde esteve?

Kev o olhou carrancudo.

– Não se preocupe com isso. Rohan passou *anos* procurando você. Procurando respostas. Diga a verdade a ele agora, conte por que ele foi mandado para longe da tribo e o que a maldita tatuagem significa. E não esconda nada.

Noah parecia um pouco surpreso com a atitude autoritária de Kev. Como líder do *vitsa*, não estava acostumado a receber ordens de ninguém.

– Ele é sempre assim – Cam disse a Noah. – Você se acostuma.

Noah se abaixou, pegou embaixo da cama uma caixa de madeira e vasculhou seu conteúdo.

– O que sabe sobre nosso sangue irlandês? – perguntou Kev. – Qual era o nome de nosso pai?

– Tem muita coisa que não sei – admitiu Noah. Ao encontrar o que procurava, ele tirou o objeto da caixa e olhou para Cam. – Mas nossa avó me contou tudo o que pôde em seu leito de morte. E ela me deu isto...

Era uma faca de prata escurecida.

Demonstrando rapidez de reflexos, Kev segurou o pulso do primo com dedos de aço. Win gritou assustada, enquanto Cam tentava em vão se erguer sobre os cotovelos.

Noah fitou os olhos de Kev.

– Paz, primo. Eu jamais faria mal a Camlo. – Ele abriu a mão. – Aceite. É sua. Foi de seu pai. O nome dele era Brian Cole.

Kev pegou a faca e soltou devagar o pulso de Noah. Ele olhou para o objeto, uma faca que podia ser guardada na bota, a lâmina de dois gumes com aproximadamente 10 centímetros de comprimento. O cabo era de prata e tinha algumas gravações. Parecia antiga e cara. Mas o que espantava Kev era o desenho gravado na parte plana do cabo... o *pooka* irlandês perfeitamente estilizado.

Ele mostrou a imagem a Cam, que prendeu o fôlego por um momento.

– Vocês são Cameron e Kevin Cole – declarou Noah. – Esse desenho do cavalo era a marca de sua família... estava no brasão. Quando separamos vocês dois, ficou decidido que ambos teriam a marca. Não só para identificá-los, mas também como um apelo ao segundo filho de Moshto, para preservá-los e protegê-los.

– Quem é Moshto? – perguntou Win em voz baixa.

– Uma divindade cigana – respondeu Kev, ouvindo a própria voz perplexa. – O deus de todas as coisas boas.

– Eu procurei... – começou Cam, ainda olhando para a faca, e balançou a cabeça como se o esforço de explicar fosse demais.

Kev falou por ele.

– Meu irmão contratou especialistas em heráldica e pesquisadores para estudarem os livros dos brasões das famílias irlandesas, e eles nunca encontraram esse símbolo.

– Creio que os Coles removeram o *pooka* do brasão há cerca de trezentos anos, quando o rei da Inglaterra declarou-se chefe da Igreja da Irlanda. O *pooka* era um símbolo pagão. Sem dúvida eles pensavam que o símbolo poderia ameaçar a posição deles na Igreja reformada. Mas os Coles ainda gostavam dele. Lembro que seu pai usava um grande anel de prata com o *pooka* gravado.

Kev olhou para o irmão e percebeu que Cam se sentia exatamente como ele. Era como ter estado em um quarto fechado durante toda a vida e, de repente, ver a porta aberta.

– Brian, seu pai – continuou Noah –, era filho de lorde Cavan, um representante irlandês na Casa Britânica dos Lordes. Brian era seu único herdeiro. Mas seu pai cometeu um erro, apaixonou-se por uma garota cigana chamada Sonya. Ela era linda. Eles desafiaram as famílias e se casaram. Viveram longe de todos pelo tempo suficiente para Sonya ter dois filhos. Ela morreu no parto quando Cam nasceu.

– Sempre pensei que minha mãe havia morrido quando eu nasci – disse Kev. – Faz pouco tempo que descobri que tinha um irmão mais novo.

– Foi depois do segundo filho que ela morreu. – Noah parecia pensativo.

– Eu tinha idade suficiente para lembrar o dia em que Cole trouxe vocês dois para nossa avó. Ele disse a *Mami* que havia sido um tormento tentar viver nos dois mundos e queria retornar ao lugar dele. Então, deixou os filhos com a tribo e nunca mais voltou.

– Por que fomos separados? – perguntou Cam, ainda com uma aparência exausta, mas próximo de sua disposição habitual.

Noah levantou-se com facilidade e caminhou até o canto perto do fogão. Enquanto respondia, ele preparou chá com habilidade, escolhendo folhas secas para misturar à água fervente de um pequeno bule.

– Depois de alguns anos, seu pai se casou novamente. E depois outros *vitsas* nos disseram que alguns *gadje* haviam aparecido perguntando pelos meninos, oferecendo dinheiro em troca de informação e agindo com violência quando os ciganos nada revelavam. Compreendemos que seu pai queria se livrar dos filhos mestiços, que eram os legítimos herdeiros do título. Ele tinha uma nova esposa, que daria a ele filhos brancos.

– E nós éramos um empecilho – deduziu Kev, sombrio.

– Parece que sim. – Noah coou o chá. Ele serviu a infusão em uma xícara, acrescentou açúcar e a levou para Cam. – Beba um pouco, Camlo. Você precisa tirar o veneno do corpo.

Cam sentou-se e apoiou as costas à parede. Segurando a xícara com mãos ainda trêmulas, sorveu a bebida quente com cuidado.

– Então, para reduzir as chances de nós dois sermos encontrados – disse Cam –, vocês ficaram comigo e entregaram Kev ao nosso tio.

– Sim, ao tio Pov. – Noah franziu o cenho e desviou os olhos dos de Kev. – Sonya era a irmã preferida dele. Acreditávamos que ele seria um bom protetor. Ninguém imaginava que ele culparia os filhos pela morte da mãe.

– Ele odiava os *gadje* – disse Kev em voz baixa. – Isso era outra coisa que ele tinha contra mim.

Noah fez um esforço para encarar Kev.

– Depois que ouvimos a notícia sobre sua morte, decidimos que seria muito perigoso ficar com Cam. Por isso o levei a Londres e o ajudei a encontrar trabalho.

– Em um clube de jogo? – indagou Cam com uma nota de ceticismo na voz.

– Às vezes os melhores esconderijos são os lugares que estão à vista de todos – justificou Noah.

Cam balançava a cabeça com pesar.

– Aposto que meia Londres viu minha tatuagem. É espantoso que lorde Cavan nunca tenha sabido sobre ela.

Noah franziu a testa.

– Eu lhe disse para mantê-la coberta.

– Não, não disse.

– Eu disse – insistiu Noah e tocou a testa de Cam. – Ah, Moshto, você nunca foi bom ouvinte.

~

Win permanecia calada ao lado de Merripen. Ela ouvia a conversa entre os homens, mas também observava o ambiente. O *vardo* era velho, mas muito bem conservado, limpo e arrumado. Um cheiro fraco de fumaça parecia emanar das paredes e das tábuas defumadas por milhares de refeições preparadas no veículo. Crianças brincavam do lado de fora, rindo e gritando. Era estranho pensar que aquela caravana era o único refúgio da família do mundo exterior. A falta de espaço coberto obrigava a tribo a viver basicamente ao ar livre. Por mais estranha que fosse essa ideia, havia nela uma espécie de liberdade.

Era possível imaginar Cam adotando esse estilo de vida, adaptando-se a ele, mas não Kev. Haveria sempre alguma coisa nele que o impelia a controlar e dominar o ambiente, construir e organizar. Depois de tanto tempo vivendo com gente como ela, Kev aprendera a entendê-los. E, ao compreendê-los, tornara-se mais parecido com eles.

Win gostaria de saber como Kev se sentia agora que finalmente seu passado cigano havia sido revelado, agora que os mistérios tinham sido explicados. Kev parecia perfeitamente calmo e controlado, mas essa teria sido uma experiência perturbadora para qualquer pessoa.

– ... com todo o tempo que passou – estava dizendo Cam –, acha que ainda há perigo para nós? Nosso pai ainda está vivo?

– Seria muito fácil descobrir – respondeu Merripen e acrescentou com ar sombrio: – Ele provavelmente não ficaria feliz por saber que *nós* ainda estamos vivos.

– Vocês estarão razoavelmente seguros enquanto permanecerem rons – opinou Noah. – Mas se Kev apresentar-se como o herdeiro Cavan e tentar reclamar o título, vai haver problema.

Merripen o encarou desdenhoso.

– E por que eu faria isso?

Noah deu de ombros.

– Nenhum cigano faria. Mas você é meio *gadjo*.

– Não quero o título ou o que vem com ele – disse Merripen com firmeza.

– E não tenho nada a ver com os Coles, com lorde Cavan ou qualquer coisa irlandesa.

– E vai ignorar metade de si mesmo? – perguntou Cam.

– Passei a maior parte da vida sem saber sobre minha metade irlandesa. Não vai ser problema ignorá-la agora.

Um menino cigano entrou no *vardo* para informar que a maca estava pronta.

– Muito bom – disse Merripen determinado. – Vou ajudá-lo a sair e depois...

– Oh, não – interrompeu-o Cam, sério. – Não vou deixar que me carreguem em uma maca para Ramsay House.

Merripen olhou para ele com um sorriso irônico.

– Como planeja chegar lá?

– Cavalgando.

Merripen franziu a testa.

– Não está em condições de cavalgar. Vai cair e quebrar o pescoço.

– Eu posso montar – insistiu Cam, teimoso. – Não é longe.

– Vai cair do cavalo!

– Não vou subir na maldita maca. Amelia ficaria assustada.

– Não está preocupado com Amelia, está pensando no seu orgulho. Você vai ser carregado e está decidido.

– Veremos – disparou Cam.

Win e Noah trocaram um olhar preocupado. Os irmãos pareciam prontos para se atracar.

– Como líder da tribo, posso ajudar a resolver o impasse... – começou Noah com diplomacia.

Merripen e Cam responderam ao mesmo tempo:

– *Não*.

– Kev – murmurou Win –, ele poderia ir comigo? Ele pode montar atrás de mim e terá onde se segurar.

– Muito bem – Cam se manifestou imediatamente. – Assim está ótimo.

Merripen olhou carrancudo para os dois.

– Eu também vou – anunciou Noah com um sorriso pálido. – Em meu cavalo. Vou mandar meu filho preparar o animal. – E fez uma pausa. – Podem ficar por mais alguns minutos? Há muitos primos ciganos que vocês precisam conhecer. E eu tenho uma esposa e filhos que quero apresentar e...

– Outro dia – disse Merripen. – Preciso levar meu irmão para a esposa dele o quanto antes.

– Muito bem.

Noah saiu, e Cam ficou olhando distraído para a borra de chá no fundo da xícara.

– Em que está pensando? – perguntou Merripen.

– Estava imaginando se nosso pai teve filhos com a segunda esposa. E se teve, quantos? Temos irmãos e irmãs que não conhecemos?

– Que importância tem isso? – respondeu Merripen, estreitando os olhos.

– Eles são nossa família.

Merripen bateu com a mão aberta na testa num gesto dramático nada característico.

– Temos os Hathaways e há mais de uma dúzia de ciganos lá fora, aparentemente, todos nossos primos. Precisa de uma família maior?

Cam apenas sorriu.

~

Ramsay House estava em alvoroço, como era de esperar. Os Hathaways, a Srta. Marks, os criados, o chefe de polícia local e um médico se reuniam no hall de entrada. Como a breve cavalgada havia esgotado as poucas energias de Cam, ele foi obrigado a se apoiar em Merripen quando entraram.

Os dois foram imediatamente cercados pela família, com Amelia se aproximando de Cam. Ela soluçou aliviada quando o alcançou, tentando conter as lágrimas enquanto deslizava as mãos trêmulas pelo peito e rosto do marido. Cam soltou Merripen e abraçou a esposa, baixando a cabeça até quase apoiá-la no ombro de Amelia. Eles ficaram quietos em meio ao tumulto, respirando em suspiros comedidos. Uma das mãos dela segurou os cabelos dele, os dedos tocando as mechas escuras. Cam murmurou alguma coisa em seu ouvido, em particular, para acalmá-la. Em seguida ele cambaleou, obrigando Amelia a segurá-lo com mais força, enquanto Kev o agarrava pelos ombros para impedir que caísse.

Cam levantou a cabeça e olhou para a esposa.

– Bebi um pouco de café esta manhã – contou ele. – Não me fez bem.

– Sim, eu soube – respondeu Amelia, ainda deslizando as mãos pelo peito dele. Então olhou preocupada para Kev. – Os olhos dele não têm foco.

– Ele está drogado – explicou Kev. – Demos ópio para acalmar os batimentos cardíacos antes de Win chegar com o antídoto.

– Vamos levá-lo para cima – disse Amelia, usando a beira da manga para secar as lágrimas do rosto. Erguendo a voz, ela se dirigiu ao homem mais velho e barbudo que permanecia fora do grupo. – Dr. Martin, por favor, acompanhe-nos até o quarto. Lá vai poder avaliar as condições de meu marido com privacidade.

– Não preciso de um médico – protestou Cam.

– Eu não reclamaria, se fosse você – disse Amelia. – Sinto-me tentada a mandar buscar pelo menos meia dúzia de médicos e mais alguns especialistas em Londres. – Ela fez uma pausa para olhar para Noah. – É o cavalheiro que ajudou o Sr. Rohan? Estamos em débito com o senhor.

– Faria qualquer coisa por meu primo – respondeu Noah.

– Primo? – repetiu Amelia arregalando os olhos.

– Eu explico lá em cima – interferiu Cam, quase tombando para a frente. No mesmo instante, Noah o apoiou de um lado e Merripen do outro, e eles o arrastaram até a escada. A família os seguiu, exclamando e falando com agitação.

– Esses são os *gadje* mais barulhentos que já vi – comentou Noah.

– Isso não é nada – falou Cam ofegante pelo esforço de subir a escada. – Normalmente eles são muito piores.

– *Moshto!* – exclamou Noah balançando a cabeça.

A privacidade de Cam era mínima quando o colocaram na cama e o Dr. Martin começou a examiná-lo. Amelia fez algumas tentativas de expulsar todos do quarto, mas eles insistiam em voltar para ver o que estava acontecendo. Depois de examinar a pulsação e o tamanho da pupila de Cam, auscultar os pulmões, verificar a umidade e a cor da pele e testar os reflexos, o médico disse que, em sua opinião, o paciente se recuperaria plenamente. Se houvesse sintomas incômodos durante a noite, como palpitações, por exemplo, seria possível reduzi-los administrando uma gota de láudano em um copo com água.

O médico também disse que Cam deveria beber bastante água e comer alimentos leves, além de repousar por dois ou três dias. Ele provavelmente teria perda de apetite e sentiria dores de cabeça, mas quando estivesse livre dos últimos resquícios de digitalina, tudo voltaria ao normal.

Satisfeito por saber que o irmão estava em boas condições, Kev aproximou-se de Leo no canto do quarto e perguntou em voz baixa:

– Onde está Harrow?

– Fora do seu alcance – respondeu Leo. – Foi preso pouco antes de você voltar. E nem perca tempo tentando pegá-lo. Já avisei ao chefe de polícia que você não deve ficar a menos de 100 metros da prisão.

– Era de esperar que você também quisesse pôr as mãos nele – disse Merripen. – Sei que o despreza tanto quanto eu.

– É verdade. Mas pretendo deixar os acontecimentos seguirem seu curso. E não quero que Beatrix se decepcione. Ela espera por um julgamento.

– Por quê?

– Ela quer apresentar Dodger como testemunha.

Kev revirou os olhos numa demonstração de impaciência, depois se apoiou à parede no canto do quarto. Ele ouviu os Hathaways trocando suas versões dos eventos do dia, o chefe de polícia fazendo perguntas a todos os presentes, e até Noah se envolveu na conversa, o que em pouco tempo resultou na divulgação do passado de Kev e Cam, e assim por diante. As informações eram muitas. Aquilo não ia acabar nunca.

Enquanto isso, Cam parecia mais do que satisfeito por poder se deitar em sua cama e receber toda a atenção de Amelia. Ela alisava o cabelo dele, oferecia água, ajeitava as cobertas e o acariciava repetidamente. Ele bocejou tentando manter os olhos abertos e apoiou um lado do rosto no travesseiro.

Kev olhou para Win, que estava sentada em uma cadeira perto da cama, com as costas eretas como sempre. Parecia serena e composta, exceto pelas poucas mechas de cabelo que lhe escapavam dos grampos. Ninguém poderia imaginar que ela era capaz de atear fogo a um guarda-roupa. Com o Dr. Harrow dentro dele. Como Leo tinha dito, a façanha talvez não refletisse bem sua inteligência, mas era preciso reconhecer sua coragem. E ela conseguira o que queria.

Kev lamentara saber que Leo havia tirado Harrow do guarda-roupa, chamuscado, mas sem ferimentos.

Depois de um tempo, Amelia pediu que todos saíssem do quarto, porque Cam precisava descansar. O chefe de polícia se retirou, assim como Noah e os criados, até restarem apenas os familiares mais chegados.

– Acho que Dodger está embaixo da cama – disse Beatrix, abaixando-se para espiar.

– Quero minha liga de volta – avisou a Srta. Marks, séria, abaixando-se ao lado de Beatrix.

Leo observava a Srta. Marks disfarçando o interesse.

Enquanto isso, Kev pensava no que devia fazer com Win.

O amor o dominava inexoravelmente, mais exótico e inebriante do que ópio. Mais penetrante que o oxigênio do ar. E Kev estava cansado de tentar resistir a essa invasão.

Cam tinha razão. Era impossível prever o que aconteceria. Tudo o que Kev podia fazer era amá-la.

Muito bem.

Cederia ao amor, a ela, sem tentar qualificar ou controlar coisa alguma. Seria a rendição. Sairia das sombras de vez. Ele respirou fundo.

Amo você, pensou, olhando para Win. *Amo cada pedaço de você, cada pen-*

samento e cada palavra... tudo, o fascinante conjunto de todas as coisas que você é. E quero você por mil motivos ao mesmo tempo. Amo como você é agora e também como será nas décadas que virão, cada vez mais linda. Amo você por ser a resposta para todas as perguntas que meu coração poderia fazer.

Tudo parecia tão fácil, agora que ele se rendera. Parecia natural e certo.

Kev não sabia se estava se rendendo a Win ou à paixão por ela. Só sabia que não podia mais evitar. Era hora de se apoderar dela. E daria em troca tudo o que tinha, cada parte de sua alma.

Ele a olhou sem piscar, temendo que o menor movimento de sua parte pudesse desencadear ações que não seria capaz de controlar. Ele poderia simplesmente correr para ela e tirá-la dali. A expectativa era deliciosa, saber que em breve a teria.

Atraída pela intensidade do olhar dele, Win se virou para Kev. O que viu no rosto dele a fez piscar e corar. Os dedos dela tocaram o pescoço como se quisesse acalmar a pulsação acelerada. Isso tornou ainda pior a desesperada necessidade dele de abraçá-la. Ele queria sentir o gosto do rubor da pele dela e absorver o calor com os lábios e a língua. Os impulsos mais primitivos de Kev começaram a despertar e ele a encarou com intensidade, induzindo-a a se mover.

– Com licença – murmurou Win, levantando-se com uma graça que o inflamou loucamente.

Os dedos dela tremeram perto do quadril, como se os nervos saltassem, e ele quis segurar as mãos dela e prová-las.

– Vou deixar você descansar, caro Sr. Rohan – disse ela com voz trêmula.

– Obrigado – murmurou Cam. – Irmãzinha... obrigado por...

Quando ele hesitou, Win respondeu com um sorriso rápido:

– Eu entendo. Durma bem.

O sorriso desapareceu quando ela arriscou um olhar na direção de Kev. Como se tivesse sido tomada por um instinto de autopreservação, ela saiu apressada do quarto.

Menos de um segundo depois, Kev a seguiu.

– O que eles vão fazer com tanta pressa? – perguntou Beatrix sob a cama.

– Jogar gamão – respondeu a Srta. Marks prontamente. – Tenho certeza de que os ouvi planejando uma ou duas partidas de gamão.

– Eu também ouvi – Leo a apoiou.

– Deve ser divertido jogar gamão na cama – respondeu Beatrix com tom inocente, e riu.

~

Era claro que não haveria palavras, mas alguma coisa mais primitiva. Win dirigiu-se rápida e silenciosamente para o quarto, sem ousar olhar para trás, embora tivesse consciência de que ele a seguia de perto. O chão coberto por tapete absorvia o som dos passos, alguns precipitados, outros predadores.

Ainda sem olhar para ele, Win parou diante da porta fechada e segurou a maçaneta.

– Pretendo viver minha vida como eu quiser – avisou ela em voz baixa. – Como já expus antes.

Kev entendeu. Nada poderia haver entre eles se a vontade de Win não fosse levada em conta. E ele a amava por sua força obstinada, embora, ao mesmo tempo, seu lado cigano protestasse. Win podia tê-lo dominado em alguns aspectos, mas não em todos. Ele abriu a porta com o ombro, empurrou Win para dentro do quarto e fechou a porta. Depois girou a chave na fechadura.

Antes que ela pudesse respirar, Kev segurava a cabeça dela entre as mãos e a beijava, abrindo sua boca com a dele. Sentir o gosto dela o inflamou, mas ele progredia devagar, deixando o beijo se tornar uma invasão profunda e luxuriante, sugando a língua para dentro de sua boca. Ela sentia o corpo se moldar ao dele, ou pelo menos até onde as saias pesadas permitiam.

– Não minta para mim novamente – disse ele com voz rouca.

– Não vou mentir. Prometo. – Seus olhos azuis brilhavam apaixonados.

Ele queria tocar a pele macia sob as camadas de tecido e renda. Começou a puxar as costas do vestido, abrindo os botões ornamentados, arrebentando os que resistiam, abrindo caminho até se livrar do último obstáculo e ouvi-la arfar. Pisando nas dobras de tecido, ele ficou em pé com Win sobre as camadas cor-de-rosa do vestido arruinado, como se estivessem no centro de uma flor gigantesca. Tocando suas roupas íntimas, ele desamarrou a fita da gola da camisa e soltou as amarras da calça. Win se moveu para ajudá-lo, os braços e as pernas emergindo do linho amarrotado.

Sua nudez rosa e branca era de tirar o fôlego. As panturrilhas delicadas, mas fortes, eram cobertas por meias brancas presas por ligas simples. Era incrivelmente erótico o contraste da pele quente e luxuriosa com o algodão branco e recatado. Com a intenção de tirar as ligas, ele se ajoelhou sobre a macia musselina rosa. Win flexionou um joelho para ajudá-lo, e a oferta tímida o deixou completamente enlouquecido. Ele se inclinou para beijar seus joelhos, a parte interna das coxas sedosas, e quando ela murmurou e tentou se esquivar, Kev a segurou pelo quadril para impedir. Delicadamente, roçou nariz e boca nos caracóis claros, sentindo a fragrância e a maciez, usando a língua para abri-la. O gemido de Win foi manso e suplicante.

– Meus joelhos estão tremendo – murmurou ela. – Vou cair.

Kev a ignorou, aprofundando a carícia. Ele lambia, sugava e devorava, ávido ao primeiro contato da boca com o elixir feminino. Win pulsava quando ele introduziu a língua mais profundamente, e a resposta ressonou pelo corpo dele. Respirando entre as dobras aveludadas, ele lambeu um lado, depois o outro, então procurou o centro e o ponto de sua maior fonte de prazer. Hipnotizado, ele a afagou muitas e muitas vezes até sentir as mãos dela agarrarem seus cabelos e o quadril se lançar para a frente em pequenas e contidas ondulações.

Então, Kev levantou-se. A expressão de Win era atordoada, seu olhar, distante, quase como se nem o visse. Ela tremia da cabeça aos pés. Os braços a envolveram, apertando o corpo nu contra o dele. Deslizando a boca até a curva suave entre o ombro e o pescoço, ele beijou sua pele e a acariciou com a língua. Ao mesmo tempo, levou as mãos ao fecho da calça e a abriu.

Win se agarrou a ele quando Kev a levantou e empurrou contra a parede, usando um braço para proteger as costas dela do contato abrasivo. O corpo dela era ágil e surpreendentemente leve, e as costas se enrijeceram quando ele a abaixou e demonstrou o que pretendia fazer. Kev a acomodou sobre o membro e a penetrou de uma só vez, vendo sua expressão de êxtase ao ser penetrada com tanta segurança e, ao mesmo tempo, delicadeza.

As pernas vestidas com meias enlaçaram a cintura dele, e ela o agarrou com desespero, como se estivessem no convés de um navio castigado por forte tempestade. Mas Kev a mantinha segura, deixando o quadril fazer seu trabalho. A calça caída envolvia seus joelhos. Ele desviou o rosto para esconder um sorriso, pensando por um instante em parar para acabar de despir-se... mas era bom demais, e a luxúria cresceu até superar todo e qualquer traço de humor.

Win deixava escapar um pequeno gemido a cada impulso molhado e deslizante, sentindo-se invadida, saqueada. Ele parou para beijá-la com paixão, enquanto usava os dedos para afastar os lábios inchados e penetrá-la ainda mais. Quando retomou o ritmo, cada movimento provocava uma fricção na pequena e sensível saliência. Win tinha os olhos fechados como se dormisse, e sua intimidade o massageava em contrações frenéticas.

Dentro, e dentro, mais fundo, levando-a cada vez mais perto da explosão. As pernas enrijeceram em torno de sua cintura. Ela parou por um instante e gritou o nome dele dentro de sua boca, então Kev a beijou para silenciá-la. Mas pequenos gemidos ainda escapavam, a trilha sonora do prazer que a dominava e fazia estremecer. Quando Kev penetrou completamente a suavidade leitosa, o êxtase explodiu num jorro quente, transformando-se aos poucos em inevitáveis latejos.

Arfante, Kev a pôs em pé. Eles ficaram parados, os corpos colados, as bocas se tocando em beijos serenos e suspiros. As mãos de Win escorregaram por baixo da camisa de Kev e se moveram pelas costas e pelos lados num afago gentil. Ele se afastou com cuidado e despiu as roupas que cobriam seu corpo quente.

De algum jeito, conseguiram chegar à cama. Kev a acomodou a seu lado no casulo de lã e linho e a aninhou nos braços. Os cheiros que emanavam dela, dos dois, invadiam suas narinas como um perfume levemente salino. Ele o inspirou, excitado pela fragrância mesclada.

– *Me voliv tu* – sussurrou Kev e roçou os lábios sorridentes dela nos dele. – Quando um cigano diz isso a uma mulher, "eu amo você", o significado nunca é casto. Expressa desejo. Luxúria.

Win gostou de ouvir aquelas palavras.

– *Me voliv tu* – sussurrou ela de volta. – Kev...

– Sim, amor.

– Como é uma cerimônia de casamento entre os ciganos?

– Os noivos unem as mãos diante de testemunhas e fazem os votos. Mas vamos nos casar à maneira dos *gadje* também. E de todas as outras maneiras que pudermos pensar. – Ele tirou as ligas dela e abaixou as meias, uma de cada vez, massageando seus dedos dos pés até ela emitir um som que lembrava um ronronar.

Win puxou a cabeça dele sobre os seios, arqueando as costas de um jeito convidativo. Ele aceitou o convite e segurou entre os lábios um mamilo rosado, contornando-o com a língua até enrijecê-lo.

– Não sei o que fazer agora – disse Win com voz lânguida.

– Fique deitada. Só isso. Eu cuido do resto.

Ela riu.

– Não, estou falando sobre o que as pessoas fazem quando finalmente chegam ao seu final feliz.

– Elas o prolongam. – Kev acariciou o outro seio, testando delicadamente sua forma com os dedos.

– Acredita em "felizes para sempre"? – insistiu ela, gemendo baixinho quando ele a mordeu com suavidade.

– Como nas histórias infantis? Não.

– Não acredita?

Ele balançou a cabeça.

– Acredito no amor entre duas pessoas. – Um sorriso distendeu seus lábios. – Em encontrar prazer nos momentos comuns. Caminhar juntos. Discutir sobre coisas como o tempo de um ovo cozido, ou como gerenciar os criados, ou o valor da conta do açougue. Ir para a cama todas as noites e acordar juntos todas as manhãs. – Erguendo a cabeça, ele tocou o rosto dela com uma das mãos. – Sempre comecei o dia indo até a janela para olhar o céu. Mas agora não tem mais que ser assim.

– Por que não? – perguntou ela com doçura.

– Porque verei o azul dos seus olhos.

– Como você é romântico... – murmurou ela sorrindo e beijando-o suavemente. – Mas não se preocupe. Não vou contar a ninguém.

Merripen voltou a fazer amor com ela e estava tão absorto que nem parecia perceber o barulho da fechadura da porta.

Win espiou por cima do ombro dele e viu o corpo longo e magro do furão de Beatrix se esticando para puxar a chave da fechadura. Ela abriu a boca para dizer alguma coisa, mas Merripen a beijou e afastou suas pernas.

Mais tarde, pensou atordoada, ignorando o furão que se espremia por baixo da porta levando a chave na boca. Talvez mais tarde seja um momento melhor para mencionar...

E logo ela havia esquecido completamente a chave.

CAPÍTULO 23

A *pliashka*, ou cerimônia de noivado, tradicionalmente se prolongava por vários dias, mas Kev decidiu que ela só duraria uma noite.

– Devemos guardar a prata? – Kev havia perguntado a Cam anteriormente, quando os ciganos do acampamento à margem do rio começaram a chegar, todos vestindo roupas coloridas e muito enfeitadas.

– *Phral* – respondera Cam com alegria –, isso não é necessário. São todos da família.

– E por serem da nossa família eu quero a prata trancada.

Na opinião de Kev, Cam se divertia até demais com todo o procedimento do noivado. Alguns dias antes ele se apresentara como representante de Kev para negociar o dote com Leo. Os dois haviam encenado uma discussão sobre os méritos do noivo e da noiva, e sobre quanto a família do noivo deveria pagar pelo privilégio de adquirir um tesouro como Win. Os dois lados concluíram, com muito humor, que valia uma fortuna encontrar uma mulher capaz de tolerar Merripen. Tudo isso enquanto Kev assistia à conversa com ar carrancudo, o que parecia diverti-los ainda mais.

Concluída essa formalidade, a *pliashka* foi rapidamente planejada e preparada com entusiasmo. Um grande banquete seria servido depois da cerimônia de noivado, com porco assado e carne de boi, todo tipo de aves e porções de batatas fritas com ervas e muito alho. Em deferência a Beatrix, ouriço não fazia parte do cardápio.

A música de violões e violinos enchia o salão de baile, enquanto os convidados se reuniam em um círculo. Vestindo camisa branca e larga, calça de couro e botas, com uma faixa vermelha amarrada na cintura, Cam dirigiu-se ao centro do círculo. Ele segurava uma garrafa embrulhada em seda brilhante, com uma guirlanda de moedas de ouro envolvendo o gargalo. Com um gesto, pediu silêncio a todos, e a música baixou para uma nota vibrante.

Adorando o tumulto colorido da reunião, Win permanecia ao lado de Merripen e ouvia Cam discursar em romani. Diferentemente do irmão, Kev vestia roupas de *gadjo*, mas dispensara o colarinho e a gravata. O pescoço bronzeado encantava Win. Ela teve vontade de beijar o lugar onde uma veia pulsava. Em vez disso, contentou-se com o discreto roçar dos dedos dele nos dela. Merripen raramente era dado a demonstrações públicas de afeto. Em particular, porém...

Ela sentiu a mão envolver a dela, o polegar afagar a região macia logo acima da palma.

Quando concluiu o breve discurso, Cam aproximou-se da noiva. Ele tirou o colar de moedas da garrafa e o colocou no pescoço de Win. Eram pesadas e frias em contato com a pele e faziam um barulho alegre. O colar anunciava que ela agora era comprometida, e nenhum outro homem além de Merripen podia se aproximar dela sem correr perigo.

Sorrindo, Cam abraçou Win com firmeza, murmurou palavras de afeto perto de sua orelha e deu a ela a garrafa para beber. Ela tomou um pequeno gole do vinho tinto forte e passou a garrafa a Kev, que também bebeu. Enquanto isso, o vinho enchia com generosidade as taças que eram distribuídas entre os convidados. Houve vários gritos de "*Sastimos*", saúde, e todos beberam em homenagem ao casal de noivos.

Depois a comemoração começou de verdade. Havia música alegre e as taças eram rapidamente esvaziadas.

– Dance comigo – murmurou Merripen.

Win se surpreendeu. Ela balançou a cabeça rindo, vendo os casais que se moviam sinuosos pela pista. Mulheres usavam as mãos para executar movimentos em torno do corpo, enquanto os homens batiam os calcanhares e as mãos, e durante todo o tempo eles giravam um em torno do outro e se olhavam nos olhos.

– Não sei dançar assim – disse ela.

Merripen parou atrás de Win e a envolveu com os braços, puxando-a contra o corpo. Outra surpresa. Ele nunca a havia tocado tão abertamente. Porém, em meio à comemoração, ninguém parecia notar ou se importar.

A voz dele era quente e suave em seu ouvido.

– Observe tudo por um momento. Você vê como não é necessário muito espaço? Vê como eles giram? Quando dançam, os rons levantam as mãos para o céu, mas batem os pés para expressar a conexão com a terra. E com as paixões terrenas. – Ele sorriu junto de seu rosto e o virou com delicadeza para encará-la. – Venha – sussurrou e a enlaçou pela cintura para conduzi-la.

Win o seguiu acanhada, fascinada por esse lado de Kev que ela não conhecia. Não esperava que ele fosse tão seguro, conduzindo-a em uma dança com movimentos ao mesmo tempo firmes e graciosos, olhando para ela com um brilho de malícia nos olhos. Ele a incentivou a levantar os braços, estalar os dedos, até a balançar as saias quando ele se movesse à sua volta. Win ria. Estavam dançando, e ele era bom nisso.

Ela girou e Kev a pegou pela cintura, puxando-a para perto num momento arrebatado. O cheiro da pele dele, o movimento do peito contra o dela, tudo a enchia de desejo. Apoiando a testa à dela, Merripen a fitou até ela sentir que se afogava na profundidade dos olhos dele, escuros e brilhantes como o fogo do inferno.

– Beije-me – sussurrou ela, sem se importar por estarem em público.

Kev abriu um sorriso.

– Se eu começar, não vou conseguir parar.

O encantamento foi quebrado por um pigarro próximo a eles, alguém se desculpando pela invasão.

Merripen olhou para o lado e viu Cam, que mantinha uma expressão neutra.

– Peço desculpas por interromper, mas a Sra. Barnstable acabou de me informar sobre a chegada de um hóspede inesperado.

– Mais familiares?

– Sim. Mas não do lado cigano.

Merripen balançou a cabeça, perplexo.

– Quem é?

Cam engoliu em seco.

– Lorde Cavan. Nosso avô.

Foi decidido que Cam e Kev receberiam Cavan a sós, sem a presença de mais ninguém. A *pliashka* continuava animada, e os irmãos foram esperar pelo visitante na biblioteca. Dois lacaios entravam e saíam carregando objetos que tiravam de uma carruagem estacionada lá fora: almofadas, uma banqueta para pés forrada com veludo, um cobertor, um aquecedor de pés, uma bandeja de prata com uma xícara. Depois de todos os preparativos, Cavan foi anunciado por um dos lacaios e entrou na sala.

O velho conde irlandês não tinha uma aparência imponente. Era velho, pequeno e magro. Mas Cavan tinha a atitude de um monarca deposto, resquícios de grandiosidade entremeada com orgulho cansado. Os cabelos brancos eram curtos e um cavanhaque emoldurava o queixo como o de um leão. Os olhos castanhos analisavam os jovens sem nenhuma emoção.

– Vocês são Kevin e Cameron Cole – disse ele com um forte sotaque anglo-irlandês, enfatizando cada sílaba com uma aridez graciosa e leve.

Nenhum dos dois respondeu.

– Quem é o mais velho? – perguntou Cavan, sentando-se em uma cadeira estofada.

Um lacaio correu para posicionar a banqueta sob os pés do ancião.

– É ele – respondeu Cam apontando para Kev, que o olhava de soslaio com reprovação. Ignorando o olhar, Cam continuou: – Como nos encontrou, milorde?

– Um mestre de heráldica procurou-me recentemente em Londres com a informação de que vocês o haviam contratado para pesquisar um determinado desenho. Ele o havia identificado como a antiga marca dos Coles. Quando ele me mostrou o desenho que havia feito com base na tatuagem em seu braço, eu soube imediatamente quem eram vocês e por que queriam a pesquisa do desenho.

– E qual seria o motivo? – indagou Cam.

– Querem ascensão social e financeira, ser reconhecidos como um Cole.

Cam sorriu sem humor.

– Acredite, milorde, não anseio por fortuna ou reconhecimento. Queria apenas saber quem eu era. – Os olhos de Cam brilharam irritados. – E paguei àquele maldito pesquisador para trazer a informação a *mim*, não para levá-la a você primeiro. Vou arrancar uma tira da pele do traseiro dele por isso.

– Por que veio nos procurar? – perguntou Kev, ríspido. – Não queremos nada de você, e não terá nada de nós.

– Primeiro, talvez interesse saber que o pai de vocês está morto. Faleceu há algumas semanas depois de um acidente de montaria. Ele nunca foi muito habilidoso com os cavalos. E esse acabou sendo seu fim.

– Nossos sentimentos – disse Cam sem emoção.

Kev deu de ombros.

– É *assim* que recebem a notícia da morte do pai de vocês? – interpelou-os Cavan.

– Não o conhecemos o suficiente para exibirmos uma reação mais satisfatória – respondeu Kev com ironia. – Peço desculpas pela ausência de lágrimas.

– Quero de vocês algo além de lágrimas.

– Eu já devia imaginar – disparou Cam.

– Meu filho deixou esposa e três filhas. Não há filhos, só vocês. – O conde uniu os dedos pálidos e tortos. – As terras só podem ser herdadas por um homem e não há nenhum na linhagem Cole, em nenhum de seus ramos. Se a situação se mantiver como é atualmente, o título Cavan e tudo que está ligado a ele se extinguirá com minha morte. Não vou deixar o patrimônio se perder para sempre só porque seu pai foi incapaz de se perpetuar.

Kevin arqueou uma sobrancelha.

– Ele teve dois filhos e três filhas. Não vejo onde está a incapacidade.

– Filhas não têm importância. E vocês dois são mestiços. Não se pode dizer que seu pai serviu para cuidar dos interesses da família. Mas não importa. Serei tolerante. Afinal, vocês são herdeiros legítimos. – Houve uma pausa tensa. – Meus únicos herdeiros.

O vasto abismo cultural entre eles revela-se em sua plenitude nesse momento. Se lorde Cavan houvesse feito essa declaração a qualquer outro tipo de homem, ela teria sido recebida com nada menos que êxtase. Mas apresentar a dois ciganos a possibilidade de elevado status social e grande riqueza não provocava a reação que Cavan esperava ver.

Em vez disso, os dois pareciam não se impressionar.

Cavan dirigiu-se a Kev com tom irritado.

– Você é o visconde Mornington, herdeiro da propriedade Mornington em County Meath. Quando eu morrer, receberá também Knotford Castle em Hillsborough, a propriedade Fairwall em County Down e Watford Park em Hertfordshire. Isso significa alguma coisa para você?

– Na verdade, não.

– É o último na linha de sucessão – insistiu Cavan com voz mais dura. – De uma família cujas origens remontam a um baronato criado por Athelstan no ano 936. Mais ainda, você é herdeiro de um condado de linhagem mais distinta do que a de três quartos dos aristocratas da Coroa. Não tem *nada* a dizer? Pelo menos entende que tirou a sorte grande?

Kev entendia tudo isso. Também entendia que um canalha velho e arrogante, que no passado havia desejado sua morte, agora esperava que ele se desmanchasse em gratidão por causa de uma herança que nunca almejara.

– Não esteve nos procurando com a intenção de nos eliminar como dois indesejados filhotes de cachorro?

Cavan franziu o cenho.

– Isso não importa diante do assunto que temos a tratar.

– Isso significa um sim – Cam falou para Kev.

– As circunstâncias mudaram – continuou Cavan. – Vocês se tornaram mais úteis para mim vivos do que mortos. Um fato pelo qual devem ser gratos.

Kev estava quase dizendo a Cavan onde ele podia enfiar suas propriedades e seus títulos, quando Cam o empurrou para o lado com um ombro.

– Com licença – ele pediu a Cavan por cima do ombro. – Temos que ter uma conversa de irmãos.

– Não quero conversar – resmungou Kev.

– Será que pode me ouvir só uma vez? *Só* essa vez? – pediu Cam em tom tranquilo.

Kev cruzou os braços e inclinou a cabeça.

– Antes de pôr para fora esse velho cretino – prosseguiu Cam –, talvez queira considerar alguns pontos. Primeiro, ele não vai viver por muito tempo. Segundo, os colonos das terras de Cavan devem precisar desesperadamente de uma administração decente e de ajuda. Você pode fazer muito por eles, mesmo que escolha morar na Inglaterra e cuidar à distância da parte irlandesa de seus bens. Terceiro, pense em Win. Ela teria riqueza e posição. Ninguém ousaria desrespeitar uma condessa. Quarto, temos, pelo visto, uma madrasta e três irmãs de quem ninguém cuidará depois da morte do velho. Quinto...

– Chega – interrompeu-o Kev. – Já me convenceu.

– O quê? – surpreendeu-se Cam. – Está concordando comigo?

– Sim.

Todos os argumentos eram válidos, mas, quando ele mencionara Win, Kev tomara sua decisão. Ela teria uma vida melhor e mais respeito como condessa. Mais do que como a esposa de um cigano.

O velho observava Kev com expressão aborrecida.

– Você parece ter tido a impressão de que eu lhe dava alternativas. Eu não *pedi* nada. Eu o *informei* sobre sua boa sorte e seu dever. Além do mais...

– Bem, então está tudo acertado – interrompeu Cam, apressado. – Lorde

Cavan, agora tem um herdeiro e um reserva. Vamos nos despedir para podermos contemplar nossa nova situação. Se quiser, milorde, nos encontraremos novamente amanhã para discutir os detalhes.

– De acordo.

– Podemos hospedá-los esta noite? Pode ficar com seus criados.

– Já tomei providências para me hospedar na casa de lorde e Lady Westcliff. Devem ter ouvido falar no conde. Um cavalheiro muito distinto. Conheci o pai dele.

– Sim – disse Cam em tom sério. – Ouvimos falar de Westcliff.

Cam comprimiu os lábios.

– Suponho que caberá a mim apresentá-los algum dia. – Então olhou com desdém para os dois irmãos. – *Se* pudermos fazer alguma coisa com relação ao jeito de se vestirem e ao comportamento. E à educação. Que Deus nos ajude. – Ele estalou os dedos, e os dois lacaios recolheram rapidamente os objetos que haviam levado. Cavan levantou-se da poltrona e esperou que um deles depositasse o manto sobre seus ombros estreitos. Com um lento movimento de cabeça, ele olhou para Kev e murmurou: – Como sempre digo a mim mesmo, você é melhor que nada. Até amanhã.

No momento em que Cavan saiu do salão, Cam caminhou até o aparador e serviu duas doses generosas de conhaque. Com aparência perplexa, entregou um copo a Kev.

– O que está pensando? – perguntou Cam.

– Ele parece ser o tipo de avô que teríamos tido – respondeu Kev.

Cam engasgou com o conhaque de tanto rir.

Naquela noite, muito mais tarde, Win estava deitada sobre o peito de Kev, com os cabelos espalhados por cima dele como raios de luar. Estava nua, exceto pelo colar de moedas. Desembaraçando o colar dos cabelos dela, Kev tirou-o do pescoço da noiva e o deixou sobre o criado-mudo.

– Não – protestou ela.

– Por quê?

– Gosto de usá-lo. Ele me faz lembrar que estou noiva.

– Eu a lembrarei disso – murmurou ele, rolando até acomodá-la na dobra do braço. – Sempre que você precisar.

Win sorriu e tocou os lábios dele com os dedos.

– Você lamenta que lorde Cavan o tenha encontrado, Kev?

Ele beijou a ponta dos dedos dela enquanto pensava na pergunta.

– Não – disse, finalmente. – Ele é um velho cretino e amargo, e eu não gostaria de passar muito tempo na companhia dele. Mas agora tenho as respostas para as dúvidas que me acompanharam a vida toda. E... – ele hesitou antes de admitir com timidez – não vou me importar de ser o conde de Cavan algum dia.

– Não vai? – estranhou ela.

– Acho que serei bom nisso – confessou Kev.

– Eu também acho. Na verdade, acredito que muita gente vai se surpreender com seu absoluto brilhantismo para comandar e dizer às pessoas o que fazer.

Ele riu e a beijou na testa.

– Contei qual foi a última coisa que Cavan falou antes de partir esta noite? Ele falou que sempre diz a si mesmo que eu sou melhor do que nada.

– Que velho tolo – opinou Win, pousando a mão na nuca de Kev. – Ele está completamente enganado – acrescentou pouco antes de os lábios se encontrarem. – Porque, meu amor, você é melhor que *tudo*.

Depois disso, por um bom tempo não houve palavras.

EPÍLOGO

De acordo com o médico, aquele havia sido o primeiro parto em que ele tivera que se preocupar mais com o pai do que com a mãe e o bebê.

Kev havia se comportado muito bem durante a maior parte da gestação, embora reagisse com exagero em algumas circunstâncias. As dores e os desconfortos normais da gravidez o alarmavam, e muitas vezes ele insistira em chamar o médico por nada, apesar da recusa irritada de Win.

Mas muitos momentos desse período haviam sido maravilhosos. As noites tranquilas com ele deitado a seu lado, tocando sua barriga para sentir os movimentos do bebê. As tardes de verão quando passearam por Hampshire, sentindo-se em união com a natureza e a vida que pulsava em todos os lugares. A inesperada descoberta de que o casamento, em vez de sobrecarregar o relacionamento com seriedade, havia incentivado a leveza e a alegria.

Agora Kev ria com frequência. Brincava mais e demonstrava afeto abertamente. Ele parecia adorar Ronan, o filho de Cam e Amelia, e toda a família enchia de mimos a criança de cabelos escuros. Porém, durante as últimas semanas da gestação de Win, Kev não conseguira esconder o medo crescente do que poderia acontecer. E quando ela entrara em trabalho de parto no meio da noite, ele havia sido tomado por um incontrolável terror. Cada contração, cada gemido o fazia empalidecer, até Win perceber que estava se sentindo melhor do que ele.

– Por favor – sussurrara para Amelia –, dê um jeito nele.

E assim Cam e Leo haviam tirado Kev do quarto e o levaram para a biblioteca, onde passaram o resto do dia enchendo-o de bom uísque irlandês.

Quando o futuro conde de Cavan nasceu, o médico disse que o bebê era saudável e acrescentou que gostaria que todos os partos corressem tão bem quanto aquele. Amelia e Poppy banharam Win e a vestiram com uma camisola limpa. Também limparam o bebê antes de envolvê-lo em tecido de algodão macio. Só então Kev pôde ir vê-los. Depois de constatar que esposa e filho estavam bem, ele chorou de alívio e caiu dormindo na cama ao lado de Win.

Ela olhou para o marido, tão bonito e adormecido, e para o bebê nos braços dela. Seu filho era pequeno, mas perfeito, com pele clara e cabelos negros e cheios. A cor dos olhos ainda estava indefinida, mas Win acreditava que poderiam ser azuis. Ela o levantou até aproximar os lábios de sua orelha pequenina. E de acordo com a tradição cigana, disse a ele seu nome secreto.

– Você é Andrei – cochichou. Era o nome de um guerreiro. O filho de Kev Merripen não podia ser menos que um guerreiro. – Seu nome *gadjo* é Jason Cole. E seu nome tribal... – Ela fez uma pausa, pensativa.

– Jàdo – a voz sonolenta do marido soou ao lado dela.

Win olhou para Kev e afagou seus cabelos escuros e cheios. As linhas haviam desaparecido do rosto dele. Kev parecia relaxado e contente.

– O que esse nome significa? – perguntou Win.

– Aquele que vive distante dos ciganos.

– É perfeito. – Ela pousou a mão sobre os cabelos de Kev. – *Ov yilo isi?* – perguntou com doçura.

– Sim – respondeu Kev. – Tem coração aqui.

E Win sorriu quando ele se sentou para beijá-la.

CONHEÇA O PRÓXIMO LIVRO DA SÉRIE

Tentação ao pôr do sol

CAPÍTULO 1

Londres
Hotel Rutledge
Maio de 1852

As chances de Poppy Hathaway conseguir um casamento satisfatório estavam quase arruinadas – e tudo por causa de um furão.

Infelizmente ela havia perseguido Dodger por metade do hotel antes de se dar conta de que o bicho, como era de sua natureza, seguia em zigue-zagues.

– Dodger – chamou Poppy em desespero. – Volte. Eu lhe darei um biscoito. Ou uma das minhas fitas de cabelo, *qualquer coisa*! Ah, eu vou transformar você em uma echarpe...

Poppy jurou que, assim que capturasse o animal de estimação da irmã, avisaria à gerência que Beatrix abrigava criaturas selvagens na suíte da família, o que com toda certeza contrariava as normas do estabelecimento. É claro que isso poderia resultar na expulsão de todo o clã Hathaway das instalações do hotel.

Mas, no momento, ela não estava se importando com isso.

Dodger roubara uma carta de amor que lhe fora enviada por Michael Bayning, e nada no mundo era mais importante do que recuperá-la. Só faltava Dodger esconder aquela maldita carta em algum lugar público onde seria descoberta. E Poppy perderia para sempre a chance de se casar com um jovem respeitável e maravilhoso.

Dodger disparou pelos corredores luxuosos do Hotel Rutledge em movimento sinuoso, longe do alcance de Poppy. A carta estava presa nas longas presas dianteiras do animal.

Enquanto corria atrás dele, Poppy rezava para não ser vista. Não importava que o hotel fosse bastante conceituado, uma jovem respeitável jamais deveria sair sozinha de sua suíte. Porém, a Srta. Marks, sua acompanhante, ainda estava na cama. E Beatrix fora dar um passeio bem cedo com Amelia, a irmã mais velha.

– Você vai me pagar por isso, Dodger!

A criatura travessa achava que tudo no mundo fora criado para diverti-la. Não havia cesto ou recipiente que fosse poupado de ser virado de cabeça para baixo ou remexido, nem meias, pentes ou lenços que passassem despercebidos. Dodger roubava pertences pessoais e os deixava em pilhas sob cadeiras e sofás, tirava soneca nas gavetas de roupas limpas e, pior de tudo, era tão divertido em suas estrepolias que toda a família Hathaway estava sempre relevando seu comportamento.

Quando Poppy reclamava das traquinagens do furão, Beatrix se desculpava prometendo que ele nunca voltaria a agir daquele jeito, e parecia sinceramente surpresa quando Dodger não dava ouvidos a seus sermões rigorosos. Mas como Poppy amava muito a irmã caçula, tentara conviver com aquele mascote tão inoportuno.

Dessa vez, porém, Dodger havia ido longe demais.

O furão parou em um canto, olhou em volta para ter certeza de que ainda estava sendo perseguido e, empolgado, fez uma pequena dança da guerra, uma série de saltos laterais que exprimiam pura alegria. Mesmo naquele momento, quando Poppy queria assassiná-lo, ela não conseguia deixar de reconhecer que ele era adorável.

– Ainda assim você vai morrer – disse-lhe Poppy, aproximando-se da forma menos ameaçadora possível. – Entregue-me a carta, Dodger.

O furão atravessou correndo as colunas de um fosso de ventilação que espalhava sua luz por três andares até o mezanino. Decidida, Poppy se perguntou até onde precisaria persegui-lo. Ele podia ir bem longe e o Rutledge era uma construção imensa, que ocupava cinco quarteirões inteiros no bairro dos teatros.

– *Isso* – balbuciou ela baixinho – é o que acontece quando se faz parte da família Hathaway. Transtornos... animais selvagens... incêndios... maldições... escândalos...

Poppy amava muito sua família, mas também sonhava com uma vida tranquila, normal, que não parecia possível para um Hathaway. Queria paz. Segurança.

Dodger atravessou a entrada do escritório do supervisor do terceiro andar, que pertencia ao Sr. Brimbley. Era um homem idoso com um bigode branco e farto, de pontas cuidadosamente enceradas. Como os Hathaways já haviam se hospedado no Rutledge muitas vezes, Poppy sabia que Brimbley relatava aos superiores todos os detalhes que ocorriam em seu andar. Se ele descobrisse o que ela estava procurando, a carta seria confiscada e o relacionamento de

Poppy com Michael seria revelado. E o pai de Michael, lorde Andover, nunca aprovaria a união se houvesse a mínima insinuação de comportamento inapropriado.

Poppy retomou o fôlego e encostou-se contra a parede, enquanto Brimbley deixava seu escritório com dois empregados do hotel.

– Vá direto à recepção. Imediatamente, Harkins – dizia. – Quero que investigue a questão relativa às cobranças feitas para o quarto do Sr. W. Ele costuma alegar que estão incorretas mesmo quando, de fato, estão precisas. De agora em diante, acho que o melhor é fazer com que ele assine um recibo sempre que consumir algo.

– Sim, Sr. Brimbley – respondeu Harkins.

Os três homens seguiram pelo corredor, afastando-se de Poppy.

Com cuidado, ela se arrastou até a entrada dos escritórios e olhou em volta. Os dois gabinetes interligados pareciam desocupados.

–*Dodger!* – sussurrou ela com urgência e o viu se esconder debaixo de uma cadeira. – Dodger, estou mandando você vir aqui!

O que, é claro, fez com que o animal desse mais pulinhos empolgados.

Mordendo o lábio inferior, Poppy atravessou a soleira. O escritório principal era espaçoso e mobiliado por uma escrivaninha imensa apinhada com livros contábeis e papéis. Uma poltrona estofada de couro bordô fora empurrada contra a mesa, enquanto uma outra estava junto a uma lareira vazia, com uma fronte em mármore.

Dodger estava ao lado da escrivaninha, observando Poppy com olhos brilhantes. Os bigodes dele contorciam-se sobre a cobiçada carta. Ele ficou bem quieto, sustentando o olhar de Poppy enquanto ela ia aos poucos se aproximando.

– Assim mesmo – ela o tranquilizou, estendendo a mão lentamente. – Você é um bom garoto, um belo garoto... espere aqui para eu pegar a carta, levá-lo de volta ao quarto e lhe dar... *Dane-se!*

Antes que ela conseguisse segurar a carta, Dodger havia deslizado sob a escrivaninha. Tomada de fúria, Poppy olhou em volta do escritório em busca de *qualquer coisa* com que pudesse cutucar Dodger e obrigá-lo a deixar o esconderijo. Ao ver uma vela em um candelabro de prata sobre a lareira, ela tentou retirá-la, mas a vela não saía do lugar e o candelabro estava preso à prateleira.

Diante do olhar atônito de Poppy, toda a parede nos fundos da lareira rodou silenciosamente. Ela se espantou com o apuro mecânico da porta, que girava em um movimento harmonioso e automático. O que parecera uma sólida parede de tijolos não passava de uma fachada com textura.

Alegremente, Dodger disparou da escrivaninha e penetrou na entrada.

– Que encrenca – disse Poppy, sem fôlego. – Dodger, não ouse fazer isso!

Mas o furão nem prestou atenção. E para piorar ainda mais, ela ouviu o rumor da voz do Sr. Brimbley, que retornava ao escritório.

– ... é claro que o Sr. Rutledge deve ser informado. Inclua tudo no relatório. E, por favor, não se esqueça...

Poppy não tinha tempo para refletir sobre quais eram suas opções ou as consequências do que iria fazer, então disparou pela lareira e a porta se fechou atrás dela.

Ela estava num lugar quase tomado pela escuridão enquanto aguardava, esforçando-se para ouvir o que acontecia no escritório. Aparentemente, a presença dela não fora notada. O Sr. Brimbley continuava a falar alguma coisa relacionada a relatórios e problemas domésticos.

Passou pela cabeça de Poppy que ela talvez precisasse esperar muito tempo até que o supervisor decidisse deixar o escritório de novo. Ou então teria que encontrar outra saída. Naturalmente ela poderia voltar pela lareira e anunciar sua presença para o Sr. Brimbley. Mas não podia sequer imaginar quantas explicações precisaria dar e como seria constrangedor.

Olhando para trás, Poppy percebeu que aquilo era um longo corredor, com uma fonte de luz difusa localizada em algum ponto acima. A passagem era iluminada por uma claraboia parecida com aquelas que os antigos egípcios utilizavam para determinar a posição das estrelas e dos planetas.

Ela podia ouvir o furão se arrastando em algum lugar próximo.

– Pois bem, Dodger – murmurou ela. – Você nos colocou nessa encrenca. Por que não me ajuda a encontrar uma porta?

Obediente, Dodger avançou pelo corredor e desapareceu nas sombras. Poppy soltou um suspiro e o seguiu. Ela não se permitia entrar em pânico. Havia aprendido, nas muitas vezes em que os Hathaways enfrentaram grandes problemas, que perder a cabeça nunca ajudava a resolver a situação.

Enquanto Poppy avançava pela escuridão, mantinha a ponta dos dedos contra a parede para não perder o equilíbrio. Tinha avançado apenas alguns metros quando ouviu um som de algo raspando. Paralisada, Poppy esperou e prestou atenção.

Tudo estava em silêncio.

Mas seus nervos estavam tensos e seu coração começou a bater mais depressa quando ela viu a luz de uma lamparina adiante. Depois a luz se apagou.

Ela não estava sozinha no corredor.

Os passos se aproximaram mais e mais, com o propósito certeiro de um predador. Alguém estava atrás dela.

Agora, decidiu Poppy, era a hora de entrar em pânico. Então ela correu em desespero na direção em que viera. Ser perseguida por desconhecidos em corredores escuros era uma experiência inusitada até para um dos Hathaways. Amaldiçoou as saias pesadas, erguendo-as freneticamente em punhados, enquanto tentava correr. Mas quem a perseguia era muito ágil.

Poppy soltou um grito ao ser capturada de forma brutal e habilidosa. Era um homem – um homem grande –; e ele a prendera de forma que as costas dela formavam um arco contra o peito. Uma das mãos apertava a cabeça dela com força para o lado.

– Você devia saber – disse uma voz baixa e arrepiante, próxima à orelha de Poppy – que com um pouquinho mais de pressão eu poderia partir seu pescoço. Diga-me seu nome e o que está fazendo aqui.

CONHEÇA O PRÓXIMO LIVRO DA SÉRIE OS HATHAWAYS

Tentação ao pôr do sol

CAPÍTULO 1

*Londres
Hotel Rutledge
Maio de 1852*

As chances de Poppy Hathaway conseguir um casamento satisfatório estavam prestes a ser arruinadas – e tudo por causa de um furão.

Infelizmente ela havia perseguido Dodger por metade do hotel antes de se dar conta de que o bicho, como era de sua natureza, seguia em zigue-zague.

– Dodger – chamou Poppy em desespero. – Volte. Eu lhe darei um biscoito. Ou uma das minhas fitas de cabelo, *qualquer coisa*! Ah, eu vou transformá-lo em uma echarpe...

Poppy jurou que, assim que capturasse o animal de estimação da irmã, avisaria à gerência do hotel que Beatrix abrigava criaturas selvagens na suíte da família, o que com toda a certeza contrariava as normas do estabelecimento. É claro que isso poderia resultar na expulsão de todo o clã Hathaway das instalações.

Mas, no momento, ela não estava se importando com isso.

Dodger roubara uma carta de amor que lhe fora enviada por Michael Bayning, e nada no mundo era mais importante do que recuperá-la. Só faltava Dodger deixar aquela maldita carta em algum lugar público onde fosse descoberta.

E Poppy perderia para sempre a chance de se casar com um jovem respeitável e maravilhoso.

Dodger disparou pelos corredores luxuosos do hotel Rutledge em movimentos sinuosos, longe do alcance de Poppy. A carta estava nas longas presas dianteiras do animal.

Enquanto corria atrás dele, Poppy rezava para não ser vista. Não importava que o hotel fosse bastante conceituado: uma jovem respeitável jamais deveria sair sozinha de sua suíte. Porém, a Srta. Marks, sua acompanhante, ainda estava na cama. E Beatrix fora dar um passeio bem cedo com Amelia, a irmã mais velha.

– Você vai me pagar por isso, Dodger!

O animal travesso achava que tudo no mundo fora criado para diverti-lo. Não havia cesto ou recipiente que ele deixasse de remexer ou virar de cabeça para baixo, nem meias, pentes ou lenços que lhe passassem despercebidos.

Dodger roubava pertences pessoais e os deixava em pilhas sob cadeiras e sofás, tirava soneca nas gavetas de roupas limpas e, pior de tudo, era tão divertido em suas estrepolias que toda a família Hathaway estava sempre relevando seu comportamento.

Quando Poppy reclamava das traquinagens do furão, Beatrix sempre se desculpava prometendo que ele não voltaria a agir daquele jeito, e parecia sinceramente surpresa quando Dodger não dava ouvidos a seus sermões rigorosos. Mas como amava muito a irmã caçula, tentara conviver com aquele mascote tão inoportuno.

Dessa vez, porém, Dodger fora longe demais.

O furão parou em um canto, olhou em volta para ter certeza de que ainda estava sendo perseguido e, em sua empolgação, fez uma pequena dança da guerra, uma série de saltos laterais que exprimiam pura alegria. Mesmo naquele momento, quando queria assassiná-lo, Poppy não conseguia deixar de reconhecer que ele era adorável.

– Ainda assim você vai morrer – disse-lhe, aproximando-se da forma menos ameaçadora possível. – Entregue-me a carta, Dodger.

O furão atravessou correndo as colunas de um fosso de ventilação que espalhava sua luz por três andares até o mezanino. Com raiva, Poppy se perguntou até onde precisaria persegui-lo. Ele podia ir bem longe, e o Rutledge era uma construção imensa, que ocupava cinco quarteirões inteiros no bairro dos teatros.

– *Isso* – balbuciou ela baixinho – é o que acontece quando se faz parte da família Hathaway. Transtornos... animais selvagens... incêndios... maldições... escândalos...

Poppy amava muito sua família, mas também sonhava com uma vida tranquila, normal, o que não parecia possível para um Hathaway. Queria paz. Previsibilidade.

Dodger atravessou a entrada dos escritórios do Sr. Brimbley, o supervisor do terceiro andar. Era um homem idoso com um bigode branco e farto, de pontas cuidadosamente enceradas. Como os Hathaways já haviam se hospedado no Rutledge muitas vezes, Poppy sabia que Brimbley relatava aos superiores todos os detalhes do que ocorria em seu andar. Se ele descobrisse o que ela estava procurando, confiscaria a carta – e o relacionamento de Poppy com Michael seria revelado. E o pai de Michael, lorde Andover, nunca aprovaria aquela união se houvesse a mínima suspeita de comportamento inapropriado.

Poppy retomou o fôlego e se encostou na parede, enquanto Brimbley deixava seu escritório com dois funcionários do hotel.

– Vá direto à recepção. Imediatamente, Harkins – dizia. – Quero que investigue a questão relativa às cobranças feitas para o quarto do Sr. W. Ele costuma alegar que estão incorretas, ainda que, de fato, estejam certas. De agora em diante, acho que o melhor é fazer com que ele assine um recibo sempre que consumir algo.

– Sim, Sr. Brimbley.

Os três homens seguiram pelo corredor, afastando-se de Poppy.

Com cuidado, ela se esgueirou até a entrada dos escritórios e espiou pelo umbral. Os dois gabinetes interligados pareciam desocupados.

– *Dodger!* – sussurrou ela com urgência e o viu esconder-se debaixo de uma cadeira. – Dodger, estou mandando você vir aqui!

O que, é claro, fez com que o animal desse mais pulinhos empolgados.

Mordendo o lábio inferior, Poppy atravessou a soleira. O escritório principal era espaçoso e mobiliado com uma escrivaninha imensa apinhada de livros contábeis e papéis. Uma poltrona estofada de couro bordô fora empurrada em direção à mesa, enquanto outra estava junto a uma lareira vazia com um console de mármore.

Dodger estava ao lado da escrivaninha, observando Poppy com olhos brilhantes. Os bigodes dele se contorciam sobre a cobiçada carta. Ele ficou bem quieto, sustentando o olhar de Poppy enquanto ela se aproximava aos poucos.

– Isso mesmo – ela o tranquilizou, estendendo a mão lentamente. – Você é um bom garoto, um belo garoto... espere bem aí e eu vou pegar a carta, levá-lo de volta ao quarto e lhe dar... *Argh!*

No instante em que ela ia segurar a carta, Dodger deslizou sob a escrivaninha, levando-a consigo.

Tomada de fúria, Poppy olhou em volta em busca de *qualquer coisa* com que pudesse cutucar Dodger e obrigá-lo a deixar o esconderijo. Ao ver um candelabro de prata sobre a lareira, tentou retirar a vela, mas ela não saía do lugar e o candelabro estava preso à prateleira.

Diante do olhar atônito de Poppy, toda a parede nos fundos da lareira rodou silenciosamente. Ela se espantou com o apuro mecânico da porta, que girava em um movimento harmonioso e automático. O que parecera ser uma sólida parede de tijolos não passava de uma fachada com textura.

Alegremente, Dodger disparou da escrivaninha e penetrou na abertura.

– Que encrenca – disse Poppy, sem fôlego. – Dodger, não ouse fazer isso!

Mas o furão nem prestou atenção. E, para piorar, ela ouviu o rumor da voz do Sr. Brimbley, que retornava ao escritório.

–... é claro que o Sr. Rutledge deve ser informado. Inclua tudo no relatório. E, por favor, não se esqueça...

Poppy não tinha tempo para refletir sobre suas opções ou as consequências do que iria fazer, então entrou pela lareira e a porta se fechou atrás de si.

Ela estava num lugar quase tomado pela escuridão enquanto aguardava, esforçando-se para ouvir o que acontecia no escritório. Aparentemente, a presença dela não fora notada. O Sr. Brimbley continuava a falar alguma coisa relacionada a relatórios e questões de limpeza e manutenção.

Passou pela cabeça de Poppy que ela talvez precisasse esperar muito tempo até que o supervisor decidisse deixar o cômodo de novo. Ou então teria que encontrar outra saída. Naturalmente ela poderia voltar pela lareira e anunciar sua presença ao Sr. Brimbley. Mas não podia sequer imaginar quantas explicações precisaria dar e como isso seria constrangedor.

Olhando para trás, percebeu que aquilo era um longo corredor, com uma fonte de luz difusa localizada em algum ponto acima. A passagem era iluminada por uma abertura parecida com aquelas que os antigos egípcios utilizavam para ver estrelas e planetas.

Ela podia ouvir o furão arrastando-se em algum lugar próximo.

– Pois bem, Dodger – murmurou ela. – Você nos colocou nessa encrenca. Por que não me ajuda a encontrar uma porta?

Obediente, Dodger avançou pelo corredor e desapareceu nas sombras. Poppy soltou um suspiro e o seguiu. Ela não se permitia entrar em pânico. Havia aprendido, nas muitas vezes em que os Hathaways enfrentaram grandes problemas, que perder a cabeça nunca ajudava a resolver a situação.

Enquanto Poppy avançava pela escuridão, mantinha a ponta dos dedos contra a parede para não perder o equilíbrio. Tinha avançado apenas alguns metros quando ouviu um som de algo raspando. Paralisada, esperou e prestou atenção.

Tudo estava em silêncio.

Mas seus nervos estavam tensos e seu coração começou a bater mais depressa quando ela viu a luz de uma lamparina adiante. Depois a luz se apagou.

Ela não estava sozinha no corredor.

Os passos se aproximaram mais e mais, com a objetividade de um predador. Alguém ia exatamente na direção dela.

Agora, decidiu Poppy, era a hora de entrar em pânico. Absolutamente alarmada, deu meia-volta e correu em desespero na direção de onde viera. Ser perseguida por desconhecidos em corredores escuros era uma experiência inusitada até para um dos Hathaways. Amaldiçoou as saias pesadas, erguendo-as freneticamente enquanto tentava correr. Mas a pessoa que a perseguia era muito ágil.

Poppy soltou um grito ao ser capturada de forma brutal e habilidosa. Era um homem – um homem grande – e ele a prendera de forma que as costas dela formavam um arco contra seu peito. Uma das mãos puxava a cabeça dela com força para o lado.

– Preciso avisar – disse uma voz baixa e arrepiante, próxima à orelha de Poppy – que com um pouquinho mais de pressão eu poderia quebrar seu pescoço. Diga-me seu nome e o que está fazendo aqui.

CAPÍTULO 2

Poppy quase não conseguia pensar em meio ao zumbido de seu sangue correndo acelerado e à dor provocada pelas mãos que a seguravam. O peito do desconhecido era rígido contra suas costas.

– Isso é um engano – ela conseguiu dizer. – Por favor...

Ele puxou sua cabeça ainda mais para o lado, até Poppy sentir um cruel esticar dos nervos na articulação do pescoço com os ombros.

– Seu nome – o homem insistiu gentilmente.

– Poppy Hathaway – arfou ela. – Peço desculpas. Eu não queria...

– Poppy?

A pressão diminuiu.

– Sim. – Por que ele pronunciara seu nome como se a conhecesse? – O senhor é... Deve ser um dos funcionários do hotel...?

Ele ignorou a pergunta. Uma das mãos deslizou levemente sobre os braços e o rosto dela como se procurasse alguma coisa. O coração de Poppy batia como as asas de uma ave pequenina.

– *Não* – Poppy murmurou com a respiração entrecortada, afastando-se do contato.

– Por que está aqui?

Ele a virou de frente para encará-la.

Nenhum conhecido de Poppy jamais a tocara com tanta familiaridade. Estavam suficientemente próximos da luz que vinha do alto para que Poppy conseguisse ver seus traços duros e o brilho dos olhos profundos.

Tentando recuperar o fôlego, ela estremeceu ainda sentindo uma dor intensa no pescoço. Com uma das mãos, massageou a nuca tentando aliviar o desconforto enquanto falava.

– Eu estava... perseguindo um furão. A lareira no escritório do Sr. Brimbley se abriu e ele passou pela abertura. Estava tentando encontrar outra saída.

Por mais absurda que soasse a explicação, o desconhecido pareceu entendê-la sem dificuldades.

– Um furão? Um dos bichinhos de sua irmã?

– Sim – confirmou ela, surpresa. Depois massageou de novo o pescoço e se encolheu de dor. – Mas como sabia... Já nos conhecemos? Não, por favor, não me toque, eu... *ai*!

Ele a virara e apoiara uma das mãos na lateral de seu pescoço.

– Fique quieta.

Era com um toque preciso e seguro que ele a massageava.

– Se tentar fugir de mim, simplesmente vou alcançá-la de novo.

Tremendo, Poppy suportou o contato dos dedos fortes enquanto se perguntava se estaria à mercê de um louco. Ele aumentou a força dos dedos, provocando uma sensação que não era de prazer nem dor, mas uma mistura inusitada dos dois. A garota fez um ruído de sofrimento e se contorceu, indefesa. Para sua surpresa, a dor havia diminuído e os músculos tensos relaxaram aliviados. Ela parou um momento, deu um longo suspiro e deixou a cabeça pender.

– Melhor? – perguntou o homem, usando as duas mãos para continuar a massagem, os polegares pressionando a nuca, escorregando por baixo da renda macia que enfeitava a gola alta do vestido.

Nervosa, Poppy tentou se afastar, mas as mãos seguraram seus ombros imediatamente. Ela pigarreou e tentou dar à voz um tom digno.

– Senhor, por favor, leve-me para fora daqui. Minha família irá recompensá-lo. Não haverá perguntas...

– É claro.

Ele a soltou devagar.

– Ninguém jamais usa esta passagem sem a minha permissão – falou ele. – Presumi que quem estivesse aqui sozinho não devia ter boas intenções.

O comentário lembrava um pedido de desculpas, embora o tom de voz não sugerisse o menor arrependimento.

– Posso garantir que não tinha intenção de fazer nada além de recuperar esse animal atroz.

Ela sentiu Dodger passar perto da barra de suas saias. O desconhecido se abaixou e pegou o furão. Segurando-o pela nuca, entregou-o a Poppy.

– Obrigada.

O corpo do furão se acomodou manso e dócil nas mãos de Poppy. Como já esperava, a carta havia desaparecido.

– Dodger, seu ladrão depravado, onde ela está? O que fez com ela?

– O que está procurando?

– Uma carta – respondeu Poppy, tensa. – Dodge a roubou e trouxe para cá... Deve estar em algum lugar próximo.

– Aparecerá depois.

– Mas é importante.

– Presumo que sim, já que teve todo esse trabalho para tentar recuperá-la. Venha comigo.

Relutante, Poppy concordou e se deixou guiar pela mão em seu cotovelo.

– Aonde vamos?

Não houve resposta.

– Prefiro que ninguém saiba sobre isso – Poppy continuou.

– Certamente que sim.

– Posso contar com sua discrição, senhor? Preciso evitar um escândalo a qualquer preço.

– Mulheres jovens que querem evitar escândalos devem ficar em suas suítes de hotel – ressaltou ele, o que não a ajudou em nada.

– Eu estava perfeitamente contente em meu quarto – protestou Poppy. – Só saí porque tive que perseguir Dodger. Preciso recuperar minha carta. E tenho certeza de que minha família o recompensará pelo trabalho se...

– Quieta.

Ele encontrava o caminho pelo corredor cheio de sombras sem nenhuma dificuldade, segurando o cotovelo de Poppy com delicadeza, mas de um jeito firme. Eles não estavam voltando para o escritório do Sr. Brimbley. Em vez disso, iam em direção contrária, percorrendo uma distância que pareceu interminável.

Finalmente, o desconhecido parou, virou-se de frente para a parede e empurrou uma porta, abrindo-a.

– Entre.

Hesitante, Poppy tomou a frente e entrou em uma sala iluminada, uma espécie de salão com uma fileira de janelas centrais em arco ladeadas por outras, retangulares. Dali era possível ver a rua. Uma pesada mesa de carvalho ocupava um lado da sala e estantes de livros cobriam quase todos os espaços disponíveis nas paredes. Pairava no ar uma mistura estranha e familiar de cheiros... cera de vela, velino, tinta e poeira de livro... Era um cheiro parecido com o do antigo escritório de seu pai.

CONHEÇA OS LIVROS DE LISA KLEYPAS

De repente uma noite de paixão

Os Hathaways
Desejo à meia-noite
Sedução ao amanhecer
Tentação ao pôr do sol
Manhã de núpcias
Paixão ao entardecer
Casamento Hathaway (e-book)

As Quatro Estações do Amor
Segredos de uma noite de verão
Era uma vez no outono
Pecados no inverno
Escândalos na primavera
Uma noite inesquecível

Os Ravenels
Um sedutor sem coração
Uma noiva para Winterborne
Um acordo pecaminoso
Um estranho irresistível
Uma herdeira apaixonada
Pelo amor de Cassandra

Para saber mais sobre os títulos e autores da Editora Sextante,
visite o nosso site e siga as nossas redes sociais.
Além de informações sobre os próximos lançamentos,
você terá acesso a conteúdos exclusivos
e poderá participar de promoções e sorteios.

sextante.com.br